如無頭作祟之物

三津田信三

首無の如き祟るもの

王華懋 譯

目錄

出版緣起　駭High，在推理的迷宮中　編輯部　007
台灣版紀念序　009
前言　019
第一章　十三夜參禮　029
第二章　高屋敷巡查　045
第三章　媛首山　057
第四章　東鳥居口　075
第五章　媛神堂　083
第六章　十三夜參禮期間相關人士的行蹤　105
第七章　從井中……　117
第八章　四重密室　133
幕間（一）　151

第九章　《怪誕》　159
第十章　兩名旅人　171
第十一章　三名新娘人選　191
第十二章　媛首山殺人事件　213
第十三章　無頭　229
第十四章　密室山　245
第十五章　祕守家的人　261
第十六章　搜查會議　273
幕間（二）　295
第十七章　指名儀式　303
第十八章　第三起命案　325
第十九章　淡首大人的意思　337
第二十章　四顆首級　347
第二十一章　無頭屍的分類　363

第二十二章　懸案　383
幕間（三）　387
第二十三章　讀者投書的推理　391
第二十四章　刀城言耶的推理　407
幕間（四）　447
尾聲　455
解說　當理性被證明以後，恐懼則迎來新生　出前一廷　473

出版緣起

駭High，在推理的迷宮中

編輯部

推理小說到底有什麼魅惑之力，能夠讓世界上無數的熱愛者為之痴狂？是鬥智、解謎的樂趣？是抽絲剝繭，終於揭露眞相時豁然開朗的暢快？是驚嘆於陽光之外人性潛伏的深沉危機與社會百態的詭譎複雜？還是感佩於作家布局的巧思或高超的說故事功力？

好的小說只有一個評斷標準——好不好看（用文言一點的說法是「引人入勝」）。有的小說好看得讓人不忍釋卷，廢寢忘食，非一口氣讀完不可；有的則是讓人捨不得立刻讀完，寧可一個字一個字細細地咀嚼品味。

好的推理小說更是如此。

在台灣，歐美推理和日本推理各擅勝場，各有忠實的讀者群。推理小說是日本大眾文學的兩大顯學之一，也可說是日本大眾文學極致發展最具代表性的成熟類型閱讀，不但各大出版社都闢有「Mystery」系列，培養出眾多匠心獨運、各領風騷，甚或年年高踞納稅排行榜前茅的大師級作者，如松本清張、橫溝正史，赤川次郎、西村京太郎、宮部美幸、東野圭吾、小野不由美等，創作出各種雄奇偉壯、趣味橫生、令人戰慄驚嘆、拍案叫絕、甚或影響深遠的傑作；同時也一代又一代地開發出無數緊緊追隨、不離不棄的忠實讀者。而台灣，在日本知名動漫畫、電視劇及電影的推波助瀾下，也有愈來愈多人愛上日本推理小說的明快節奏與豐富的情報功能，閱讀日本小說的熱潮儼然成形。

二〇〇四年伊始，獨步文化推出「日本推理名家傑作選」系列以饗讀者，不但引介的作家、選入的作品均爲一時精粹，更堅持以超強的譯者及顧問群陣容，給您最精確流暢、最完整的中文譯本與名家導讀，眞正享受閱讀推理小說的無上樂趣。

如果，您是個不折不扣的推理迷，歡迎進入更豐富多元的日本推理迷宮；如果，您還是推理世界的新手讀者，正好奇地窺伺門內的廣袤世界，就讓「日本推理名家傑作選」引領您推開推理迷宮的大門，一探究竟。從一根毛髮、一個手上的繭、一張紙片，去掀開一個角，去探尋、挖掘、對照、破解，進到一個挑逗您神經與腎上腺素的玄奇瑰麗世界！

台灣版紀念序

三津田信三

學生時期，我試著寫過一份稿子《偵探小說解剖》，內容是逐一列舉推理小說的基本結構、創意及詭計，予以分類並加以考察。我到現在還記得，其中某些章節的標題是〈大逆轉的分類及功用〉、〈凶手設定的分類及意外性〉等等。

遺憾的是，這項挑戰以挫敗收場，但也因此有了深入思考各種詭計的機會。在這個過程當中，我得到了三個點子。運用這些點子創作出來的，就是《如厭魅附身之物》、本書以及《如密室牢籠之物》的標題作品。

本書就是鑽研「無頭屍」詭計的成果。屍體的頭部被砍下，現場找不到。或是屍體面容遭到毀損，因此無法確認死者身分。這類謎團，在推理小說中稱爲「無頭屍」詭計。當然，在科學搜查發達的現代，此類手法已不再管用，但在過去的偵探小說中，是炙手可熱的題材。

有一具穿著A的衣物的無頭屍，然後死者的死對頭B下落不明。B一定就是凶手，是B殺了A之後逃逸無蹤。引導讀者如此相信，其實死者和凶手對調了——這種意外的眞相，是「無頭屍」題材的基本詭計。

以十九世紀中葉某作家的某作品爲嚆矢，不計其數的推理小說使用了這種基本詭計。因此，愈來愈多讀者一看到「無頭屍」登場，便武斷地認爲「反正一定是死者和凶手對調啦」，有這樣的歷史原由。

除此之外，眞的沒有其他花樣了嗎？有人抱持疑問，果敢地挑戰這個詭計，那就是橫溝正史，結果催生出《惡魔的手毬歌》。這部作品中，推理部分精彩的結構與小說出色的故事性彼此烘托，我認爲是作者的最高傑作。同時，我亦感到絕望，認爲在「無頭屍」詭計方面，再也不可能有超越這部作品的創意了。

儘管如此，學生時期的我，仍懷疑「眞的沒有別的可能性了嗎？」，埋首鑽研這類謎團的新詭計。雖然是年輕時的一股傻勁，但我想破了頭，終於有所「斬獲」。

當時，我構想出一部將《如厭魅附身之物》與《如無頭作祟之物》的基本創意組合而成的作品，標題是《神隱村的慘劇：高屋敷元警部最後一案》。但理所當然，未能完成。

不過，在學生時期過去二十多年以後，當時想到的點子，竟能活用在「刀城言耶」系列中，所以年輕時候的經驗，實在不容小覷啊。

本書獻給先父三津田八幡男——

編者的話

本書內容為媛之森妙元刊登於雜誌《迷宮草子》之作品《媛首山的慘劇》，作者親自刪改後之遺稿，由編者重新編纂而成。本稿能付梓成冊，自當歸功於作者，惟作中之江川蘭子亦有部分貢獻。編者或有勞而無功，特此明記。

昭和某年陰曆正月　東城雅哉（本名刀城言耶）筆

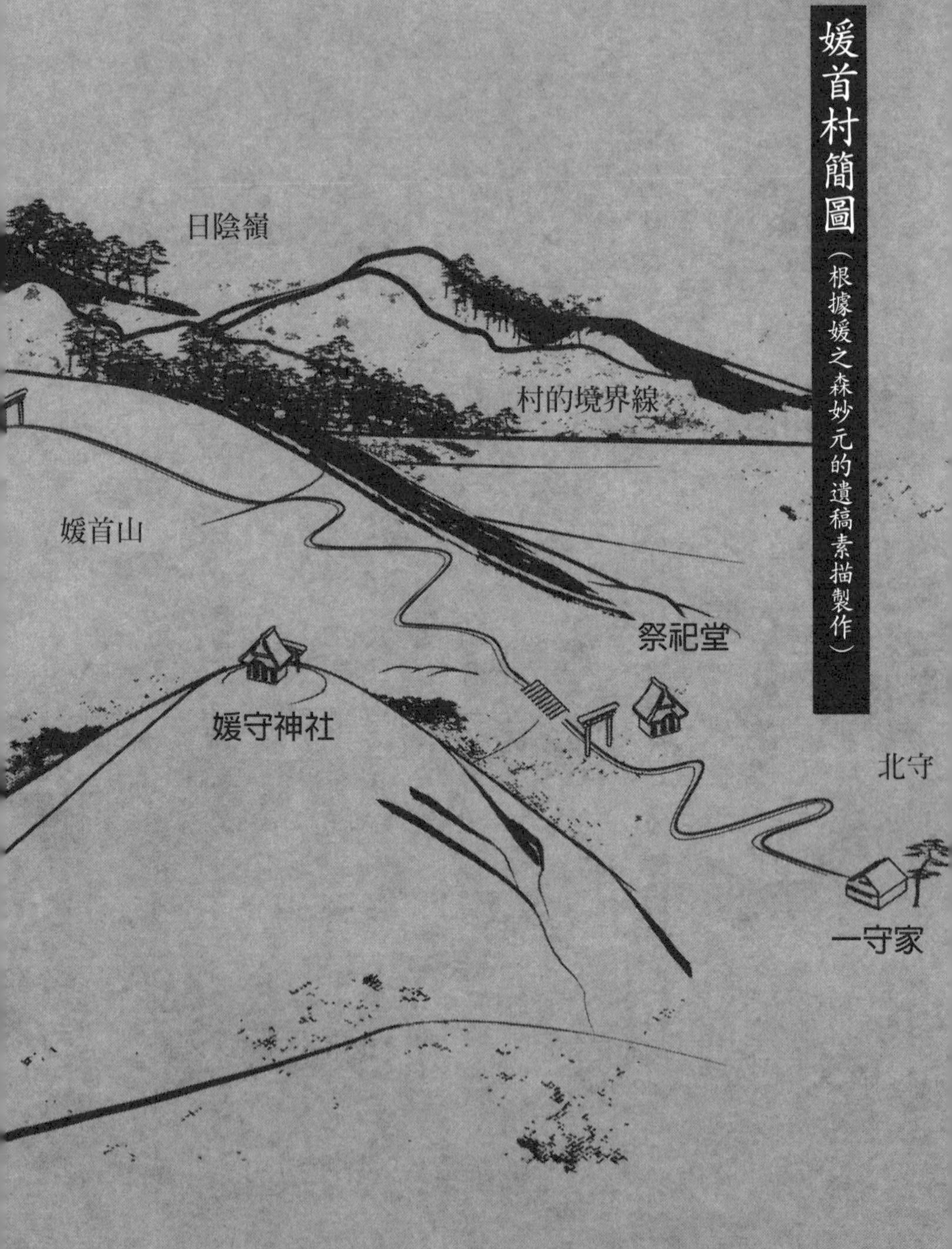

媛首村簡圖

（根據媛之森妙元的遺稿素描製作）

媛神堂
境内
南守
三守家
二守家
東守

主要登場人物

祕守家成員

一守家

富堂（祕守一族族長）
兵堂（一守家家主，富堂的三男）
富貴（兵堂之妻）
長壽郎（長男，雙胞胎中的哥哥）
妃女子（長女，雙胞胎中的妹妹）
藏田兼（雙胞胎的奶媽）
僉鳥郁子（雙胞胎的家庭教師）
幾多斧高（一守家傭人）
鈴江（同右）

二守家

一枝（二守婆婆。富堂的姊姊）
紘達（二守家家主，一枝的長男）
笛子（紘達之妻）
紘壹（長男）
紘貳（次男）
竹子（長女。長壽郎的相親對象）

三守家

二枝（富堂的大妹）
克棋（三守家家長，二枝的長男）
綾子（克棋之妻）
華子（次女。長壽郎的相親對象）

祕守家的遠親

古里家

三枝（富堂的二妹）

毬子（三枝的孫女。長壽郎的相親對象）

駐在所的成員

高屋敷元（北守駐在所的巡查）

妙子（元的妻子）

二見（東守駐在所的巡查部長）

佐伯（南守駐在所的巡查）

其他

江川蘭子（推理作家）

糸波小陸（同人誌耽美作家）

大江田真八（終下市警署警部補）

岩槻（終下市警署刑警）

刀城言耶（怪奇幻想作家，筆名東城雅哉）

阿武隈川烏（民間的民俗學者）

歷史人物（？）

淡媛（遭豐臣兵斬首的公主）

阿淡（遭家主斬首的妻子）

首無（神祕怪物）

贏了好開心　花一匁
輸了不甘心　花一匁
祕守家的嫡子過來呵
體弱多病沒法去
祕守家的媳媳過來呵
首靈可怕不敢去
好吧算啦　想要哪個孩子
要男孩
男孩早夭　女孩可好
女孩結實　但一守要絕後
好吧算啦　想要哪個孩子
要男孩
男孩短命　女孩可好
女孩長壽　但一守要滅族
好吧算啦　想要哪個孩子
商量商量吧　請示首靈吧　就這麼辦吧

錄自閇美山犹稔《童謠中隱藏的祕密民俗傳說》（知層舍）

前言

面對空白的稿紙，現在我陷入一種未曾預期的茫然無措。難道是因爲我準備以本名高屋敷妙子，而非作家媛之森妙元的身分，來撰稿的緣故嗎？

不，絕非如此。我打算寫成一部小說，因此完全是從作家的觀點，嘗試解開發生在戰時及戰後的**兩起事件之謎**。然而，究竟該從何寫起，我卻一籌莫展。

自從近三十年前，戰後創刊的偵探小說專門雜誌《寶石》公開徵稿，我提筆創作處女作〈首靈可怕不敢去〉，爲了開篇而絞盡腦汁那時候，我就不曾感到如此迷惘。

沒錯，爲何我會想要寫下這篇稿子？從原因說起，或許才合乎道理。

原因之一，是我驀然回首，發現自己年事已高。再過幾年，昭和時代即將步入五十大關，我也將在今年年屆花甲。說來慚愧，我爲時已晚地意識到此一事實，驚愕不已。古人說，人生五十年，我竟超過這個年歲近十年了。當然，在這個時代，六旬感覺上距離年老甚遠，許多人才正要開始享受第二人生。

然而，我卻私下到媛首村的北守郊外尋找暮年的居所，甚至選擇在這裡寫稿，想必是在心中某處，我認爲自己來日無多。若不趁現在寫下來，往後或許再無機會。我確實受到如此令人坐立難安的焦慮所驅策。

不僅僅是爲餘生憂慮，如今回想，數個偶然堆疊的結果，亦促使我提筆寫下這篇稿子。

首先，考慮到自身的年齡，都會生活突然讓我感到不勝負荷，於是動念想在鄉間度過餘生。其次，出版諸多本格推理名作的江川蘭子，出版了第六十部作品的隨筆散文集《昔日幻想逍遙》，可喜可賀，而且書中提到二十年前的**那起事件**。此外，我接到該書亦提及的，在關西出版的月刊同人誌（註）《迷宮草子》委託，創作一部別開生面的連載小說。最重要的是，整理作家生涯中累積的資料和信件時，我發現一本筆記。那是於北守駐在所擔任巡查的先夫高屋敷元留下的，其中記錄了與一守家相關的離奇事件的搜查內容。感覺種種因素渾然一體，催生了這篇稿子的誕生。

附帶一提，《迷宮草子》是怪奇幻想類的著名同人雜誌，發行量驚人，一般文藝雜誌根本望塵莫及。《迷宮草子》常有極吸引人的企劃內容，像是本稿亦會提及的，爲人所遺忘的耽美作家糸波小陸的專題，或挖掘江戶川亂步及橫溝正史不爲人知的往返書信，因此在文壇亦有許多地下忠實讀者。

但最關鍵的原因，還是回到了昔日與丈夫生活的媛首村，再次親身感受到**此地的氛圍**。

「媛首村」，讀音爲「HIMEKAMIMURA」，位於關東的奧多摩深處，古時稱爲「媛神鄉」，在文化（一八〇四～一八一八）至文政（一八一八～三〇）年間編纂的《新編武藏風土記稿》中記載爲〈媛神村〉，明治以後改名〈媛上村〉，編入韮山縣。明治五年爲神奈川縣、明治二十六年爲東京府轄地，直至今日。不過，村界自江戶時代便不曾有稍許變更，對於世代居住此地的村民來說，也許絲毫不覺得村子有任何改變。

在這段過程中，村名似乎自「媛上」改成了「媛首」，奇妙的是，關於改名的詳情，沒有留下任何資料，甚至是民間說法。儘管可從村子的古文獻推測出約略的年代，但是誰決定改名？爲何改名？這仍是個謎。不過「上」與「首」之間的異同，對於村人來說，應是極易接受的變化。因爲——

不，箇中原由，留待正文說明吧。畢竟「首」這個字，是牽涉到此地、此村、祕守家和一守家、戰時和戰後兩樁離奇事件的重要關鍵……

首先，介紹一下當地的歷史和地理。

據傳媛神的祖先是藤原氏或橘氏，不過，這當然純屬鄉野傳說。

和銅元年（七〇八），縣犬養宿禰三千代獲賜橘姓，此後，這名才貌雙全的女中豪傑戮力強化與皇室和藤原氏的關係。很快地，三千代的兒子葛城王長大成人，自稱「橘諸兄」，橘氏的勢力日益擴大。然而，由於藤原氏東山再起，諸兄失勢，諸兄之子奈良麻呂圖謀打倒藤原氏，反遭擒獲，淪爲囚徒。因橘氏仍保有一定的勢力，奈良麻呂保住了一命。不過，相傳諸兄一死，奈良麻呂也遭到處刑。此一說法，應是由兩人卒年相同推測而出。

少將橘高清身處權謀術策的世界，決心在遭受牽連前遠離凶險之地，亡命出逃，來到東國的深山幽谷，在此築起媛神城，並自吉野山請來安閑天皇的分靈供奉，設立媛守神社——該神社如此記述歷史緣起。不過，最重要的事實是，橘家的本家族譜中，找不到「高清」這個名字。換句話說，這完全只是一間神社的緣起，僅爲村中傳說。

媛首村呈橢圓形，東西寬十七．五公里，南北長十一．三公里，總面積達一百五十五平方公里，媛首山攔腰橫亙於中央。雖名爲山，實際上是一座日本古圓墳般隆起的廣大森林，

註：指一群同好聚在一起，共同出版的書籍或刊物。

自空中俯瞰，應可看出此山和村子一樣呈橢圓狀。媛首山的北、東、南方土地，分別稱爲北守、東守、南守，媛首村便是由這三塊區域構成。此外，山的西側稱爲日陰嶺，剛好與村界重疊，所以沒有西守地區。

偏題一下，「媛首村」的「首」字讀音爲「KAMI」，而「媛首山」的「首」字則讀作「KUBI」（註一）。我從以前開始，便強烈地感覺「首」字的讀音差異，似乎暗示了這座山的可怕之處……

不，還是言歸正傳，繼續介紹村子吧。

往昔，村人主要的營生是養蠶和燒炭，加上一些農林業及狩獵。關於養蠶，不清楚是在哪個時代、以何種途徑傳入，但村子主要的進出口東守大門旁，祭祀著至少有二百年歷史的蠶神馬鳴菩薩，因此可確定村裡養蠶的歷史相當悠久。養蠶業最爲興旺的時期，是大正末年至昭和初年，後來漸漸不敵中央大資本家的勢力，生絲景氣衰落，媛首村卻沒像鄰近村莊那樣沒落下去，後世認爲這全多虧了祕守家的庇蔭。

祕守家是代代治理此地的村莊大地主。祕守家在村內共有三戶，相當於「本家」的稱爲一守家，接著是二守家、三守家。附帶一提，一守家與二守家的「守」字爲濁音，讀作「GAMI」，只有三守家的「守」字爲清音，讀作「KAMI」（註二）。這些稱呼是只在村中使用的屋號，並非眞正的姓氏。歷史上，祕守三家守護著村莊，一守家、二守家、三守家分別統治著北守、東守及南守地區。傳說，一族姓氏原本爲「媛神」，不知何時變成了「祕守」。不過望文生義，或許可解讀爲「祕密守護」村莊。

然而，諷刺的是，祕守家本身更需要別人——不，無疑更需要神佛的護佑。因爲即使歷經數百年的歲月，「淡首大人」這個可怕的怪物仍不斷爲祕守家帶來禍害。尤其是針對一守家的嗣子、將來的祕守族長的男子……

我這麼寫，或許會招來讀者指責：雖說媛之森妙元專寫怪奇推理小說，至少作品總是追求合乎邏輯的解答，沒想到作者居然眞心相信「作祟」這套落伍迷信的玩意？

但回顧發生在媛首村的種種事件，關鍵之處，總有這類絕對無法合理說明的事物，鬼影幢幢，讓人身陷一種詭譎的恐怖感中。儘管心想太荒唐了、絕無可能，卻每每不經意地感覺到似乎有神祕之物插手其中。

雖然已決定將本稿寫成一部小說，下筆時我卻不知爲何躊躇再三，或許就是無法完全甩開這樣的不安的緣故。

話又說回來，繼續拖沓地寫這些，也不是個辦法，前言就此打住，接下來僅簡單說明本稿的整體結構。

故事並非「我」＝「高屋敷妙子」的第一人稱。起初我曾考慮採用此種敘述方式，但很快打消了念頭。儘管身爲駐在所巡查之妻，但理所當然，我本身完全與發生的事件無關。透過高屋敷妙子的視點，實在難以徹底描寫戰時與戰後的兩起事件。

既然如此，何不以負責北守駐在所的高屋敷元前巡查的角度來描寫？站在身爲警官的先

註一：「首」字讀爲「KAMI」時，有「起始、第一」之意，讀爲「KUBI」時，則爲「頭、頸」之意。

註二：「一守」、「二守」、「三守」的讀音分別爲「ICHIGAMI」、「FUTAGAMI」、「MIKAMI」。

夫的立場，便可順理成章地記述事件。再說，先夫一輩子都在媛首村的駐在所擔任巡查，戰時的離奇事件不折不扣就是「高屋敷元巡查的第一案」，而戰後的事件則是「高屋敷元巡查的最後一案」。

然而實際動筆之後，我發現這種敘述手法有個重大的缺點。先夫雖然是駐在所巡查，但畢竟是外地人。換句話說，無論如何描寫，都只能從外圍觀看事件，無法涉入其中。這樣寫下去，可想而知，作為一部小說，情節發展實在有失精彩。

再三思考之後，我想出這樣的結構：在高屋敷元巡查的觀點之外，再加上一個熟悉一守家內情的角色，從事件內外雙方來進行敘述。這個想法能夠實現，當然全有賴於幾多斧高這個理想人選。他是戰時的離奇事件發生的一年前，一守家收養的五歲男孩，亦是事件重要的目擊者。既是外地人，卻也是一守家的成員，如此微妙的身分，作為與高屋敷元視點對照的另一人物，可說是恰如其分。

況且仔細回想，兩人與我的關係非常相似。首先是先夫，他習慣找我談論案情，以釐清思路，於是我自然而然得知各種資訊。至於斧高，他多次在駐在所接受訊問，不知不覺間對我們夫妻敞開心房，親近起來，此後便常來作客，我就是聽他轉述一守家的種種內情。因此，可說我在不自覺的情況下，從兩人身上獲知了足以寫下本稿的知識與資訊。如此一想，透過高屋敷元和幾多斧高的視角來描寫兩起事件，或許是勢所必然。

惟有一事令我擔憂。那就是斧高可能具有的某種**習癖**。那是與生俱來，又或是在一守家認識長壽郎以後才萌生的性情，我並不清楚，但我確實漸漸感覺到他似乎異於一般男孩。戰時由於情勢混亂，我絲毫沒有察覺，但到了戰後，隨著他長大成人，以及看到他提起長壽郎時的神態，我慢慢悟出他異於常人的癖好。此事是否應該在本稿中提及，我頗費思量。

不過，當時我已確信，斧高的觀點是這部小說不可或缺的，如今更是無法捨棄，採取其他的記述方法。若有人批評這純粹是出於一己之私，我無可反駁，但鑒於斧高的思慕完全是柏拉圖式的愛情，我決定不加隱瞞，據實描寫，否則斧高的言行——尤其是對長壽郎的態度，將會顯得不自然。

現在我只能全心祈禱這樣的決定沒有錯。

閒話休提，我預計將本稿的「前言」作爲連載的第一回，第二回則是以幾多斧高的視角撰寫的「第一章」，以及高屋敷元視角的「第二章」，第三回連載亦是兩人視角各一章。每回連載公開兩章，並配合需要，插入「幕間」篇章。從下筆到呈現在讀者面前，約莫間隔兩個月，但就本稿而言，這樣的時間落差再理想不過。

因爲我寫下這部《媛首山的慘劇》，目的即是解開一守家在戰時及戰後遭遇的神祕事件**真相**。雖然我將事件重新組織成小說形式，書寫的終究是現實中發生的神祕懸案，能否在結尾提供一個讓各位讀者滿意的**真相**，說來慚愧，目前尚無法保證。最糟糕的情況，也可能淪爲單純的事件紀錄。

因此，我懇請各位讀者，務必一同參與這場解謎。如同前述，從撰稿至登上雜誌，中間有一段空檔，所以連載期間，讀者有充分的時間思考。並且，我會在適當的時期提出解謎邀請，還望各位讀者理解。

此外，或許是旁枝末節，在這裡要對方言的呈現做個說明。起初，我想據實呈現每個人的話語，但考量到會出現許多難解其意之處，基本上皆以標準語呈現。然而，全用標準語，角色性格難免流於扁平單一，於是我配合各人形象，使用了適合的口語。這完全是依循我個人的印象，敬請包涵。

另外，儘管事件相關人士大半皆已離世，或遷至他處，我仍隱瞞自己是過去擔任北守駐在所巡查的高屋敷元的妻子、現在重返故地的事實。找房子的時候，我請都會區的不動產商仲介，盡量尋找位於村郊的房屋。多虧了這番用心，在無人察覺我的出身背景的情況下，我搬到一棟適合獨居、附有後院的房子。爲了避免無謂的刺探，我預先請不動產商放出風聲，說新來的住民是個遁世離群的乖僻作家。配合這番說詞，我考慮在後院耕種，或許可當成寫作時轉換心情的方式，甚至聊以自給自足。

如此說明，約莫會有讀者說：慢著，連載一旦開始，先前辛苦隱瞞身分，豈不都白費了嗎？但我想應該不會有大礙。之前我也是以媛首村的諸多傳說故事爲題材進行創作，雖然使用「媛之森妙元」這個筆名寫作，卻沒有任何一名村人發現。接下來，我只能懇請各位讀者不要宣揚，靜靜守望，直到連載結束。

這篇前言實在過於冗長了。

那麼，請各位隨我步入奇案的舞台媛首村吧！首先是戰時，在一守家的十三夜參禮當晚，形成四重密室的媛首山中發生的光怪陸離事件。再來是戰後，於二十三夜參禮的三天後，發生的詭奇無頭殺人案，以及後續引發的可怕事件——

不，在這之前，我想對有「偵探小說狂」之稱的部分讀者聲明一點。

基於一片婆心，一開始我便要昭告各位，鑒於此稿未採用「我」＝「高屋敷妙子」的第一人稱敘述方式，「其實一連串事件的眞凶就是作者」的揣測，完全是徒勞且錯誤的。

那麼，請一同進入這個令人毛骨悚然、卻又讓我有些懷念的故事的世界……

昭和某年陰曆正月　媛之森妙元（本名高屋敷妙子）筆

（仿效敬愛的東城雅哉之筆法）

第一章　十三夜參禮

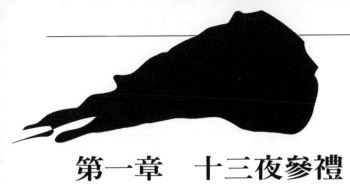

斧高在媛首村的記憶，始於他剛滿六歲的仲秋，祕守家一場奇妙的儀式，十三夜參禮。

當時日本正值大東亞戰爭（第二次世界大戰）的紛亂，戰局日益惡化。幸而一般稱爲「學徒出陣」的《在學徵集延期臨時特例》尚未頒布，疏散學童的《學童疏散促進要綱》、《帝都學童集團疏散實施要領》皆尚未通過內閣決議，遑論本土遭遇空襲，更是一般人作夢都想不到的。

因此，在這樣的非常時期，治理村子的祕守一族族長——一守家的富堂老翁仍執意要舉行十三夜參禮，也是可以理解的。考慮到村子位於關東奧多摩的深山幽谷，此一決定更是無從批評。畢竟相較於都市地區，日常生活感受到的戰時氛圍實在淡薄不少。

不過，問題不僅止於此。由於明治維新後，政府建立起祭政一體的國家神道，神社祭祀的神明全由《古事記》、《日本書紀》等與皇家系譜有關的神明取而代之，各地方的氏神（註）信仰及民間信仰一律遭到禁止，原本參拜媛神堂應該會變得困難重重。

當時，媛首村尚未完全被日益逼近的戰爭烏雲籠罩，但畢竟正處於神國日本致力打造大東亞共榮圈的時局中。放眼周遭，村子裡也有爲數不少的男丁被徵召出征。

在這樣的狀況下，卻能舉行十三夜參禮，完全是由於儀式本身的特殊性。祕守家有一套稱爲「三三夜參禮」的儀式，配合一族子孫的成長，每個人每隔十年只會輪到一次。倘若這是每年、每月，甚或每天的信仰儀式，恐怕就不可能實施了。

不過說到底，這些種種外在因素，都有可能不在富堂老翁的考慮之列。因爲在他的眼中，讓自家在祕守一族當中維持「一守家」的地位，肯定比什麼都重要。

「我們有義務把一守家的榮耀世世代代傳下去。」

富堂老翁只要一喝醉，一定會搬出這句話。

就在一年前，斧高剛滿五歲的時候，從八王子的幾多家被帶到一守家。回想起來，那是他人生巨大的轉折。

事情來得很突然。

斧高迎接五歲生日的那天晚上，白天明明豔陽高照，絲毫沒有要變天的樣子，傍晚卻突然下起雨。雨中家裡來了難得的訪客。客人似乎連傘都沒撐，淋得一身濕，母親見狀，驚呼了一聲。奇妙的是，明明客人都淋濕了，母親卻沒把人請進屋內，而是在玄關接待。因此，斧高沒有看見來客，只依稀聽出是女人。

客人回去以後，大哥問：「是誰來了？」母親納悶地歪著頭，低喃「我也不知道」，答非所問。斧高告訴大哥「是一個女人」，沒想到大哥說：「不，我從窗戶瞄到一眼，是個男的。俊美得讓人頭皮發麻，簡直像是男寵……」

結果沒人知道訪客究竟是誰。

眾人睡下沒多久，斧高感到一陣不對勁，醒了過來，發現原本躺在旁邊的母親坐在被褥上，盯著房間角落。他覺得奇怪，定睛細看，卻什麼也沒看見。然而，母親仍目不轉睛地盯著那片暗處。

「媽，怎麼了？」

母親不尋常的模樣教人害怕，但斧高還是出聲問。

註：指同一氏族或區域的居民共同祭祀的神道神祇。

怪。

「你爸回來了……」

母親竟說，應該出征去南方的父親，三更半夜回家了。接著，她整個人突然變得十分古怪。

很快地，睡在隔壁房間的兩個哥哥和姊姊起身過來。大哥問母親、二哥和姊姊問斧高出了什麼事。然而，母親只是不斷重複「你們的爸爸回來了」，斧高則是全身發抖，不住搖頭，教人摸不著頭緒。三人肯定感到不知所措。

兩個哥哥和姊姊無奈之下，再三細看母親直盯著不放的房間角落。但就和斧高一樣，他們根本看不到什麼父親的身影。三人面面相覷，露出害怕的表情。

然而，母親指著房間的暗處，微笑道：

「你們沒看見嗎……？喏，爸爸在那裡。沒了頭的爸爸，正看著這邊啊……」

斧高第一次看到母親那種令人坐立難安的笑容。

幾天後，家裡接到父親戰死的消息。或許是早有心理準備，母親鎮定自若——儘管在斧高眼裡，那更像是無動於衷。母親甚至贏得街坊讚揚，說這才是沙場戰士之妻應有的態度，但斧高覺得很不對勁，彷彿外表是母親，內在卻變成了別人似的……

隔天，鄰家太太發現母親和三個孩子的屍首。四人都被鎌刀割斷喉嚨慘死，據判是母親殺死孩子後自殺。除了丈夫戰死之外，實在想不到其他尋死的動機，但熟識母親的鄰居們皆難以釋然。不過，此事立刻被當局視爲不愛國的行爲，擔心對民眾造成不良影響，於是掩蓋在黑暗中。原先讚揚母親的町內居民也都乍然變臉，用侮蔑的眼神看待幾多家。

在這詭異的母攜子自殺案中，令人不解的是，爲何只有么兒斧高毫髮無傷？據說凶案現場，母親、兩個哥哥及姊姊渾身是血，倒臥在被褥上，唯獨斧高抱著膝蓋，蹲在房間角落。不管誰問他出了什麼事，他都緊閉雙唇，不發一語。

大人似乎認爲他驚嚇過度而自我封閉了，其實當時他滿腦子全被一個疑問占據：

（那天晚上來訪的到底是**什麼**……？）

這個疑問像旋渦般不停在他心中打轉。他覺得那就是一切的元凶，是一切的開端。他覺得那個「某物」——而不是「某人」——的造訪，引發了幾多家的悲劇。

直到最後，斧高都沒有把神祕訪客的事告訴任何人。因爲他覺得一旦說出去，下一次禍害將會毫不留情地降臨在自己身上。他到現在都還記得，每當這個念頭一起，背脊總會竄過一陣寒顫。

發生慘案之後，大人們討論過哪些事，斧高毫不知情。他沒被交給父親或母親任何一邊的親戚收養，也沒被送去孤兒院，而是糊里糊塗地坐上火車，轉搭木炭公車（註），不知不覺間已在馬車上顚簸。目的地是媛首村的祕守家，而且是家族中的龍頭地主——一守家。

依負責督導斧高的藏田兼（人稱兼婆婆）的說法，一守家和幾多家原本是主僕關係，基於這層情分，才會收養斧高。

斧高在這種情況下來到村子，過了將近一年。

當然，在祕守一族的一守家生活的這一年來，斧高並非毫無印象。只是，當時他才五、六歲，加上從八王子的幾多家搬到媛首村一守家的環境變化，或許還有父親戰死、母親和手

註：二戰晚期因燃料短缺而出現、以燒木炭爲動力的公車。

足離奇死亡的影響，種種因素導致回憶宛如罩著一層薄膜，模糊不清。反倒是在八王子老家才剛要懂事的更幼小的時期，記憶還明確一些。

對斧高來說，日子就是如此淡薄模糊，唯有十三夜參禮那天的事，化成鮮烈異常的影像，烙印在腦海當中。宛如斧高的自我，在那天晚上終於甦醒過來——

在欣賞中秋名月的時節裡，那是難得沒有一絲月光的黑夜。兼婆婆認爲這是凶兆，不時停下準備儀式的手，怨恨地仰頭望天，一再咕噥：

「陰天眞討厭，這樣下去，今晚會是個月黑夜……月娘啊，一會就好，請露個臉吧。」

她的怯意立刻感染了幼小的斧高。是不是會發生什麼壞事？儀式是不是無法順利完成？是不是如同傳說，一守家的嗣子長壽郎將遭遇禍事？不安的想像接連掠過他的腦海。

這些不安，包括昨天突然辭職回鄉的女傭鈴江，告訴他的一段匪夷所思的**記憶**。當時斧高聽完覺得莫名其妙，但他感受到的恐懼，就像得知虔誠敬拜的崇高神明，其實是可怕的妖魔鬼怪。

所以，他才會想要保護長壽郎。縱使他無法做什麼，還是希望能幫上忙。因爲在這個家裡，唯一會對他好的只有長壽郎。而且長壽郎只要有空，就會告訴斧高許多有趣的故事。尤其是少年偵探團的活躍，總是聽得他熱血澎湃。儘管故事中有名偵探明智小五郎，但少年偵探團的團長小林芳雄才是斧高的英雄。或許不知不覺間，他已把長壽郎和有著蘋果般紅臉蛋的小林少年重疊在一起了。雖然實際上他們並不是團員與團長，而是主僕關係，長壽郎是他的**主人**之一……

長壽郎與妃女子——這對外貌與個性都南轅北轍的異卵雙胞胎兄妹，就是年幼的斧高的主人。在旁人眼中，這兩名主人也還是幼童，但對斧高而言，完全是大哥哥和大姊姊。而且兼婆婆諄諄教導他，這對兄妹——不，哥哥長壽郎，在一守家的地位有多重要，因此他實在沒辦法把他們當成孩子看待。

從六歲起就一直在一守家幫傭的鈴江說，雙胞胎誕生之前，家裡充滿難以言喻的緊張感。

附帶一提，鈴江來到一守家以前，是以八王子爲據點的天昇雜技團的成員，好像是撿來的孤兒。她從小就被訓練走鋼索、表演人體大炮，但身爲團長的養父看出她沒有才能，趁早便送去給人家幫傭了。約莫是引以爲恥，她不喜歡談論自己的事。斧高也是聽年長的女傭總管說起，才知道天昇雜技團的事。

鈴江沒想到斧高早已知道她的出身，有些得意洋洋地說出應是從前輩女傭那裡聽來的事：

「當時二守家有兩個可繼承家業的男孩，就是紘壹少爺和紘貳少爺，分別是七歲和五歲。相對地，一守家連個孩子都沒有。」

因此，富堂老翁得知兒子兵堂的媳婦富貴總算第二次懷胎時，眞是喜上雲霄。

「不過，生下來的不一定是男孩。再說，也可能像第一胎那樣，好不容易生了個男孩，卻不幸夭折。啊！富貴太太是十九歲嫁進來的，很快生了個男嬰，可是不滿一歲就夭折了。當時二守家的長男已出生，所以一守家是舉家歡騰，沒想到樂極——」

說到這裡，她有些慌張地叮嚀斧高，千萬不可在兵堂或富貴面前說溜嘴。

「於是，太老爺特地從關西把替自家三個兒子接生的產婆，也是後來將老爺養得白白胖胖的奶媽——兼婆婆請了回來。」

對富堂老翁來說，藏田兼就是如此值得信賴。而且，兼婆婆是兵堂的奶媽，有她陪伴妻子生產，肯定倍感安心。

「據說，在關西當產婆的兼婆婆立刻趕了回來。」

重返一守家的兼婆婆如何大顯神通，斧高從鈴江那裡聽過好幾次了，但每次都聽得如癡如醉。因爲聽起來就如同不可思議的童話故事或民間傳說那般精彩有趣。

兼婆婆回到一守家後，指定院內獨棟別屋中，特別狹小且簡陋的一個房間當產房，首先施下生產必要的種種「禁厭」（註）——即咒術。至於那些是怎樣的機關，斧高在兼婆婆心情好的時候聽她親口說過。兼婆婆述說當年如何痛快淋漓地破除世代糾纏祕守家的災禍，語氣中有著平日罕見的熱情，和聽鈴江的轉述另有一番不同的樂趣。總之，兼婆婆安排得萬無一失，只等待富貴臨盆的那天。

「別屋只有兼婆婆可以進去。老太爺還能四平八穩坐在客廳，但老爺實在坐不住，在別屋前的走廊上踱來踱去。這也難怪，當時家中的氣氛應該和平日完全不同。」

當時年幼的鈴江切身感受到一觸即發的緊張氛圍。

「生產之前，兼婆婆已摸出太太懷的是孿生子，或許能一舉喜獲一雙麟兒。如此一來，就能與二守家的兩兄弟抗衡了。當然，也可能是一對女兒。老太爺和老爺那兩顆心，肯定是七上八下啊。」

鈴江則是悄悄從主屋窺看別屋。不光是她，許多傭人都在關注別屋的狀況。

「半晌，傳來太太開始陣痛的聲音。過了一會，兼婆婆大喊：『是女孩！』」

每次說到這裡，鈴江總要嘆口氣。

「雖然我還小，還是忍不住感到遺憾：噢，是女孩啊。因爲雙胞胎大多性別一樣，我認定第二個也是女孩，心想這下主子家的安泰又遠離了一步。可是，不愧是兼婆婆，又過了片刻，傳來她不慌不忙、鎮定自如的聲音：『第二個是男孩。』」

換句話說，長壽郎眞正是讓一守家上上下下牽腸掛肚，直到他出生的那一刻。

「男嬰清洗乾淨後，立刻送進主屋特別準備的嬰兒房，女嬰則留在別屋……」

遵循雙胞胎出生的慣例，晚出生的男嬰是哥哥，命名爲長壽郎。名字的由來不言可喻，是希望他能平安長大，繼承一守家。先出生的女嬰是妹妹，命名爲妃女子。

一邊是主屋精心布置的嬰兒房，一邊是狹小簡陋的別屋。光從兩名嬰兒得到的房間就看得出，自出生的瞬間，雙方就有天壤之別。

（兩人的個性會如此天差地遠，會不會就是一守家的大人從小一直差別對待他們的緣故？）

來到一守家以後，斧高首先感到奇怪的，就是這對雙胞胎日常生活的差異。哥哥長壽郎在主屋養尊處優，妹妹妃女子卻住在狹小的別屋，處處受限。確實，妃女子體弱多病，但也不是患有什麼必須與家人分屋而居的特殊疾病，只是身子骨弱了點。長壽郎也一樣，反倒因爲是男孩，羸弱的身體線條或許比妃女子還要顯眼。

（兩人明明幾乎是同時出生啊……）

註：日本古來的神道教傳統咒術。

媛首山的北鳥居口旁的祭祀堂裡，儀式的準備工作完成時，斧高望向兩人，再次心生感慨。

「行了，你先回去吧。」

兼婆婆說道。

接下來，只會留下一守家的家主兵堂、奶媽兼婆婆、雙胞胎的家教僉鳥郁子，以及儀式的主角長壽郎及妃女子五人。附帶一提，特別聘用家教，是因富堂老翁認為一守家的繼承人沒必要和村裡的孩童上一樣的學校，不讓他們上學。

「是。那麼，我先告退了。」

斧高跪坐著，先向兵堂深深行禮，額頭幾乎叩到榻榻米，接著向雙胞胎行禮。剛被收養時，他不熟悉禮節，常不知所措，但經過一年，進退應對都很自然了。

「聽好，阿斧，不工作就沒飯吃。」

斧高剛來的時候整天啼哭，吩咐的事都做不好，兼婆婆三番兩次如此告誡他。不單是口頭訓斥，還真的不給飯吃，即使不願意，斧高也只得學會工作。同時，兼婆婆嚴格且徹底地灌輸他，面對祕守一族時的禮儀規矩。

「辛苦了，你幫了大忙。」長壽郎說。

然而，會慰勞斧高的只有長壽郎，兵堂和妃女子從一開始就沒把他放在眼裡。在他們的認知裡，斧高只是養在家裡當傭僕的小孩。

身為一守家的家主，兵堂的態度和祕守一族的族長富堂老翁如出一轍。不過，富堂老翁雖然多病，起碼具備符合身分的威嚴。偏偏家主兵堂欠缺這種氣勢，只能拚命模仿父親。正因兵堂和父親一樣體弱多病，那虛張聲勢的姿態實在教人不忍卒睹。不僅如此，兵堂對總是壓在自己頭上的父親懷抱著滾滾沸騰的反抗心，連斧高都看得出來。兵堂唯一擁有，而富堂老翁沒有的，或許就是性好漁色這一點，令人連氣都氣不起來。

可是，還是個孩子的妃女子也對斧高擺出這樣的態度，他感到既難過又不甘，心情十分複雜。即使她是主人，也難以接受……

不過，斧高對妃女子的這種感受，或許是來自他對長壽郎的仰慕的反作用力。小主人就算是對他這個傭人也和顏悅色，對雙胞胎妹妹更是極盡呵護。難道是兩人的待遇有如雲泥之隔，長壽郎心生愧疚嗎？然而，面對哥哥的關懷，妹妹的反應極其冷漠。斧高見狀更是心亂如麻。

（如果沒有妃女子小姐，長壽郎少爺是不是會多關心我一些……？）

斧高動輒冒出如此大膽的念頭。

而且，或許是異卵龍鳳胎的關係，兩人長相完全不同。長壽郎膚色較白，容貌散發出脫俗清新之美，嗓音也是溫婉清脆，完全稱得上「美少年」。妃女子倒也不是長得醜，一頭烏黑長髮充滿女人味，清秀的相貌類型不同於哥哥，一般說來，就是人人稱讚的美女。然而，站在長壽郎身邊，一切都黯然失色。不得不說，這樣的對比，是一種不幸。

兩人的差異不光是外貌，還呈現在個性上。長壽郎內斂文靜，妃女子強勢聒噪。由於兩人外貌都很纖細，前者如同外表，予人好感，後者卻散發出神經質且暴戾易怒的印象。

「如果不是兄妹而是姊弟，或許還好一點。」

傭人及許多村人經常在背地裡如此議論。

但這種男弱女強的天性差異，說起來就像是每一代的祕守家，尤其是一守家**受到詛咒的特徵**。因此，男孩命名為長壽郎，意圖袚除災禍。女孩之所以命名為妃女子，背後的用意肯定是希望將淡首大人的作祟集中到她身上。若將「妃女」（HIME）視為表達「媛」（HIME）這個字，這樣的解讀應該不算穿鑿附會。

換句話說，由於太希望繼承人的哥哥健康平安地長大，想方設法將原本會盯上他、為他帶來災禍的淡首大人的注意力轉移到妹妹身上。「妃女子」這名字真正的含意，村人亦隱約察覺到了。

實際上，人們都認為妃女子會體弱多病，就是這個名字帶來的。因為在過去，一守家男弱女強的性情差異，完全反映在肉體的強弱上。然而妃女子病痛不斷，是因為替長壽郎擔起了原本應該是他要經受的大部分傷病。簡而言之，這樣的狀況，佐證了「妃女子」此名作為咒術裝置，效果非凡。隨著兩人成長，這樣的觀點和看法在村子裡不脛而走，直至今日。

「好了，趁著天色還沒暗下來，你早點回去吧。」

斧高正對長壽郎溫柔的笑容看得發癡，兼婆婆出聲催促。再拖拖拉拉下去，兼婆婆就要賞他拳頭了。

斧高慌忙對長壽郎再次行禮，走出祭祀堂。但他沒有聽從吩咐回家，而是躲到北鳥居左側的大石碑後方，一動也不動地監視祭祀堂。

如果兼婆婆說的沒錯，今晚會是個無月之夜，要摸黑跟蹤長壽郎，應該輕而易舉。

這時，北守駐在所的高屋敷巡查現身了。他知道今晚要舉行重要的十三夜參禮，所以過來巡視。但巡查只在祭祀堂待了片刻，很快便走出來，在鳥居周圍踟躕。

（警察先生快點離開吧。）

躲在石碑後面的斧高一顆心忐忑不安，深怕被發現。在當時的孩童心中，警察是非常可怕的人物。何況，現在祕守的一守家最重要的儀式即將開始，絕不能笨到被逮住，當成可疑分子。想到兼婆婆的懲罰，更不能被發現了。

（警察先生該不會賴著不走吧……？）

開什麼玩笑，這樣他就不能跟蹤長壽郎了。

幸好，這都是杞人憂天。高屋敷在周圍巡視了一圈，便快步離開。儘管高屋敷曾查看石碑後方，但斧高察覺巡查靠近，便繞著石碑往反方向移動，躲過一劫。

他放下心中大石，發現天色暗了下來。轉眼間，夕陽餘暉也從烏雲密布的天空完全消失，村子被宛如射干花種子般的漆黑籠罩。

（不過，長壽郎少爺好慢啊……）

一定是兼婆婆為了萬無一失，對著正要離開祭祀堂的長壽郎再三念咒。每逢長壽郎人生重要的階段，兼婆婆都會配合狀況念誦特別的咒語。她必須不斷鞏固長壽郎身上的保護力，否則無法放心。

（今晚是十三夜參禮，所以會特別長吧……）

就在斧高稍微鬆懈的時候，祭祀堂玄關出現人影。人影身穿白衣，底下是茶色長袴，手中提著一盞點亮的燈籠。

（長壽郎少爺出來了。）

十三夜參禮有男有女時，男子優先。即使儀式中一守家參加的是女孩、二守家是男孩，一樣是這個規矩。換句話說，只有在三三夜參禮時，比起一守家、二守家、三守家的地位高低，更重要的是參加者的性別。因此，儀式中最受重視的當然是一守家的嫡子、未來的祕守族長。此次儀式，這個人就是長壽郎。

長壽郎在北鳥居前行了個禮，走上石階。斧高盯著他的燈籠光亮，盤算起來。

（應該馬上追上去嗎？還是再等一下……？）

問題是，他不知道前往媛首山中心的媛神堂的長壽郎，會和隨後跟上去的妃女子之間相隔多少距離。

當然，他很想立刻跟上去。他想看著長壽郎登上石階，走過參道，在井邊淨身，進入媛神堂執行儀式，最後從榮螺塔進入婚舍。他想要從頭看到尾見證長壽郎的十三夜參禮。

之前斧高一面幫忙準備十三夜參禮，一面斟酌時機，向兼婆婆詢問儀式中他想知道的細節。但因爲他問得實在太細了，惹來兼婆婆大罵：

「你不必知道這麼多！」

結果把氣氛搞得無法再提問了。

（怎麼辦……？）

斧高看著不斷爬上石階的燈籠火光，舉棋不定。要直接跟上去嗎？還是，等妃女子出來，跟在她後面？

（但那樣就看不到長壽郎少爺了……）

想到這裡，斧高踩著虛浮的步伐登上了石階。一路上他頻頻回頭，注意妃女子是不是從祭祀堂出來了。

登上石階盡頭，斧高看見搖曳著遠離的燈籠火光在前方的黑暗中閃爍，宛如在暗夜中飛舞的鬼火。火光時亮時滅，約莫是石板參道在樹林間蜿蜒蛇行，兩側的樹木遮住了燈火。

除了那盞微弱的燈火，四下充斥著伸手不見五指的漆黑。登上石階之前，勉強還有鳥居兩側的石燈籠朦朧的火光，以及祭祀堂透出的溫暖燈光，照亮周圍景物。

然而，一踏進媛首山，眼前竟是一片烏天黑地，下界的光芒完全無法欺近，充滿不祥的魆黑。

（居、居然這麼黑……）

目睹前方沉浸在宛如墨汁般濃重的黑暗中，斧高不禁停住腳步。卻步之際，燈籠的火光仍不斷遠離。長壽郎離他愈來愈遠了。

僅靠著遠方的一盞微光，入侵黑夜裡的媛首山——

換成是平常的斧高，光是想到這裡，一定會立刻掉頭就跑。唯獨此刻，他想爲長壽郎貢獻一己之力。憑著這份心意，他決心挑戰這趟可怕的暗夜行路。

可怕的媛首山祭祀著兩名死於非命的女子，人們認爲她們作祟至今，畏懼萬分。斧高立下悲壯的決心，踏入禁忌的媛首山深處。

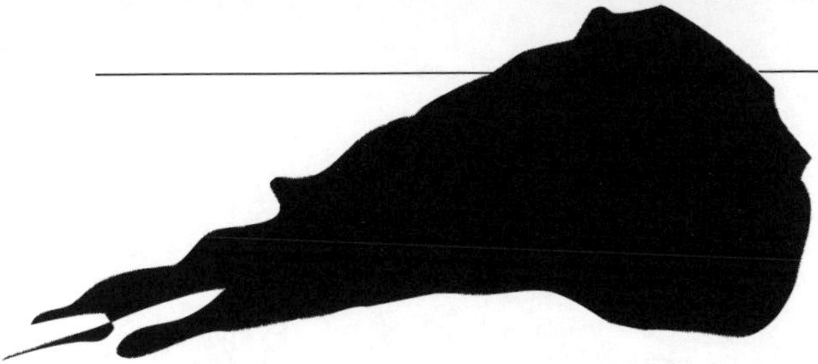

第二章　高屋敷巡查

北守駐在所的巡查（註）高屋敷元，在十三夜參禮當天晚上六點五十五分前往北鳥居口前的祭祀堂。他事前就知道儀式會在這天晚上七點舉行，所以前來查看是否有任何異狀。因為他基於**某種推論**，認為今晚需要嚴加戒備。

不巧的是，這麼想的似乎只有他一個人，感覺祭祀堂並不怎麼歡迎他。儀式的中心人物雙胞胎在換衣服，沒有見到面，一守家的家主兵堂露骨地擺出不希望外人干預的態度。平日和藹可親的藏田兼忙著為雙胞胎張羅，甚至沒露臉。家庭教師僉鳥郁子那張姣好的面龐一如往常，毫無表情，冷若冰霜，連兵堂潦草敷衍高屋敷的時候，她也一副事不關己的模樣，對兩人視若無睹。高屋敷出於一片好意，前來關心，卻是熱臉貼冷屁股。

不過，高屋敷還是重點檢查了一下祭祀堂和鳥居之間，接著有些匆忙地踩著自行車趕往東守的駐在所。

（希望二見巡查部長會認真巡邏……）

其實，高屋敷覺得自己不應該離開北鳥居口，但委託二見看顧東鳥居口，二見是否確實照著他的話去做，他實在深感不安。幸好祭祀堂有兵堂、藏田兼和僉鳥郁子，只要把雙胞胎送出祭祀堂，三人的注意力也會轉向戶外吧。他如此推測，決定先親自前往東守駐在所確認情況。

媛首村的地形宛如東西橫躺的橢圓形，媛首山就位在南北中央之處。相當於媛首山最西端的日陰嶺連接著村界，因此，村中土地大致被山地劃分為北、東、南三區。這三區依序稱為北守、東守及南守，由村中的世襲地主祕守一族，一守家、二守家、三守家分治北、東、南三地。

配合村地的劃分，各別設置一間駐在所。北守駐在所、東守駐在所、南守駐在所分別由高屋敷、二見巡查部長、佐伯巡查負責。附帶一提，三處駐在所皆隸屬於警視廳終下市警署，是同級機關。然而，由於三人階級不同，不時引發爭端。

（每次遇到我的請託，二見兄就要作對。）

高屋敷拚命踩著踏板，擔心時間的流逝。

確實，二見是巡查部長。但他不需要立什麼大功，只要規規矩矩地守著駐在所巡查的職位，日子久了，自然就能俸滿升遷。這是眾所皆知的事實。考慮到二見的年齡，這次升遷恐怕是第一次，也是最後一次。

（不，這倒是無所謂……）

只要二見能確實認識到，三處駐在所不存在警察組織內部的上下階級關係就行了。然而，他卻執著於自己是巡查部長、高屋敷和佐伯是巡查這一點，還特地向村中工匠訂製了一把比正規警棍更粗的警棍，佩戴在腰間，反映出他想方設法要和兩人一別苗頭的幼稚任性心性。佩戴私人警棍根本違反警察服務規章，但高屋敷和佐伯絲毫不想去向上級告狀，把事情鬧大。

（他負責的地區，在祕守一族當中是居次的二守家，這一定也讓他很不是滋味。）

亦即，二見認為自己貴為巡查部長，一守家土地的北守地區理當由他負責，而不是交給

註：日本警察制度的階級，由下而上依序為巡查、巡查部長、警部補、警部、警視、警視正、警視長、警視監、警視總監。

還算是新來乍到的小巡查。

（而且二見兄夢想——不，懷抱著毫無意義的野心，認爲村子裡的三處駐在所都要歸他這個巡查部長統管。）

高屋敷元巡查事先通知各駐在所，請他們從十三夜參禮舉行的今晚七點前開始，充分留意各自轄區中，通往媛首山出入口的鳥居周邊情況。

高屋敷當然不是擔心淡首大人作祟，他是在提防更現實的威脅——有人想要一守家長壽郎的性命，是如此直接的憂懼。三三夜參禮，表面上是祈禱祕守家的兒童健康成長的儀式，實際上是保護繼承人順利就任族長的裝置。換句話說，這宛如祭神儀式的活動，只不過是世家大族繼承權之爭的一環。

（對一守家來說，是祈禱長壽郎成長的儀式。然而，站在二守家和三守家的角度，或許他們會希望儀式出什麼岔子。）

二見笑他想太多，但高屋敷的憂心不是毫無道理的。

實際上，明治初年就發生過一起**意外**，一守家的嫡子在十三夜參禮期間墜入水井，折斷脖子身亡。當時村人都相信是淡首大人作祟，如今高屋敷懷疑極有可能是二守家或三守家犯下的凶案。不過，最後一守家由死去的男孩的異母弟弟繼承，地位未受動搖。簡而言之，不管那是作祟還是殺人，都沒有造成任何變化。

（可是，凶手也可能是支持異母弟弟的**一守家某人**，這麼一來，這場死亡還是有意義的。）

縱然查出眞相，也沒有任何功勞，但高屋敷就是熱愛研究陳年舊案，不知不覺間便耽溺於這樣的推論。兇手就是一守家的自己人，他覺得這種偵探小說式的發想有意思極了。

（啊，不好！現在不是管舊案的時候。）

不自覺地放慢了一下自行車的速度，高屋敷連忙加速前進。他打起精神，火速趕往東守。

東守位於媛首村中心，是村子裡最繁華的地區。不過，唯一稱得上鬧區的馬路上，也只是聚集村公所、消防團辦公室、駐在所、郵局、雜貨店、旅館、食堂罷了，換個角度來看，這副景象或許顯得蕭條冷清。

令人意外的是，二見不在駐在所。夫人說他七點多去了媛首山的東鳥居口。雖然離開駐在所的時間有點晚，但看來二見姑且是執行了高屋敷的請託。

（我誤會二見兄了嗎……？）

高屋敷暗自反省，沿著村中道路往東鳥居口前進，忽然看見前方有手電筒的燈光在晃動。來到近處一看，是二見正和二守家的紘壹在路邊說話。

「二、二見兄，你在這裡做什麼？」

「啊，高屋敷巡查。哦，我正要去東鳥居口，紘壹從那邊走過來，便問他有沒有什麼異狀。」

二見如此解釋，但時間已是七點二十分。假設二見是在七點過後離開駐在所，豈不表示他站在這裡閒聊了近十分鐘？

「那麼，請問那邊有沒有什麼狀況？」

高屋敷壓下心中對二見的埋怨，轉問紘壹。對方是祕守家成員，語氣必須恭敬些。而且，紘壹和長壽郎一樣，是個彬彬有禮的青年，在祕守一族的男性當中實屬難能可貴，高屋敷對他頗有好感。

「不，應該……沒什麼不對勁的地方。」

今年剛成年的二守家長男想了一下，落落大方地回答。

「這樣啊。那我去東鳥居口看看。」

高屋敷盡力維持冷靜，敷衍地向二見敬了個禮，匆匆跨上自行車。

「好，辛苦了——我隨後就到！」

後方隨即傳來二見倨傲的聲音，但高屋敷當然頭也不回，揚長而去。

（可惡，他果然根本就不打算巡視東鳥居口！）

居然以爲錯怪了二見，高屋敷對自己氣惱極了。

不久，前方黑暗中朦朧浮現東鳥居的輪廓，只見石階下佇立著一個人影。

「誰在那裡！」

他立刻騎到那個人面前，倏地跳下車，阻擋對方逃跑，並拿出手電筒。

「嗯，這不是紘貳嗎？」

被手電筒燈光刺得瞇起眼的人，是剛才的紘壹小兩歲的弟弟、二守家次男紘貳。

「你在這種地方做什麼？」

「散步……」

不同於哥哥，紘貳口氣粗魯。

「在這種時間，到這種地方來散步？」

「我出門的時候天還沒黑，現在要回去了——」

「你去哪裡散步？」

「南、南守的馬呑池那裡啦……」

「如果是去馬呑池，回程不會經過這裡吧？」

「那、那是……我就愛繞路，你、你管我這麼多？再說，又不是只有我，我哥剛才也在這裡晃來晃去啊。」

這時，二見現身，來得出乎意料地快。

「怎麼啦？噢，這不是紘貳嗎？」

二見聽紘貳正要回家，居然不問高屋敷的意思，直接放他離開。

「多謝警察先生……哼！」

紘貳對二見點頭致意，接著對高屋敷露出譏嘲的笑，馬上就走掉了。

「二見兄！」

高屋敷瞪著紘貳，待他轉身離去，立刻向二見抗議。

「怎樣？」

然而，二見毫不心虛，反倒冷眼睨著盛怒的高屋敷。

「爲什麼把可疑分子放回去？」

「可疑分子？喂，村裡的人都知道，今晚一守家的雙胞胎要參加十三夜參禮，誰都有可能在散步途中，好奇地繞到鳥居附近看看吧？他們是二守家的兄弟，自然更關心了。」

「既然你都向哥哥問話了，不是也應該盤查一下弟弟嗎？」

雖然很清楚二見只是在和紘壹閒聊，但高屋敷刻意這麼問。

「紘壹說沒有異狀，那不就好了嗎？」

「今晚的十三夜參禮，和村子每年舉辦的祭典大不相同啊。」

「那又怎樣？何況，二守家的兄弟也算是不折不扣的儀式人員。」

「沒錯，所以我才說需要格外戒備。二見兄也明白，今晚的儀式攸關祕守家的繼承權吧？」

「我當然知道，但這又怎麼了？難道你要指控二守家的兩兄弟在東鳥居口附近徘徊，是爲了伺機除掉一守家的長壽郎？」

「不，我並未這樣一口咬定。只是，繼承權之爭可能會引發某些亂子——」

「這不就是同一個意思嗎？你這小子，對方是二守家的繼承人，無憑無據血口噴人，後果你擔得起嗎？」

「那麼，疏於保護一守家的繼承人，後果又是二見兄擔得起的嗎？」

高屋敷忍不住反駁，二見的臉上緩緩浮現出惹人厭的笑容：

「這麼說來，今晚的維安工作，你應該向權責單位申請相關許可了吧？」

「這……」

被戳中要害，高屋敷突然支吾起來。

在世人的眼裡，十三夜參禮這項儀式，無疑是一種迷信行爲。而且在國家的非常時期，居然舉行這種儀式，簡直是豈有此理，即使被抨擊爲不愛國、遭到重懲，也都是自找的。

如果有現職警察替這樣的迷信儀式進行維安工作，當然會是個大問題。高屋敷非常清楚這一點。

不過，不同於在城裡派出所上班的警察，舉家遷至駐在所生活的他們，除了警官的工作之外，還必須融入當地。不，他們必須先成爲當地人。在城裡，上任之後或許只要顧好分內職務就沒事了，但在媛首村，他們得努力成爲村民，否則想做好駐在所巡查的工作，可說是舉步維艱。

換句話說，村子的問題，也是他們的大事。二見本人肯定比任何人都更明白這一點。倘若一守家沒有男孩可繼承家業，而二守家有，然後今晚又是十三夜參禮，二見絕對會和高屋敷一樣，向其他兩名警察提出相同的請求，要他們巡守鳥居——只不過，如果是二見，應該不是提出請求，而是命令。

但思考這些假設的情況也無濟於事。因爲只要二見否定，高屋敷也無可反駁，而且二見的質疑名正言順。

「算了，不跟你追究。年輕人就是莽撞嘛。」

二見寬大爲懷地對沉默的高屋敷說道。說他年輕，但高屋敷已三十一歲，當然也頗有歷練，這話無疑是一種侮辱。

接著，二見擺出教訓學生的老師態度：

「雖然這麼說，但年輕不懂事犯了錯，就該向經驗老到的前輩討教，盡速改正。聽著，除非像這樣相互砥礪，切磋琢磨，否則永遠無法有所成長。這次的事，我就留在心底，往後你千萬要留意自己的言行。」

高傲地大放厥詞後，二見又說：

「好啦，我去探望一下正在窮忙的老實人佐伯巡查吧！」

二見丟下這番話，踩著自行車前往南鳥居口。

「呼……」

高屋敷忍不住大嘆一口氣，像要吐出憋在胸口的悶氣。

（不過，祕守家——尤其是一守家在村中的勢力有多大，二見兄明明再清楚不過，爲何不肯好好協助我？）

其實高屋敷明白，最根本的理由十分可笑，八成是相較於佐伯，高屋敷不願對二見付出額外的敬意。這次也是，如果高屋敷在提出請求之前，找二見商量一聲，就算是做做樣子，先徵求二見的同意，二見便不會處處作梗。只要給足他身爲巡查部長的面子，就能皆大歡喜。

（我知道是知道……不，我理解他的想法，可是——）

高屋敷知道逢年過節，二見都會收到來自二守家的各項饋贈。不過，儘管二見本身支持二守家，但十三夜參禮對祕守全族都極爲重要，他卻嗤之以鼻，這種態度著實令人不解。只嘮叨幾句就罷休，無非是二見也擔心阻撓十三夜參禮維安工作一事，傳進富堂老翁的耳裡。

（也就是說，二見兄對一守家仍是另眼相看的，只是他對十三夜參禮不太感興趣。或著，是刻意迴避，不想牽扯進去……？）

這時，一個極可怕的念頭驀地浮現在高屋敷的腦海。

（不，等等。難不成，二見兄私下期待十三夜參禮會出什麼亂子……？）

當然，最可怕的亂子，莫過於往昔也有前例的繼承人離奇死亡。假設長壽郎遇上那樣的災禍——

（那麼，二守家的紘壹將成爲祕守家的繼承人，二守家自動升格爲一守家。如此一來，二見兄就成了村中最高權力者土地上的駐在所巡查。）

這個想像實在太可怕，高屋敷連忙搖頭甩開。

（不不不……這實在太離譜了。二見兄好歹是個警官，不可能會有那麼荒唐的念頭。就算是二見兄，也不至於……）

儘管否定，不知不覺間，漆黑的疑雲在高屋敷的心底擴散開來。

從某個意義來說，高屋敷的憂心不幸成眞了。不過，接下來即將發生的驚人異事，卻與他的想像截然不同。

第三章　媛首山

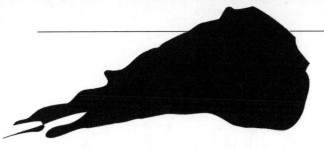

媛首山名為山，其實就是巨大的丘陵。橢圓形的外觀像是渾圓隆起的龜甲，朝左右（即東西）伸展，被蓊鬱的樹林覆蓋，或許更應該說是一片廣袤的森林地帶。它就隆起於村子正中央，鎮坐在此。

媛神堂約莫建於媛首山中心，共有三條路通往此處。第一條在一守家面對的山的北側，這裡有舉行祭神儀式時使用的祭祀堂，稱為北鳥居口。第二條在與二守家相對的東側，稱為東鳥居口。第三條位在面對三守家的南側，是為南鳥居口。

從任何一座鳥居進來，一開始都必須登上石階，走過蜿蜒的石板參道，接著會看見水井。不過，只有從北方參道上來時，才會遇到這口井。從東邊和南邊的參道上來時，則是會碰到一般神社常見的手水舍。水井和手水舍旁邊，分別祭祀著祓戶神的祠堂。參拜者得先在此洗去污穢，再穿過前方的小鳥居。

穿過第二座鳥居，即是鋪滿鵝卵石的境內，中央鎮坐著北側為格子門的媛神堂。堂裡祭祀著相傳為媛首塚的大石碑，後方則是稱為「御淡供養碑」的小石塔。

這兩尊祭神，就是被稱為「淡首大人」的可怕神靈。祂們保護著祕守家世世代代，卻又同時為害著祕守家。

媛首塚最早的傳說，要追溯到天正十八年（一五九〇）。該年七月，媛神鄉裡的媛神城遭到豐臣軍攻擊，城主氏秀自盡，兒子氏定翻越媛鞍山，自西邊的日陰嶺逃到鄰國。然而，隨著氏定逃亡的淡媛，在山中不幸被豐臣軍的追兵以弓箭射中頭部摔倒，隨即遭到斬首殺害。

淡媛這號人物，從以前便有著奇妙的傳聞。據說，她會恣意虐殺侍女、生食鳥獸、耽溺

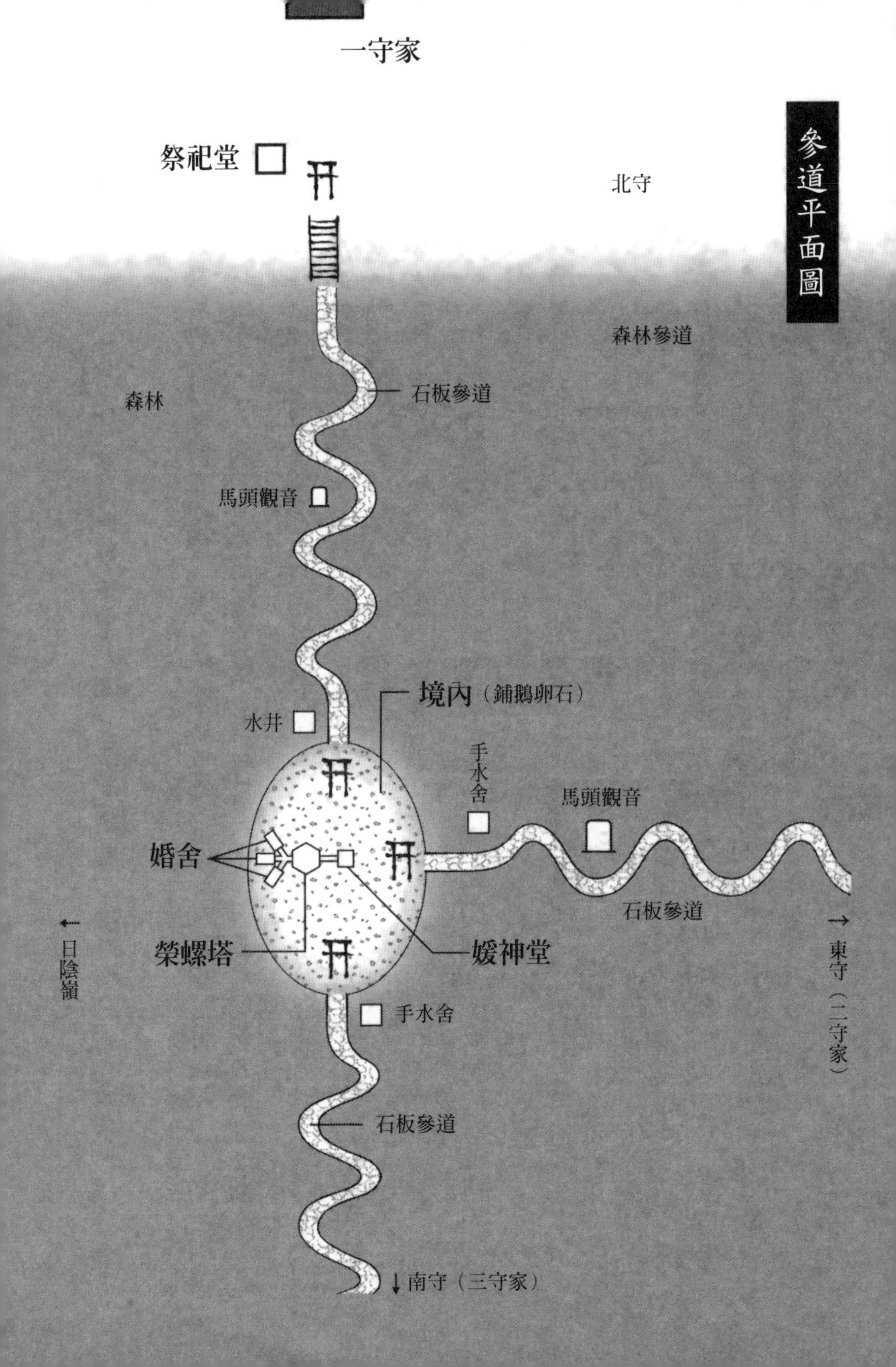
參道平面圖
一守家
祭祀堂
北守
森林參道
石板參道
森林
馬頭觀音
境內（鋪鵝卵石）
水井
手水舍
馬頭觀音
婚舍
石板參道
←日陰嶺
榮螺塔
媛神堂
→東守（二守家）
手水舍
石板參道
↓南守（三守家）

於妖異的祕術，任何男人都是她的入幕之賓——諸如此類。所以，即使村人爲氏定平安逃生而欣喜，也無人爲淡媛的慘死哀悼。

然而，媛神城被攻陷不久，便陸續有人遇到可怕的事。

某個燒炭人用媛鞍山砍來的木頭燒炭，炭窯的狀況卻有些不對勁。燒炭人覺得奇怪，從小窗窺望炭窯內部，發現木頭看起來竟像人骨，還漫出人肉燒焦般的噁心臭味。

燒炭人嚇得幾乎腿軟，這時突然下起小雨，一股令人招架不住的惡寒籠罩全身。他提心吊膽地回頭，眼前居然站著一個鎧甲殘破、渾身是血的敗逃武士。只見武士努了努下巴，像在叫他好好再看一次炭窯。燒炭人嚇得渾身哆嗦，仍再次轉頭看窯，目睹一幕驚駭的景象：一顆包裹著熊熊烈焰的女人首級，面露詭異的猙獰笑容，發出嗤嗤聲響，逐漸燒成焦炭。

燒炭人放聲慘叫，轉頭不敢再看，卻發現身後的武士消失，變成上身血淋淋的無頭女子撲來。燒炭人嚇得魂飛魄散，好不容易逃回村裡，隨即發起高燒，一病不起，幾天後就一命嗚呼了。

除此之外，還有一個村人在濛濛細雨中，準備由北至南翻越媛鞍山。不知不覺間，有個怪模怪樣的陌生女人走在前頭。她肩上披著衣物，明明沒有風，衣服卻輕飄飄地鼓脹起來。

深山窮谷，這女人在這裡做什麼？村人頓時心生害怕，轉身想要折返，後方竟也有個模樣古怪的女人。對方戴著斗笠，臉部包著頭巾，底下的身子卻只穿了件薄薄的長襦袢（註），怎麼看都很不尋常。

村人慌忙再度轉身，只見前方的女人衣服輕飄飄地掀起……底下竟空空如也，只有一顆首級浮在半空中。這時，那顆首級緩緩旋了過來。村人返身要逃，發現後方的女人頭上的斗笠和頭巾脫落……底下一樣空空如也，只有無頭的身體兀自往前走。前方是首級，後方是無頭的身體，前後包夾，朝他逼近。

情急之下，村人迎向女人的首級，衝了過去。就在撞上首級的前一刻，他鑽過底下溜出，頭也不回地一路逃到山的南側，總算保住一命。但此後夜復一夜，他都會夢囈，說人頭從山上來找他。約莫過了一個月，他忽然消失不見。

村裡陸續有人遭遇這類怪事，大家才想到要找出淡媛的的屍首加以安葬，卻發現她的屍身不僅遭動物啃食，早已腐敗，唯獨首級毫髮無傷，完整無缺——而且雙眼暴睜，不曾閉闔。

眾人驚懼萬分，將淡媛的屍首厚葬，祭祀爲媛神。然後不知不覺間，媛鞍山變成媛首山，媛神大人在紀錄上也自然而然地轉變爲媛首大人。

另一個御淡供養碑的傳說，源於淡媛傳說約二百年後。

寶曆年間（一七五一～六三），祕守家家主德之真外出辦事時，娶進門才半年的繼室阿淡竟趁機與男僕私奔。兩人由東向西翻越媛鞍山，逃往西邊的日陰嶺。這恰恰就是約兩百年前淡媛逃亡失敗的路線，宛如一個詭異的巧合。

不過，阿淡成功翻越山嶺。她和情郎手牽著手，逃離媛首村、祕守家，以及丈夫的身邊。當然，返家後得知妻子和僕人私通，德之真暴跳如雷，不惜重金派人四處搜尋兩人的下落。皇天不負苦心人，幾個月後，終於查出兩人的所在地。然而，或許時間讓德之真的心境

註：和服底下的襯衣。

有了轉變，他並未將兩人強抓回來，反而派人傳達他既往不咎的意思，表示只要兩人回來，一切都能一筆勾銷。

德之眞的口信讓兩人大吃一驚。商量之後，只有阿淡一個人回去。男僕應該是認爲自己背叛主子、姦淫主母，再怎麼厚顏無恥，也沒臉回去。

幾星期後，阿淡乘著轎子回到祕守家。轎子抵達門口，阿淡準備下轎的時候，躲在一旁的德之眞立刻舉著日本刀猛砍下來。他想在阿淡的頭伸出轎子的瞬間，讓她身首異處。

然而，德之眞的刀被阿淡的髮簪卡住，沒能將她的脖子砍斷。刀子陷在她的頸中，導致她痛苦翻滾，直到斃命。

阿淡滿地打滾，瘋狂號叫：

「我詛咒你……詛咒你的子子孫孫……詛咒你的子孫七代！」

極盡痛苦之後死去的阿淡，在德之眞的命令下，沒有受到祭祀，而是扔到村邊的亂葬崗。下葬時，只有無量寺的和尚和小沙彌兩個人在場。

一段日子後，德之眞與前妻生下的長子德太郎，被橡果餅噎死。接著，次男德次郎被馬蜂螫到脖子猝死。後來，德之眞再續了弦，卻接連生下兩個無腦兒，沒多久，後妻便發瘋自殺了。除此之外，家中不斷有人埋怨脖子或手腕、腳踝不適（註）。

德之眞嚇壞了，將阿淡的遺體從亂葬崗挖出來，重新厚葬在祕守家的祖墳。然而依舊怪事連連，最後德之眞在媛神堂裡立起阿淡的供養碑。不光是名字都有「淡」字，種種跡象顯示，阿淡與淡媛之間或許有著非比尋常的因緣。據傳不久後，先前籠罩著祕守家的恐慌氛圍，也就漸漸平息下來了。

起初，淡媛（AOHIME）被敬稱爲「媛首（HIMEKAMI）大人」，因此將阿淡（OEN）敬稱爲「淡首（ENKAMI）大人」，但讀音拗口，又由於儘管身分不同，一旦供奉，都一樣是神明，村人自然而然將兩人統稱爲淡首（AOKUBI）大人。約莫是採用了淡媛和阿淡都有的「淡」字。至於把「淡」字讀作「AO」，除了考慮到「OE」不好發音以外，說穿了，還是生前地位有別。

只是時至今日，村人依舊認爲，受到祭祀的淡首大人，仍不斷降災於祕守家，尤其是一守家。淡媛被射中斬首後過了約三百五十年，阿淡被斬首也過了約兩百年，與淡首大人有關的作祟和災禍之說，始終未曾中斷。

媛首村自古流傳的童謠中，留下這麼奇妙的一首：

贏了好開心　花一匁
輸了不甘心　花一匁
祕守家的嫡子過來呵
身體疲倦沒法去
祕守家的媳婦過來呵
脖子痠痛沒法去
好吧算啦　想要哪個孩子

註：脖子、手腕及腳踝的日文爲「首」、「手首」、「足首」，皆有「首」字。

要男孩
男孩早去　女孩可好
女孩結實　一守家要絕後
好吧算啦　想要哪個孩子
要男孩
男孩早來　女孩可好
女孩長壽　一守家要滅族
好吧算啦　想要哪個孩子
商量商量吧　問那孩子吧　就這麼辦吧

孩子們會唱著這首歌，玩著類似「花一匁」（註）的遊戲。玩的時候，以一起遊玩的同伴名字取代「男孩」和「女孩」的部分，分成兩組對唱。

細究歌詞，可以讀出在祕守家，男孩比女孩更健康長壽。但男孩「早去」、「早來」，這部分語意含糊，令人費解。聽說，其實這是改寫過的歌詞，原本的歌詞中，「早去」是「早夭」，「早來」則是「早死」。還有，「身體疲倦沒法去」是「體弱多病沒法去」，「脖子痠痛沒法去」是「首靈可怕不敢去」，「問那孩子吧」是「請示首靈吧」。當然，這裡說的「首靈」，指的都是淡首大人。這樣的歌詞實在不敬，怕會引來作祟，自然就演變成現存的歌詞。

媛首村民的這些顧忌——不，應該說是恐懼——絕非憑空而來。因爲村子裡每個人都知道一個不爭的事實：祕守家的男孩歷來都難以平安成人。所以，如此令人毛骨悚然的童謠，才會在孩童之間傳唱開來。

祕守家有很長的一段歷史，都由當代家主的嫡長子繼承家業，維繫家族。雖然後來分爲三家，以一守家、二守家、三守家爲屋號，仍繼續遵循這個規矩，即一守家的長男就是祕守一族的族長——這是祕守家不成文的規定。

然而，最重要的一守家卻難以生養男孩。男孩幾乎都早夭，即便長成了少年或是青年，也經常是體弱多病，或傷痛不斷。縱然罕有健康成長的例子，也都是弱柳扶風之態。相反地，女孩丟著不管仍會健康長大。由此可知，傭人私下對長壽郎和妃女子的議論，以及村人對妃女子這個名字的解讀，絕非單純的揶揄、胡言亂語或信口雌黃。

一守家沒有培養出繼承人的情況，祕守家的族長會從二守家及三守家的長男中選出。若是二守家掌握祕守家的權力，與一守家的地位就會翻轉。原本的二守家將成爲一守家，而一守家降格爲二守家。三守家出了族長的情況，亦是如此。

不過，在祕守一族漫長的歷史中，從未眞正上演過這種戲劇性的權力轉換。儘管多次面臨下一代無人繼承的危機，一守家總能在千鈞一髮之際繼續保住地位。體弱多病卻苟延殘喘的富堂老翁，或許就是最好的證據。當然，兵堂也是。

順利將祕守一族的一守地位，代代相傳給嫡子——這就是被稱爲三三夜參禮的一連串儀

註：「花一匁」是配合兒歌伴奏的遊戲，孩童分成兩組相對並排，每一組輪流出一人猜拳，贏的可以得到一人，最後沒有人的一組就算輸。

式的目的。

這套祕守家獨特的儀式，會在孩子出生、三歲及十三歲，成年後則是二十三歲及三十三歲當年的中秋，參拜媛神堂，祈求平安成長。對象不分男女，二守家和三守家的孩子也同樣參加，在這個意義上，堪稱屬於全族的儀式。不過，蒙受最大的護佑——或者說最需要這份護佑的，無疑是一守家的嫡子。這一點可從以下的事實看出：女孩多半只有三夜參禮和十三夜參禮，即使是二守家和三守家的長男，也只進行到二十三夜參禮就告終，唯獨一守家的繼承人，必須徹底執行到三十三夜參禮。

然而，對淡首大人崇敬到這種地步，一守家的男孩仍會在某天突然撒手人寰。執行二十三夜參禮時，就等於繼承了祕守家，為何還需要三十三夜參禮？思考箇中理由，代代繼承人對於猝不及防、毫無道理的死亡所懷抱的恐懼，讓人深深感受到他們的戰慄之情。

三三夜參禮中，格外受到重視的，就是從少年步入青年的十三夜參禮。而今晚就是長壽郎的十三夜參禮。

（長壽郎少爺不害怕嗎……？）

斧高太害怕了，差點在漆黑的參道上動彈不得。但他拚命克制恐懼，把自己的害怕代換成長壽郎的感受。如果不這麼做，他隨時可能哭出來，癱軟在石板地上。

現在他親身感受到，夜晚的媛首山超乎想像的恐怖。白天他來過好幾次，再說，從北鳥居口到媛神堂的路線只有那麼一條，別無岔路，他覺得閉著眼睛也走得到，才會小看了這座山，以為黑夜根本不足為懼。

然而，日落後的媛首山，氣氛實在是天差地遠。應該要當成完全不同的世界，做足心理建設才能踏入。至少，這絕非年幼的孩子能傻傻獨自闖入的空間。

不僅如此，夜晚的媛首山一片寂靜，踩在石板地上，無可避免會發出腳步聲。爲了避免被發現，必須拉開一定的距離。長壽郎不知是否爲了十三夜參禮這場特別的儀式感到興奮，腳步比平常快了許多。不管是登上石階，還是經過參道的腳步，都一反平日的穩重。稍一疏忽，朦朦朧朧的燈籠火光便愈離愈遠，弄個不好，就會被拋在一片漆黑中，斧高不禁心生恐懼。

然而，明明焦急，他卻沒有加快腳步，只維持著不跟丟燈籠火光的距離，尾隨在後。雖然一開始他只是想更靠近長壽郎一點，至少拉近到看得到他的背影——

因爲在漆黑之中，盯著前方幽幽浮現的火光前進，一個念頭掠過腦際：那眞的是燈籠的火光嗎？以提燈的火光來說，是否太圓了點？太朦朧了點？一旦開始懷疑，便克制不住自己。他強烈地感覺到，在前方的黑暗中搖擺的物體，隨時都會停下動作，轉往自己而來。

（**那**會不會是首無……？）

在媛首村，最受到畏懼的莫過於淡首大人。但古時稱爲媛神鄉的此地，還有許多自古便受到村人忌諱的怪物，像是位牌山或山魔等等。其中最受到鄉人厭忌的，就是「首無」這個神祕的怪物。

（哈哈……怎麼可能……）

斧高勉強要笑，嘴巴卻僵到怎麼也擠不出笑容。

若是淡首大人，一般公認只要克盡禮數，就不會禍及村人，但首無就不同了。一旦碰到首無、被首無附身，就再也無路可逃。首無帶來的，只有壓倒性的恐怖。

說起來，首無究竟是什麼？是怎樣的形姿？爲何會在此地出沒？一切都是謎。儘管如此受人恐懼，卻沒有任何人能完整的說明。

有人從「首無」這個字面，把它和淡媛及阿淡相關的異事連結在一起。也有傳說指出，淡媛身邊的侍童和主人一樣遭到斬首慘死，那就是首無其人，至今仍在淡媛身邊服侍。老人家大部分都傾向把首無和淡首大人視爲一同。儘管眾說紛紜，首無的一切依然是個謎。「自古以來就有首無的傳說」、「有許多和首無相關的怪談」、「爺爺的朋友見過首無」——首無就像這樣，作爲媛首村的一部分，融入村人的生活。

證據就是，時至今日，只要發生無法解釋的毛骨悚然現象，經常就會被說：「一定是首無幹的。」

雖然「在某地目擊首無」、「和首無擦身而過」、「遭首無附身」這類事情已很少聽聞，但並非完全根絕。也就是說，連大人都這樣了，難怪身陷黑夜中、疑神疑鬼的孩童會想到首無，害怕不已。

再加上，那團渾圓朦朧的火光突然停了下來，左右擺盪，斧高背後頓時爬滿雞皮疙瘩。一想到前方那玩意隨時可能飛撲而來，斧高幾乎就要甩頭就跑。但他鼓起全副勇氣，總算撐了下來。他定住不動，觀察片刻，看見在原地擺盪的東西倏然移向右邊。

（啊，走向水井了。）

斧高悟出朦朧的圓光確實就是提燈，剛才火光奇妙的擺動，是長壽郎在查看四周狀況。

斧高不禁放心地吁了一口氣，更加小心翼翼地走完剩餘的參道。記憶中，水井稍前方的石板地左邊，應該有一座足以藏身的大石碑。很快地，斧高找到那塊石碑，躲藏之前，不經意地朝水井一望，整個人呆住了。因爲長壽郎全裸的背影赫然躍入眼簾。

擱在水井旁的提燈火光中，幽幽浮現出一絲不掛的身軀……

（怎、怎、怎麼會？）

斧高擔心是不是主人緊張過度，神智不清。不過，斧高隨即想到長壽郎是在沐浴淨身，祓除污穢。如果是單純參拜，洗手即可，畢竟是重要的十三夜參禮，規矩想必有所不同。

雖然察覺箇中原因，斧高仍遲遲無法從目睹長壽郎裸體的衝擊中恢復過來。不是看到裸體驚慌失措，而是那具裸體意外地魁梧結實，帶給他莫大的衝擊。

對比平日幫忙家中勞務的村中兒童，長壽郎的身材還是顯得瘦弱許多。然而，眼前那具身軀的線條讓人充分意識到是男性，一下推翻了斧高過往對長壽郎的印象：並非男性，當然也並非女性，若要形容，是一種中性的魅力。

（可是，畢竟是十三夜參禮，這也是理所當然吧……）

斧高感覺到，從少年蛻變爲青年的儀式意義，在這一刻清楚地呈現眼前。他也充分理解到，對祕守一守家的繼承人來說，這是一場重要的通過儀禮。只是，一想到長壽郎或許將變成凡庸的大人，還可能是父親兵堂那種低劣的男人，實在教人難以忍受。這讓他感到一股無法言喻的失落。

對斧高來說，長壽郎極爲神祕。在旁人的眼中，長壽郎是主人，斧高是服侍他的傭人。斧高完全理解這一點，也不打算偷懶馬虎。不單對長壽郎如此，對妃女子也一樣。因爲這是一守家賞自己一口飯、給自己地方睡的代價。從斧高踏進一守家那一刻，兼婆婆便不厭其煩地灌輸他這番道理。

然而，只要善盡職責，有什麼感受，不也是個人的自由嗎？雖然年紀尚小，但斧高這麼認爲。這樣的思維，恐怕是來自他特殊的際遇。

撇開傭人的身分，長壽郎是一守家中——不，是整個媛首村裡，唯一讓斧高感到親近的對象。但他並非把長壽郎視爲年紀相差甚遠的兄長，當然也不是父親。不用說，也不是母親或姊姊，更不同於朋友。勉強要形容，就像是這些角色全部揉雜在一起嗎……？不過，這等於什麼都沒有解釋。

隨著成長，斧高漸漸不知道如何處理自幼對長壽郎的思慕。當時的情感，是否接近初戀？青春期的斧高如此回顧，煩惱不已。當然，六歲的他，不可能明白現在自己複雜的感受。他唯一篤定的，就是長壽郎是非常重要的人。

所以，他才隻身來到這裡，卻目睹心愛的長壽郎日漸蛻變的一小部分，痛苦不堪。

（長壽郎少爺要變成大人了……）

腦海再次浮現長壽郎的父親兵堂粗鄙的樣貌，以及祖父富堂老翁傲慢的神態，兩人的身影和長壽郎重疊在一起。

（不、不會的！長壽郎少爺絕對不會變成那樣！）

斧高當下否定，覺得這些想像是在褻瀆長壽郎，但他實在無法繼續盯著長壽郎的裸身。

（或許根本不需要我來保護……）

斧高在心中低語，還是躲到石碑後方，卻大意地踢到散落在參道上的鵝卵石。圓石滾過石板的清脆聲響，立時響徹四下。

「是誰？」

長壽郎厲聲質問的聲音在境內迸發開來，緊接著傳來走近的腳步聲。

強而有力的斥喝與腳步聲，感覺並不是斧高熟悉的長壽郎。那是已獨當一面，自覺是一守家的繼承人、往後將成爲祕守一族之長的男人。

這一刻，斧高醒悟自己打擾了非常重要的儀式，現在的長壽郎絕對不會原諒他的行爲……

（怎、怎麼辦……？）

斧高腦袋一片空白，情急之下，他躲到近旁的樹木後方，實在來不及躲到原先看中的石碑後面。

這個決定是對的。只見提著燈籠四下查看的長壽郎，突然走向石碑。仔細想想，參道盡頭附近可能躲人的地方，只有那座石碑。

（幸、幸好沒躲在那裡……）

斧高正欲鬆一口氣，隨即想到自己藏身的樹木也可能引來懷疑。

但長壽郎查看石碑後方，似乎就此罷休，只是提著燈籠四下張望，便返回水井旁。他約莫和巡至鳥居口那時候的高屋敷一樣，想不到會躲著一個六歲孩子，所以沒有再特地檢查不可能躲藏一名大人的樹木後方吧。

斧高當然不知道長壽郎爲何不來查看這棵樹後方。他只是單純爲順利躲過一劫而開心。

斧高稍微探頭，目送長壽郎經過樹木折回水井，頓時僵住。因爲他冷不妨瞥見長壽郎僅簡單在腰上紮了條手巾的下腹部。

這一幕比看到裸體背影帶來更大的衝擊。即使不願意，斧高仍再次意識到長壽郎是個男人。腦中浮現的，全是長壽郎長大後成爲祕守族長，不久後變成父親兵堂那樣、最後變成祖父富堂老翁那樣，淪爲傲慢自大又好色的醜陋大人的模樣。

（不要……我不要……）

片刻後，傳來以井水沐浴的潑水聲。

斧高雙手摀著耳朵，緊緊閉上眼睛，蹲在原地，以爲聽不到這些聲音，長壽郎就能永遠維持現在的模樣。

（什麼十三夜參禮，這種儀式怎麼不廢除算了！）

想要守護儀式順利進行的初衷，早已煙消霧散。

一會後，傳來踩過鵝卵石的細微聲響，斧高知道是長壽郎走向媛神堂了。

（啊！得目送少爺進入堂內才行……）

這個念頭冒了出來，斧高自己也驚訝不已。他不得不承認，不管外表如何變化，長壽郎仍是最重要的人。

諷刺的是，即使重新認識到這一點，他也無法繼續跟上去。放下捂耳的雙手之後，腳步聲顯得異樣清晰。

要前往媛神堂，必須經過鋪滿境內的鵝卵石地。想無聲無息地經過境內，首先就是不可能的事。光是靠近媛神堂，就會被長壽郎發現。

（只能跟到這裡嗎……？）

斧高湧出近似失落的情緒，在樹木後方坐了下來。如果就這樣風平浪靜，也許他會在這裡一直坐到隔天早上。

然而——

斧高似乎聽見聲響。他以爲是長壽郎走出媛神堂，聲音卻來自反方向。

（啊，是妃女子小姐！）

由於滿腦子想著長壽郎，斧高完全忘記妃女子。

（萬一被她發現，後果不堪設想……）

若是被抓到，絕對是吃不完兜著走，斧高不禁全身哆嗦。他一心祈求妃女子快點進去媛神堂。

很快地，右方參道冒出一盞朦朧的提燈火光。雖然擔心被發現，又忍不住想偷看。斧高趴跪在地上，等到對方即將通過的那一刻，從樹木後方探頭窺看。

妃女子身上的紅袴正好從眼前一晃而過，斧高連忙縮回腦袋。

（被、被看到了嗎？）

心臟跳得飛快。斧高暫時按兵不動，卻湧出想瞧個仔細的好奇心，於是轉爲從樹木左側探頭。

（啊！）

映入眼簾的，是妃女子的裸體。在井邊進行祓禊儀式，這一幕應該是可預期的，斧高卻嚇傻了。而且，這次帶給他的震撼，比長壽郎那時候更強烈。

因爲——

（好、好美……）

如同在長壽郎的裸身上感受到意外的男性雄風，他瞠目結舌，目睹妃女子流露那從未接觸過的女性嫵媚，簡直是驚心動魄。

在井邊的提燈朦朧的火光中幽幽浮現的妃女子裸體，綻放出無比夢幻之美。

雖然尚不成熟，但柔軟的腰肢、微微隆起的乳房，最關鍵的是那身近乎耽美的冶豔細膩的肌膚……眼前的景象之美，無怪乎斧高會忍不住讚嘆，對妃女子徹底改觀，看得出神。

不過，其實他看到的並非妃女子的全身。發現這件事的瞬間，他發出壓抑的尖叫：

「啊……」

幽暗的燈火中，只見意外白皙的赤腳、童稚卻散發嬌媚氣息的纖腰與胸脯，不加遮掩、大方展現身軀的雙臂，以及如黑夜般漆黑空無的頸脖上方……

沒錯，她沒有頭。

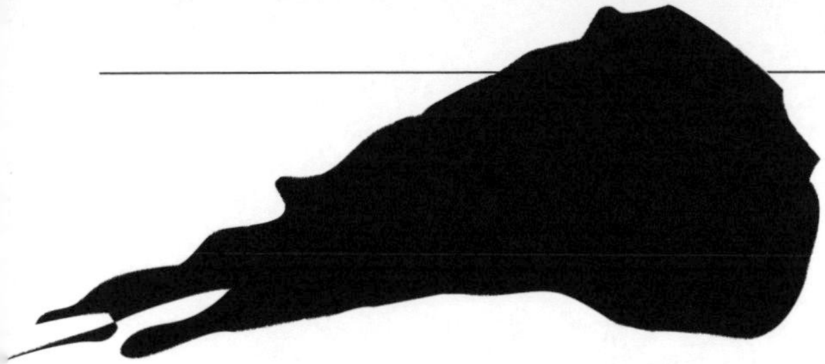

第四章　東鳥居口

高屋敷揣測著二見的眞意，忽然想起自己來到東鳥居口的目的，連忙左顧右盼。

（東鳥居口交給佐伯巡查應該沒問題。）

北鳥居口有一守家的三個人。他們都是當事人的自家人，應該不會掉以輕心。

（問題果然出在這裡。）

二見派不上用場，而且再怎麼說，東鳥居口面對二守家。南鳥居口有佐伯保護，三守家現在並沒有最關鍵的嫡子，即使想加入繼承權之爭也沒辦法。換句話說，三個出入口當中，最須嚴加戒備的就是東鳥居口。

實際上，二守家的兩兄弟就在鳥居附近徘徊，行蹤鬼祟。紘壹應該不至於亂來，但對紘貳絕不能大意。證據就是，哥哥老實承認來過鳥居，被當場抓包的弟弟卻想抵賴。

（可是，二見兄卻——）

忍不住又對巡查部長的言行犯起嘀咕，高屋敷連忙搖頭甩開雜念。

（別管他了，先從石碑後面開始檢查吧。）

在手電筒燈光映照下，鳥居左右浮現數片石板。

走在媛首村中，最引人注目的就是形形色色的石碑和馬頭觀音像。石碑中最多的是板碑，也就是所謂的供養塔，平坦的板狀石片表面，以梵字雕刻著阿彌陀如來等佛號，以及法名、卒年、故人的事蹟等等。

村中現存的板碑，幾乎都被視爲關東武士之碑。而且不是有身分的武士，全是農兵和鄉兵。如果沒有留下供養塔，這些人都會湮沒在歷史的黑暗中，讓人感受到一股莫名的悲哀。

不過，這些感傷與現在的高屋敷無關，他認爲賊人要是有空躲在這種地方，應該早就前往媛神堂了，但還是仔細檢查石碑後方。因爲對方可能看見他的自行車燈光，反射性地躲藏起來，也可能有意想不到的伏兵預先潛藏在此。

檢查完鳥居周圍，登上石階，爬到頂時，高屋敷回頭望去。

「今晚眞是黑得教人發毛……」

東守的村子沉陷在濃濃的黑暗中，他不由得發起牢騷。不過，此刻他注視的並非村子的風景，而是不論夜幕再深，仍散發出壓倒性存在感的二守家壯麗的屋舍。

（站在一枝老夫人的角度，她無論如何都希望長孫紘壹能繼任祕守族長之位。爲了達成目的，即使有些不擇手段，她什麼事情都做得出來。）

一枝老夫人被稱爲「二守婆婆」，是富堂老翁唯一的姊姊。這個親姊姊，是在村中呼風喚雨的富堂老翁唯一招架不住的對象。而且，一枝老夫人對於弟弟以及一守家本身，長年來懷抱著極端的恨意。

（然而，她卻想讓金孫繼承恨之入骨的一守家屋號……實在太諷刺了。）

一切的開端，源於一守家的家風。一守家徹底慣養繼承家業的男孩，女孩則被視如敝屣。這男尊女卑的陋習，一直延續到長壽郎與妃女子身上。

在一守家成長的歲月中，不知不覺間，一枝逐漸對只因是男孩就能爲所欲爲的弟弟，萌生強烈的嫉妒與刻骨的憎恨。富堂耽溺於自己得天獨厚的際遇，連姊姊都不放在眼裡，更加深了一枝的恨意。一枝後來嫁進二守家，肆無忌憚地大發豪語，說總有一天要奪得一守家的屋號，送給夫家。實際上，本人也宣稱就是全仗著這個念頭才能活到今天，執念駭人。

（明明是親手足……）

得知兩人可怕的關係時，舊家望族才有的複雜人際關係讓高屋敷驚駭不已。

富堂老翁原本有三個兒子：長男國堂、次男強堂，以及三男兵堂。這是老翁命的名，從自己的名字排下來，就是「富國強兵」四個字。雖說反映了當時日本的社會狀況，卻也寄託了老翁希望兒子們健康長大的心願。然而，首先是國堂在七歲病死，接著強堂在五歲一樣死於疾病。

唯獨在這種時候，村人們在提到可能是淡首大人作祟前，會先想到莫非是一枝老夫人的執念所致？因爲許多村人都目睹一枝老夫人風雨無阻地前往媛神堂祭拜的身影，揣測她究竟是去求些什麼。

得知姊姊似乎存心不良，富堂老翁嚴命奶媽藏田兼，無論如何都要保住兵堂的性命。藏田兼賭上一口氣，發誓絕對要把小少爺平安扶養長大。據耆老描述，這不是玩笑話，當時雙方各顯神通，展開一場幾乎是大鬥法的激烈較勁……從這層意義來看，是藏田兼守護的力量贏得了勝利。

兵堂如同歷代的繼承人，儘管大小傷病不斷，卻沒有危及性命，順利長大，舉行十三夜參禮與二十三夜參禮，成功繼承一守家。不僅如此，還在九年前完成三十三夜參禮，身爲一守家的男丁，繼富堂老翁之後，兵堂總算步入高枕無憂的境地。

（一枝老夫人肯定恨得牙癢癢的。）

撇開她是否眞的在媛神堂祈求三兄弟死去，國堂與強堂過世時，她想必也希望兵堂一起歸西。

（不，以一枝老夫人的心性，她八成從一開始就祈禱三兄弟都死去……）

思及此，高屋敷一陣毛骨悚然。淡首大人作祟，是否只有一枝老夫人能夠對抗？印象中，他聽說藏田兼的力量只能用於守護，但一枝老夫人具備的不就是攻擊力嗎？果眞如此，只要祕守一族團結合作，或許有辦法斬斷延續多代的作祟鎖鏈。

（不過，這應該是不可能的。）

事到如今，那兩人實在不可能握手言和。所有的村人一定都會這麼說。

（況且，世上根本沒有什麼惡靈作祟。）

儘管這麼想，實際踏入媛首山東鳥居口，俯望坐落在黑夜中的二守家，高屋敷漸漸感覺到，在媛首村，什麼怪事都可能發生。

（這種想法太荒唐了……）

高屋敷在內心否定，轉身背對二守家，踏上參道。

附帶一提，除了姊姊以外，富堂老翁還有兩個妹妹。當然，本來有其他兄弟，但毋庸贅言，全在小時候過世了。

兩個妹妹當中，次女二枝嫁到三守家，三女三枝嫁到相當於祕守家遠親的古里家。約莫是身爲妹妹的關係（三守家沒有嫡子或許也是原因之一），對於富堂老翁或一守家，二枝似乎都不像一枝老夫人那樣懷有特別的情感。但高屋敷不時聽到一些傳聞，說一枝老夫人覺得妹妹太沒用，正在暗中撩撥她的心思。

（如今也沒辦法要三家和睦地共同繼承家業吧。）

高屋敷走在石板參道上，打從心底慶幸自己不是出生在祕守這樣的傳統大家族。小歸小，但他覺得自己有北守駐在所這個家，就心滿意足了。

沒多久，右方出現馬頭觀音的大祠堂。算算已過了三分之一的參道。愼重起見，他檢查了祠堂周圍和裡面。

村莊內外祭祀著許多馬頭觀音，因爲過去當地交通運輸不可或缺的就是馬。實際上，在歷史上，馬也比人更受器重。如果備受珍視的馬匹因故死去，就會在該地祭祀馬頭觀音。此外，交通險阻之處也會建立馬頭觀音堂，祈禱人馬安全。媛首山中的馬頭觀音堂，應該兼具這兩種意涵。

（那麼，該檢查到哪裡才好？）

經過馬頭觀音祠，只剩下媛神堂要巡視，高屋敷卻猶豫起來。

（不能貿然現身，干擾儀式。）

十三夜參禮具體上是怎樣的儀式，高屋敷毫無概念。雖然他曾考慮不進去媛神堂，站在第二鳥居看看就好，但這個舉動也可能對儀式不敬，不能輕率行動。

（留心防範可疑人物從東鳥居口侵入，這就是我的職責。）

高屋敷決定不採取更進一步的行動，從看到蹲踞在參道前方的媛神堂黑影的地點折返。當然，一路上他也監看著四面八方。

就在這時，他忽然聽見人聲。

他停步豎起耳朵，卻沒聽見任何聲音。繼續往下走，果眞有人在說話。

（是境內傳來的嗎……？）

辨別出聲音來源，他忍不住想一探究竟，隨即又想到可能是長壽郎或妃女子在祝禱。然而，他隱隱有股不安，總覺得境內似乎出了什麼事……

萬一干擾十三夜參禮……由於這層顧忌，他不敢直接闖入境內查看。麻煩的是，問題不只出在儀式的特殊性。今晚巡邏並非職責，而是他的獨斷獨行，加上一守家似乎不樂見他干預，這才是拖累他腳步的主因。

（還是巡邏參道就好。）

這個決定，讓高屋敷後悔莫及：如果這時候他趕赴**現場**……

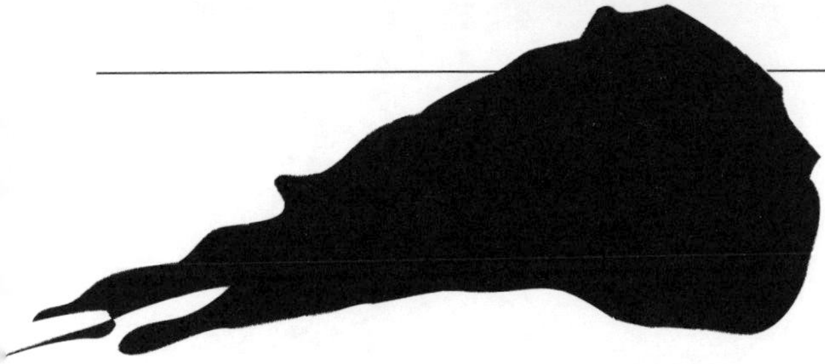

第五章　媛神堂

（是、是首無……不、不對，是淡首大人……）

斧高再次蹲到樹木後方，抱著頭哆嗦不止。

（不對……那、那是首無……不，還、還是……）

剛才看到的究竟是淡首大人，還是首無？這個問題不斷在他的腦中盤旋。

（是淡首大人嗎？……還是首無？……淡首……首無……首無……首無……）

然而，漸漸地，腦中只剩下「首無」兩個字。同時——

啪噠、啪噠、啪噠……

斧高聽見那怪物從水井那裡走了過來——走向自己，他頓時遍體生寒。

（啊……不、不要……不要來！走開！不要過來……）

斧高好不容易克制住放聲尖叫的衝動。或許那怪物還沒發現他躲在這棵樹後面。既然如此，沒必要自曝行蹤。儘管冷靜地如此判斷，然而——

啪噠、啪噠、啪噠、啪噠、啪噠……

對方步步近逼的聲音害斧高抖個不停，再次用力捂住雙耳，不願聽到任何聲音，把身體縮得更小了。

竄過背脊的寒顫，擴散到全身，起了雞皮疙瘩。他甚至感到恐懼，要是這種毛骨悚然的感覺再不散去，爬滿雞皮疙瘩的肌膚很快就會片片脫落。明明摀住雙耳，阻隔了一切聲響，然而……

啪噠、啪噠、啪噠……啪噠。

不知爲何，斧高知道那怪物走到樹木對面，隔著樹幹，一動也不動地觀察著這邊的動靜。

（走開！不要來！走開……不要過來……）

斧高念咒似地在心中不斷重複一樣的話，感覺那怪物在探看樹木這一側。沒有臉、沒有頭，什麼都沒有的怪物……

（哇啊啊啊啊！）

斧高發出不成聲的慘叫，想驅散一切可怕的事物。至少要驅逐近在後方、背脊感覺到的可怕氣息，令人毛骨悚然的視線，所以他用自己的叫聲塞滿整顆腦袋。

即使如此，背後那怪物的存在感依然強烈……

到底經過了多久？不知不覺間憋著聲音、啜泣不止的斧高，聽見某處傳來熟悉的聲響。他提心吊膽地放下捂耳的雙手。

（咦！）

他發現逼近身後的駭人氣息竟已消失得一乾二淨。

（得、得救了？）

他暗自困惑，不知道是否可以放心，這時明確地聽見咳嗽聲。而且對方是從參道的鳥居口方向走來。

（是、是誰？）

好奇心推開了先前徹底支配斧高的恐懼，蠢蠢欲動。等待對方經過樹旁時，他悄悄探頭窺望參道。

這一瞬間，他有一種強烈的既視感。他看過這一幕。不，就在剛剛，他看見一模一樣的情景。然而，這實在不可能，斧高的腦中亂成一團。

因爲就在他的眼前，紅袴隨著提燈的火光一晃而過。

（怎麼可能……）

斧高忍不住轉過身，從樹後偷看。

他看到的是上身白衣、下身紅袴的妃女子，提著燈籠東張西望的背影。頭髮用手巾紮了起來，是爲了避免在井邊進行祓禊時弄濕長髮吧。

她似乎很快找到目的地的水井，款款離開參道。

（妃女子小姐現、現在才來？**剛才那是**……？）

斧高呆立片刻，接著渾身發軟，一屁股跌坐在地。他愣愣注視著黑暗中，幽幽浮現在井邊提燈火光裡的妃女子的行動。

不過，妃女子卸下一身衣物，響起汲水沐浴聲，開始祓禊之後，映照在斧高眼中的卻是不同的景象。就是**那具**妖豔美麗、神聖卻又不祥的裸體。

（不對！那不是妃女子小姐……）

斧高連忙否定，然而在他眼中，無頭少女的裸體，那難以想像是孩童的嫵媚樣態卻益發清晰。連應該讓人喪膽的無頭殘缺模樣，不知不覺間也充滿耽美的氣息。**那**到底是不是妃女子，已無關緊要。不僅如此，迷迷糊糊中，**那具裸體**和眼前的妃女子重疊在一起，甚至讓他覺得沒必要區分了。

相對地，結束祓禊的妃女子極爲俐落地迅速擦乾身體，穿好白衣和紅袴，一下就整裝完畢。

境內隨即響起踩過鵝卵石的聲音。這時，斧高才總算回過神。恐懼與混亂、興奮與虛脫——斧高像要甩開今晚降臨身上的種種情感，艱辛地站了起來。他想目送妃女子進入堂內，爲守護十三夜參禮的行動畫下句點。雖然是爲了長壽郎上山，但此刻他眞心祈求兩人能平安完成儀式。

斧高悄悄走出樹木後方。提燈朦朧的火光，照亮從境內步向媛神堂的妃女子身影。白衣與紅袴大半融入黑夜中，依著燈火的位置，可看出她是右手提著燈籠。

（那是什麼……？）

她的左手也拎著一樣東西。幾乎全融入黑暗，看不眞切，但似乎是又黑又圓的東西。沒錯，就像是——

（人、人頭……）

——她宛如拎著一顆人頭往前走。

（怎、怎、怎麼會……）

儘管覺得不可能，不過斧高懷疑自己雖然一直盯著紀女子，卻心不在焉。換句話說，其實井裡或別處藏著人頭，就算她提起那顆人頭往前走，斧高也沒有察覺。再怎麼說，光源只有那盞微弱的提燈。

（不……可是，那是**誰的頭**？）

斧高忽然想到，可能是剛才的首無再度現身，又嚇得幾乎腿軟。

（如、如果是淡首大人或首無，那麼，她手上提的，就是自、自己的頭……）

斧高差點就要逃離參道。但定睛細看，逐漸遠離的人影頭上包著白色手巾。雖然太暗了，看得模模糊糊，至少對方有頭。

（脖、脖子上……有、有、有頭。）

就在這時，人影走到媛神堂。接著，她打開對開的格子門入內。燈火影影幢幢，是提燈在格子門裡移動的關係。

斧高鼓起全副勇氣，總算沒逃走。很快地，他聽見細微的人聲乘著夜風而來。凝神豎耳，他聽出是念誦的聲調。約莫是妃女子面對祭壇在祝禱。

（那果然是妃女子小姐……）

可是，斧高並未放心。他的腦中浮現可怕的想像：袚禊儀式中，妃女子和首無會不會被掉包了？若是兩個人，絕對不可能，但若對方是魔物，應該易如反掌。

不管怎樣，既然人已進了媛神堂，斧高便沒必要守在這裡。雖然這麼想，腳卻動彈不得。很快地，身體微微發起抖。

這時，媛神堂裡面，提燈的火光開始移動。光線朝媛神堂右方，也就是西側移動。那裡有一棟奇形怪狀的建築物，稱爲「榮螺塔」。更西側有三棟建築物並列，是爲婚舍，由北至南分別是前婚舍、中婚舍及後婚舍。今晚，長壽郎和妃女子將會分別在前婚舍及中婚舍度過一晚。

這些奇妙的建築物，斧高進去過一次。今年春天，長壽郎微笑著說「不可以告訴別人喔」，偷偷帶他進去。

從北邊的對開格子門進入媛神堂，正面是祭壇，祭壇後方就是媛首塚。御淡供養碑祭祀在塚的右側略後方。陳列著各種供品的祭壇右邊有一扇拉門，穿過拉門，是一道短廊。經過

媛神堂・榮螺塔・婚舍平面圖

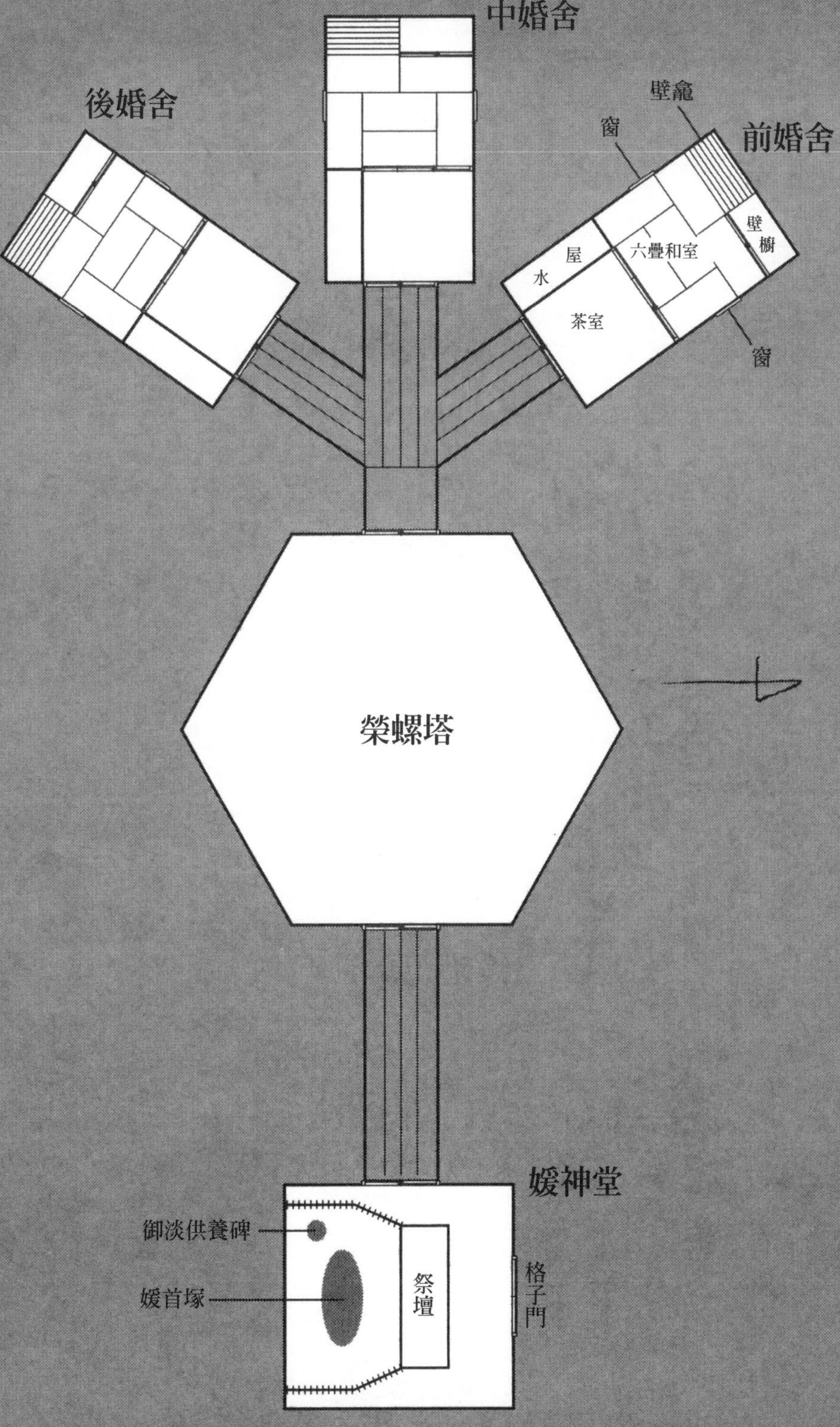

榮螺塔結構圖

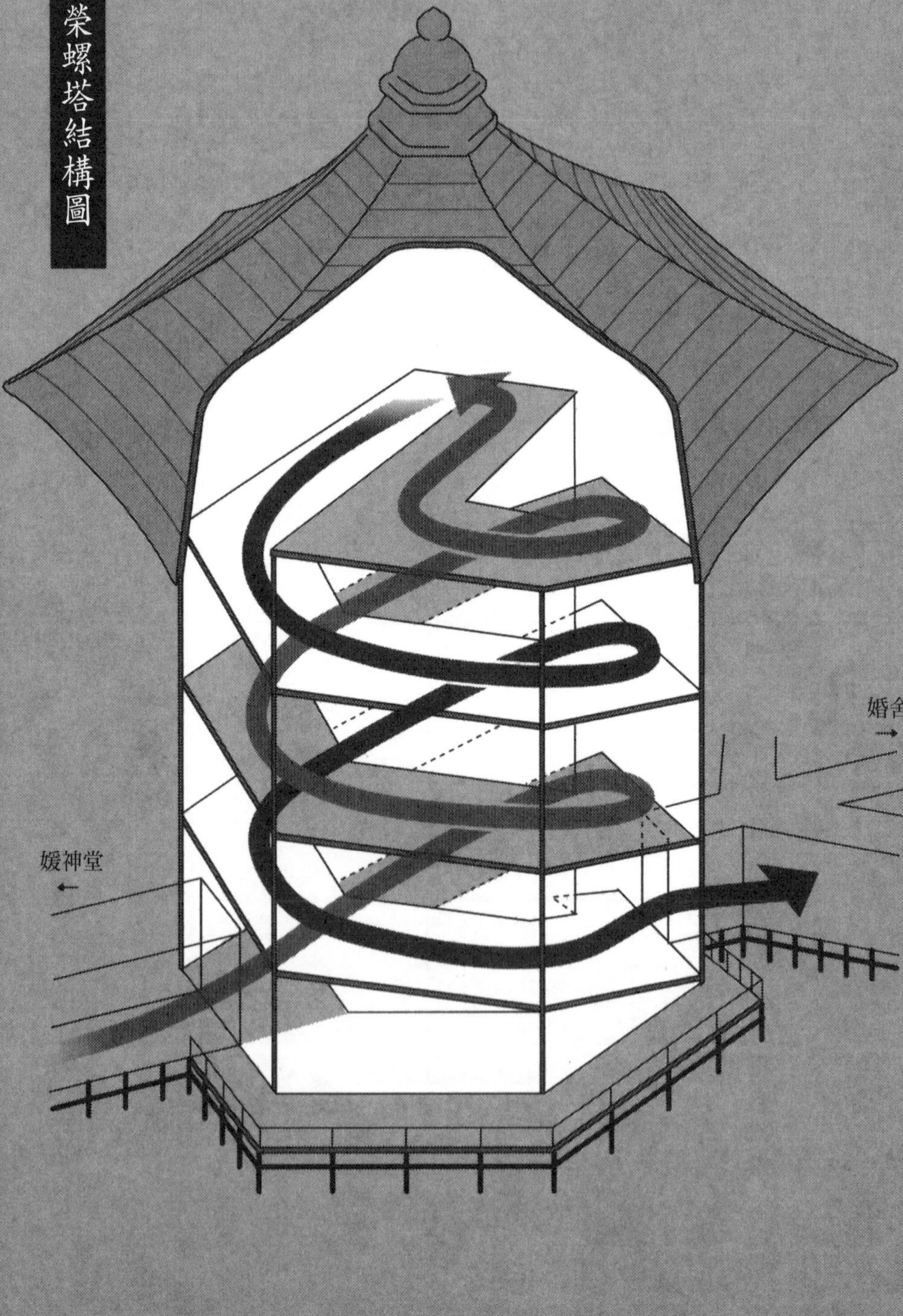

走廊，打開前方另一扇拉門，裡面就是榮螺塔。

這棟建築物的奇妙之處，在於古怪的構造。內部是由木條緊密排列而成的彎曲斜坡，一路右旋往上爬，到頂之後，接著反向旋轉而下。換句話說，需大費周章爬上去，再爬下來。下來之後，有一扇拉門，門後是一個正方形的狹窄空間，前方有三道短廊通往三方。右邊通往前婚舍、中間通往中婚舍、左邊通往後婚舍。三間婚舍格局相同，前面是四張半榻榻米大的茶室，設有水屋（註），後面是六張榻榻米大的和室，就像一幢小房屋。另外，廁所位在中婚舍後方，但若要解手，必須大老遠回到媛神堂，從外面繞過去。

這些建築物中，最有趣的莫過於榮螺塔的上下結構。即使斧高從媛神堂、長壽郎從婚舍進入塔中，在登頂之前，雙方絕不會碰頭。因爲榮螺塔具備雙重螺旋結構。

「你懂嗎？就像這樣，兩條通道交錯而過。」

長壽郎愉快地看著瞪圓眼睛、驚奇不已的斧高，細心解釋。

「可是，爲什麼要蓋這麼奇怪的塔呢？」

長壽郎交代，四下無人的時候，說話不用畢恭畢敬，但斧高無法自在切換敬語和平輩用語，還是忍不住恭敬起來。

「因爲通過這個螺旋，可以驅邪。」

聽見斧高有些拘謹見外的措詞，長壽郎苦笑著，將建築物隱藏的驚人功能告訴他。

一直以來，眾人都相信淡首大人會對祕守家的男孩，尤其是一守家的繼承人作祟。那

註：日本茶道中，設於茶室角落，用來汲水、清洗茶具的地方。

麼，女孩就會安然無恙嗎？倒也未必。一守家出生的女孩當中，很罕見地會出現失去理性的瘋女人。日常生活一切正常，卻偶有瘋狂的言行。這一點和傳說中行止詭異的淡媛重疊在一起，漸漸被視爲是淡首大人的詛咒。妃女子會被傭人及村人用奇異的眼光看待，一部分的原因是本人粗暴的言行舉止，但絕大部分要歸咎於代代出現瘋女人的現象。雖然沒人把妃女子當瘋女人，但每個人都害怕她不知何時會發瘋。

如果說瘋女人是一守家**內在**的禍害，那麼容易受到**外在**禍害影響的，就是新娘。當然，這指的是嫁給繼承人的女人。若將詛咒繼承人的負面情感反過來看，也可解讀爲隱含有極度扭曲的愛情。繼承人結婚，代表咒殺對象的心被其他女人奪走，會招來淡首大人的憤怒。一守家流傳著一段往事，成了人們徹底接受這個解釋的根據。

寬政年間（一七八九～一八〇〇），從外地嫁進來的一守家繼承人的新娘，怠慢了媛神堂的參拜禮儀。根據慣例，婚禮前新娘要先用煤灰把臉塗黑，或是罩上頭巾，並穿上粗陋的服裝，徹底隱藏身分，預先去參拜，待全套婚儀完成，再以一守家正式夫人的身分，盛裝參拜。因爲人們認爲，從舉行婚禮到初夜的期間，亦即新娘從外人成爲祕守家成員的這段時間，最容易受到淡首大人侵害。然而，這名新娘卻忽略了這套規矩。

在一守家的別屋度過初夜後，新郎發現新娘不在床上。他驚訝地滿屋子找人，發現新娘不知爲何一頭栽進儲藏室的門板中央，已然慘死。

此後，即使新娘參拜媛神堂，仍阻擋不了憾事。於是，後來的一守家家主向許多宗教人士求救，最後在媛神堂近旁興建了榮螺塔與婚舍。從此，祕守一族的男子娶妻時，一定要在婚舍度過初夜。不知不覺間，這套習俗融入三三夜參禮。附帶一提，婚舍有三間，目的似乎也是爲了迷惑淡首大人。

從婚舍的用途來看也十分清楚，就是祕守一族的新郎婚舍。不過它的存在與威力，在**某個圈子**裡素負盛名，許多地方都流傳著這樣的說法：無論如何都想娶被魔物附身的家系的女子爲妻時，只要在媛首山的媛神堂度過初夜，再強大的魔物，都能袚除。因此，一守家偶爾會接到極隱密的探詢。遇上這種情況，只要知曉對方來歷，幾乎都會慷慨提供婚舍。同樣受到棘手的詛咒纏身，一守家也有同舟共濟之感吧。

（啊，到頂了。）

正當斧高沉浸在與長壽郎的回憶時，提燈的火光不斷繞著榮螺塔上升，抵達塔頂。

（咦？）

不知何故，火光倏然消失。

榮螺塔的上下通道是雙重螺旋結構，即使妃女子進入從塔頂往下的坡道，照樣能看見火光。經過南面，也就是斧高對面的通道時，則另當別論，但一定還是會繞到北面來。然而，塔牆上的格子窗遲遲不見燈火。除了提燈在塔頂熄滅之外，別無可能。

（可是，怎麼會……？）

今晚沒什麼風，而且妃女子在建築物裡。

（也不可能是小姐自己熄滅的……）

比起往上爬，走下木板坡道顯然更辛苦，絕不可能是她刻意熄燈下塔。

斧高納悶不解，同時感到一股無以名狀的不安。

（啊！）

前婚舍的前方茶室亮起燈光。接著，疑似提燈的火光，從婚舍經過通往榮螺塔的短廊，驀地消失，復又出現。這樣的現象反覆了幾次，火光開始爬上塔中坡道。

（那是長壽郎少爺嗎？）

看起來像是先進入前婚舍的長壽郎，不知爲何走出來查看中婚舍和後婚舍，接著登上榮螺塔。到底是怎麼回事？斧高暗自訝異，只見火光抵達榮螺塔頂端，左右搖晃起來，像在尋找什麼東西……

不久後，燈火走下榮螺塔的坡道，經過通往媛神堂的短廊，進入堂中，徘徊了一陣子。

（難、難道少爺要出來？這、這樣下去我會被抓到……）

斧高焦急起來，卻依然沒有移動。他的腳底彷彿在參道的石縫生了根，無法逃離。就在這時，火光接近格子門，正門終於打開，人影走出外面。

那個人四下張望，接著目不斜視地走向參道。

（是……長壽郎少爺沒錯吧？）

斧高覺得一定是長壽郎，卻又感到一絲不安。他拚命睜大眼睛，提燈卻只照亮腰部以下，看不清最重要的臉。

（可是……有頭吧？）

黑夜裡，隱約可見一顆圓頭——斧高有此感覺。那個人影慢慢靠近，一步一步接近。走到一半，提燈猛地往前伸。斧高一時不知那是在做什麼，但悟出對方似乎察覺他在這裡。

對方怔了一下，頓時止步。接著，踩過鵝卵石的腳步聲突然加快，人影一口氣逼近。

斧高一心一意注視著來人漆黑的臉。當然，是爲了盡快看出對方究竟是誰。

「小斧……」

暗處中冒出來的，是長壽郎訝然瞠目的臉。斧高鬆了一口氣，立刻又害怕會挨罵。

附帶一提，「小斧」這個稱呼，是因爲兼婆婆叫他「阿斧」，長壽郎便跟著起了個暱稱。不過有家人在場時，如此暱稱傭人，會惹來責備，因此，只有兩人獨處時才會這麼叫。

「你怎會在這裡？」

長壽郎細細端詳著斧高，臉上的驚訝中摻雜著懷疑。見斧高一句話都說不出來，渾身哆嗦，他立刻轉爲憂心：

「你還好嗎？認得出我是誰吧？沒什麼好怕的，不用擔心。」

聽到這番柔聲安慰，斧高勉強點了點頭。

「我知道了，你是偷偷跟著我來的吧？」

斧高又點了一下頭。原本以爲要挨罵了，繃緊神經，沒想到長壽郎的臉上泛起苦笑。看到他這副表情，斧高終於放下心中大石：

「那個時候，少爺果然沒有發現我。」

一說出口，斧高便後悔了。這等於是不打自招，坦承自己看到長壽郎的裸體。

（糟糕……）

從小多病，而且身爲男人，體格卻弱不禁風，一直是長壽郎最介意的事。不出所料，長壽郎聞言一驚，表情狼狽萬分。

「啊！可、可是……我、我沒有看見。我馬上就轉頭了……」

斧高驚慌失措，矢口否認。長壽郎的臉上微微漾出笑意：

「不會，沒關係。我沒想到會有人躲在這裡，而且是你，所以嚇了一跳——」

「眞的很抱歉。」

斧高深深低頭賠罪，長壽郎有些焦急地說：

「先不管這些，你有沒有看到妃女子？她應該過來了才對。」

「有的，小姐跟在長壽郎少爺後面過來了。」

「就是啊。那麼，她在井邊祓禊之後，進入媛神堂了嗎？」

「我、我並沒有……一直盯著……」

斧高忍不住低下頭。他實在無法承受，被長壽郎認爲自己偷看兩人祓禊的場面，也就是偷看他們的裸體。

「嗯，我知道。你是擔心我們，才會跟來吧？」

斧高想訂正不是擔心「他們」，而是只擔心長壽郎一個人，但他乖乖點頭。

「那麼，妃女子確實進去媛神堂了吧？」

「對。可、可是……」

「可是什麼？」

「首、首、首無……出現了！」

「什麼……？」

雖然說得顚三倒四，斧高還是激動地說明看到第一個妃女子變成首無的事。

「等、等一下，我不懂你在說什麼。你冷靜一點，好好按順序說……唔，怎麼辦才好？那麼，離開祭祀堂後，你做過哪些事？看到什麼？不用急，慢慢回想。」

在長壽郎的耐心引導下，斧高從躲在北鳥居口的石碑後面開始，逐一交代自己的行動和目擊的情景。說到長壽郎袚禊的場面時，斧高支吾起來，但長壽郎再三鼓勵，並提問引導，他總算是捱了過去。

「原來如此，你就躲在那棵樹後面啊。」

長壽郎的語氣絕非責備，而是像發現小弟弟惡作劇似地苦笑。不過，聽到斧高目擊**第一個**妃女子，也就是首無的段落時，他的表情頓時變得嚴峻。

「唔……你有沒有可能坐在樹後面，不小心睡著了？」

「才、才不可能！」

聽到長壽郎暗指他可能是睡迷糊，作了惡夢，斧高當下否認。

「我一清二楚……不，或許是模模糊糊，可是我確實看、看到首無……看到……呃，一個沒有頭的女人。」

「而且那個人渾身赤裸？」

「呃，是的……」

長壽郎尋思片刻。

「第一個妃女子就先擱一邊好了。」

他催促斧高繼續說下去。

（少爺不相信我的話……）

斧高難以置信，同時感到一陣強烈的落寞，但現在先交代進入媛神堂的妃女子的狀況才是首要之務。因爲他認爲，比較兩者，第二個應該才是眞的妃女子。

「也就是說，你確實看見提著燈籠的妃女子走進媛神堂。」

聽完斧高的話，長壽郎喃喃自語。

「如果那不是首無——不，淡首大人……」

儘管覺得第二個就是妃女子，斧高還是不禁要提出這個揮之不去的可怕疑念。

然而，一臉凝重似乎在細思他的話的長壽郎，再次露出苦笑：

「我認爲不可能。」

「爲什麼？」

「如果那是淡首大人，進入媛神堂以後，一定會返回媛首塚吧。」

「啊，對耶……可、可是，如果那是首無呢？」

「這也不可能。因爲不管是淡首大人或首無，喏，它們都沒辦法進入那座榮螺塔。」

斧高才剛想起長壽郎告訴他，榮螺塔是驅邪裝置的那段往事，卻一時忘了。

然而，明明否定，長壽郎又沉聲說：

「還是，有辦法上去榮螺塔……？但沒辦法下去婚舍那邊，所以才能擊退災禍。如此一想，提燈會消失在塔頂也……」

長壽郎自問自答，轉向榮螺塔。

「長壽郎少爺……」

「啊，抱歉。這件事暫且別管了，去找兼婆婆商量比較好。再說，從你剛才的話聽來，自從發現妃女子走上參道以後，從她在井邊祓禊到前往媛神堂，你的目光都沒有離開她的身上。哦，或許你看得漫不經心，但假設在過程中，妃女子和——先不論那是不是淡首大人或首無——某人掉包了，還是會發現吧？」

「這……是的，應該會發現。」

如果是淡首大人或首無，可能在我面前和妃女子掉包，我卻渾然未覺——斧高這麼想，但沒有說出來。

「換句話說，進入媛神堂，走上榮螺塔的果然是妃女子，應當不會錯。」

「請問，爲什麼長壽郎少爺……」

「嗯？啊，你問我爲什麼出來？我在前婚舍後面的和室——」

長壽郎回頭，指著亮著燈的前婚舍。

「從這裡看過去，被那棵大樹遮住看不見，不過我在後面的房間等妃女子。雖然她要在中婚舍過夜，但我覺得離睡覺時間還早，想和她聊一聊。結果我聽到踩過鵝卵石的腳步聲。喏，晚上境內實在太安靜，雖然並非一清二楚，仍聽得到腳步聲。」

幸好沒去偷看媛神堂——斧高暗自慶幸。

「我豎耳聽了一會，沒多久榮螺塔就傳來聲響，所以我心想是妃女子來了。可是，情況不太對勁……」

「因爲有人上塔的聲音，卻遲遲等不到下塔的聲音，是嗎？」

「沒錯，就是這樣。我感到疑惑，走到榮螺塔朝塔上呼喚，卻沒有任何回應。我覺得奇怪，走到塔頂，卻不見人影……只有地上掉了一盞熄火的提燈……」

長壽郎的尾音剛落，斧高便沒來由地哆嗦了一下。

「她大概忘了東西，折回媛神堂，但那樣應該會聽到從另一邊走下去的聲音，我卻只聽到上來的聲音。再說，丟下提燈離開，非常不對勁。她身上應該帶著火柴，即使火滅了，也能再次點燃。」

「就是啊。」

「慎重起見，我走到媛神堂看了一下，但那裡沒人。既然如此，只能找一下境內。我正想去水井，卻發現參道上有人影，嚇了一大跳。」

接著，長壽郎細細端詳著斧高說：

「我萬萬沒想到會是你，老實說，我真的嚇壞了。那個人影怎麼看都很小，所以我想會不會是淡媛身邊的侍童，傳說和淡媛一樣被斬首慘死的那個……唔，有人說可能就是首無真面目的**鬼玩意**出現了……」

「對、對不起。」

「沒事，沒關係。雖然現在狀況莫名其妙，但多虧有你在，給我壯了膽。」

一個六歲孩童實際上能帶來多少安慰，仍是個疑問，但聽到長壽郎這番話，斧高真是喜上眉梢。儘管飽受各種驚嚇，依然堅持來到這裡，而且沒有逃走，留了下來，他由衷感到慶幸和歡喜。

這麼一想，想幫忙長壽郎的心情益發高昂。

「妃女子小姐會不會是從窗戶離開？」

「窗戶？榮螺塔或媛神堂的窗戶嗎？」

「是的。」

「唔……不可能。」

斧高才剛在內心自誇這眞是神機妙算，下一秒就被長壽郎駁回。

「從榮螺塔的塔頂下來，經過走廊到媛神堂，這段路上沒有任何人能穿過的窗戶，全嵌著木窗格。從榮螺塔到婚舍那一邊也是一樣。換句話說，從媛神堂到婚舍，整體建築物的出入口只有一個，就是媛神堂正面的對開格子門。」

「……………」

「從妃女子進入媛神堂，到我出來爲止，你的視線都沒有從媛神堂正面離開過吧？」

「是、是的，我一直看著。」

「這表示妃女子在那棟建築物裡消失了。更精確地說，是消失在榮螺塔的塔頂……」

「說到榮螺塔的塔頂，那裡的窗戶似乎沒有木格子……」

斧高這麼一提，長壽郎不由得回頭仰望高塔，但他立刻轉向斧高，說道：

「嗯，南北兩側有窗，確實兩扇窗都沒有裝設木格子。不過，假設妃女子是從塔頂出去，接下來要怎麼離開？」

榮螺塔的外牆配合內部的斜坡，設有一圈又一圈傾斜的屋簷，宛如蛇身盤繞其上。乍看之下，似乎可從斜坡的頂層窗戶離開塔內，順著屋簷下至地面。但屋簷並不寬，加上斜度極陡，要從上面走下來，顯然驚險萬分。

長壽郎以斧高也能夠理解的方式解釋：

「再說，假設妃女子注意到你，認爲從北面窗戶離開會被你發現，改從南窗離開，但屋簷在塔外旋繞而下，絕不可能不繞到北面來。不管天色再怎麼黑，如果有人在榮螺塔的屋簷走動，站在這裡、面對媛神堂的你，絕不可能看漏。」

「那麼，其他的婚舍呢？如果妃女子小姐輕手輕腳，隱密無聲地從榮螺塔頂層走下來，躲在中婚舍或後婚舍……」

「愼重起見，我檢查過其他兩間婚舍，沒看到妃女子。」

「可是，假設妃女子小姐本來躲在後婚舍，趁著長壽郎少爺進入中婚舍的時候，溜到前婚舍，就能避開少爺了。因爲妃女子小姐應該也猜得到，長壽郎少爺查看中婚舍和後婚舍之後，會直接上去榮螺塔。」

「小斧，你眞的好聰明。我在你這個年紀的時候，不會想到這麼深。」

「哪、哪裡……」

斧高一陣害臊，長壽郎微笑著，又說：

「可是，就算妃女子在媛神堂裡躲過我，又有辦法離開媛神堂，她也沒辦法經過這片鵝卵石地，卻完全不發出聲響。」

「啊！」

「在我出來之前，你有沒有聽到其他腳步聲？」

斧高用力搖頭否定，回答：

「我只聽到兩次腳步聲，一次是最初長壽郎少爺前往媛神堂的腳步聲，另一次則是妃女子小姐同樣走向媛神堂的聲音。」

「也就是說，如果妃女子要離開那棟建築物，必須突破小斧你的監視和鵝卵石地，這兩道障礙了。」

長壽郎強調，緊接著又低聲道：

「所以，我在境內找她也很奇怪……」

長壽郎會這麼說，是因爲儘管覺得妃女子不可能在境內，但除非當成她已離開建築物，否則根本無法解釋。

斧高看出長壽郎難以釋然的疑惑，隨即穿針引線地問：

「少爺要怎麼做？一起從媛神堂到榮螺塔，再找一次嗎？如果是兩個人，也可分頭調查三間婚舍。」

確實，斧高身陷詭異的狀況，感到一股邪門的恐懼，但一想到能和長壽郎一起進入媛神堂，心跳便開始加速。

「不，先調查境內吧。或許有遺漏之處，但媛神堂和榮螺塔我大致都看過了，而且我從外面鎖上了正面的格子門，沒人能夠進出。回頭可以盡情找個仔細。」

和長壽郎一起進入媛神堂的提議遭到否決，斧高大失所望。儘管認爲這麼想很不莊重，他仍無法欺騙自己的感受。

「那麼，要從哪裡找起呢？」

斧高立刻轉換心情。考慮到長壽郎在十三夜參禮的身分，必須盡快找到妃女子才行。

「從水井開始檢查吧。雖然我覺得不可能，但畢竟有前例。」

長壽郎告訴斧高，明治初年繼承人在進行十三夜參禮期間，墜落井中，折斷頭骨而死。

「不過，妃女子結束祓禊，就直接走向媛神堂了，當然不可能吧。」

長壽郎輕輕搖頭，還是朝井邊走去，斧高連忙跟上。

「那邊的地濕了，走這邊——」

長壽郎避開兩人沐浴的水井北側，從東邊走去，將提燈伸進深邃的井中，登時——

「不要看！」

他立即收回提燈大喊。

然而，雖然是匆匆一瞥，但跟在一旁、一起探頭看水井的斧高，已目睹那一幕。

細長黝黑的深井底部，盈盈的水中，伸出兩條白皙的腿……

第六章　十三夜參禮期間相關人士的行蹤

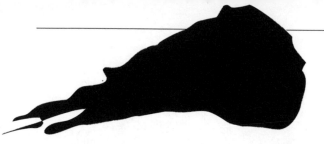

一守家的妃女子在十三夜參禮期間意外墜井身亡——隔天中午過後，高屋敷接到這個驚人的消息。

他的內心湧起一股強烈的後悔。昨晚從東鳥居口走上參道，感到惴惴不安的時候，應該進入境內查看一下的。

然而他滿懷自責趕到一守家，眼前教人驚詫的景象，甚至讓他忘了失職的慚愧之情。難以置信的是，妃女子昨晚才剛死去，一守家居然已辦起葬禮。

一問之下才知道，昨晚已結束守靈，今天是正式下葬。就算是在盛夏時節過世，一般也不會像這樣火速治喪。何況現在正值仲秋，考慮到這幾天的氣溫，放個一、兩天遺體也不至於腐敗。不，更大的問題是，妃女子顯然是死於非命。

「請、請等一下，下葬之前，必須先調查死因才行。」

高屋敷被領至安置棺桶的和室，目睹那詭異至極的場面，在原地怔了片刻，隨即回過神來，要求中斷葬禮。

然而——

「有什麼好查的？妃女子掉進井裡摔死了，這是意外事故。」

富堂老翁大喝一聲，輕易駁回高屋敷的要求。高屋敷當然據理力爭，說死因必須經過驗屍才能確定，也不能不經相驗程序就任意入殮出殯，但老翁充耳不聞。

「你不必擔心。終下市的警署那邊，我會好好說明，這樣就沒問題了吧？」

高屋敷仍不退讓，於是富堂老翁厭煩地擺出趕蒼蠅般的手勢。

「可是，事情不是這麼辦的……」

高屋敷心想，他們是祕守一族的一守家，應該是愛怎麼辦就怎麼辦，規矩不適用。但身爲負責媛首村北守的駐在所巡查，有責任掌握此地發生的一切，絕不能輕易退讓。

他斟酌措詞，解釋爲何有必要驗屍。登時，富堂老翁夾帶著嗆咳，卻威震四方的怒吼，震動了整個房間：

「老、老子才不聽你這個小、小巡查的指使！你、你有什麼意見，叫署、署長過來！」

高屋敷環顧鴉雀無聲的室內，發現只有一守家的主要成員在場。由於過度驚訝，他一時沒注意到有哪些人在場。

（二守家和三守家沒人來參加，應該是刻意不通知，這、這簡直太反常了……）

高屋敷茫然地望著一守家眾人，藏田兼語帶哽咽，說道：

「警察先生，妃女子小姐突遭不幸，老太爺傷心欲絕。當然，老爺和太太也悲痛萬分。這事件就夠教人悲痛了，居然還是發生在十三夜參禮期間。」

「是，這實在是太不幸了，教人不知道該如何安慰才好……但既然是突遭不幸，更應該……」

高屋敷暗忖，既然如此，乾脆說服能夠影響富堂老翁的兼婆婆。只是，兼婆婆不曉得有沒有把他的話聽進去，自顧自地說：

「是啊、是啊，一點都沒錯。居然在十三夜參禮上發生這樣的不幸，所以老太爺、老爺和太太，都想盡快祭悼妃女子小姐，讓她入土爲安。高屋敷巡查這麼體貼，肯定能體諒他們的心情。」

「我當然能夠理解，可是……」

「眞是太感謝了。老太爺，高屋敷巡查果然是保護我們北守的警察先生，眞正是爲了一守家著想。」

「不，我是——」

接下來，藏田兼便滔滔不絕，加上淌眼抹淚，堵住了高屋敷的嘴。不僅如此，無量寺的住持誦經結束，緊接著就十萬火急地出殯，當天傍晚前便已火化，骨灰罈送回家裡，十分乾淨俐落。

（這實在太不對勁了……）

起初高屋敷對一守家的態度氣憤不已，但漸漸感到頭皮發麻。

十三夜參禮期間，參加者墜井死亡，確實會引發議論。尤其是二守家和三守家，一定會抓住機會，挖苦諷刺樣樣來。所以，站在一守家的立場，採取近乎密葬的形式，可說是理所當然，高屋敷也能充分理解。

（就算是這樣……）

未免過於異常了吧？簡直像想盡快把遺體送出家裡，盡速火化。

（對了，爲什麼是火葬？）

這一帶基本上都是採土葬，只有死於傳染病的人才會火葬。不，還有一種情形，就是被認爲死於魔物附身、作祟或詛咒，保留全屍可能禍及家族……

（不、不會吧……）

想到一守家的人究竟在害怕什麼，高屋敷感到非常不舒服。

（可是，只因爲這樣就……）

高屋敷原本要否定這個推測，卻想起十三夜參禮的意義，覺得還是算了。何況，最重要的遺體已燒毀，事到如今說什麼都沒用了。

（現在我能夠做的，只有釐清儀式期間究竟發生什麼事。）

葬禮隔天，前往一守家的高屋敷懷抱的，只有這樣的決心。他實在沒辦法默不作聲，當成什麼事都不曾發生過。如果放任不管，等於否定北守駐在所的存在意義。

要周旋的對象是富堂老翁，高屋敷感到惶惶不安。因爲老翁一聲令下，就有可能害他飯碗不保。但高屋敷只想克盡職責，於是懷著極爲悲壯的決心，前往一守家。

然而，見到高屋敷後，富堂老翁卻爽快地答應他的要求：

「哦，那倒是無所謂，查到你滿意爲止吧。我也會要其他人好好配合。」

原先預期會遭受一番恫嚇，高屋敷內心一陣落空，同時感到一種說不出的毛骨悚然。

「謝、謝謝富堂先生。」

高屋敷恭敬地道謝，接著逐一向兵堂、長壽郎、藏田兼、僉鳥郁子，以及躲在現場附近的斧高這個意外的目擊者，甚至是將妃女子的遺體從井中打撈出來的傭人們，詢問十三夜參禮當晚的情形。此外，還加上南守駐在所佐伯巡查的證詞，以及他在東守遇到的二見巡查部長及二守家兄弟的對話內容。

他將十三夜參禮當晚主要相關人士的行蹤，整理如下：

【十三夜參禮期間相關人士的行蹤】

六點半　一守家的兵堂、長壽郎、妃女子、藏田兼、僉鳥郁子、斧高，進入北鳥居口旁的祭祀堂。

六點　五十分　高屋敷前往祭祀堂。

六點五十五分　佐伯從南守駐在所前往南鳥居口。
　　高屋敷查看北鳥居口周圍。

七點　高屋敷前往東守駐在所。

七點　至九點　佐伯自南鳥居口進入媛首山。巡視到參道途中，又返回石階處，來回巡邏。

七點過後　長壽郎走出祭祀堂，進入媛首山。
　　斧高尾隨長壽郎進入媛首山。
　　二見從東守駐在所前往東鳥居口。

七點　十分　高屋敷抵達東守駐在所，確定二見不在，前往東鳥居口。

七點　十五分　長壽郎抵達水井，進行祓禊。
　　斧高躲到境內前方的樹木後方。
　　妃女子離開祭祀堂，進入媛首山。
　　僉鳥郁子從祭祀堂的窗戶看著北鳥居口。

七點　二十分　長壽郎進入媛神堂。
　　高屋敷在前往東鳥居口的路上，遇見二見及二守家的紘壹。

「咦？」

「不僅沒有嫌犯，也完全看不出殺害妃女子的動機，但說是意外，又有太多可疑之處。」

高屋敷露出束手無策的表情：

「而且現場的狀況，如同妳喜愛的偵探小說那樣，就像個密室……」

第七章　從井中……

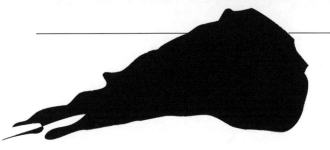

斧高聽從長壽郎的吩咐，衝進祭祀堂的時候，兵堂和兼婆婆詫異地瞪著他，遲遲說不出話。連向來冷靜，不動如山的僉鳥郁子，都有些吃驚地張大了眼睛。

首先恢復鎮定的果然是兼婆婆，她責備似地瞪了斧高一眼：

「哎，你這孩子，跑回來做什麼？」

可能是察覺狀況有些不對，換成平日，兼婆婆早就大聲斥喝，命他回去一守家，現下卻只是定睛觀察他。

「呃，這個……長壽郎少爺叫我送來……」

斧高搶在兼婆婆氣呼呼地把他趕回去之前，把長壽郎給的字條遞出去，這是熱愛文學的長壽郎用隨身攜帶的鋼筆，寫在同樣從不離身的筆記本紙頁上，捎給父親和奶媽的訊息。

「長壽郎少爺的字條？」

兼婆婆慌忙從斧高手中搶過紙頁，攤開和兵堂一起看。郁子從兩人身後探頭看。

「妃女子落井了。我交代小斧回去傳話。這不是在開玩笑，千眞萬確。長壽郎。」

上面寫著這段文字。約莫是考慮到斧高突然跑去祭祀堂，十分不自然，當場寫下這樣的內容。他肯定費了一番心思，設想怎麼寫才能確實讓對方明白，這絕不是斧高的惡作劇。

「噫！」

首先是兼婆婆發出慘叫。

「落、落井……？而、而且是妃、妃女子……？」

接著，兵堂面色蒼白、雙唇顫抖。

「看來在十三夜參禮順利結束前，發生了我們擔心的事。」

看上去只有郁子以不帶感情的語氣，淡然接受了長壽郎的傳話內容。祭祀堂內籠罩著一片寂靜。兼婆婆腿軟了似地癱坐，兵堂則一副茫然自失的模樣，而郁子以可形容爲冰冷的眼神，注視著兩人。斧高依序觀察著三人的反應。

「是不是帶幾個年輕人去井邊比較好？現在只有長壽郎少爺一個人在山裡……」

不久後，郁子靜靜開口道。

「咦……就、就是啊，老爺，還、還有長壽郎少爺在哪。」

「嗯？長壽郎……」

然而，兵堂卻反應遲鈍，彷彿第一次聽到一守家繼承人的名字。這樣的反應一晃而過，他猛地起身說：

「對、對啊，長壽郎沒事。好，總之，得把妃女子從井裡弄出來。叫溜吉和宅造準備一下。」

「好的。阿斧，你聽著，立刻跑回一守家——」

斧高依照兼婆婆的指示行動，接著溜吉和宅造帶著油燈、繩索和水桶等工具，趕到祭祀堂，然後一行人前往媛首山的水井。

不料，兼婆婆嚴命斧高回家，他極不情願。當然，他假裝照辦，偷偷跟上眾人。由於一行人的注意力都放在參道前方，跟蹤起來非常容易。來到水井附近時，他也成功躲在最初看中的石碑後方，悄悄觀察眾人的行動。

待一行人到場後，長壽郎先向兵堂和兼婆婆說明狀況。接著，加上郁子，四個人探頭窺望井中一會。然後，兼婆婆從包袱裡取出線香、蠟燭等物。從念珠到香爐、燭台、花瓶、拂塵，應有盡有，當場辦了場簡單的祭弔儀式。

待兼婆婆誦完經，兵堂把溜吉和宅造叫了過去，命令他倆下井，在妃女子的雙腳綁上繩索，把她拉上來。

宅造在溜吉身上繫好救生索，準備妥當後，圍在井邊的四人後退，他倆上前。溜吉先跨過井邊，接著宅造雙腳踩在水井外牆與地面相接之處，踏穩步伐。待搭檔點頭說好，溜吉便握緊繩索，雙腳踏入井中。隨著宅造一點一點鬆繩，溜吉也一點一點滑下去。於是，溜吉的身影慢慢隱沒。

片刻之後——

「哇！」

井底傳來溜吉的慘叫聲。聲音在井中細長的內牆反彈，化成極為詭異的聲音，甚至傳進斧高的耳中。

「怎、怎麼了！」

宅造忍不住反問。他看了一眼手中的救生索，再回頭望向兵堂，應該是想傳達掌中的繩索確實還繫著人。

「喂，阿溜！怎麼了？你沒事吧！」

宅造繼續呼喚，井中卻沒有任何回應。

「老、老爺……」

宅造似乎不知道該不該拉起救生索，向兵堂尋求指示。然而，他的主人聽到溜吉恐怖的慘叫後，只是一個勁地盯著水井，彷彿看到什麼忌諱的東西。很明顯地，沒有人願意靠近水井，遑論探頭查看狀況。

「讓、讓我上去！快、快點把我拉上去！」

井中傳來溜吉的叫聲。語氣中充滿恐懼與嫌惡，彷彿焦急萬分，只想火速逃離身處的地點。

「啊，好！我馬上把你拉上來。準、準備好了嗎？」

搭檔非比尋常的反應把宅造嚇了一跳，但可能覺得事態嚴重，他使出渾身解數，開始拉繩。

很快地，井邊露出一隻手，溜吉竟憑自己的臂力就爬了出來。他連滾帶爬，趴到地上，氣喘如牛。

「喂，阿溜……井中到底……」

宅造詢問，溜吉無力地搖著頭，難以言語。但他還是設法直起背脊，雙手撐地，抬起上身，下一瞬間——

「噫！」

溜吉突然發出女人般的尖叫，胡亂拍打、摩擦，揮舞起雙手。

「你、你在做什麼……？喂，阿溜！你冷靜點！」

宅造抓住瘋狂掙扎的搭檔雙肩，使勁搖晃。於是，像是附體的魔物離去，溜吉安分下來，當場跌坐在地。

「怎麼啦？出了什麼事？」

「頭、頭、頭……」

「頭什麼？你在說什麼？」

「頭、頭髮……而、而且是女人的……長、長髮……」

「女人的頭髮？」

「對……井水表面黑、黑得古怪，所以我伸、伸手一探，結、結果數、數不清的長髮緊、緊緊地纏在我、我的手上……」

宅造與溜吉對望，一副毛骨悚然的模樣。但在主人兵堂面前，他不敢大驚小怪，接著問：

「那、那麼，你把繩子綁到腳上了嗎？」

「有，我確、確實綁好了。沒、沒問題，萬無一失。」

溜吉搖搖晃晃地站起來，重新向兵堂報告情況。

接下來，兩人將綁在遺體雙足上的繩索另一端穿過水井滑輪，做好打撈的準備。

「如果是在進行祓禊儀式的時候落井，妃女子或許一絲不掛。你們兩個閉上眼睛，直到我說好才能睜開，知道了嗎？」

兵堂蠻橫地下令之後，打手勢要兩人拉起繩索。

被命令閉上眼睛的是宅造和溜吉，然而，只因是兵堂下的令，斧高陷入自己也必須聽從的錯覺。雖然他年紀尚小——不，正因從不懂事的時候就被送進來幫傭，養成了根深柢固的奴性吧。

但這時候不一樣。不是出於對兵堂的反抗，純粹是好奇，而且是愈可怕愈想看的心理，斧高反倒睜大了眼睛。明明想看，隨著繩索逐漸往上拉，他卻萌生怯意：啊，不行、不行了，得快點閉上眼睛，否則不曉得會看到多可怕的東西……

在祭祀堂中鎮定自若的郁子，或許有著和斧高相同的感受，看到一半就別過頭。兵堂也不願意直視遺體，不自然地遠離井邊。正視現實的，只有雙手鋪開蓆子等待的兼婆婆而已。

不久後，掛在繩上的腳踝從井中出現。在各別懸吊於兩根柱子的油燈映照下，那雙腳踝蒼白得令人發毛。緊接著，小腿、膝蓋、大腿、臀部逐一出現，斧高忍不住別開目光。因爲遺體的皮膚上纏繞著無數的長髮，簡直像遭到奇形怪狀的吸血蟲附體。

（那、那到底是什麼……？）

那幕教人魂飛魄散的景象，甚至讓斧高想吐。

（是妃女子小姐頭上脫落的頭髮嗎？）

以自然脫落的髮絲而言，數量未免太多了，但也不可能是本人特地剪下來的。

（是別人剪的嗎？可是，爲什麼要剪頭髮……）

此時，一個驚人的想法在斧高腦海浮現。

（會不會不是剪頭髮，而是因爲**把頭砍斷**，連頭髮也一起割斷了？）

斧高躲在石碑後方發抖，井邊忽然傳來吵鬧聲。轉頭一看，遺體已用蓆子包起來，準備進行搬運。

（得先回去才行，不然眞的會被兼婆婆狠狠地教訓一頓！）

想到這裡，全身的哆嗦止住了。斧高搶在眾人走到參道之前，迅速離開石碑後方，躡手躡腳回到石板地。他無聲無息地走了一段距離，確定不會被聽見後，才拔腿狂奔。

這天晚上，斧高在夢裡行經媛首山的參道。長壽郎應該會在婚舍那裡等他，因此，雖然走在黑夜的媛神山中，他的腳步依舊輕盈。這時，後方有些動靜。他一陣心驚，**那東西**踩出腳步聲逼近了。斧高反射性地回頭，看到一個遍體生著密密麻麻長髮的無頭裸女，雙手前伸，朝這裡奔來。她像是剛潑了水，渾身濕漉漉。當然，斧高連忙逃跑，但不管怎麼跑，都到不了媛神堂。眼前只有無盡延伸的石板地。右方不時出現水井，卻沒看見水井前方的第二鳥居和鋪滿鵝卵石的境內。只有綿延不絕的石板參道。而且不知爲何，他覺得絕不能靠近那口井，所以一直視而不見。跑個不停，他漸漸累了。很快地，他感到口渴，渴得受不了。下一次又看到水井時，他忍不住跑過去，探頭一看——

接下來，他就不記得了。好像有**什麼東西**從井底爬了出來……又像是他被**那東西**拖進井中……不，身體確實殘留著這樣的觸感，他卻刻意不去回想。

（可是，爲什麼妃女子小姐會……）

隔天，斧高幫忙手忙腳亂準備葬禮的兼婆婆，腦中只有這個疑問不停縈繞著。不過從首無出現，到妃女子自榮螺塔消失，接著在井中被發現，全是莫名其妙的怪事。但最令人費解的謎團是：爲何死的是妃女子，而不是長壽郎？

（當然，長壽郎少爺平安無事，眞的是謝天謝地，可是——）

模糊而漆黑的思緒甚至壓過這份喜悅，在斧高的心中慢慢滋長。

（鈴江姊說的那件怪事，果然和這件事有關……）

斧高現在才想到這一點。

十三夜參禮前一天，用完午飯，鈴江把斧高找去後方的獨棟倉庫——一般也稱爲密閉倉庫。如同它的稱呼，只有一棟古老的倉庫單獨建在那裡，平常不管是家人或傭人都不會靠近。

「我啊，就做到今天為止。」

或許是鈴江說得太自然，斧高花了一些時間才理解這句話的意思。接著，他驚訝地問鈴江，是要回去八王子的老家嗎？

「以前跟一守家做買賣的人，找我去他那裡工作。所以，我打算去投靠那個人。」

如果斧高年紀再大一點，或許會詢問那個人是哪裡人、是做什麼的。但當時他光消化鈴江要離開的事實，已無暇顧及其他。

「啊，你絕對不可以說出去喔。我告訴一守家的人要回老家。」

鈴江如此提醒，斧高更是不敢追問。

「我受夠這個地方了。」

鈴江蹙眉，注視斧高片刻，繼續道：

「你是男生，應該不會有事，可是這裡的老爺——兵堂啊……」

聽到鈴江直呼老爺的名諱，斧高嚇壞了。之前，鈴江會在背地裡埋怨，但除了妃女子和紘貳以外，她應該從未直呼過祕守家成員的名字。

「那個人眞的是大色胚，最近開始對我毛手毛腳——以前有許多女傭含恨忍辱，我才不來這一套！我要離開這個鬼地方。當然，該拿的東西還是要拿。」

性情好強的鈴江就像她一貫的作風，義憤塡膺地說了一大段其他傭人無法想像的批判言詞。

「你或許會質疑，誰敢違抗老爺？可是任何人都有弱點。至於兵堂的弱點，自然就是富貴太太……撇開一守家家主這個表面的頭銜，在屋子裡，他就是個懼內的男人，又被老太爺管得死死的。雖然裝出一副恭順的樣子，其實兵堂對老太爺滿腹怨言，但他絕不敢忤逆老太爺。這樣你懂了嗎？老爺根本沒什麼好怕的。」

爲什麼鈴江要對他說這些？斧高百思不得其解。這一年來，鈴江動不動就把他拉到暗處，告訴他許多祕守一族或是一守家的內幕。與其說是好心提點外來的菜鳥，純粹是鈴江愛嚼舌根，會對她說的內容感到驚奇的，頂多只有斧高。然而，斧高不討厭鈴江。儘管不到喜歡，但鈴江就像是爲數不多的自己人。

（可是，這和她以前說的不太一樣……）

約莫是注意到斧高的困惑，鈴江忽然住了口，細細注視他片刻，問道：

「你喜歡長壽郎少爺，對吧？」

這意想不到的話，讓斧高的臉頓時燒了起來。

「你因爲那樣的變故被送來，又被那個精明的兼婆婆當牛馬使喚，會仰慕長壽郎少爺，也是情有可原啦——」

（不是！才不是那樣！）

斧高差點喊出聲，一陣不知所措。如果不是，他對長壽郎這般一往情深，又是什麼感情……？他如此自問，卻無法回答。

「你臉紅個什麼勁？這話又沒什麼奇怪的意思——不管怎麼樣，什麼情啊愛的，對你都還太早了。」

鈴江賊笑著，打趣地看著斧高的反應。雖然不覺得被欺侮，但鈴江有時會讓他有種被戲弄的感覺。這個時候也是。

不過，鈴江難得立刻轉爲一本正經：

「之前我告訴過你，在祕守一族中，一守家是怎樣的地位、一守家的繼承人又有多麼重要吧？」

鈴江的表情和聲音轉變把斧高嚇了一跳，但他仍乖乖點頭。

「所以，長壽郎少爺將來也會繼承一守家，成爲祕守一族的族長——或許你這麼想，然而到了那時候，搞不好祕守三家會發生驚天動地的事。」

聽到這番話，斧高一頭霧水，直瞅著鈴江。明明四下無人，鈴江卻刻意壓低聲音：

「我不是告訴過你，兵堂是個老色鬼？那傢伙好死不死，居然很久以前就搞上了二守家的笛子夫人。笛子夫人年紀比較大，不過也只差三歲而已……喏，紘壹少爺和紘貳少爺是兄弟，仔細一看，卻長得一點都不像，對吧？當然，不只是外表，連個性也不像。紘壹少爺像二守家老爺，也就是紘達老爺，是個翩翩紳士，至於紘貳……年紀輕輕，成天只知道追著女人的屁股跑，這不是跟某人一個樣嗎？」

鈴江揭露駭人聽聞的爆炸性內幕。不過，對幼小的斧高來說，有些拐彎抹角，聽得似懂非懂。但他還是明白自己聽到了某些不該知道的事。

「長壽郎少爺他們那時候也是如此。富貴太太生下大少爺，產後恢復得不好，導致體弱多病，床笫之間一定也……」

說到這裡，鈴江約莫是忽然意識到對方的年紀，含糊其詞起來。

「不過，長壽郎少爺和妃女子小姐還是出生了，這就證明兵堂有多好色。」

如此嘲諷一番後，她改爲斧高也能理解的說法：

「太太不是一向待你刻薄嗎？自己的老婆變成那副晚娘面孔，絕大多數的丈夫都會投向外頭女人的懷抱啊。」

（原來鈴江姊都知道……）

對斧高來說，比起兵堂厭倦了富貴、和二守家的笛子有染，鈴江明明發現富貴虐待他，卻坐視不管，這件事更讓他驚愕。

（這也是當然的……）

說穿了，鈴江只是個下人。她不可能制止富貴，也不可能向任何人求助吧。不，那肯定是白費工夫。弄個不好，還會引火自焚。

鈴江無從知道斧高在想什麼，於是繼續說：

「在這個家住了十三個年頭，我漸漸看出許多事。當然，不能渾渾噩噩過日子。況且，有些事雖然當下不明究理，卻有可能在日後恍然大悟。如果覺得哪裡奇怪、不太對勁，要先記在心底。」

鈴江先來了這麼一段意義深長的開場白，接著說出更驚人的往事：

「長壽郎少爺和妃女子出生那天的情況，以前我詳細告訴過你，對吧？富貴太太和兼婆婆在別屋，兵堂在外頭，而我躲在暗處看著。其實，那時候我看到一件非常古怪——不，令人毛骨悚然的事。」

「什、什麼事？」

斧高忍不住心生防備。鈴江的語氣就是如此陰森可怕。

「一開始妃女子出生，兼婆婆大聲報告『是女孩』，兵堂笑了呢！而且是滿臉的下作笑容……喏，很奇怪吧？」

鈴江窺探他眼底的神態，以及詢問「喏，很奇怪吧？」的口吻，詭異到讓斧高的手臂爬滿了雞皮疙瘩。

「身爲一守家的家主，他應該滿心期盼生下的是可以繼承家業的男孩，然而，聽到生下的是女孩，他居然笑了耶！」

斧高覺得自己聽到絕對不該知道的事。即使是幼小的他，也能理解鈴江說的內容有多蹊蹺。因爲兼婆婆總是不厭其煩地說明祕守家的繼承人多麼重要，他聽到耳朵都快長繭了。

「我以爲自己眼花了，可是不管怎麼定睛細看，兵堂都確實在笑……接著長壽郎少爺出生，兼婆婆宣告『是男孩』，他臉上的笑容頓時消失無蹤。我感到一陣毛骨悚然，知道自己看到不該看的景象，便趁著被兵堂發現前逃走了。」

大概是想起當時的情形，鈴江渾身哆嗦。

「兵堂那反應究竟意味著什麼？對我來說，這一直是個謎。唔……我到現在依然沒能完全理解……但一守家的繼承問題上籠罩著一層烏雲，這一點肯定不會錯。我覺得兵堂正暗中計畫造反，對抗老太爺。當然，他也要背叛富貴太太。而且，最近我聽到兵堂向老太爺提議，將來要把妃女子嫁給紘貳。你明白這樁姻緣有多可怕嗎？」

可惜的是，斧高並不明白。不過，他本能地悟出這會是極爲禁忌的關係。

「傳說每當眾人淡忘的時候，這個家就會生出瘋女人，但兵堂也瘋了。居然想做出這種事，他簡直就是禽獸。」

鈴江不屑地吐出這段話。那眼神讓斧高十分害怕，他深深覺得鈴江自己才是有些不正常了。

「聽好，這些事我只跟你一個人說。」

鈴江突然湊過來。

「因爲你好像很重視長壽郎少爺，而且往後你在一守家還有好長的一段日子要過，我才會跟你說這些。懂了嗎？事情不能只看表面，凡事都有另一面。尤其是這種舊家望族、恪守世代相傳的繁文縟節的地方，總有一天會垮掉——」

鈴江突然不吭聲了。斧高仰頭望去，只見她一臉蒼白地盯著自己身後。他回頭一看，似乎有個人影倏地消失到倉庫後面。

「差、差不多該走了，萬一兼婆婆在找你就不好了。我等一下再走。啊，這是護身符，送你。剛才我說的，就算你聽不懂，也要好好記在心裡。等你長大以後，自然就會明白。再見了，你要保重。」

鈴江將一只小護身符袋遞給斧高，匆匆說完，便把他推向主屋。

過了約一小時，鈴江在幾個要好的傭人送別下，離開一守家。最後她似乎回頭看了斧高一眼。是自己多心嗎？不知爲何，他忽然覺得兩人將就此永別。

隔天，十三夜參禮期間，妃女子落井身亡……

若說是巧合，也就這樣了，但斧高在其中感覺到某種恐怖的吻合。爲何死去的是妃女子？那可怕的答案，想必就隱藏在鈴江告訴他的話語中——不，在更深層之處。

而且，這次妃女子身亡，會不會其實是爲即將發生的眞正的災厄揭開序幕？很快地，鋪天蓋地的災禍將會襲擊祕守家，並將他最喜歡的長壽郎捲入——他甚至有這樣的預感。

值得慶幸的是，斧高的憂慮並未立刻成眞。

只是，十三夜參禮當天發生邪門怪事之後，斧高看到兼婆婆不知爲何避人耳目地把飯菜送到密閉倉庫的可疑身影。不僅如此，他再次目擊**那個可怕的東西**。

第八章　四重密室

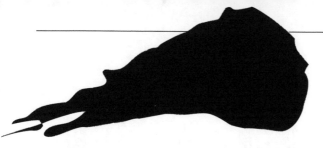

位於北守駐在所後方的住處裡，高屋敷在矮桌旁與妻子對坐，搜索枯腸而沉默不語。結果妙子確認似地問：

「也就是說，算得上與一守家、二守家和三守家有關的人，在十三夜參禮期間，一直都有不在場證明是嗎？」

高屋敷察覺妻子是想藉由提問，開啓他受阻的思路，於是感激地順著她的意思做。

「是這樣的，如果有殺人凶手，必定會從北、東、南其中一個鳥居口上去媛首山。而且上山的時間——」

高屋敷向妻子出示時間表，進行解釋。

「若從北口上山，最有可能是在一守家一行人進入祭祀堂的六點半之前，或是從六點半到我前往祭祀堂的六點五十分之間。我調查鳥居周邊、長壽郎和斧高進入媛首山的七點前後，到妃女子從祭祀堂出發、僉鳥郁子開始看著鳥居口的七點十五分之間，雖然也有機會，但這個時段太多人在活動，風險頗大。」

「是啊。不過，可以確定的是，如果凶手是走北鳥居口，最晚必須在七點十五分以前上山？」

「沒錯。如果是走東鳥居口上山，就是在我抵達那裡的七點半以前。對了，這段時間，就是斧高撞見第一個妃女子的時間。佐伯七點就守在南鳥居口，必須在這之前上山才行。」

「那麼，幾乎所有人都有六點半前到七點半之間的不在場證明？」

「對。不只這樣，能夠離開媛首山的時間也是個問題。北鳥居口那邊從七點開始，在某種意義上，斧高一直監視著參道。雖然斧高躲在樹木後方，監視得不夠全面，但本人說如果有誰經過，他一定會看到。而且七點十五分開始，僉鳥郁子就盯著鳥居口，八點過後，長壽郎和斧高會合。接下來，到妃女子的遺體從井裡打撈出來的九點多爲止，參道旁邊有七人之多。東口有我，南口有佐伯，分別巡邏參道到九點。這也就是說，凶手必須等到九點以後，才有辦法離開媛首山。」

「可是，每個人都有九點以後的不在場證明？」

「沒錯。像是紘貳，七點半在東鳥居口放他離開後，他居然一直到九點多都沒有不在場證明。這剛好就是犯案時間——」

「諷刺的是，這段期間，沒有任何人能夠進入媛首山……」

「對。照妳喜愛的偵探小說的說法，媛首山當時就是一種密室狀態。」

「那穿過日陰嶺，往西離開的路線呢？」

「那邊確實無人監視。但不管從哪一邊過去，都得繞一大圈，加上地勢險峻，沒那麼容易通過。」

「反倒更花時間呢。而且多花的時間，也可能沒有不在場證明。」

「再說，所有人都能清楚交代案發前幾小時在哪裡做什麼，應該沒人走西邊那條路。」

「那穿過森林上山呢？」

聽到妙子這個問題，高屋敷露出有些得意的表情，回答：

「當然，如果凶手是從正規入口以外的地方進入媛首山，恐怕查不出是從哪裡。然而，不管凶手是誰，最後都一定要走到參道。我和佐伯調查過，參道上沒有人從樹林走進去的痕跡。而斧高躲藏的樹木後方，有人踩踏過的痕跡卻是一清二楚。」

「你調查的對象，僅限祕守家的成員吧？如果把嫌犯的範圍擴大到村人，狀況是不是又不一樣？」

「唔，沒錯……」

「如此一來，更不明白動機是什麼了。」

妙子自己提出看法，卻又立刻推翻。

「因爲祕守家的子女，尤其是長壽郎和妃女子，鮮少和村人交流。他們與別人的交情，應該也沒有親密到足以發展成殺人命案。」

「我也這麼認爲。原本我一度猜測，或許凶手是受二守家照顧的村中某人，但這畢竟是殺人重罪，還是不可能。」

「我想……」

這時，妙子內斂地表現出有話想說的樣子。

「怎麼了？妳想到什麼，儘管提出來吧。」

「假設凶案發生的那段時間，媛首山就像是密室，那麼在山裡的人，不是應該列爲嫌犯嗎？我只是想到這一點。」

「咦！」

「三處駐在所的警察在媛首山的三個鳥居口巡邏，這件事不是沒有人知道嗎？」

「妳說的對……」

「既然如此，山裡的人一定以爲能自由進出。以爲即使被揭露是一場謀殺，警察也會認爲凶手來自外面……」

「等一下。說到當時在山裡的人，不就只有長壽郎、妃女子和斧高嗎？」

「妃女子是被害者，斧高那麼小，不可能殺人吧？」

「那麼，妳是說長壽郎……」

高屋敷一臉震驚。

「當然，我也不願意去想是長壽郎殺害妃女子。不過分析這一連串的情況，不覺得對他實在很不利嗎？」

附帶一提，爲了問案，高屋敷多次把斧高帶到駐在所來。因爲在一守家，有藏田兼在一旁緊盯著，無法盡情問話，斧高也不敢暢所欲言。妙子認識斧高後，似乎完全喜歡上這孩子了。

「之前我沒仔細告訴妳，其實——」

高屋敷告訴妻子，進入媛神堂的妃女子消失在榮螺塔的塔頂。

「如果是長壽郎的一面之詞，我反倒會懷疑他，但這件事得到斧高的證實。確實，長壽郎有可能在媛神堂、榮螺塔或婚舍這些地方殺害妃女子。只是，後來長壽郎出現在斧高面前，接下來一直到在井中發現妃女子，兩人都在一起。他沒有機會把屍體投入井中。」

「會不會是長壽郎先進入婚舍，接著避開斧高的耳目，偷偷溜出來，躲在井邊，然後殺害妃女子，將遺體投入井中——」

「喂喂喂，這太離譜了。首先，境內鋪滿鵝卵石，不管再怎麼小心，還是會踩出聲音。但斧高只聽見兩次踩過鵝卵石的腳步聲，就是長壽郎和妃女子前往媛神堂的時候。第三次聽見腳步聲，則是長壽郎走出媛神堂，出現在他面前那一次。」

「換句話說，案發當時，長壽郎有在婚舍的完美不在場證明。」

「而且，從妃女子在井邊祓禊到進入媛神堂的這段期間，斧高都緊盯著她。」

「妃女子進入媛神堂以後，就在榮螺塔的塔頂消失了？」

「對。當時媛神堂、榮螺塔以及婚舍，也形成一種密室。長壽郎不可能行凶。」

「就是說呢。建築物、斧高的監視，加上鋪滿周圍的鵝卵石，媛神堂的這些建築物，形同三重密室……如果推測凶手來自外面，再加上媛首山，就成了四重密室。」

「等等，就算是這樣，妳怎會認爲長壽郎可能是凶手——不，我知道妳因爲媛首山形同密室狀態，才會懷疑到長壽郎頭上，可是他沒有殺人動機吧？」

「長壽郎是沒有……」

「嗯？什麼意思？」

妙子別有深意的語氣，引得高屋敷訝異反問，接著她吐出驚人之語：

「但妃女子有動機，不是嗎？所以……」

「咦！妳說什麼？」

「不是長壽郎想要殺害妃女子，而是長壽郎差點遭到妃女子殺害，出於正當防衛，失手殺死她。慌亂中，長壽郎想起過去發生的意外事故，也就是十三夜參禮期間，男孩墜井身亡那件事。因此情急之下，他把遺體拋入井中。如此一來，即使被發現是他殺，人們也會認爲凶手是從外面來的……」

「有道理。理論上說得通，但妃女子爲什麼要殺長壽郎？」

「看著富堂老翁和一枝老夫人，總覺得他們就像是未來的長壽郎和妃女子。當然，長壽郎和富堂老翁不一樣，並未苛待妃女子。可是，對於一守家離譜的男尊女卑傳統，妃女子是否深深懷恨在心？」

「這股積怨在十三夜參禮當晚擦槍走火爆發了……是嗎？唔，這也是有可能的情形。」

「這樣的話，也可以解釋爲何被殺的是妃女子。」

「動機雖然與一守家的繼承問題無關，卻是一守家中的其他問題嗎？」

「男孩是繼承人，所以受到百般呵護，若從這個理由來看，可說是同一個問題。」

「也對……不過，如果這是眞相，還是沒辦法解釋一守家不讓任何人看到遺體的不自然態度啊。」

高屋敷回到最初的重大謎團，妙子觀察著丈夫的臉色說：

「關於妃女子的遺體，你知道村中傳出什麼可怕的傳聞嗎？」

「哦，妳說其實那是一具無頭屍的傳聞嗎？我問過富堂老翁，他大發雷霆，要求我查出是誰散播這種謠言，叫我把那個人抓起來，所以我沒告訴他，傳聞的出處似乎就是一守家。」

「會是溜吉或宅造偷看了遺體嗎？」

「我也這麼想，於是問了他們，但他們都矢口否認，說絕對沒有看。不過，就算眞的偷看了，他們也沒傻到會承認吧。」

妙子注意到茶杯空了，將熱水注入茶壺裡說：

「斧高看到的第一個妃女子，他說是首無，關於這件事……」

「他只是個六歲的孩子，想必是驚嚇過度，看到幻覺了吧。」

「但以他的年紀來說，不覺得其他地方交代得很清楚嗎？」
「嗯？確實……怎麼？妳認爲首無眞的現身了？」
妙子輕搖茶壺斟茶，將茶杯遞給丈夫，反問：
「那麼，斧高說的第二個妃女子，你認爲確實就是妃女子本人嗎？」
「這一點不會錯吧。第二個妃女子沒有任何可疑的行動，而且至少脖子上面有頭。相較之下，第一個妃女子——啊，前提是眞的有這個人——不僅沒有頭，還突然消失不見。若問哪一個才是妃女子本人，當然是第二個嘍。」
「就是說呢。可是，既然認定第二個人是妃女子，與其把第一個人當成首無或是斧高的幻覺，把她當成未知的某人，是不是比較妥當？」
「什、什麼？妳說還、還有另一個人？」
「假設斧高尾隨長壽郎進入媛首山之後，到妃女子從祭祀堂出發的十幾分鐘之間，有人從北鳥居口進入山上，就說得通。」
「如果是依斧高、另一個人、妃女子這樣的順序登上參道，就符合斧高的目擊證詞……但眞有這樣一個人嗎？首先，那個人是誰啊？」
「這話或許輪不到我來說，不過，我認爲你針對祕守家的成員進行調查是對的。」
「咦？哦……」
「只是，我認爲是不是也應該包括祕守家的傭人——」
「傭人……難、難道妳是說鈴江！」
「在十三夜參禮前後離開村子的年輕女子，據我所知，只有一守家的鈴江。而且她是在儀式前一天辭職。再加上，她雖然已十九歲，身形卻非常嬌小。」

「所、所以呢？妳的意思是，落井身亡的不是妃女子而是鈴江，兵堂、藏田兼謊稱那是妃女子。如果有人看到遺體，謊言就會被拆穿，才不讓任何人看到……？」

「若是這樣，大致上就說得通了。」

「唔……可是，有什麼必要謊稱鈴江是妃女子？不，更重要的是，鈴江為何闖進十三夜參禮，還假扮成妃女子的模樣？」

「我不知道。」

妙子直接搖頭，高屋敷感到有些失落。因為他無意識中，窩囊地期待妻子會提出他怎麼也想不到的觀點。

但某個解釋倏地浮上他的心頭：

「假設井裡的屍體是鈴江，妃女子或許就是凶手。如果一守家是為了隱瞞這件事，讓她冒充被害者……」

「你是指，兵堂先生他們在包庇妃女子？不過，也有可能兵堂先生和藏田女士真的相信那具遺體就是妃女子。」

「怎麼說？」

「若遺體如同傳聞描述的，沒有頭部，那麼，有可能是妃女子殺害鈴江，拿她當自己的替身。換句話說，目的是偽裝成自己遇害。當然，我們不知道動機。或許是為了逃離一守家，不惜抹殺自己……」

「這不正是偵探小說中常見的加害者與被害者掉包嗎？」

「沒錯，這是無頭屍眞相最基本的一種。」

討論往意想不到的方向發展，高屋敷有些困惑，但他露出赫然想到的表情說：

「可是，假設第一個妃女子是鈴江，她抵達井邊的時候，妃女子還在參道上啊。而且，長壽郎已進入婚舍。也就是說，鈴江只有一個人，沒人可以把她推落井中。」

「就是說呢。如果相信斧高的說法，第一個妃女子不僅沒有頭，還離奇消失了……」

「唔，消失也能解釋爲墜入井中。這麼一來，只可能是意外了。而且，她不知爲何脫光衣服，在井邊淨身。」

「這一點很奇怪。」

「是啊，鈴江參加十三夜參禮，這件事本身就古怪極了。」

「你說人消失是墜入井中，可是──」

「嗯，可是怎麼了？」

「如果鈴江是在斧高轉移視線的時候掉進水井，後來抵達井邊的妃女子不是應該會注意到嗎？在進行祓禊儀式時……」

「對耶……用吊桶汲起井水時，不管天色再怎麼暗，依舊會看見伸出水面的兩條腿嗎？那麼，不管屍體是妃女子還是鈴江，最大的問題就是何時落井，或是被推下井了。」

「可能的犯案時間，是斧高看著妃女子，注意力都放在從媛神堂移動到榮螺塔的提燈火光上的這段時間吧？」

「這時長壽郎和妃女子都在建築物裡面。也就是說，那天晚上有新的角色，或是另一個人在媛首山中？那個人就是眞凶？」

「可是，相關人員都有不在場證明，所以不可能有這樣的人。」

「啊，簡直莫名其妙！」

高屋敷差點就往後躺倒在榻榻米上，但他勉強克制住，接著說：

「對了，斧高不是提到，屍體全身纏繞著濕漉漉的長髮嗎？」

「對啊，這件恐怖的事，溜吉和宅造都沒有提到。」

「沒問的事他們就不會多說。」

「幸好有斧高這個目擊者。」

「卻也害得我爲這荒誕離奇的狀況頭痛。」

「這……怪那孩子就太過分了。重點是，那些頭髮後來怎麼了？」

「哦，聽到這件事以後，我去調查了一下井邊，地上眞的有疑似女人的長髮。」

「啊！」

「怎麼了？」

「我想到了，鈴江的頭髮並不長。」

「那果然是妃女子的頭髮嗎？」

「那麼，遺體也是……」

「不過，那些頭髮明顯是剪下來的。」

「也就是說，妃女子爲了僞裝成自己遇害，砍斷鈴江的頭，並剪下自己的頭髮，撒入井中，強調遺體是一守家的妃女子。可以這樣解釋呢。」

「當然，也可以解讀爲被害者是妃女子，她的頭被砍斷時，頭髮也一起被切斷。」

說到這裡，高屋敷重重嘆了一口氣：

「總之，明天我會去查一下鈴江的消息。」

「是啊。只要確定鈴江平安無事，遺體就幾乎可以確定是妃女子了。」

「這樣一來，還比較有辦法解釋十三夜參禮時究竟發生了什麼事吧。」

雖然刻意說得強而有力，但不管井中的屍體是妃女子或鈴江，這樁詭異的死亡事件依然圍繞著重重謎團，讓高屋敷感到一籌莫展。

高屋敷請當地警方代爲向鈴江在八王子的老家——天昇雜技團，打聽她的消息，三天後得到回音。然而對方表示，鈴江並未回家，也沒有聯絡家裡。

等待回音期間，高屋敷調查過媛首村主要出入口的東守大門，近十天的人員進出情況。結果他查出沒有像鈴江的女子離開村子。這一點是否爲事實，相當不牢靠。因爲如果鈴江刻意隱瞞身分，完全可以在不爲人知的情況下離開村子。

高屋敷再次向相關人等問話，同時四處打聽鈴江的下落。前者沒有新的斬獲，後者得到的回答都是「她一定回家了」，沒有任何成果。

到了這個階段，高屋敷已束手無策。由於這件事被當成意外死亡處理，無法進行正式調查。而且他切身感受到，富堂老翁對第二次問話極爲不滿。繼續在一守家內外四處打探，富堂老翁絕對會找終下市警署的署長抗議。

（萬一遭到投訴，會不會被貶到更荒僻的小村子？）

高屋敷並不是害怕這樣的後果。若是能掌握到新事證，即使會引起富堂老翁的憤怒，他仍會獨自調查下去。

（可是，到此為止了吧……）

他有種奇妙的把握，認為自己已查明與事件相關的種種狀況。不過也僅止於北守駐在所巡查的身分能夠得到的情報，當然毫無成就感。他反倒覺得有些自己無法摸到的**底細**，是只有像鈴江或斧高，這種雖然是一守家的人，卻又是外人的身分，才有辦法瞭解的**底細**……

用完晚飯，在矮桌上攤開「十三夜參禮相關人士行蹤」時間表，埋頭苦思，成為高屋敷的例行公事。起初他會向妙子徵求意見，但漸漸地，他開始封閉在獨自一人的思考世界當中。

不久後，高屋敷接到來自村公所兵事單位的召集令。

高屋敷匆匆忙忙向祕守家等村莊主要人士道別。媛首村全村即將為他舉行出陣儀式的前夕，他拜訪了東守駐在所的二見。南守的佐伯已被徵兵離開，這下村子裡的駐在所警察只剩二見一個人。考量到二見的年紀，不可能再收到召集令，高屋敷想把村中治安託付給他。若是能夠，也希望他解決十三夜參禮的疑案——

先前他都抱定「說了也是白說」的心態，完全沒有對二見提起這件事。此刻，他從頭開始，把自己調查到的詳情與種種謎團都告訴二見。即使並非自己的權責區域，二見身為派駐在同一個村子的警官，不可能對這起神祕事件漠不關心。高屋敷就是將希望寄託在這樣的推測上。

然而，二見露出事不關己的表情。他呆呆地看著半空中，只管吞雲吐霧，不曉得究竟有沒有聽進去。

（託付給這個人，果然是異想天開嗎？）

雖說早有預期，高屋敷仍不禁失望。

「這件事實在太古怪了。」

意外的是，二見似乎頗感興趣。

「就、就是啊。二見兄不覺得，以意外死亡而言，有太多令人費解之處了嗎？」

「因爲有政治判斷介入其中嘛。站在我們的立場，也是莫可奈何。」

十足二見作風的回答，打斷了高屋敷短暫的喜悅。但他還是覺得這反應不同於平日的二見，便問：

「二見巡查部長，你認爲那天晚上，媛首山到底發生什麼事？」

「會覺得怪，是因爲所有人的說法你都信以爲眞吧。」

「怎麼說？」

「如果妃女子落井那段時間，沒有任何人上山，那不管怎麼想都是意外。」

「可、可是斧高看到——」

「看到無頭女和消失的妃女子嗎？這還用說，一定是小孩子在胡言亂語嘛。他偷偷闖入十三夜參禮，結果被抓包，爲了轉移眾人的注意力，以免挨罵，才會扯出那一大套謊言。」

「可是，不只是斧高，長壽郎也聽見有人走過境內鵝卵石地的腳步聲，以及走上榮螺塔的聲音。從前後狀況來看，那應該就是妃女子的腳步聲，然而她卻在塔頂消失了。從兩人的證詞，也能證實這件事——」

「那是長壽郎參加儀式太緊張，聽錯了。在那樣的深山，又待在那種古怪的建築物裡，等著妹妹過來，就算覺得聽到類似的動靜，也很合理。」

「唔，也對……可、可是，斧高這孩子不會撒謊——」

「那就是作夢，不然就是幻覺。喂喂喂，他才六歲耶？待在烏漆麻黑的山上，還能保持正常，未免太奇怪了。」

最後高屋敷認清，對二見來說，這件事根本無足輕重。不過，高屋敷有些驚訝的是，二見的不在乎，絕非顧忌祕守家，而是身為警官的判斷。

（這確實是二見兄的作風。）

所以，高屋敷並未感到特別不快。當然，他認為二見一口咬定是撒謊或幻覺，太過武斷，但二見是站在合理且單純的角度去看待事件，遠比大驚小怪嚷嚷著「首無出現了！」、「有人消失了！」、「現場是密室！」要現實許多，因此無法輕易否定。

高屋敷想著既然如此，還是早早告辭好了，二見卻一副有話想說的樣子，開口道：

「不過……」

「是，什麼事呢？」

「沒有，只是……你的想法跟我不一樣，對吧？」

「呃……確實，二見兄的解釋最符合現實，但我總覺得全盤否定長壽郎和斧高的說法，有些說不過去……」

「呵呵，不必那麼客氣，你可以直接說我的解釋過於偏向息事寧人。這才像你啊。」

「不，哪裡……」

由於摸不透二見的真意，高屋敷不知該如何回應才好。

「如果無法接受別人的說法，你自己調查、思考不就得了？」

「呃？」

「我的意思是，不要把事情丟給我，你活著回來媛首村，再次好好研究這起事件就行啦。」

「…………」

「原本我應該說，『既然你是警官，更應該爲國捐軀，壯烈犧牲！』……不過，世上至少要有一、兩個像你這樣古怪的巡查，才算有意思吧。」

「咦……」

「所以，你一定要活著回來！」

「呃，是！」

二見第一次親自送高屋敷到駐在所門口。高屋敷向二見最後一次敬禮，二見慢條斯理地回禮，說：

「這麼複雜的事件，我實在扛不起來。可是，我也不是平白在媛首村駐在所當了這麼多年的警察。」

「是。」

「所以，我有一種感覺，這十三夜參禮的怪事，只是未來即將發生的慘劇的序幕。」

「…………」

「爲了防範未然，我認爲只有你生還歸來，解開十三夜參禮謎團一途了。」

「我明白了。我一定會活著回來，破解這起事件。」

然而，高屋敷最後僅守住一個約定。

三年後，高屋敷復員回來，二見由衷爲他高興，卻沒能親眼目睹後輩查出十三夜參禮事件的眞相，不到一年就離世了。他特別找人訂製的警棍，作爲遺物留給了高屋敷。斧高表現出身爲男孩的好奇心，很想要那根警棍，高屋敷當然不能送給他，一直珍惜地保存在北守駐在所的櫃內深處。

令人驚訝的是，二見退休後繼續留在村子裡，似乎一直在私下調查。雖說表面上拒絕了，但高屋敷會想將後事託付給二見，這件事二見頗爲牽掛。不過，二見未能查到任何新事證，確實就像他素來的行事風格。

接著七年後，也就是自十三夜參禮算來十年後，二見前巡查部長的擔憂，眞的在媛首山應驗了。

首先揭幕的，是一起光怪陸離的無頭殺人案：儘管被害者的身分從一開始就一清二楚，屍體的頭部卻遭人砍斷，離奇消失。

幕間（一）

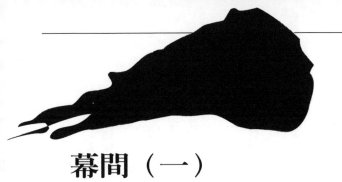

再次遷住此地之後，我打算將過去在夜間寫作的生活形態，改為早起寫作。長年來的習慣能否輕易戒除，起初我也頗為不安，但我親身感受到，晨起寫作、日落擱筆，才是最適合這種鄉間的生活形態。

因此在決心撰寫本稿之際，當日清晨，我從北鳥居口進入媛首山，循著石板參道，一路走到媛神堂。戰時我和丈夫一同遷至媛首村，並於十年前離開這塊土地，期間我幾乎從未踏入媛首山，對我來說，這趟體驗簡直教人魂飛魄散。但或許就是有了這樣的體驗，回家後我立刻提筆寫下〈第一章〉。因為走在參道上，不知不覺間，我彷彿和三十年前闖入一守家十三夜參禮的斧高同化了……

走在境內的時候，我在鵝卵石地上滑了一下，差點跌倒，連自己都覺得可笑，但我仍有些耿耿於懷。因為我扭傷了右腳踝。腳踝……不，一定是我多心了。倘若由於寫下這種文章，引來淡首大人震怒，降下災禍，當然也會反映在我的頭頸。只不過是腳踝受了點傷就大驚小怪，實在是愚蠢又可恥。

我懷著這樣的心思，一路寫到前一章……其實，著手寫這篇〈幕間（一）〉之前，為了轉換心情，我想差不多該耕種一下後院，舉起了鋤頭，沒想到這回換成左手出事……沒錯，我的左腕扭傷了。當然，這是我嘗試陌生的農活的緣故，但老實說，我心裡直發毛。

這麼說來，村中流傳，阿淡慘遭德之真砍殺後，德之真與前妻生下的兩個孩子相繼猝死，續弦的繼室接連生下兩名無腦嬰兒，發瘋而死，家中不斷有人抱怨頸脖、手腕和腳踝不舒服。

不單是頸脖，還有手腕和腳踝……

看看我，怎麼用這麼荒唐不經的內容起了頭？我剛去外面散步約十分鐘，鎮定心緒才回來。撇開我微不足道的小傷，繼續原本的話題吧。

戰後數年，日本在美國的占領下，據說有一千萬人活活餓死。在這樣的混亂時期，先夫高屋敷元不僅平安復員，甚至可以續任北守駐在所巡查，回顧那個饑荒年代，實在令人慶幸萬分，無比感念。三守家的家主克棋被徵召爲國民兵，二守家的紘壹也被徵兵參加學生出征，村中有不少男丁戰死沙場，對照之下，先夫的生還更讓人感恩。尤其是紘壹，舉行十三夜參禮後沒多久，他就被徵召了。宛如以祕守家繼承人候補的身分，帶著那件怪事的陰影上戰場去了。聽到他戰死的消息，我不禁百感交集。

然而，對高屋敷元來說，眞的是好事嗎？每次想起這個問題，我總是得不到結論。當然，不是指他從戰場生還一事，而是指他再次就任這個村莊的駐在所巡查一事。

復員後，經過一段時間，等日子平靜下來，先夫偶爾會沉迷於鑽研一冊筆記本。那是他趁戰時整理的一守家十三夜參禮事件中相關人士的證詞，還貼上他製作的「十三夜參禮相關人士行蹤」時間表。起初，他只會晚飯後在矮桌上翻開來看，但沒多久，連上班時間都會拿出來看，東守駐在所的二見巡查部長過世後，他益發熱衷研究。

這時，先夫還不知道斧高從鈴江那裡聽說的，關於妃女子的諸多奇怪傳聞，因此針對「爲何死的是妃女子而不是長壽郎」這個謎團想破了頭。現場的密室狀況及相關人士的不在場證明等等，有一堆讓他想不透的事，但最令人不解的，仍是被害者的**選擇**這一點。

高屋敷酒量不算好，每回喝醉便經常說：

「不論十三夜參禮事件是殺人命案，或眞的是神靈作祟，問題在於，爲何死的不是長壽郎而是妃女子？或許只要認定主因是祕守一族，爲了一守家繼承權的爭奪戰，永遠都破不了這起案子。」

然而，推理總是無法再往前一步。戰後唯一一次，高屋敷想要重啓對一守家的調查，卻觸怒了富堂老翁，此後高屋敷便避免表現出關心十三夜參禮事件的樣子。由於無法獲得新的線索或證據，高屋敷的推理觸礁，也是意料中的事。爲了先夫的名譽，我必須在此聲明，倘若他是單身，縱然要頂撞富堂老翁，他也會堅持調查下去。打消這個念頭，無非是擔心丟了飯碗，害我吃苦。

不過，這個時候，斧高因爲喜愛我們夫妻——戰後他尤其親近我——經常進出駐在所，照理來說，可盡情向他打聽一守家的內幕。但先夫從斧高那裡問出十三夜參禮當晚的經歷之後，似乎就單純把他當成兒子一樣看待，畢竟我們膝下無子。對視如己出的斧高，刨根究柢地追問一守家的隱私，先夫恐怕辦不到吧。明明不必想得那麼嚴重，像我這樣，當作閒聊，聆聽斧高在一守家的生活就好了。

我經常從斧高那裡聽到，鄉下地方的舊家望族各種獨特又耐人尋味的狀況。其中最爲有趣的，莫過於兼婆婆對雙胞胎施行的種種禁厭。當然，媛首村有自古流傳的習俗，但富堂老翁認爲憑村中過往的那套方法，無法對抗淡首大人，才會倚重戰功彪炳的兼婆婆，把她請來坐鎮。換句話說，兼婆婆是生產及育兒的專家，在一守家看來，無疑就像是長壽郎的守護神。

一守家的男尊女卑風氣似乎讓斧高很驚訝，然而，往昔任何地方都是如此。在近畿的某個地區，如果生下男孩，會說「那一戶要發啦」，換成生的是女孩，卻會遺憾地說「只剩下一半」。

依兼婆婆的方法，從嬰兒剛落地時洗浴的熱水便男女有別。對長壽郎是先用沾上熱水的刀子抵在脖子上，一開始就進行驅邪，相對地，妃女子只是簡單用熱水清洗。刻意拿刀抵在頸脖，當然是爲了抵禦淡首大人。熱水也是，聽說女孩用的是普通的熱水，男孩用的熱水卻浸有需以火筷子夾取的炭火，並添加漆樹的葉子。我知道前者可預防燒燙傷，後者可驅魔，但只針對長壽郎一個人這麼做，差別待遇到這種地步，實在教人咋舌。另外，有些地方似乎不是放漆樹葉，而是艾草或菖蒲。

除此之外，兼婆婆還施下各種禁厭。她將媛神堂境內的鵝卵石擺在妃女子枕邊，卻讓這東西遠離長壽郎。女孩穿上早就預備好的華麗紅色襁褓，男孩只蓋了條生產一星期前兼婆婆隨便縫製的黃色破衣。第一次帶出門時，妃女子的臉蛋乾乾淨淨，長壽郎的額頭用鍋底的煤灰畫了個叉——諸如此類。

我自行對這些方法做了一番解釋：鵝卵石是境內媛神堂的物品，應該是要將淡首大人的注意力轉向女孩。如同妃女子的命名，是爲了保護男孩的手段。襁褓也是，一般都是讓嬰兒穿上出產前一刻用舊布縫製的衣物，預先準備襁褓被視爲不吉利。而且俗信衣物華麗，會徒然引來魔物覬覦，受到忌諱。外出時把額頭塗髒，稱爲「阿也都古」，一樣是爲了保護嬰兒免受鬼怪侵襲的禁厭。

換句話說，兼婆婆不只是爲長壽郎設下重重保護，還利用妃女子，拿她當**替身**，未免太狠心了。而且妃女子身爲一守家的女孩卻體弱多病，長大以後言行也變得有點古怪，感覺都是其來有自。就算幼時的經歷不會留下記憶，但遭到如此徹底的歧視，必定會留下某些影響。

最爲極端的，就是雙胞胎第一次參加的三三夜參禮——也就是三夜參禮——兼婆婆將兩人的性別交換過來。她把長壽郎打扮成女孩，把妃女子打扮成男孩。因爲當天若有什麼閃失，淡首大人的禍害實際殃及的會是女孩，而非繼承人的男孩。儀式一結束，兩人的打扮便恢復原狀，想必就是這種用意。

就像這樣，兼婆婆千方百計保護長壽郎，同時把原本是一守家繼承人會承受的災禍，轉嫁到妃女子的身上。從雙胞胎剛出生清洗身體開始，到他們成長過程中的每一時刻——

如今回想，我深覺一守家如此過火的男尊女卑觀念當中，隱藏著解開妃女子的死亡，以及其後發生的駭異無頭殺人案之謎的關鍵。

但當時斧高的述說，先夫聽得心不在焉，還是老樣子，兀自盯著筆記本。

儘管擔心先夫，不過那個時期，我正慢慢著手實現創作偵探小說的夢想。漸漸地，我不太有餘裕像戰時那般，不著痕跡地配合先夫討論案情。我的心思完全放在村子以外的世界。

戰後，偵探小說雜誌迎來百花齊放的創刊熱潮。

首先是昭和二十一年三月，筑波書林和岩谷書店分別創刊了《ROCK》及《寶石》兩種雜誌。此後，五月有TOP社（前田出版）創刊《TOP》、七月PROFILE社將《PROFILE》以季刊形式重新復刊，十一月新日本社以《新日本》別冊的形式，推出《偵探讀物》。

隔年的昭和二十二年，四月有EVENING STAR社的《黑貓》、偵探公論社的《眞珠》、新偵探小說社的《新偵探小說》，五月有海鷗書房的《小說》，七月有ALL

ROMANCE社的《妖奇》、偵探新聞社的《偵探新聞》，十月有G-men社的《G-men》，十一月有犯罪科學研究所的《WhoDoneit》、極東出版社的《Windmill》，百家爭鳴，盛況空前。

昭和二十三年，PROFILE社把雜誌名稱從《PROFILE》改爲《假面》，此後連同人誌及研究雜誌都陸續誕生，在經歷過戰前及戰時偵探小說被禁的我眼中，眞正是步入了一個美夢成眞的時代。

不過也因數量繁多，這些雜誌良莠不齊。其中我最爲關注的是《寶石》與《ROCK》。因爲橫溝正史老師從前者的創刊號開始連載《本陣殺人事件》，並在後者的第三期開始連載《蝴蝶殺人事件》。提到我對橫溝正史的印象，他過往的作品散發妖氣，極富詩意美感，以〈藏之中〉、〈蜃氣樓物語〉的耽美性及〈鬼火〉的怪奇性爲代表。不料他突然轉爲創作本格偵探小說，身爲讀者，我在關注之餘，創作欲望亦受到刺激。

於是，在江川蘭子出道兩年後，我以「媛之森妙元」爲筆名，成功在雜誌《寶石》發表處女作。筆名「媛之森」是來自媛首山，「妙元」則是把丈夫和我的名字組合在一起。

先夫非常替我開心。對於我把他的名字放進筆名裡，他似乎也非常感動。甚至因爲我出道文壇，他重拾婚後一度荒廢的閱讀偵探小說的嗜好。如果什麼事都沒發生，先夫想必會漸漸遠離十三夜參禮的事件，最終封存到記憶深處。

然而，如同昔日讓斧高童稚的心充滿不安，二見巡查部長身爲警察的直覺亦感知到的預兆，歷經十年的歲月，災禍再次侵襲一守家。

下一章開始，我打算進入戰後的事件。

不，在此之前，我得再次向有「偵探小說狂」之稱的部分讀者聲明。

以極爲接近第一人稱的第三人稱敘述形式，用小說體裁撰寫本稿，其實是**為了隱瞞一連串事件的真凶是高屋敷元的障眼法**——如果讀者有絲毫這樣的懷疑，便是大錯特錯。

我如此聲明，或許讀者會質疑：妳是他的妻子，畢竟不是他本人，如何能夠斷定這一點？但這就是**事實**。不是因爲我相信自己的丈夫，而是因爲我**知道**他不是凶手。

另外，我也要在此聲明，前文的文字表現當中，沒有任何敘述性的詐騙詭計。若是還有讀者懷疑，我只能這麼說：

雖然只不過是法律規範的一男一女的組合，但長年廝守的夫妻，原本就是如此相知相契——

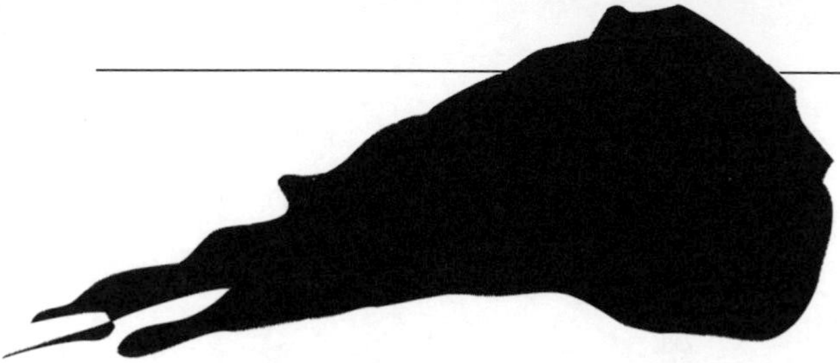

第九章　《怪誕》

「抱歉來晚了，我是斧高。」

敲門之後，他從走廊打招呼，裡頭傳來簡短卻溫暖的回應：「進來吧！」

「打擾了。」

斧高打開一守家爲數不多的西式房間，行禮之後，進入長壽郎的房間。

「怎麼啦？又被兼婆婆逮住了嗎？」

長壽郎露出半是苦笑、半是無奈的表情，從紋路優美的書桌前轉過上半身，看向斧高。

「現在完全反過來，變成小斧你在照顧兼婆婆了。」

「從我來到這個家，都是兼婆婆在照顧我，這點回報是理所當然。」

看著對方的微笑，斧高感到一陣無以名狀的心痛，但他仍認眞回應。一想到明天這個特別的日子，胸口疼得更厲害了。

「你眞是個乖孩子。」

雖然是在稱讚斧高的個性，長壽郎的語氣中，透露他同時也爲此感到焦急。自小看到兼婆婆對斧高那絕稱不上慈愛的態度，長壽郎的心情格外複雜吧。

「兼婆婆那邊，請別人照顧也可以。」

「不，沒問題。如果不是我來服侍，可能會非常棘手。就是彼此都……」

「這樣啊。」

「抱歉，我本來應該是長壽郎少爺的小廝——」

「我不是這個意思。我這邊完全無所謂。只是，我擔心照顧兼婆婆，你會覺得難受——僅僅如此。」

「謝謝少爺關心，我眞的沒問題。能夠向兼婆婆報恩，我反而很開心。」

「那就好。」

實際上，斧高十分感謝兼婆婆。當然，他多次遭到兼婆婆懲罰責打，但他把這些當成管教。兼婆婆雖然嘴上不饒人，眞到了要打的時候，卻又有些縮手縮腳。與她對待其他下人的態度相比，感覺得出對斧高是手下留情的。

比起兼婆婆，其實長壽郎的母親富貴更可怕。富貴生下雙胞胎後，似乎一直調理得不好，留下後遺症，長年來體虛多病。或許是反映出這類病人特有的精神狀態，她有時會對斧高做出令人難以置信的事。

有一次，斧高剛擦完長長的走廊，正鬆了一口氣，卻挨女傭總管一頓罵。總管說，他一開始擦的走廊上沾滿泥巴腳印。斧高連忙跑過去看，果眞有髒腳印。他循著從雨後的庭院爬上走廊的腳印，居然進入了富貴的房間。斧高當然以爲只是湊巧。但沒多久，斧高察覺富貴是故意的。那一瞬間，他恍悟到一守家以後犯下的種種過錯當中，一定也有富貴在背後搞的鬼。

富貴得知斧高發現這件事，便明顯地跟他過不去，直至今日。過分的時候，甚至曾在他的飯裡摻入縫衣針。當然不是富貴親自下的手，而是命令她的心腹女傭幹的。有段時期，斧高疑懷富貴是不是嫉妒兒子長壽郎善待他這個下人，才故意折磨他。可是在飯裡藏針，這種行徑完全脫軌了。斧高強烈懷疑，妃女子潛藏的瘋女特質，恐怕就是來自母親的遺傳。

雖然不像面對富貴那般害怕，但斧高也不喜歡僉鳥郁子。有一次，郁子難得和顏悅色，送給他珍貴的糕點，下一秒卻幡然變色，冷若冰霜。斧高不知道理由是什麼。起初，他自省或許是不經意的言行觸怒了她，在她面前格外小心留神，但沒多久，他便發現根本沒什麼理由。簡而言之，郁子就是反覆無常，根據當天、當下的情緒，有時對他溫柔，有時對他冷酷……

不斷惡毒虐待他的富貴，與陰晴不定的郁子，還有總是露骨地輕視他的妃女子——和這三人比較起來，兼婆婆看起來都像個活菩薩了。

然而，兼婆婆對他手下留情，不是可憐他五歲就被送來一守家當傭人，或是同情他受到三個女人的苛待。他很務實地理解到，這完全是因爲斧高眞正的主人，是長壽郎和妃女子。

證據就是，妃女子死後，斧高的雜務日漸減少，陪伴長壽郎的時間變多。對於這樣的變化，斧高認爲，雖然沒有明說，但應該是希望他要在明裡暗裡時刻守護長壽郎。因爲兼婆婆只要知道他有長壽郎的事要忙，一定會優先讓他去處理。此後，斧高便漸漸成爲長壽郎專屬的小廝。

基於出生以來的習慣，長壽郎的生活起居仍由兼婆婆一手包辦。現在兼婆婆連自己都快顧不好了，卻堅持要照顧長壽郎。

（不管再怎麼痛苦或討厭的事，和可以服侍長壽郎少爺的幸福相比，根本不算什麼。再苦我都承受得住。）

看著如同想像，成長爲散發中性魅力的美青年的長壽郎，斧高在心中喃喃道。其實他想大聲說出來，但這行爲太僭越了。長壽郎聽見一定會開心，只是，斧高害怕他看穿自己的眞心。

（我的眞心……）

長大以後，不知不覺間，斧高不知道該如何處理自己對長壽郎的感情了。決定性的契機是——

「哦，不是什麼急事，只是我收到《怪誕》的最新一期，想拿給你。」

長壽郎伸出右手，遞給他凸版印刷、A5版型的怪奇幻想同人誌《怪誕》。說得誇張點，斧高就是讀到這本雜誌，才第一次認清自己的性傾向，並且萌生好奇、疑問與恐懼……

雜誌《怪誕》的發行人是作家江川蘭子，由古里毬子主編，據說這一年發行四冊的同人季刊亦享譽業界。

江川蘭子投稿戰後創刊的偵探小說專門雜誌《寶石》，出道文壇，轉眼便成為暢銷作家，但她性情古怪，極度孤僻，從不現身人前。傳聞，她來自往昔的華族世家，眾多同族由於戰後華族制度廢除而日落西山，其家族卻仍保有相當可觀的財產。不過蘭子的家人都死於空襲，唯有她一人倖存，舉目無親。

「若是生逢其時，江川蘭子現在就是侯爵大人了。所以，江川蘭子本來會是繼戰前的濱尾四郎之後，新一代的貴族偵探作家。不過，我覺得『江川蘭子』應該是筆名。《新青年》的昭和五年九月號到隔年二月號，有一篇分成六次連載的小說，標題就是《江川蘭子》。這是六名作家聯手完成的連作小說。」

長壽郎拿出《怪誕》創刊號，告訴斧高這些事。

「這六名作家陣容驚人。第一回是江戶川亂步，接著是橫溝正史、甲賀三郎、大下宇陀兒、夢野久作、森下雨樹，全是一時之選。」

「江川蘭子這個名字，和江戶川亂步有點像。」

「沒錯，小斧你眞敏銳。」

長壽郎欣慰地笑著，從書架上取出昭和六年博文館發行的《江川蘭子》這本書。

「負責第一回的江戶川亂步訂下的篇名——就是〈江川蘭子〉。正史的是〈絞刑台〉，甲賀的是〈凌波曼舞的魔女〉，大下的是〈沙丘怪人〉，久作的是〈超越惡魔〉，雨村的是〈飛天魔女〉，就像這樣，作家爲自己負責的章回取了標題。也就是說，整部連作的書名，由亂步一槌定音。編輯部就是如此希望亂步賜稿。即使是通俗長篇小說，亂步的開篇有多引人入勝，是眾所公認的。」

「眞的嗎？太厲害了。」

「對了，亂步的《恐怖王》，還有連作《惡靈故事》裡，有個偵探作家的角色『大江蘭堂』。《陰獸》有『大江春泥』、《綠衣鬼》有『大江白虹』，一樣都是偵探作家角色。此外，《豹人》中的被害者名叫『江川蘭子』，《盲獸》裡則是『水木蘭子』，看得出亂步相當喜歡『大江』這個姓氏，還有帶『蘭』字的名字。」

「這個人是亂步的忠實讀者，所以從亂步喜歡的名字當中，選擇適合自己的筆名嗎？」

「一定就是這樣的。讀過創刊號的短篇〈影法師〉，就可看出江川蘭子受到亂步的風格影響。最重要的是，她把自己的同人誌命名爲《怪誕》。」

「這和亂步有什麼關係嗎？」

「有的。亂步成爲作家前，曾在大正九年和朋友發起一個組織『鬥智小說刊行會』，計畫發行雜誌《怪誕》。亂步這個夢想未能實現，但江川蘭子不光是筆名，連雜誌名稱都借用了。」

長壽郎興致勃勃地解說。

「成爲作家以後，仍繼續出版同人誌，這麼積極活躍的女士，怎會討厭跟人打交道呢？」

斧高忽然心生疑問，歪頭納悶地說：

「她原本是華族，又在戰爭中失去所有家人……恐怕是這樣的際遇導致她變得更加孤僻吧。人們會說她家境富裕，也是因爲她有辦法出版同人誌，作爲業餘愛好……是對此眼紅吧。」

長壽郎落寞地說著，露出難以形容的複雜表情。

（或許長壽郎少爺是覺得，江川蘭子和自己有些相似……）

由於江川蘭子的神祕作風，長壽郎對她這個人並不熟悉。至少關於蘭子的私人領域，都是透過《怪誕》的主編古里毬子得知，也是因爲有她，長壽郎才會訂閱這本同人誌。不，不只是訂閱，他甚至成爲同人之一，出資贊助。

最早的契機，始於長壽郎寄信到《寶石》編輯部，請他們轉交信件給江川蘭子。深受江川蘭子作品感動的長壽郎，寫了一篇詳細的書評。當然，他並不期待收到回信，只是想要感謝江川蘭子引領他進入精彩絢麗的怪奇幻想世界。

沒想到一段日子後，他收到回信。而且回信的並非江川蘭子，是一位名叫古里毬子的女士……這樣的緣分，或許就稱爲奇遇吧。

富堂老翁的二妹三枝，年紀輕輕便嫁到祕守家遠親的古里家，而毬子就相當於三枝的孫女。長壽郎詢問家人，得知古里家確實有毬子這個人，相當於長壽郎的遠房表妹。不過，古里家不屬於祕守一族，毬子又在十六歲時離開家裡，加入東京的業餘劇團，耽溺於戲劇，因此祕守家認爲她是不值一提的蠢丫頭。毬子可說受到整個家族的排斥。

這樣的毬子透過戲劇牽線，認識了江川蘭子（最早是蘭子愛上毬子的演技），接著毬子對文藝活動萌生興趣，成爲《怪誕》的編輯——而後，毬子成了作家蘭子的書迷。最後，居然因此和一守家的繼承人有書信往來，實在有意思極了。

毬子在回信中提到，現下她和江川蘭子住在一起，從事類似祕書的工作，同時照顧蘭子的生活起居，幫忙煮飯、洗衣、打掃等等。她們正在計畫創刊同人誌《怪誕》，希望長壽郎能加入，成爲同人。信上並懇請長壽郎，千萬不要向祕守家和古里家透露她的消息。

此後，長壽郎開始和毬子魚雁往返，持續資助《怪誕》。毬子建議長壽郎嘗試創作，但他似乎不感興趣，目前寫作的內容僅限於書評。不過，他準備撰寫從各種角度探討偵探小說、類似論文的文章，或許將來會成爲一名活躍的業餘評論家。

若是一直風平浪靜，江川蘭子、古里毬子和祕守長壽郎三人，將會永遠以《怪誕》爲媒介，維持著作家、編輯與書評家的關係吧。或是由於後來糸波小陸加入同人，導致長壽郎離開，此後《怪誕》與祕守家再無瓜葛，持續出版，直到廢刊的那一天。然而幾個月前，古里家終於找到毬子的下落，她和長壽郎的關係浮上檯面——

不，在進入這個主題以前，有必要先交代一下斧高是如何接觸《怪誕》的。

受到長壽郎及高屋敷妙子的影響，不知不覺間，斧高漸漸喜歡閱讀偵探小說。兩人——尤其是長壽郎，擁有不少藏書，因此他完全不愁無書可讀。反倒是要消化兩人接連推薦「這本好看」、「那本很厲害」的作品，他實在應接不暇。當然，對斧高來說，這是極爲快樂的體驗。

斧高累積著如此幸福的讀書體驗，幾年前——

「唔，這對小斧可能還太早吧……」

長壽郎遲疑著遞給他的，就是《怪誕》的創刊號。

「忌澤銀三的〈買魂〉、籠池小豆的〈目睹恐怖的女人〉，還有滅門七味的怪奇短篇〈貓婆〉，然後天山天雲的〈瘋痲醫院殺人事件〉是中篇偵探小說，四篇都很精彩，值得一讀。尤其是〈瘋癲醫院〉，那異想天開的詭計令人拍案叫絕。啊，除此之外的耽美作品，如果你不喜歡，就不用讀了。」

斧高先讀了長壽郎推薦的三個短篇和中篇，正如長壽郎所說，他樂在其中。至於其他作品則沒什麼意思，他覺得長壽郎來寫，一定能寫出更厲害的作品。然而，古里毬子的〈閨房的陰影〉卻讓他大受衝擊，甚至將讀書之樂和個人幻想都一掃而空。因爲透過這篇作品，他生平頭一次得知同性戀的存在。

對當時的青少年來說，有關性的一切，都是妖豔的禁忌話題。而且斧高自幼便進入偏鄉的舊家望族當傭人，幾乎不曾接觸外面的世界，不知道什麼是同性戀也是理所當然。

〈女人和女人居然做這種事……〉

斧高將作品中的兩名女子——設定中是世家親戚姊妹——和江川蘭子及古里毬子重疊在一起，很快地，兩人的關係就恍如長壽郎和自己。

〈不、不是的！我才沒有這麼想……〉

雖然想要吶喊否定，但斧高覺得自幼便讓他飽受折磨的，不明所以、模糊不清的感情，忽然有了名字。老實說，這也讓他有種鬆了一口氣的篤定感。

〈我喜歡長壽郎少爺嗎？〉

斧高再次自問。他立即回答「當然喜歡」，然而就算想破頭，還是不明白那是否就是〈閨房的陰影〉中描寫的同性戀。唯一能夠確定的是，他絕不是喜歡男人更甚於女人，而是只喜歡長壽郎一個人。

〈可是，如果這樣的喜歡，是來自這篇小說中描寫的性癖好……〉

那麼，斧高毫無疑問就是個同性戀者。

〈萬一長壽郎少爺發現這件事——〉

從此以後，面對長壽郎時，斧高更加恭敬拘謹。不管對方的態度多麼親暱、有時忽然想要撒個嬌，斧高也嚴以律己，不逾越半點傭人的分際。老實說，斧高十分痛苦，但漸漸地，這竟帶來某種伴隨著痛楚的甜美感受，他簡直難以置信。這初次體驗的扭曲的情感震盪，究竟是什麼？不知不覺間，斧高也從《怪誕》裡學到了。或許這本雜誌的存在意義，就是爲了帶給斧高蛻變成大人所需的種種知識——而且是悖德的知識。

不知是幸或不幸，斧高的變化，長壽郎渾然未覺。因爲長壽郎自小就看著斧高那一貫認眞嚴謹的態度。反倒是斧高沉迷於《怪誕》、對古里毬子的作品感興趣，更讓長壽郎驚訝。他甚至表現出，有點後悔讓斧高接觸同人誌的樣子。

不過，得知斧高引頸期盼新的一期寄來，並耐著性子等到長壽郎讀完，再熱切細讀每一期內容，年輕的主人便找齊從創刊號到最新一期給他，還安排從下一期開始，一次寄兩本來，其中一本送給他。

古里毬子在書寫怪奇或推理作品時，多半傾向以女人之間的愛情爲題材。只是，她會避免露骨的情色描寫，更多時候，描寫的是類似柏拉圖式愛情的關係。〈閨房的陰影〉反而像個例外。可能是因爲這樣，長壽郎才會回心轉意，認爲還能容許，讓斧高閱讀也無妨。

然而約莫一年前，一名叫糸波小陸的同人加入後，長壽郎再次擔心會對斧高造成不良影響。因爲小陸的作品絕大多數都是如〈閨房的陰影〉那樣的耽美內容，以性愛描寫爲中心。許多作品赤裸裸地描述女教師和女學生之間的關係，比如女校教師和學生、前往避暑勝地度夏的千金小姐和女家教、鋼琴或小提琴女教師和女學生，幾乎都讓斧高在閱讀時無法不羞紅臉。而且一目瞭然，這些作品沒有任何怪奇或偵探成分，長壽郎首先就爲此感到不滿。

實際上，由於糸波小陸加入，長壽郎有段時間嚴肅考慮要退出《怪誕》的同人行列。這似乎是爲了斧高著想，但最主要的原因，恐怕是雜誌內容過度脫離怪奇幻想和偵探小說。蘭子和毬子也會在《怪誕》發表耽美作品，可是追根究柢，蘭子追求的是怪奇幻想小說，毬子則是追求本格偵探小說。然而，不曉得是否受到小陸過火的作品鼓勵，儘管勉強維持著偵探小說的形式，最近毬子的風格愈來愈朝小陸靠攏。這讓長壽郎喟嘆不已。

若是《怪誕》的雜誌內容繼續變質，長壽郎感到厭倦，退出同人，與古里毬子斷絕往來，或許就不會發生那樣的慘劇。可惜，命運不願放過他們。

如同前述，幾個月前，古里家找到離家的毬子下落。古里家並未積極搜尋，似乎只是湊巧發現。既然知道她在哪裡，爲了親戚之間的體面，就算用綁的也要把她綁回家。沒想到毬子提出條件，除非同住的可疑小說家一起去，否則打死她都不回去，還要求老家準備房間，供她主持的不正經雜誌作爲編輯部，甚至宣布她將來會成爲一名成功的作家。

不用說，三枝等古里家的人都暴跳如雷。但他們的憤怒，只持續到發現一守家的繼承人也參加了那不正經雜誌的同人行列。一得知這件事，古里家的態度便有一百八十度的轉變：如果不想回家，不必勉強回來。和江川蘭子同住沒關係，聽說她出身華族之家不是嗎？那個叫什麼的雜誌可以繼續辦沒關係。想成爲作家，是妳的自由——一切都遂了毬子的心意。

附帶一提，這場風波的詳情，是毬子以幽默的方式寫信告訴長壽郎的。

古里家答應毬子全部的要求，卻提出一個條件：她必須以古里家女兒的身分，參加在長壽郎的二十三夜參禮三天後，舉行的一守家婚舍集會。

婚舍集會類似一種相親活動，一守家的繼承人將在此時決定新娘人選。從新娘候選人的角度來看，也可說是爭奪祕守一族的族長之妻這個寶座的戰場。

不管怎樣，這都是斧高絕不可能平心靜氣面對的日子，而且已迫在明日。不過，從無法保持平常心的意義來說，全村都注定如此。

畢竟任誰也無法預見，竟會連續發生那般駭人聽聞的血腥慘劇……

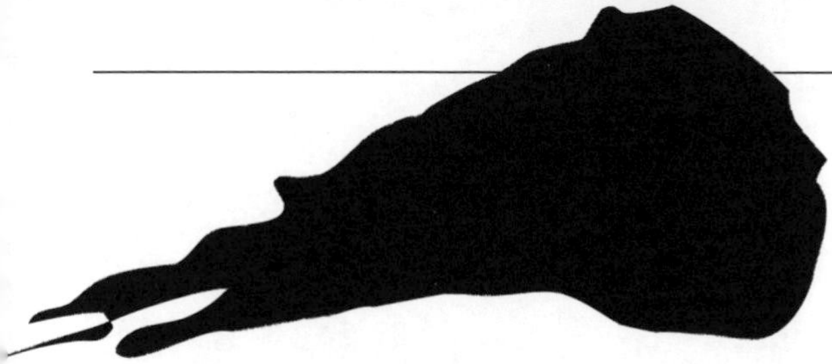

第十章　兩名旅人

從終下市警署回家的途中，高屋敷元坐在電車上，心煩意亂地想著明天的一守家婚舍集會。

對面坐著兩名男子，從剛才就一直在討論深奧的話題。其中一人高大胖碩，穿著打扮像探險隊成員，另一人身材頎長，稱得上俊美，卻穿了條古怪的褲子，彷彿西部片裡的牛仔穿的那種。起初，高屋敷懷疑兩人是詐欺師之類的江湖術士，但細聽對話內容，又覺得可能是大學相關的研究者。不過，他們談論的內容不知該說是可疑還是可怕，總之古怪到家。

（哪來的可疑分子？）

高屋敷提高警覺，觀察了一陣，認定兩人無害，便再度思考起明天的事。

（二十三夜參禮順利結束，總算是放心了，可是……）

兩天前舉行長壽郎的二十三夜參禮時，高屋敷委託東守及南守的駐在所，從儀式開始的三小時前，巡邏媛首山的三個出入口，嚴加戒備。多虧了這番努力——高屋敷如此相信——儀式順利進行，沒有任何異狀，一守家的繼承人圓滿完成二十三夜參禮。

但才剛鬆了一口氣，婚舍集會就近在明日。相較於祕守家代代的繼承權之爭，婚舍集會只是三名女子與長壽郎相親，搶奪新娘寶座，應該不會出什麼亂子。那些女子總不可能上演扯髮扭打的全武行。

（不過，候選人是個問題……）

許久前就列名候選的第一人，是二守家的竹子。竹子是紘達和笛子的長女，也是紘壹和紘貳的妹妹。她比長壽郎年長一歲，這樣的歲數差距在鄉下地方被認爲是理想的，眾人皆說這個有二守婆婆血統的女孩，可能一結婚就會騎到老公頭上。

當然，一枝老夫人想必也懷有野心，希望孫女能駕馭長壽郎，好讓她身在二守家依然能支配一守家。原本寄予厚望的紘壹戰死沙場，留下的紘貳卻愈來愈叛逆，在二守婆婆的眼中，可以對抗富堂老翁的棋子，只剩竹子了。

（話說回來，紘貳怎會和長壽郎親近起來？）

戰後，不時有人目睹二守家的紘貳，對一守家的長壽郎擺出異樣熱絡的親暱態度。當然，一枝老夫人氣得七竅生煙，但紘貳本人只是輕浮傻笑，照樣對長壽郎擺出阿諛奉承的態度。

目睹此景的村人們，都在背地裡嘲笑二守家的次男：

「現在就等不及要討好未來的祕守族長啦？」

這些冷嘲熱諷，縱然想制止也制止不了，於是日漸擴散，沒多久便傳入一枝老夫人的耳中，導致她對紘貳完全死了心。換句話說，戰後的二守家，陷入只能把未來全託付給竹子的狀況。

奇怪的是，無論村人私底下如何嘲笑輕視，紘貳都滿不在乎。若是過去的他，早就大動肝火，吵起來了。不過，有一次他在村子聚會喝醉時，吐出奇怪的話：

「走著瞧，還不知道鹿死誰手呢。」

聽人轉述這句話時，高屋敷想起十年前在東鳥居口碰上紘貳的事。

（該不會那時候他看到了什麼……而且是對一守家、對長壽郎不利的事……）

因此，高屋敷不著痕跡地調查紘貳的周遭，發現他並非戰後才開始親近長壽郎，而是從哥哥紘壹一出征就開始了。戰時還會避人耳目，戰後就正大光明，不遮不掩。

果然是十三夜參禮那天晚上出了什麼事……高屋敷剛想到這裡，隨即又撞上當晚任何人都不可能進入媛首山這個事實。況且，若紘貳握有長壽郎的把柄，他對長壽郎的態度應該相反，委實教人納悶。依紘貳的個性，應該會擺出更神氣活現、盛氣凌人的態度。

（不過，能夠想到的情況，就是紘貳根本不是當族長的料，本人也有自知之明。）

換句話說，紘貳約莫是想，雖然祕守家族長的權力寶座吸引力十足，但他不願扛起隨之而來的各種義務、責任、重擔等麻煩。從這個意義來說，原本他八成夢想著，等哥哥紘壹坐在權力寶座上，他就退居二線，過著享盡好處卻不必負責的愜意生活。

（難不成那傢伙料定紘壹會戰死，預先親近長壽郎，當作保險——）

這個讓人作嘔的想法浮現腦中。可怕的是，紘貳眞有可能這麼做，實在教人毛骨悚然，難以忍受。

（不管怎樣，他的態度都詭異極了……）

因二十三夜參禮結束而鬆懈下來的高屋敷，想到這裡，驚覺一件事。

（明天或許還是有必要巡邏媛首山周圍。爲了讓妹妹竹子嫁給長壽郎，難保紘貳不會對三守家的華子或古里家的毬子下毒手。）

紘貳對長壽郎那種懷柔的態度，可視爲一種障眼法，是要讓一守家和高屋敷等人放鬆警戒，伺機將邪惡的企圖付諸實行。

（如果二十三夜參禮順利結束，也是爲了讓人安心的手法……如果眞正的目標是婚舍集會……難、難不成這一切都是二守婆婆的計謀——）

簡而言之，紘貳親近長壽郎、一枝老夫人對這件事震怒，會不會全是一場戲？會不會是爲了讓竹子嫁給長壽郎，以便二守婆婆垂簾聽政，掌握祕守一族的龐大計畫的一部分？

（唔，那個老太婆確實有可能做出這種事。）

想到這裡，高屋敷已不知道還能相信什麼。

附帶一提，長壽郎的第二個新娘候選人，是三守家的次女華子。戰死的克棋和綾子之間只有女兒，依序是鈴子、華子和桃子。其中鈴子已嫁到村外，桃子剛滿十九歲，因此小長壽郎一歲的華子才會雀屏中選。三守家應該是盤算著，即使這次的婚舍集會不順利，還有桃子這張牌。有意思的是，從這層意義來說，沒有男孩的三守家，在這次的婚舍集會中竟比二守家更占上風。

至於第三個候選人古里毬子，是幾個月前橫空出世的候選人，村人們也都感到非常意外。

因爲歷代繼承人的新娘，慣例上都是從二守家、三守家，以及祕守家的遠親當中，各挑選出一個候選人。這或許是婚舍有前、中、後三間的關係。當然，各家會推出對自身有利的人選，努力把自家女兒、或是自己人的女兒送進本家。有些情況，一守家會主動指名，但這會在族中引發不滿，風險頗大，相當罕見。

然而，關於長壽郎的新娘，一守家很早便採取行動。明知會引發風波，他們仍親自物色繼承人的新娘。約莫是爲了趁著長壽郎這一代，一口氣拉大與二守家及三守家的距離，希望從此涇渭分明。

理所當然，一枝老夫人立刻出面攬局，於是呈現出候選人的範圍，縮小爲二守家和三守家推出的兩人的局面。依照往例，應該由遠親推出第三個候選人，這次卻無人參加。村人們私下議論，認爲是二守婆婆從中作梗，減少競爭對手。

這時竟出現第三個新娘候選人，而且是祕守家遠親——古里家的女兒，身分無可挑剔。問題在於她的品行。一枝老夫人雇用東京的偵探調查，率先出聲反對，說毬子不配當一守家的媳婦。然而，這招來意想不到的反應，而且這反應還是來自長壽郎。

「我要正式邀請古里毬子小姐參加婚舍集會。」

雖然一切都由旁人安排，但實際上要挑選哪位新娘，仍是由新郎作主。當然，屆時祖父和父親都會明示或暗示，做兒孫的也會聆聽意見，不過再怎麼說，決定權都在本人手中。因此，發生出乎意料的大逆轉也不無可能。

（二守婆婆想必十分膽戰心驚吧。）

想像著那副模樣，高屋敷的臉頰微微鬆弛開來。

不過，聽斧高的轉述，長壽郎是否會選擇毬子做新娘，仍是未定之天。長壽郎請她過來，搞不好是基於《怪誕》的同人情誼，新娘候選人的身分只是個幌子。雖然不清楚算不算佐證，但那名叫江川蘭子的怪作家似乎也會來。

（感覺明天村子裡會來一堆不好應付的傢伙。）

高屋敷煩惱著，身爲北守駐在所的巡查，應該干涉到什麼程度。至少二十三夜參禮的巡邏警衛，富堂老翁和兵堂都很歡迎。鑑於十年前的那場**意外事故**，這或許是理所當然的，但坦白說，高屋敷覺得很高興。

（到時候是喜慶的相親場合，警察在附近晃來晃去好嗎？）

高屋敷左右尋思著，想起出門前妻子要他帶在身上的蜜柑還有剩，從皮包裡取出來剝皮。他想暫時放空腦袋，休息一下。

結果，他察覺前方有一道視線。

不經意地抬頭一看，壯碩的胖男人一動也不動，直盯著他的手，簡直像發現什麼從未見過的珍饈……

（咦……怎麼了？他在看蜜柑嗎？）

高屋敷忍不住往下看，皮剝了一半的蜜柑，沒有任何奇怪之處。

「呃，前輩……不要這樣啦。」

旁邊的俊俏小生低聲勸著大胖子。然而大胖子充耳不聞，仍緊盯著蜜柑。

「請、請用……」

面對那難以形容的眼神，高屋敷不自覺地將蜜柑掰成兩半，把剝好皮的那一半遞了過去。

「噢！啊……太感謝了。」

胖男人話聲剛落，便一把搶過蜜柑，塞進嘴裡。

「啊，真夠丟人的。」

身材頎長的青年見狀，一臉難堪地嘆息。那張富有教養的白皙臉龐隨即轉向高屋敷，低頭道歉：

「抱、抱歉。只要眼前有食物，這個人就會出現異常反應……啊，不過他並不危險——」

「廢話。」胖男子立刻吐槽。

「哦……啊，你也吃一點吧。」

奇妙的情勢使然之下，高屋敷將剩下的一半蜜柑遞向青年。

「啊，不，哪裡好意思？這樣您就沒得吃了——」

「哎呀，眞是不好意思。」

胖男人才剛打斷後輩的話，蜜柑已從高屋敷的手中消失，進入他的嘴裡。他連皮都吃了？高屋敷兀自驚嚇，卻看見他的胖手中只留下蜜柑皮，不知道什麼時候剝好的。

「唉！就是這樣，我才討厭和黑哥一起旅行。」

頎長青年的態度與其說是傻眼，更像是厭倦。

「兩位是出門旅行嗎？來到這一帶，是要爬山或溪釣吧？」

高屋敷抓緊機會，想要探探兩人的來歷。

被稱爲「黑哥」的男子，穿著打扮像是來登山的。旅伴的青年，穿得像是釣客。但從兩人散發的氣質，高屋敷身爲警察的直覺判斷，他們絕不是來遊山玩水。既然如此，他們來到關東這樣的鄉間地區，有什麼事？他就是想要迂迴打探。

沒想到，胖子笑容滿面地說：

「這小子叫刀城言耶，是個成天寫怪奇小說、變格偵探小說的怪人，賣文爲生，既窮酸又沒出息。我叫阿武隈川烏，家裡是在京都開神社，而且是在京都也算得上歷史悠久的神社，任誰聽到名號都會驚嘆膜拜。別嫌我自誇，我可是集眾人期待於一身的神社繼承人。」

他直接就自我介紹了——儘管內容相當扭曲。

「原來如此，大名烏先生，所以綽號叫『黑哥』嗎？」

高屋敷有些錯愕地說出當下的聯想。

「噢！你這人滿敏銳的，難不成是警察？」

聽到這無法忽視的回應，高屋敷一口氣提高警覺。

（這傢伙或許不是等閒之輩……）

然而，阿武隈川的下一句話，把他的疑慮完全打散：

「那麼，你的包包裡是不是還有蜜柑？」

「我們是喜歡民俗學——」

約莫是認爲不能再讓前輩主導局面，刀城開始說明他們旅行的目的。

根據他的說法，兩人是在進行民俗採訪，尋找日本各地方流傳的怪談和習俗、不可思議的傳說及傳統等等。

「平常我們幾乎都是單獨行動，這次前輩卻吵著要跟我一起來——」

「明明是你說一個人會怕，拜託我陪你一起來的。」

「誰、誰、誰說會害怕了——」

「明明在寫怪奇小說，眞是窩囊透了，對吧？」

阿武隈川向高屋敷徵求贊同，高屋敷不願盲目附和。不管怎麼看，刀城言耶肯定才是正常人。

「你們說會害怕，難道是指淡首大人嗎？」

高屋敷不理阿武隈川，轉向刀城詢問。

「沒、沒錯。」

刀城頓時雙眼熠熠生輝。注意到後輩的變化，阿武隈川擺出一副吃不消的臉孔。但對高屋敷來說，刀城的表情予人一種好感，就像是看到孩童的笑容，自己也忍不住跟著笑逐顏開。

「你似乎也略知一二，不過這淡首大人——」

高屋敷被青年的笑容感化，一反常態，從淡首大人的傳說，到村人至今仍相信祕守家遭到淡首大人作祟等事實，都一五一十告訴刀城。不過，他只當對方是想知道怪談，於是十年前的十三夜參禮，他沒提到自己懷疑涉及犯罪。

「我可以筆記下來嗎？」

刀城徵求許可後，記下高屋敷述說的內容要點。那副模樣宛如認真向學的學生，令人不禁莞爾。

這時，高屋敷注意到阿武隈川擺出一副頑童嘴臉，瞪著後輩，或許是不甘被排除在和樂融融的兩人之外。感覺他隨時都會吐出難聽的話。

（哎……得讓他安分下來才行。）

雖然有些猶豫，高屋敷還是無奈地從皮包裡，取出原本要帶回去給妻子的煎餅。煎餅似乎威力無窮，接下來阿武隈川再也沒有吭聲，只是不停製造出嚼煎餅的酥脆聲響。

「從這些描述聽來，淡首大人也可算是祕守家的屋神。」

聚精會神聆聽的刀城待高屋敷的述說告一段落，徐緩地開口。

「哦，不是祭祀在自家土地裡，也算是屋神嗎？」

「是的，說是屋神，也可分成幾種。首先是在一個聚落裡，只有特定的世家或本家祭祀的情況。媛首村的話，就是現在的一守家。第二種是一族共同祭祀這類屋神的情況，以媛首村來說，就是由一守家、二守家、三守家，這祕守一族共同祭祀。第三種，則是村中每一戶人家各別祭祀屋神的情況。」

「原來如此。媛首村雖然符合第二種情況，但換個角度來看，也屬於第一種，而且可視爲村人們都信仰著淡首大人。」

「似乎是呢。我想這與媛神堂的位置有關。」

「我懂了……因爲媛首山上的媛神堂，位在三家的中央嗎？」

「祭祀屋神的地點，有可能是該戶土地的角落、和土地相連的一區、土地裡的後山、離房屋土地稍遠的自家山地、田地等地方。儘管不能一概而論，但愈靠近土地，往往只有該戶人家或該族祭祀，離土地愈遠，愈傾向由整個村子共同祭祀。從這層意義來說，媛首山的媛神堂在村中的位置，稱得上絕妙。」

「不好意思，順帶一問，你對淡首大人有什麼感覺？」

高屋敷對眼前這名青年欣賞有加，明明初識不久，卻覺得一見如故。於是，他情不自禁地提出這個問題。

「屋神的祭神，多半是祖先或歷代故人之類與一族有關的人。當然，不少地方是將自然神或一般神明當成屋神祭祀，但在考慮屋神的起源時，我認爲關鍵還是祖靈信仰。」

約莫是爲了感謝高屋敷告訴他怪談，刀城絲毫沒有不耐煩的樣子。

「阿淡確實算是一守家的祖先……可是就算同時祭祀淡媛，那座村子的屋神，會不會作祟得太厲害了——」高屋敷說。

「是啊，屋神的特性，首先是守護。另一方面，作祟得厲害也是一項顯著的特徵。」

「咦，這是全國性的傾向嗎？」

「是的。祭祀不周、怠慢神明不用說，房屋改建、砍伐周邊樹木等等都有可能造成屋神降災，日常生活中有許多必須注意的地方。」

「可是，淡首大人是淡媛和阿淡——」

「是啊，這可歸爲一種若宮信仰吧。所謂的若宮，是將那類會作祟的狂暴怨靈，祭祀在更高等級的神格底下，以求鎭壓祂們的憤怒。不過媛神堂是否有這個關鍵的高級神格，我就不清楚了……」

高屋敷平日對淡首大人作祟的那些說法滿不在乎，也從不相信，但聽刀城這麼一說，竟莫名不安起來。

「祭祀怨靈的情況，原本的目的是希望將怨靈凶暴作祟的憤怒轉往外部，反過來爲內部帶來護佑。期望對外的力量可以成爲防禦力，並藉由虔誠的祭祀，爲內部帶來福澤。可是在媛神堂，似乎並未妥善發揮功能……」

「所以才會出現災禍？」

「以民俗學的角度來解釋作祟，就是這樣。只是，還有榮螺塔和婚舍，所以也可視爲淡首大人的力量在那裡被削弱，或是吸收了。」

「嗯，那座塔眞的很古怪。」

「榮螺塔的原型，應該是來自榮螺堂吧。榮螺堂，是聚集各地觀音靈場的本尊複製品的參拜堂，只要逛過一圈，就能一次參拜完全國各地的觀音，是一種用來巡禮的設施。」

「原本是宗教建築啊。」

「是的。後來卻改良成斬斷惡靈作祟的機關——設計者非常不簡單。」

「我似乎聽過蓋那座塔的人的名字……想不起來了。」

「巡禮並非一次就結束，而是不斷反覆，才有意義。所以，榮螺堂的雙重螺旋可說相當理想。同時，其中具備了模擬體驗胎內回歸和輪迴轉生的意義。換句話說，即是回歸原初，生生不息。對於懷恨而死的人，或許是最好的鎮魂。」

「啊，原來如此……沒想到居然有這樣的意義……」

「當然，這應該也是讓對方在裡面兜圈子迷失的裝置。不管怎樣，都設計得極爲精巧。」

「那婚舍呢？」

雖然刀城言耶比自己年輕許多，但高屋敷對他不僅僅是欣賞，還漸漸心生尊敬，語氣變得十分恭謹。

「從婚舍的特性來看，大致可分成三種。第一種是挑選配偶的相親場地，第二種是到了獲得村中青年團等年輕同輩同意，或是得到家長認可的階段後，兩人相處的地點。第三種是正式入贅或過門之後使用的地方。」

「那媛神堂的婚舍呢？」

「聽您的描述，那是用來相親的地點，所以接近第一種，但考慮到對象已預先決定，也具有第二種的元素。」

「是啊。」

「此外，從婚舍的地點來分類，可分成新娘婚舍、新郎婚舍及寢宿婚舍。入贅的情況，會使用新娘婚舍。過門的情況，則使用新郎婚舍。寢宿婚舍多是村子公有，任何情況都能使用。換句話說，媛神堂的婚舍是典型的新郎婚舍，但在與魔物附身的家族締結婚姻等特殊狀況時，任何人都能使用，從這個特性來看，也算是寢宿婚舍。」

「媛神堂的那些建築物，果然非常特別。」

「或許這一切都是爲了一守家繼承人所建造。」

「人人都想要繼承家業的男孩，更何況是那樣的舊家望族──」

「從各地流傳的手毬歌，也可看出男孩和女孩有著非常大的差異。在滋賀，如果生的是男孩，歌詞是『讓他上京求學去』，若是女孩，就是『丟到河邊去』。在愛知，男孩是『抱在懷裡不落地』，女孩就唱『和乞丐送作堆』。富山那裡，男孩是『心肝肉』，女孩卻是『踩得稀巴爛』。」

「呃，未免太過分了……」

「當然，不是眞的這麼做，只是在某些地方流傳的童謠。」

「就算和這些例子相比，一守家也過於誇張了吧？男尊女卑的作風比其他人家更嚴重。」

「爲了平安養大孩子，施行各種禁厭，是自古以來普遍就有的習俗。那位藏田兼婆婆巧妙──說巧妙有些語病，總之，她把禁厭融入了男尊女卑的傳統中。」

「你的意思是，就算沒有淡首大人那種特別忌諱的對象，一般也會對孩童施行那類咒術？」

高屋敷一向認爲，針對祕守家繼承人的種種習俗，再怎麼說都太過異常了。但他解釋爲，是有淡首大人這個外地沒有的禍害的緣故。

「是的，即使沒有這類邪惡之物，一般俗信認爲，從出生到剛懂事這段時期的孩童，很容易遭到妖魔的毒手。有些地方認爲是到七、八歲，也有些地方是到十來歲，不盡相同。」

「孩童的死亡率自古以來就很高嘛。」

「生產也非常危險。千辛萬苦生下的孩子，很可能一眨眼就死掉。對父母來說，實在是難以承受之痛。因此會咒罵剛出生的嬰兒，像是『居然生了這樣一團屎』、『眞是個狗崽子』、『怎會生出這麼可惡的爛東西』。害怕孩子一出生，就被邪惡之物盯上——」

「咦？等、等一下，怎會是『因此』這樣呢？」

「啊，就是透過刻意貶抑的方式，希望能保護嬰兒。那是在大肆宣揚：這不是可愛的人類嬰兒喔！」

「原來如此。可是，就算是這樣——」

「是啊，想想做母親的感受，會覺得這種方法有些不妥。不過，自古就有這類習俗的地方，如果沒有人咒罵嬰兒，反倒會引來擔憂。」

「唔，眞是耐人尋味，而且深奧無比。」

「沒錯。然後，我有些好奇的是——」

「那東西大家都叫它什麼？」

這時，阿武隈川突然插話。高屋敷忍不住轉過去，發現阿武隈川正盯著他。目光繼續往下移，看到的是空蕩蕩的煎餅袋子。

（吃、吃光了？而且是自己一個人……）

雖然有一股非常不好的預感，但在阿武隈川那不同於刀城言耶的獨特吸引力驅使下，高屋敷不由得回應：

「據說是在這一帶山間出沒的怪物，會發出令人毛骨悚然的笑聲——」

「那東西……是指什麼？」

「啊，是山魔嗎？」

高屋敷反射性地回答之後，一道聲音突然搶白：

「山、山、山魔！那、那、那是什麼？」

高屋敷以為有哪個不認識的無禮之徒，突然插進他們的對話，令人驚訝的是，插話的竟是刀城言耶。

「咦？呃……」

刀城判若兩人的模樣嚇壞了高屋敷，他支吾其詞，答不出來。於是，刀城猛然探出上半身，機關槍似地說了起來：

「既然出沒於山林，我猜這個山魔（YAMANMA），漢字是寫成『山魔』，對吧？自古以來，山林就是人們信仰的對象。祖靈信仰認為人死後就會歸還山間，也有傳說認為進入春天以後，神靈就會從山上下來，變成田神，待秋季收穫結束之後，再次回到山上，成為山神。類似的傳說全國各地都有。不過，這類信仰中，身為河神的河童，以春秋的彼岸（註）為界，會變成山神，而且山神原本就是天狗的別稱，由此可見，山神與妖魔鬼怪的關係亦十分密切。狼、猿猴、蛇等動物，被視為山神的使者或是山神本身，也是同樣的道理。當然，這也牽涉到山姥、山地乳、山爺、山童、山鬼、山男、山女、黑坊等棲息在山中的妖魔鬼怪，但山魔這東西，我第一次聽說。剛才您提到的內容當中，一次都沒有出現過山魔吧？這是爲什麼？爲何不告訴我如此稀罕的怪物？唔……難以理解。不，等等。或許是因爲它在這一帶就是如此稀鬆平常──」

「呃，不……不是這樣的。我對山、山魔並不瞭解，只知道它是棲息在山中的怪物……」

刀城怒濤般鋪天蓋地的氣勢嚇到高屋敷，他認爲必須趕快表明自己對山魔一無所知，才能躲過這場詭異的攻擊。

「啊，前輩！你對我隱瞞了山魔的事吧！」

高屋敷這招似乎奏效，刀城把矛頭轉向阿武隈川。

然而，本人卻把後輩的責怪當成耳邊風，完全不搭理，兀自露出討人厭的賊笑，看著高屋敷說：

「不好意思啊，這傢伙聽到自己不知道的傳說怪談，就再也看不見其他東西，只顧著抓住知道那傳說的對象窮追猛打，眞是糟糕的壞毛病……哎呀，所以我才討厭跟你一起旅行，眞是丟臉。」

嘴上這麼說，臉上卻沒有絲毫難爲情的樣子。那神情反倒是明顯表現出，他很享受眼前這場騷動。

註：指春分及秋分的前後共七日，習俗上會在這段時期掃墓、祭祖和辦法事。

「這不重要，黑哥！那山魔的傳說究竟是流傳在哪一帶？」

只是，或許刀城技高一籌。雖然聽見阿武隈川的嘲諷，他卻不以為意，反而針對山魔連串追問起來。

「哎，你這傢伙煩死了。難道你不懂，我正在為你的失禮向人家道歉嗎？」

「等會要我怎麼道歉都行，重要的是——」

「好啦、好啦。可惡，眞拿你沒轍……」

明明是自己起的頭，阿武隈川卻有些後悔，取出地圖開始說明。

（這、這兩個傢伙是怎麼搞的？）

高屋敷後悔不已，心想自己的第一印象果然才是對的。

（唔，雖然刀城確實比阿武隈川像樣一點，但該說是物與類聚，還是近墨者黑？）

正當高屋敷提心吊膽地偷看兩人，考慮要不要換座位時，電車逐漸減速，似乎到下一站了。

「前輩，下車了。」

刀城冷不防站起來，從行李架取下行李。

「咦，還沒到終點站啊？」

「這裡感覺離山魔傳說中心地的山比較近。」

「什麼！喂，那媛首村怎麼辦？」

「當然是之後再去。」

「什麼之後……這樣計畫就亂了套啦。小言，不可以這麼任性呀。」

阿武隈川發出噁心的討好聲音，高屋敷的上臂頓時爬滿雞皮疙瘩。

「計畫很重要，但有辦法臨機應變，才能做好民俗採訪工作。」

「可、可是……」

「來，前輩的行李——好好拿著。」

「我說你啊，我們連鳥杯島都還沒去，不是嗎？此外，你不是說想去神神櫛村嗎？況且，其他還有一大堆——」

「這是兩碼子事。眼前就有未知的妖怪，我怎麼能視而不見？到了。啊！剛、剛才眞是太失禮了。」

刀城突然轉向高屋敷。

「我、我們要在這裡下車。謝謝您告訴我這麼多。蜜柑和煎餅，多謝招待。那麼，祝您一路順風。」

刀城深深行禮，拍著嘴裡牢騷不斷的阿武隈川的屁股，把他趕向車門。兩人下車前，高屋敷看見阿武隈川回頭露出尋求同情的表情，便擠出笑容揮手送別。

（這就叫自作自受。）

很快地，電車緩緩動了起來。

這時，月台上的刀城言耶，突然跑向高屋敷座位旁的窗戶。他配合電車的速度奔跑著，大喊：

「對了，爲什麼淡媛會被砍頭？」

接著，他就向啞然無語的高屋敷揮手道別了。

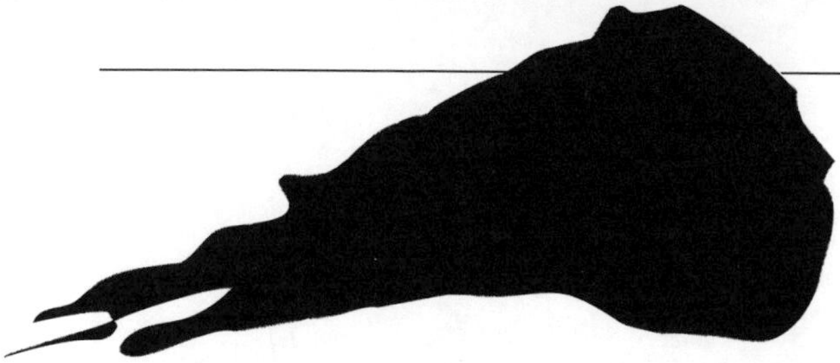

第十一章　三名新娘候選人

「人都到齊了。」

二守家的竹子和三守家的華子，以及晚到了一些的古里家的毬子，在女傭帶領下，各自房間安頓後，斧高向富堂老翁、兵堂和富貴稟報。

這天終於到來。

聽見斧高的報告，祕守家族長大方地點了點頭說「嗯」，年過半百依舊好色的一守家家主則說：「哦，我去看看！」跑去看三名新娘了。基本上在長壽郎選定新娘之前，一守家的人不會去見三名新娘候選人。簡而言之，這反映了一守家的傲慢心態，他們只重視最後眞正嫁進來的媳婦，對候選人根本不屑一顧。

兩人有反應還算好的。只見富貴一如往常，露出睥睨的眼神，一語不發地瞪著斧高，面無表情，毫無反應……

（不管長壽郎少爺和誰結婚，太太都不可能滿意。加上來通知新娘候選人到齊的居然是我，她不可能開心吧。）

爲了逃離富貴令人毛骨悚然的冰冷視線，斧高行一禮，便匆匆告退。

「聽說新娘子總算都到了。」

斧高正要去兼婆婆的房間徵詢進一步的指示，卻被僉鳥郁子叫住。郁子應該年近四十，看上去卻仍十分年輕貌美。不過高冷的氣質依舊，散發出不同於富貴的冰冷。

「是的。剛才古里家的毬子小姐到了。」

一守家派出自用轎車前往滑萬尾車站接毬子，才剛回來。爲了阻隔村人好奇的眼光，車窗還放下了窗簾。

「我去向老太爺、老爺和太太稟告這件事——」

雖然不知道郁子叫住他做什麼，斧高如同面對祕守一族，恭敬回應。

「這樣啊。那麼，如果要和她們三人其中一個結婚，你會選哪個？」

沒想到郁子居然提出驚人的問題。

「對，就是你。你這個年紀，應該開始對女人感興趣了。」

「咦……我、我嗎？」

「…………」

斧高一陣心慌：郁子是不是在影射他對長壽郎的愛慕？但他不認為自己的感情被郁子識破了。因為除非郁子心血來潮主動攀談，斧高極少和她有所接觸。

「老、老師，請別逗我了。小姐們是長壽郎少爺的相親對象，我哪裡配得上。」

「同樣的話，也適用於那三個女孩。」

見斧高想要四平八穩地閃躲過去，郁子丟下一句令人意外的話，轉身離去。

（長壽郎少爺要結婚，不只是富貴太太，原來郁子老師也不開心……）

妃女子過世以後，郁子的學生只剩下長壽郎一個人，於是她的心血都灌注在長壽郎身上。斧高也明白，實際上她對這個學生相當引以為傲，非常疼愛。至於富貴，從雙胞胎幼時，她便漠不關心。相較之下，郁子就像一個母親，或是年紀相差甚遠的大姊姊，有時幾乎如同戀人一般，全心照料著長壽郎。

聽說郁子以前便私下頻繁參拜媛神堂。起初斧高有些疑惑，但想必是為了祈禱長壽郎平安成長。

（不管成爲長壽郎少爺新娘的是誰，一定都有苦頭吃了。）

仔細想想，依郁子的身分，在學生平安成人之後，應該就能功成身退，一守家卻繼續雇用她。約莫和兼婆婆一樣，是獎勵她長年來的勞苦功高吧。就算這是件好事，但站在新娘的角度，豈不是變成有富貴和郁子兩個婆婆了嗎？

（光想就覺得恐怖……）

對於三名候選人，斧高絕不可能有什麼好感，即使如此，他還是忍不住同情她們。

和僉鳥郁子說話花了點時間，一走進兼婆婆的房間，他馬上吃了一頓排頭：

「你跑到哪裡去了？只是向老太爺他們報告，是要花多久的時間！」

兼婆婆近來一下子衰老了，但婚舍集會有許多繁雜的規矩，也許她自認非由自己主持不可，今天難得精神抖擻。

「長壽郎少爺他……」

「早就在祭祀堂更衣完畢，等三位小姐過去。」

先過去替長壽郎打理的兼婆婆似乎立刻就折回本家，仍有些上氣不接下氣。

（婆婆撐得住嗎？）

接下來還得伺候三人更衣。但如果在這時候擔心她的身體，可以想見，兼婆婆會大發雷霆：「別拿我跟一般老人家相提並論！」

「那麼，你這就領三位小姐過去祭祀堂。」

不可能知道斧高在擔心什麼的兼婆婆匆匆說著，又交代：

「不能走正門。聽好，阿斧，把三位小姐的鞋子拎到屋後緣廊，從那裡招呼小姐們出來。」

「是，我知道了。」

「帶領的順序，千萬別弄錯了。」

「是。第一位是二守家的竹子小姐，第二位是三守家的華子小姐，最後一位是古里家的毬子小姐，這個順序對吧？」

「沒錯。」

「那兼婆婆妳呢？」

「我在緣廊那裡等三位小姐。」

斧高依照吩咐行動，同時回想起這幾個月來上演的挑選新娘候選人的風波。

二守家的竹子與三守家的華子，這兩人從相當早以前就決定了，頂多是爲了是否要加入三守家的桃子而爭吵。當然，桃子的加入，被二守婆婆——一枝老夫人阻止了。她的理由是，二守家只有一名候選人，三守家卻有兩名候選人，這是絕對無法容許的不公平。對於這個理由，三守家即使不情願，也只能聽從。若是沒有意外，新娘選拔應該會是二守家與三守家的一對一較勁。

意外的是，古里家出聲了，說要推出毬子當候選人。祕守一族頓時一片雞飛狗跳。率先反對的是二守婆婆，富堂老翁和兵堂也相當不樂意。他們覺得惱怒，古里家雖然確實是遠親，但地位相差太遠了。

原本，毬子的名字應該會從候選人名單上剔除，然而長壽郎希望她參加。不僅如此，他還拉攏郁子，說服了祖父和父親，甚至是兼婆婆。如此一來，即使是一枝老夫人也無從插口。於是，新娘候選人如同往例，共有三人。

（長壽郎少爺會堅持要毬子小姐參加，會不會是出於對婚舍集會的排斥？）

也就是說，長壽郎把毬子找來，從一開始就不是要她擔任新娘候選人，而是希望她將儀式攪得一塌糊塗——斧高甚至如此懷疑。

（長壽郎少爺對婚舍集會顯然很不起勁。然而毬子小姐確定加入後，少爺卻顯得非常期待。但少爺不可能是眞心想娶未曾謀面的她爲妻。那麼，少爺是不是想和她聯手，毀掉婚舍集會……？）

這番推測，讓斧高內心激動不已。但即使發生某些騷動，也只能暫時拖延婚事。只要長壽郎身爲一守家的繼承人一天，族人絕不容許他無視婚舍集會。

（難不成長壽郎少爺有心上人……？）

這個推測掠過腦際，斧高立刻將其打消。不是基於自身的願望，而是長壽郎身邊沒有像是他會喜歡的女子。說到合適的對象，除了二守家的竹子和三守家的華子以外，還眞的別無人選。從長壽郎的日常生活來看，首先就可排除村中的女孩。畢竟連一見鍾情的機會都沒有。

（不是有沒有心上人的問題，長壽郎少爺想必還不打算結婚吧。）

經常陪伴在長壽郎身邊的斧高，隱約有這種感覺。

「久等了，這邊請——」

斧高先將三人的鞋子拿過去，接著從竹子開始，依序將三人引領至兼婆婆交代的後方緣廊。

被帶去後院，還有個妖氣十足的老婆子以銳利的眼光打量著她們，三人似乎都嚇了一跳，露出驚詫的表情。竹子隨即回以鄙夷的眼神，華子嬌羞地低下頭，毬子反倒好奇萬分地細細打量起兼婆婆，可謂三人三樣。

長相也是，三人不愧是足以成為長壽郎新娘的人選，各個面貌姣好，氣質卻截然不同。竹子是潑辣的個性全寫在臉上的美女，華子具有溫婉之美，至於毬子，則散發宛如女星的風采。

如果單看外表，可以分成兩邊。一邊是竹子與華子，另一邊是毬子。因為兩人穿和服，毬子穿的是洋裝。不過華子只略施薄粉，竹子卻是濃妝豔抹，散發撲鼻香水味，還搽了連斧高都是第一次看到的指甲油。雖然斧高對女人的化妝一竅不通，但也不認為竹子的打扮適合那身和服。或許那過頭的妝扮，是為了對抗來自大都會的毬子。因此，同樣都穿和服，即使撇開兩人長相的差異，竹子和華子給人的印象也是南轅北轍。

縱然沒有和服與洋裝這般明顯的差異，三人依然會分成兩邊。而且毬子的洋裝不論是色彩或圖案都很花俏，可想而知，從在終點站滑萬尾車站下車時，她已鶴立雞群。不僅僅是服裝，以女人來說剪得太短的頭髮、不同於竹子的舞台演員式濃妝，以及兩耳上閃耀的大耳環，都讓她極為搶眼。斧高深深感覺到她那身打扮，全身上下散發出一股挑釁村人般的氣勢。

（不，或許她就是這個意思。）

毬子在古里家，恐怕自幼就不斷被教導有關一守家等媛首村祕守一族的事。眾親族在齊聚一守家時，古里家的地位想必也讓她感到低人一等。正因年紀小，這類情感化成無法釋然的疙瘩，永遠殘留在心底。雖然不清楚毬子的祖母，也就是嫁到古里家的三枝，是否像一枝老夫人那樣鎮日詆毀富堂老翁和一守家，但也不可能有什麼好話。三枝或許同樣懷有野心，若有機會，希望自家女眷能嫁給一守家的繼承人。這次毬子會參加，就是最好的證明。

（毬子小姐不可能不感到抗拒。）

當然，斧高並非直接認識毬子。但透過長壽郎及《怪誕》的活動，他總覺得自己似乎瞭解毬子的爲人。

（雖然是女性，卻富有行動力，有主見，深愛怪奇、幻想以及偵探小說，尤其對耽美的事物格外迷戀。）

從這層意義來說，或許和高屋敷妙子十分相似。妙子以絕不能說出去爲條件，告訴斧高她用「媛之森妙元」這個筆名在寫小說。以作家而言，兩者作風不同，但皆給人獨立自主的女性的印象。只是，相對於妙子的低調隱藏，毬子鋒芒畢露，幾乎讓人懷疑是刻意的。

（一個住在媛首村，一個住在東京。一個是駐在所巡查之妻，一個是離家出走的女孩，應該也有生活環境和身分上的差異吧……）

不過，斧高覺得那是與生俱來的天性差異。

「喂，阿斧，你在做什麼？還不快點過來！」

斧高太認眞思考毬子的事，腳步慢了下來，落後了眾人。兼婆婆一聲斥喝，他連忙小跑步追上去。

竹子和華子看也不看斧高一眼，自顧自走著，只有毬子回頭，好奇地看著他。斧高固然想和毬子聊聊，對方似乎也有許多話想說，但在婚舍集會結束前是不可能的。就連長壽郎，都要等到三人進入婚舍的各個房間後，才能見到她們。斧高不可能搶先主人，隨便和新娘候選人交談。

（竹子小姐和華子小姐看起來完全就是祕守一族的人。）

斧高望著默默前行的兩人背影，再次心想。

傭人的言行不在她們的關心之列。只要有需要時在身邊供其差遣，迅速辦妥差事就好，其他時候，她們都把傭人視爲透明人。實際上，兩人對他的態度幾乎是一模一樣。當然，這不代表兩人連個性都一樣。不，是完全相反。

（或許是二守婆婆的遺傳，竹子小姐潑辣好強，村裡每個人都知道。雖然現在裝出一副賢淑的模樣，一旦和長壽郎少爺結了婚——）

一定會像村人私底下談論的那樣，把丈夫壓得抬不起頭吧。

（相較之下，華子小姐看起來非常文靜，可是——）

不知爲何，華子有種不曉得在想什麼的陰森感覺。明明很適合清純深閨千金這樣的形容，斧高就是覺得這種印象只是假面具。

（如果華子小姐和長壽郎少爺結婚，也許某天她會突然摘下假面具——）

露出令人驚駭的眞面目——斧高忍不住如此想像。

（不，或許是我把她們兩個想得太壞了。）

因爲是長壽郎的相親對象，他不免用有色眼鏡去看待。不過，三人當中，人們批評素行不良的毬子，或許才是最正常的一個。再來是往好的方面說，表裡如一的竹子，華子則是吊車尾。

（和村人的評價完全相反。）

誰會成爲新娘？村人的預測依序是華子、竹子和毬子。只是，當中不僅摻雜了村人的願望，而且眾人認爲華子與竹子不分軒輊。也就是人們認爲長壽郎應該會選擇華子，但竹子有可能以她天生的強勢，搶走新娘寶座。至於毬子，村人似乎從一開始就沒把她考慮進來。

（因爲村人不清楚長壽郎少爺和毬子小姐的關係。）

即使聽說兩人和某雜誌有關係，也不可能知道那是叫《怪誕》的同人誌，而且兩人透過作品和評論，親密交流。

斧高依序看著三名女子的背影，正胡思亂想，秉婆婆有些氣喘吁吁地出聲：

「好啦，到了。這裡就是祭祀堂，請入內進行準備吧。」

斧高猛地回神，連忙搶在四人前面，打開祭祀堂的玄關大門。秉婆婆頷頭，斧高目送竹子、華子、毬子入內後，自己也進入堂內。

踏入堂內的泥土地一看，前面十張榻榻米大的和室左邊擺著一座屏風。屏風和牆壁有段距離，位置相當不自然。

（屏風怎會放在那裡？）

斧高納悶了一下，隨即想到後面坐著長壽郎。

按規矩，婚舍集會開始前，男方絕不能和新娘候選人見面。前往婚舍時，要等到三人出發以後才能走。所以長壽郎才會躲在屏風後面，直到三人更衣結束，離開祭祀堂。

三人似乎已在路上聽到秉婆婆說明此事，盡量不看左邊，進入後面的八張榻榻米大的和室。

「你在這邊等。」

兼婆婆關上房間之間的紙門，指著門前的榻榻米說道。年輕姑娘更衣時，斧高不能在場，也不能和長壽郎說話，才會命令他待在那裡。

斧高對著紙門，側身跪坐在榻榻米上。他瞄了屏風一眼，只看見同樣跪坐著的長壽郎的右手和右膝。注視著那一動也不動的手腳，他突然好想知道長壽郎現在是什麼感受。

這時，後面房間傳來竹子生氣的話聲：

「居然要換上這種衣服？」

接著是毬子覺得好玩的話聲：

「咦，好像囚衣，眞樸素。」

「以各位現在那身華麗的衣物前往媛神堂參拜，馬上就會招來淡首大人的禍害。」

「啊，原來如此，是淡媛和阿淡作祟的傳說。」

對於兼婆婆的說明，毬子興味盎然地回應。

「就算是這樣，這麼醜的衣服……」

聽竹子的口氣，似乎無法接受拿到的衣服。

「請小姐忍耐今天就好。只要被長壽郎少爺相中，就能換上華麗的新嫁衣……好吧？」

兼婆婆規勸的口吻，聽起來也像在挑釁：妳們眞的有資格嗎？

「請問……只有這些顏色嗎？」

淡然躲過兼婆婆的挖苦，如此反問的，意外地是華子。

「咦……是啊。灰色、藏青色、黑色、褐色、紫色……就這些。」

兼婆婆困惑了一下，如實回答。怒意難消的竹子立刻回應華子：
「喂，問題不是顏色吧？雖然這些顏色都素得要命。」
「不過，巧妙搭配，還是能穿得很好看。」
「好看？妳……」
「畢竟我們得穿上這些衣服去見長壽郎少爺。」
「………」
華子堵得竹子說不出話。比起華子爽快接受囚衣般的衣物，更讓竹子驚訝的是，華子居然在盤算要如何穿得好看，才能博得長壽郎的好印象。
（華子小姐果然不只是文靜而已。）
隔著紙門聆聽兩人對話，斧高當下這麼想。
「這種爛衣服，怎麼穿都不可能好看嘛！」
沒多久，傳來竹子幾乎是發脾氣的聲音，同時聽見兼婆婆立刻安撫，幫忙更衣的聲響。由於必須同時服侍三人更衣，兼婆婆似乎快忙不過來了。
不過，房間裡總算安靜下來，只聽見細微的衣物摩擦聲。這時，再次傳來竹子的驚呼：
「這、這、這是什麼？」
這次的聲音比起生氣，更像是錯愕。
「哎呀，這下更像囚犯了。」
「請問，在長壽郎少爺面前，這東西也得一直……」
毬子和華子分別做出反應後，兼婆婆終於喝道：

「不想戴的人，一步都不准踏進媛首山！」

房間裡頓時一片寂靜。

「好了，快點戴上吧。」

兼婆婆語氣依舊不悅，催促著三人。

「好了，阿斧，打開紙門。」

傳來兼婆婆的命令，斧高連忙將紙門往旁邊推開——

「啊……」

看見從房間裡走出來的三人，斧高忍不住倒抽一口氣。

第一個是藏青色，第二個是灰色，最後一個是褐色，雖然顏色不同，三人都穿著異樣樸素的衣物。毬子形容得妙，簡直像要被押送的囚犯。而且，三人頭上都罩著只露出雙眼的古怪頭巾，一時之間認不出是誰。斧高覺得依序應該藏青色是竹子、灰色是華子、褐色是毬子，但無法確定。

「接下來，請一個一個，依藏青色、灰色、褐色的次序，前往媛神堂。」

前面的和室裡，座墊從裡面的紙門到玄關一字排開，三人就坐在上面。兼婆婆背對長壽郎所在的屏風，如此宣告。

「這段期間，一句話都不能說，當然也不能取下頭巾。走到井邊後，就洗手並參拜祓戶神。然後進入媛神堂，以妳們自己的方式就行了，向祭壇禮拜。別忘了要謙恭，絕不能對淡首大人有所冒犯。唯有這一點，千萬要謹記在心。要是把這些儀式當兒戲，報應是妳們承受不起的。自古傳說，淡首大人最痛恨的就是一守家繼承人的新娘。」

說著，兼婆婆激動起來，變成關西腔。

「呼……」

或許是自己也發現了，兼婆婆重重吐出一口氣，又說：

「結束媛神堂的參拜，登上榮螺塔再下來，進入婚舍。接著取下頭巾，掛在婚舍前面。待三位都離開，長壽郎少爺就會出發。所以進入婚舍以後，請安靜等候。」

兼婆婆漸漸恢復標準話，對三人說明，最後以沉穩的語氣作結。

祭祀堂的杜鐘來到三點十五分，首先第一人離開，五分鐘後，第二人離開，再五分鐘後，第三人前往媛神堂。從這裡到媛神堂，路程約十五分鐘。一直等到最後一人抵達媛神堂的時間，三點四十分左右，長壽郎終於從屏風後方現身。

一襲和服外褂及長袴禮服的長壽郎，看起來威風凜凜，斧高心跳加速。長壽郎懷裡抱著一個淡紫色包袱，看上去也像是捧著深奧的學術書籍，正準備參加入學典禮的大學生。這樣的形象非常適合他，斧高自豪不已。

但這樣的亢奮並不持久。長壽郎和三名新娘候選人在服裝上的雲泥之差，莫名讓他背脊發涼。事到如今，這扭曲得離譜的相親程序才又讓他害怕起來。

長壽郎默默向兼婆婆行了個禮，也向斧高輕輕頷首，離開祭祀堂。斧高和兼婆婆站在玄關門口，目送他穿過北鳥居，登上石階，直到身影消失在參道前方。

「沒想到能有這一天……」

看著長壽郎的背影，兼婆婆感慨萬千地低喃。從替長壽郎接生到今日，種種往事是否正從她的腦海馳騁而過？

待長壽郎的身影消失，可能是卸下任務，疲勞一口氣湧上來，兼婆婆在前面的和室排上座墊，躺了下來，轉眼便鼾聲大作。

（我應該跟上去嗎？）

腦中倏然浮現十年前，十三夜參禮那天夜晚。附帶一提，二十三夜參禮那時候，長壽郎說不用擔心，命令斧高留在祭祀堂。當時有富堂老翁、兵堂和兼婆婆盯著，就算他想也沒辦法跟上去。

可是，現在沒有任何阻礙。問題在於，目送長壽郎到媛神堂就行了嗎？還是，連婚舍裡面都要偷看？斧高不明白自己到底想要做什麼。

（可是，十三夜參禮時就出事了，婚舍集會也不安全……）

最後，他以護衛長壽郎為名目，準備跟上去。他也覺得這是在自欺欺人，但別無選擇。

（不管了，視情況，索性跟到媛神堂裡面好了——）

斧高這麼想，小心不吵醒兼婆婆，偷偷摸摸走出祭祀堂。

他在鳥居前行了個禮，登上石階，走過參道……來到境內時，卻倏然止步。他從眼前的媛神堂看到榮螺塔，再一路看到婚舍，卻怎麼也沒辦法再前進任何一步。

（婚舍集會……）

正因知道這場儀式對一守家、對長壽郎來說有多重要，不知不覺間，不能打擾的想法壓過保護長壽郎的念頭。而且他完全忘了，境內鋪滿鵝卵石。對比夜晚，白天森林裡十分熱鬧，一點腳步聲或許不會被注意到，卻無法保證絕不會被逮到。

斧高無可奈何地折返，沿著參道往回走。看到鳥居，來到石階頂端時，竟又轉回境內，但他絕對沒有踩進鵝卵石的範圍內。接下來，同樣的情況不斷反覆。就在斧高來回許多次，再次折回石階時——

「喂，斧高！」

突然有人呼喚他的名字，他嚇了一大跳。聲音從下方傳來，他往下一看，高屋敷從石碑後面冒出來。

「警、警察先生……」

巧的是，那正是他十年前藏身的地點。

「您在巡邏嗎？」

「是啊，和二十三夜參禮那時候一樣，東鳥居口和南鳥居口分別由入間巡查和佐伯巡查負責巡邏。」

二見巡查部長退休後，繼任的駐在所員警也在今年春天調離，後來派赴東守駐在所的巡查就是入間。至於佐伯，他和高屋敷一樣，戰後回到南守駐在所擔任原職。警官總免不了調派各地，但斧高從妙子那裡聽過好幾回，兩人似乎一碰面就說：「我們可能要埋骨於此地了。」

「你又在保護長壽郎？」

「呃，不，我是……」

高屋敷走上石階問道，明明口吻並非責備，斧高卻支吾起來，低下頭去。

「我明白你的憂慮，但三個鳥居口都有人盯著，不必擔心有可疑人士闖進來，放心吧。婚舍集會再怎麼說都是相親……唔，也就是……怎麼說，不可以打擾人家喔。」

高屋敷應該沒那個意思，但斧高覺得想要偷看婚舍的念頭彷彿被看透了，脹紅了臉。幸好，這時他正低著頭，才不至於太難堪。

「可是，在參道上來回巡邏也是可以的吧。」

「咦！」

斧高驚訝地抬頭，高屋敷笑著催促他一起走。沒想到居然變成和警官同行，斧高不禁遲疑。

「喏，走吧。」

高屋敷說著，以極緩慢的腳步領頭走上參道，斧高自然地跟了上去。

「如何？你覺得三個人選裡，最適合當長壽郎新娘的是誰？」

「我、我不知道。」

面對妙子，斧高已能輕鬆自在地交談，但面對高屋敷，還是不免拘謹。約莫是忘不了對方的警察身分吧。

「村子裡分成竹子派和華子派。當然，東守的村民是竹子派，南守是華子派。」高屋敷說道。

「北守似乎是華子小姐派。」

「那當然了。只要竹子能進入一守家，以後舉凡大小事，二守婆婆都一定會插口干涉。弄個不好，一守家會被二守家給整碗端去。這同時是北守和東守的問題。」

「富堂老翁健朗的時候，應該不會有問題。」

「嗯，不過二守婆婆從幾年前身子骨就不太好了，不是嗎？」

「是的，我在一守家也聽到這樣的說法。」

「雖然比富堂老翁年長三歲，但一般來說女人都比較長壽。不用提，這個傾向在祕守家更爲明顯。然而，現在比起體弱多病的弟弟，一枝老夫人反倒有可能先走一步。」

「警察先生的意思是，二守婆婆或許會採取強硬的手段嗎？」

「爲了達到目的，無論如何都非讓竹子嫁進一守家不可。」

「不管怎樣，都會引發某些風波嗎？」

「是啊。姑且不論是不是需要我們介入的狀況，但一族之間的紛擾，恐怕免不了。」

「…………」

「這麼說來，毬子的朋友、和長壽郎也有交流的作家，好像要過來？」

「啊，是的。是江川蘭子老師。她和毬子小姐一起出版同人誌《怪誕》，長壽郎少爺也是同人之一。」

「引發風波的火種可能來自外界啊……」

「咦，您是指蘭子老師嗎？」

「聽說她是個孤僻又難搞的怪人。」

「唔，是啊……噢！長壽郎少爺說過——」

「說什麼？」

高屋敷忍不住停步看著斧高。

「哦，沒有，不是什麼大不了的事。毬子小姐在信上寫著，蘭子老師可能會帶來許多驚奇——」

「什麼意思？」

「我也不清楚……少爺說毬子小姐沒有提到任何具體內容。」

「唔，雖然是古怪的作家，其實是絕世美女之類的？或者，人們都以爲她是大人，其實是早熟的美少女？」

看來，高屋敷已在腦中自行塑造出江川蘭子的形象。

「那樣一來，可能出現意料之外的發展。」

「怎麼說？」

「哦，如果作家是個絕世美女，長壽郎的心或許會從三名新娘候選人轉移到她的身上——」

「長壽郎少爺才不是那種見異思遷的人！」

斧高地強硬地打斷高屋敷的話。脫口而出後，連他自己都嚇一大跳。

「抱、抱歉……」

「別在意，是我不該胡說。你不用道歉。」

高屋敷不介意地說，這時參道右邊出現一尊小型馬頭觀音像。此處約莫是參道中間。

「到這裡啦。要是走太快，便會像你一樣不停來來回回了。」

高屋敷喃喃低語，腳步放得更慢。接下來，他格外留意前方，走完剩餘的參道。

（我不該說那種話。）

雖然剛才那句話不至於暴露自己對長壽郎的心意，但斧高後悔不該直接將一時的情感直接說出口。

（或許妙子阿姨已發現。）

去駐在所作客的時候，斧高一有機會就向妙子述說在一守家的生活。仔細回想，他常提起長壽郎的各種言行，像是長壽郎少爺這麼說、長壽郎少爺告訴我這種事、長壽郎少爺有這樣的想法等等。除非妙子轉移話題，他總是沒完沒了地說著長壽郎的種種，不是嗎？

（我這樣很奇怪吧……）

斧高低頭不語，高屋敷沒特別在意，默默移動腳步。

很快地，來到蜿蜒的參道轉折處，前方豁然開朗。斧高反射性地抬頭，看見鋪滿鵝卵石的境內，以及鎮坐在中央的媛神堂。

高屋敷停步，注視媛神堂片刻。

「好了，在這裡折返吧。」

他說著，折回來時的參道。接著，兩人再次自然地交談起來。

斧高想避開長壽郎的話題，不過高屋敷對毬子、蘭子以及《怪誕》的內容表示興趣，所以他不必爲此擔心。因爲妻子成爲作家，高屋敷對這方面的事還是忍不住關心。不管怎麼說，蘭子和妙子同樣都是在《寶石》雜誌出道。

「不久後，會不會連你也開始寫小說？」

由於是悠閒踱步的速度，兩人還沒有離開境內多遠，高屋敷這麼問道。這時，後方傳來人聲——

「是誰？境內怎麼有聲音？」高屋敷立即反應。

「少爺和小姐們應該都在婚舍裡才對，過去看看吧。」

斧高說著，搶在高屋敷制止前轉身，全速奔向境內。高屋敷不僅沒有叫住他，還立刻跟上去。

「啊！竹子小姐和華子小姐……還有……」

媛神堂前面，除了一身藏青色簡陋和服的竹子，和一身同樣簡陋灰衣的華子以外，還有一名陌生的西裝男子。

「你們——」

高屋敷上前出聲，不料竹子尖叫著跑過來。

「警、警察先生，不、不得了啦！毬、毬、毬子小姐，被、被殺了！」

「什、什麼？」

在參道終點與媛神堂約中央處的境內，竹子幾乎要抱住高屋敷地說：

「婚、婚舍的……中婚舍後、後面的房間……」

「妳說毬子被殺了？」

竹子猛力點頭。

「長壽郎呢？難不成他也……」

這回竹子劇烈搖頭。

「那他……長壽郎在哪裡？」

高屋敷繼續追問，竹子卻只是一個勁地搖頭。

「怎麼回事？他不見了嗎？」

高屋敷無法掌握狀況有些不耐煩，隨即動身朝媛神堂走去。

「毬、毬、毬子小姐的……」

然而，竹子緊抓不放似地說：

「她的頭、頭不見了……」

第十二章　媛首山殺人事件

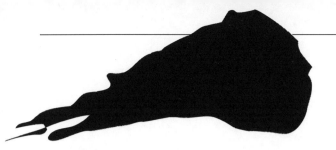

「妳、妳說什麼？」

正走向媛神堂的高屋敷忍不住轉身，逼近竹子。

「沒、沒有頭？那妳怎麼知道無、無頭屍是毬子？」

「因爲媛神堂裡就只有我們幾個人啊。」

先前驚慌失措的竹子似乎突然冷靜下來。語氣中帶著嘲諷，似乎是天生的傲慢又蠢蠢欲動。

「呃，是這樣沒錯……」

高屋敷差點被她的語氣壓倒。

「可是，現階段還不能貿然斷定。」

高屋敷努力反駁，卻被竹子接下來的話搞得啞口無言：

「說起來，你躲在那種石碑後面，要怎麼保護我們的安全？」

（咦！原來被發現了……）

雖然沒有說出口，但他可能臉上青一陣紅一陣。

「華子小姐也發現了，對吧？」

竹子轉向華子問，彷彿要坐實這件事，但華子表情曖昧，既不肯定也不否定。不過她的態度看起來像是同意竹子的話。

這樣下去情勢不利，於是高屋敷說：

「有什麼跡象顯示妳們有危險嗎？」

「咦！不是有淡首大人作祟？」

「原來妳說的是那個？未免太可笑。」

高屋敷覺得情勢一口氣逆轉了。

「哪裡可笑？事實上，毬子小姐不就成了無頭屍嗎？」

這麼一反駁，高屋敷連一聲都吭不出來了。

「喂，你是誰？怎麼來到村子的？是從哪邊進來這裡？」

一方面也是爲了掩飾窘境，高屋敷情急之下，審問起從剛才就令他好奇的西裝男子。男子戴了頂時髦的軟呢帽。

興致盎然地看著兩人對話的男子，一身都會風格打扮。外貌很適合形容爲青年紳士，卻是與長壽郎類型不同的美男子，五官十分清秀，感覺褪下西裝，換上女裝也很適合。

（像是個輕浮的傢伙。）

不過男子周身散發稱得上貴族風範的氣質，高屋敷感到不太愉快。由於地點特殊，而且可能剛發生命案，男子全身上下都相當可疑。

（這傢伙不對勁。）

高屋敷從未在媛首村見過這個人，不論是服裝或擱在腳邊的大行李袋，在在都顯示他是外地來的。

「喂，我在問你！」

然而男子看也不看高屋敷，淨是望著不相干的方向。高屋敷怒氣沖沖地走近對方，想要站到他的正面——忽地，他循著對方的視線望去，意外發現他在看斧高。

（這傢伙看斧高做什麼？）

兩人認識嗎？高屋敷望向少年，可能是察覺到他的疑惑，斧高一臉不知所措地搖頭。

（果然不是嗎？）

高屋敷一頭霧水，想要再次轉向男子，本人卻主動開口：

「幸會，我是江川蘭子。」

「什麼……」

嗓音雖然低沉，但高屋敷一聽就知道對方是女人。原來不是適合女裝，而是相反，是男裝穿得有模有樣。

（原來如此……是所謂的男裝麗人啊。）

毬子說蘭子來了會引發驚奇，就是指這件事。那麼儘管是初次見面，蘭子應該知道斧高這個人。

高屋敷暗想，望向少年。這回換成斧高目不轉睛地端詳著蘭子。他發現對方的身分，似乎嚇傻了。他的腦中可能沒有「男裝麗人」這種概念，所以更加驚訝了吧。

「我搭乘公車，在喉佛口站下車——」

蘭子接著說下去，高屋敷再次轉向對方。看來，她正要回答第二個問題：是從哪裡進來村子的？

「我穿過村境的東守大門，沿著一條街，應該是村子的主要街道吧，走到媛首山入口的東鳥居口，被警察叫住。我解釋是受到祕守長壽郎的邀請，警察便直接讓我通過了——」

入間巡查來到村子才半年多，聽到是受長壽郎邀請前來，他會認為沒有問題也是難怪。

雖然高屋敷這麼想，還是後悔不已：

（可惡，我應該嚴正要求他不許任何人通過。）

身為前輩，應該考慮到對方缺乏經驗，預先提出建言引導，以彌補不足。

但高屋敷立刻對蘭子的說法產生疑問：

「等一下，是長壽郎要妳在婚舍集會期間過來媛神堂嗎？」

「不是。」

蘭子素淨的臉上泛起微笑，回答：

「這是毬子小姐的主意。她要我突然現身，給正在相親的長壽郎先生一個驚喜……」

「那妳和毬子——」

聽到這句話，蘭子臉上的笑容倏地消失。

「我還沒見到她。剛看到媛神堂，我就遇到這兩位小姐。她們說有人被殺了、沒有頭，由於事發突然，我也搞不清楚狀況……然後警察先生就來了——」

「妳沒看到屍體嗎？」

蘭子倉促地搖頭，緊接著竹子吵鬧起來，說不是站在這裡閒聊的時候。

「好好好，我馬上過去查看。」

高屋敷走到媛神堂的格子門前，回頭交代斧高：

「你跟其他人一起留在這裡。」

言外之意，是要他盯緊這三人。幸好斧高似乎領會，露出別有深意的眼神，點點頭。

「在我回來以前，三位請絕對不要亂跑。」

慎重起見，他叮囑三名女子，接著走進媛神堂。

（好陰暗……）

祭壇上點著蠟燭，相較於外頭的明亮，光線實在微弱。窗戶不僅嵌有格條，而且數量很少，採光窗連一般住家的一半都不到。

（不過，這些物品也太驚人了……）

祭壇前方和左右，雜亂無章地擺放、排列、堆積著各種物品，一片混沌的景象。

但定睛分辨，還是能看出祭壇前供奉著村人的營生，及平日生活不可或缺的機具和工具，像是養蠶使用的竹編蠶箔、絹絲紡車，燒炭用的杆秤、竹箕、火鉤，以及日常生活使用的背架、蓑衣等物。

雜亂的祭壇另一頭，立著媛首塚和御淡供養碑。

（在這種狀況下看到，實在教人渾身發毛……）

高屋敷踏進媛神堂的次數屈指可數，當然也從來沒有機會仔細查看土塚和石碑，感受格外強烈。

（不，不是在這裡磨蹭的時候。）

高屋敷連忙打開右邊的拉門，經過短廊，從前方樣式相同的拉門進入榮螺塔。

走廊和塔內都沒有任何照明。不過，走廊兩側各有一排間隔極寬的格子窗，感覺比媛神堂明亮。相較於走廊，塔內的窗戶像從左牆斜斜地攀爬而上，而且形狀歪曲，嵌著細密的格欄，縫隙勉強透出一絲陽光，不同的地方，明暗差異極大。這種不上不下的光線，導致視野益發昏暗不清。

（簡直像是穿越胎內（註）。）

高屋敷爬上彷彿配合窗戶斜度延伸的坡道，不知爲何聯想到深入地底的黑暗巡禮。他很久沒有進來榮螺塔了。

（不管什麼時候看，這棟建築物都十分古怪。）

一圈一圈旋繞而上，總算抵達頂部，又得反方向一圈圈繞下來。若說白費力氣，再也沒有比這更讓人白費力氣的建築物。

（不過，驅邪這回事，本來就不是實用的行爲。）

抵達塔頂時，高屋敷從北側沒有格欄的窗戶自然地望向水井。除了兩者中間的左側有一棵與塔同高的杉樹之外，沒有任何遮蔽視線的東西。

（十年前，妃女子到底是怎麼從這裡去到井邊的？）

這一瞬間，高屋敷忘了上來榮螺塔的目的，腦中全是十三夜參禮的怪事……

（啊，不好！）

他猛然回神，一口氣跑下坡道。鋪木板的斜坡表面嵌著一條條橫檔，發揮止滑的功用，但稍一疏忽，可能就會絆倒滾下去。高屋敷爲剛才的鬆懈深切反省。

下到塔的另一側，打開眼前的拉門，首先出現一個正方形的狹小空間，三條短廊從那裡延伸至三方。

註：穿越胎內（体內潜り）是一種民間信仰，把佛像內部或靈場洞窟視爲胎內，籍由穿過其中，獲得像徵性的重生。

（記得靠媛神堂正面那一側，從榮螺塔看過去右邊的婚舍，是前婚舍。雖然在塔裡一直轉，但方向不變，所以右邊走廊前面的是前婚舍，中間是中婚舍，左邊是後婚舍。然後，毬子在中婚舍……）

成了無頭屍——竹子是這麼說的。

高屋敷探頭看中央的走廊，發現盡頭的木門前面掉落一樣東西，像是灰色的布。他立刻查看其他兩處，右邊和左邊的門把上，分別掛著藏青色及褐色的相同物品。

（這是什麼記號嗎？）

高屋敷尋思著，走到中間短廊的盡頭。開門前，他撿起那塊布，發現是只有雙眼部分挖洞的頭巾。

（對了，是她們從祭祀堂到這裡的路上戴的東西。）

從北鳥居口旁的石碑後方目送她們登上石階時，他注意到三人都戴著頭巾。

這樣應該就解開疑惑，他卻覺得有哪裡不對勁，教人無法釋懷。原本他就要仔細思考是怎麼回事，隨即轉念：

（不，之後再思考。得先確認現場情況才行。）

老實說，雖然來到這裡，高屋敷仍半信半疑。雖然不至於懷疑竹子撒謊，但毬子真的變成無頭屍了嗎？除非親眼目睹，否則他實在無法相信。

高屋敷抓住拉門，做了個深呼吸，讓自己鎮定下來後，一口氣拉開——

室內空無一物。眼前出現的，只是一間左邊有水屋的四張半榻榻米大的茶室。

（對、對了……竹子說是裡面的房間……）

高屋敷心裡一陣落空，反倒更緊張了。他踏入前面的房間，緩緩走向房內的紙門，趁這段時間再次平定心緒。悄悄伸手扣住紙門把手，這次也一口氣拉開——

「嗚……」

房間裡確實有一具無頭女屍。不過竹子忘了說一件事，那就是屍體是全裸的。

裡面的六張榻榻米大的和室，格局是開門入內以後，正面牆壁的左邊是壁龕，右邊是壁櫥。左右牆面各別只有一扇紙窗，窗外嵌有格欄。以相親場所而言，實在相當簡陋。

無頭屍橫躺在地，沒有頭的脖子對著壁龕和壁櫥中間的細柱，雙腳伸向入口的紙門。該說値得慶幸嗎？下半身相當於私處的部位，蓋著一條淡紫色的包袱巾。相對於砍斷遺體頭部的殘忍行徑，遮蓋私處的含蓄行爲十分突兀，更加突顯無頭屍的怵目驚心。

「等等，這條包袱巾可能是竹子她們蓋上的，需要確認一下。」

高屋敷刻意說出口，記在腦中。他從壁龕那一側走近遺體，首先檢查脖子的斷面。

「這……一定是用斧頭之類的工具，多次砍斷的。」

柱子與脖子的斷面之間，剛好相隔約一顆頭的距離。被砍斷的頭部底下，榻榻米有遭到大型刀刃多次劈砍的痕跡。榻榻米表面的藺草斷裂，下面的稻草露了出來，參差不齊之處濺滿了黏稠的鮮血，景象淒慘無比。

「約莫是使用媛神堂祭壇上供奉的斧頭或柴刀之類地工具。」

高屋敷看出砍頭刀具十之八九是來自於此。

「身體……沒有傷。」

高屋敷以目光掃視遺體上下，沒看到遭毆打或刺傷的傷痕。愼重起見，他稍微抬起遺體查看背部，一樣沒看到類似的痕跡。

「那麼，或許是頭部遭到重擊。」

高屋敷進入房間後，一直在自言自語，如果不出個聲，他實在待不下去。

「雖然需要確認身分，但這具遺體應該就是毬子不會錯。如果她是被害者，殺了她的——」

就是長壽郎。想到這裡，高屋敷搖搖頭。

「不，絕不可能是長壽郎。況且，他沒有動機……」

說到一半，高屋敷想起連結兩人的同人誌《怪誕》，其中或許隱藏著意想不到的動機。而且他看到竹子和華子，長壽郎卻不知道跑去哪裡，讓人不得不起疑。

「總之，現在能做的只有這些。」

檢查完壁櫥，高屋敷最後顧環了一下室內，也調查過外面的茶室和水屋，離開中婚舍。接下來，爲防萬一，他進入前面和後面兩間婚舍查看，但別說長壽郎了，連半點蛛絲馬跡都沒有查到。

回到媛神堂後，他大略檢視供品。

「果然沒看到斧頭。」

當然，他並不知道原本堂裡有沒有斧頭，但這座村子有燒炭和林業，連一把斧頭都沒有供奉，未免不自然。

高屋敷打開格子門出去，看見竹子和華子站在媛神堂與通往北守的參道中間，彼此依偎著。不，應該是華子單方面緊抱著竹子。

（斧高和蘭子呢？）

高屋敷連忙在媛神堂周圍繞了一圈，只見斧高站在東守參道附近，輪流監看著北方與南方。往南方望去，蘭子在附近踱步。

「爲什麼不四個人待在一處？」

高屋敷向斧高招手詢問，斧高抱怨其他三人分成兩邊，各自行動。

（二守和三守的千金，跟東京來的男裝麗人，兩邊不可能合得來嘛。）

高屋敷把斧高帶到媛神堂，簡單說明現場狀況。少年當然嚇壞了，但似乎立刻悟出自己的職責，並未吵鬧，安靜聆聽。

斧高瞭解狀況後，高屋敷下了一連串交代，要他複誦一遍：首先去通知在南鳥居口巡邏的佐伯巡查，請他通報終下市警署，以及聯絡伊勢橋醫師，請醫師從東鳥居口過來媛神堂。佐伯巡查離開崗位時，由斧高接替監視南鳥居口，但先請佐伯巡查向青年團請求支援，一有人來接替，斧高立刻回來。此外，還要佐伯巡查安排派人去監視北鳥居口。

「請問，長壽郎少爺他……」

等高屋敷說完全部的指示，斧高便客氣又惶恐地問道。只見他的神情急切，一副無論如何都想知道答案的樣子。

「長壽郎不在媛神堂，也不在婚舍，當然也不在榮螺塔。」

「少、少爺離開媛首山了嗎？」

「或許吧，但也有可能躲在某處——」

「那、那是長壽郎少爺殺、殺了毬、毬子小姐嗎？」

「不，不一定就是這樣——接下來必須調查才……」

高屋敷說到一半，頓時住口。因爲從目前的狀況來看，不管怎麼想，凶手就是長壽郎。

「我這就去通知。」

斧高突然開口，隨即跑出媛神堂。

「交、交給你了！」

高屋敷朝著他的背影喊道。想想少年現在的感受，他很想安慰幾句，但只能把傳令的任務託付給他。

（好了——）

高屋敷沉思片刻，離開媛神堂，先向蘭子問出她從車站來到這裡的大致時間。他判斷蘭子不可能犯案，雖然細節或許必須進一步研究。

「各位，聽著，我有事拜託妳們。」

高屋敷把三人集中到一處，請竹子監視通往北守的參道、華子監視通往南守的參道，最後請蘭子以媛神堂的門口爲中心，看好榮螺塔和婚舍這些建築。當然，竹子和華子也不能說是完全清白，但現在只能向兩人尋求協助。

「萬、萬一看到什麼人……」

約莫是覺得被指派了可怕的任務，竹子的語氣中少了向來的潑辣。

「我、我們不會怎、怎、怎樣吧？」

至於華子，她已嚇得魂飛魄散。

「那警察先生你呢？」

保持冷靜的似乎只有蘭子一個人。仔細想想，唯獨她沒看見全裸的無頭屍，難怪可以這麼平靜。

「我派那孩子去通知我的同事了。他們很快就會聯絡終下市的警署，請求派支援的人力過來。」

村子裡發生的案子，當地駐在所有處理的權限。但碰到這種極端神祕而獵奇的凶案，自然另當別論。

「難不成你要我們在這裡待到警署的人過來？你應該立刻負起責任，把我們平安送回家啊！」

竹子指著高屋敷極力主張，一副「這不是開玩笑」的態度。看來，她又恢復了活力。

（可惡，這女人眞難搞。）

幸好，竹子發現她的指頭上，指甲油剝落得慘不忍睹，注意力被轉移，突然安靜下來。

蘭子趁機開口：

「那警察先生你呢？」

她執著於自己的問題，想要主導談話。

「我要去這邊的東守——喏，東守不是有妳也見過的巡查嗎？」

「哦，一個年輕警察。」

「他是入間巡查，我要去找他。我們會一起回來，再由入間護衛，將各位送回一守家。然後——」

「爲什麼要去一守家？我要回二守家。華子也想回三守家，對吧？」

竹子向高屋敷抗議，接著向華子尋求贊同，但華子說：

「我、我……我只要能離開這裡，哪裡都好……」

看來去哪裡對她而言是其次。

「雖然很想這麼做，可是入間一個人沒辦法，而且很快就必須分別詢問三位，所以得請妳們先待在一處。」

「好的。請速去速回，我們在這裡等你。」

蘭子可能是想避免竹子再度插口，搶先說道，十分配合地表現出讓高屋敷離開的態度。

「呃，好……我會盡快回來。」

不知為何，高屋敷差點要對蘭子敬禮，一陣慌亂。右手都舉起了一半，他以相當不自然的姿勢甩手蒙混過去，惹來蘭子和其餘兩人詫異的表情。

（這個叫江川蘭子的女人總讓我有不好的預感，步調似乎會整個被她打亂。）

高屋敷快步走過參道，納悶尋思。這時腦中忽然浮現昨天在電車上遇到的兩名旅人，他直呼吃不消。

（這麼說來，刀城言耶也是作家。或許寫東西的人當中，怪人特別多。）

高屋敷忘了妻子也是同道中人，用這樣的想法說服自己。

（得盡快回去才行——）

雖然都是女人，但有三個人，應該不必擔心她們遭到攻擊。只是，把她們留在案發現場附近，還是讓他憂心忡忡。

（遭到攻擊嗎？倒不如說，從那種狀況看來，凶手只可能是長壽郎。假設長壽郎是凶手，他到底從媛神堂逃到哪裡去了？）

高屋敷腦中浮現和斧高相同的疑問。他和少年一直在北鳥居口到境內之間來回走動。東口和南口應該有入間和佐伯守衛。

（這表示凶手還潛伏在山中嗎？）

想到這裡，他忽然在意起不時在參道一側看到的石碑後方。

（北邊的參道，我和斧高確實來回走了好幾趟。如果長壽郎發現這件事，偷偷跟在我們後面，途中躲到合適的石碑後方……等我們再次折返，並且走遠後，再離開石碑，從北鳥居口逃離……）

長壽郎很有可能早就離開村子。

這一點可以留待事後確認。因爲長壽郎那身正式禮服相當引人注目，就算他回去一守家偷偷更衣，全村的人也都認識他，而且村人皆知今天是婚舍集會的日子。如果長壽郎從東守大門離開，一定會被人看見。

（要追查他的行蹤應該不難。）

高屋敷這麼想，但每當瞥見參道旁的石碑，便忍不住懷疑：

（可是，搞不好他就躲在石碑後面……）

一顆心七上八下。

（總之，當務之急是和入間會合。）

高屋敷要自己別再去管兩側的石碑，朝東鳥居口飛奔而去。

然而，當左側出現馬頭觀音大祠堂時，他的腳步慢了下來。因爲那裡怎麼看都是絕佳的藏身地點。當然，一般來說，不會選擇太好躲藏的地方，但有時人被逼急了，就會犯下意想不到的疏失。

（看一下而已，不會花多少時間。）

高屋敷這麼說服自己，探頭去看祠堂。

豈料——

令人難以置信的是，他在祠堂中看到的，是一具全裸的無頭男屍。

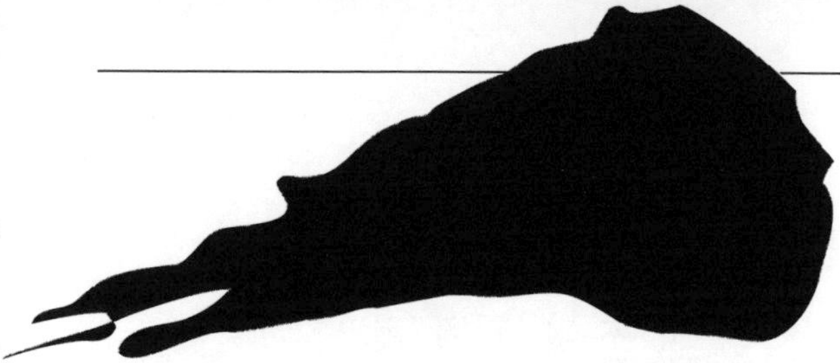

第十三章　首無

（長壽郎少爺殺了毬子小姐？）

斧高在通往南鳥居口的參道上奔跑，腦中不停盤旋著同一句話，嗡嗡作響。

（可是，今天應該是他們第一次見面……）

難道眞有一見面就萌生殺意的人嗎？說長壽郎是凶手，未免太牽強。儘管這麼想，但斧高立刻想到一個可能性：或許長壽郎早就有殺害毬子的動機，這次會面，導致殺意一口氣爆發。

（毬子小姐想要成爲職業作家，但蘭子老師反對她自立門戶。如果毬子小姐離開《怪誕》的編輯崗位，或是不再擔任祕書，那就麻煩了。現實的問題是，即使成爲職業作家，也不保證足以糊口。換句話說，蘭子老師不願讓毬子小姐脫離自己的庇護，長壽郎少爺介入兩人之間，想要設法調解。）

這樣的狀況已持續好幾個月，斧高也很清楚。

（就算是這樣，長壽郎少爺居然想殺害毬子小姐，還是太說不過去了。不可能。）

當然，長壽郎不一定會把一切都告訴斧高。但從三人的關係來看，長壽郎是最不可能對其他兩人懷有這種情感的人。

（如果是毬子小姐對阻止她自立門戶的蘭子老師萌生歹念，還可以理解。或是反過來，蘭子小姐看到毬子小姐想要棄她而去，氣她恩將仇報，於是發展爲殺意，倒也順理成章。不管怎麼想，都找不到長壽郎少爺殺害毬子小姐的理由。）

確認這一點後，斧高再次對毬子參加婚舍集會一事感到疑惑。

（古里家強烈希望毬子小姐參加，這一點確實沒錯，不過毬子小姐早就離家出走，她理應拒絕，說這件事與她無關。長壽郎少爺熱切邀請……雖然應該是原因之一，但只要錯開日子來訪就行了，根本沒必要非挑在婚舍集會這時候不可。）

那麼，答應古里家的要求，參加婚舍集會，毬子有什麼好處？

（首先，她可望獲得古里家的經濟支援。對於想以作家身分自立更生的她來說，這會是最強大的後盾。）

這可能是最主要的動機。

（更大的好處是，或許能嫁入一守家。一般來說，繼承人的妻子身兼作家，會被斥爲荒唐，但長壽郎少爺肯定會表示理解，而且只要生下繼承家業的男孩，富堂老翁以下的一干人等就沒話說了吧。）

也就是說，毬子是不是懷著志在必得的心情參加婚舍集會？然而，長壽郎絲毫沒有娶毬子爲妻的念頭。他邀請毬子，完全是將她視爲《怪誕》的同好。

（唔……這麼一來，長壽郎少爺更不可能殺害毬子小姐。就算毬子小姐強迫長壽郎少爺娶她，少爺也犯不著殺了她……而且長壽郎少爺一定會體諒她有苦衷，提供資助。簡而言之，絕不可能是婚事談不攏，發展成殺人。）

然而事實是，長壽郎突然從婚舍裡消失，只留下了毬子的無頭屍。

（有沒有可能是竹子小姐和華子小姐，聯手殺害競爭對手？）

按理，由於地位相差懸殊，她們從一開始就沒把古里家的女兒放在眼裡吧。但再怎麼說，毬子透過《怪誕》這本同人誌和長壽郎有所聯繫，即使她們視爲一種威脅，擔心毬子和長壽郎已情投意合，也是很自然的事。

（如果是這樣，長壽郎少爺怎會不見？）

斧高忽然想到一件事，在心中暗叫了一聲。長壽郎離開祭祀堂時，兼婆婆沒有爲他念誦咒語！十三夜參禮那時候，就是爲了替長壽郎念誦保護他的重要咒語，才讓斧高在外頭等了老半天。

（兼婆婆果然是老糊塗了嗎？）

剛擔心完，斧高又想到二十三夜參禮時，兼婆婆也忘了念誦咒語，一股戰慄登時竄過他的背脊。

（該、該不會影響這時候才顯現出來？）

毬子變成全裸的無頭屍、長壽郎消失不見，會不會全是淡首大人作祟？不過，以前都被兼婆婆的咒語擋下來……然而——

（不，這太離譜了……毬子小姐是遭人殺害。是有人下的毒手，也就是有凶手。）

斧高轉念這麼想。他刻意強烈地要自己如此去想。

（從動機來看，凶手會是竹子小姐和華子小姐其中之一嗎？）

就算她們對毬子心存殺意，並且付諸實行，又有什麼理由砍下頭顱？

（可是，在這個問題上，長壽郎少爺也是一樣的。）

沒錯，爲何凶手要特地砍下古里毬子的頭帶走？

（首無……）

這個字眼一浮現，斧高隨即想起了十年前的那個夜晚，十三夜參禮中的駭人經歷。他想起在井邊看到的全裸無頭女屍……同時，他也想到後來在一守家的**某段遭遇**……

剛來到一守家時，斧高偶爾會尿床。在八王子的老家時，這個毛病早就沒了，因此他自己最感到錯愕。原因應該是生活環境變化太大，但兼婆婆會大發雷霆。不過，第二次兼婆婆嘴上嘮叨，還是替他換被子和睡衣。可是，很快地兼婆婆就不管他了。她說睡眠對老人家最重要，不許打擾。簡而言之，就是懶得夜裡起來照料他。

斧高拿出更換的睡衣，在尿濕的墊被旁裹著綿被，心想：

（再繼續尿床下去，冬天恐怕會被自己凍死。）

如今回想，實在是一樁笑話，但當時他非常苦惱。以結果來說，或許值得慶幸，由於太過苦惱，他睡到一半也會被尿意喚醒。一定是擔憂這毛病危及性命，才會影響到潛意識。

然而，還有別的考驗在等待他。因爲傭人用的廁所在後院角落。

當時的季節，入夜後已有些寒意。若是溽熱的夏夜，即使害怕去廁所，或許還能把寒顫當成納涼。當然，斧高絲毫沒有享受納涼的餘裕，因爲他會想起兼婆婆講述的種種廁所怪談——她顯然很享受斧高害怕的反應。不過，只要忍一下精神上的痛苦，上廁所並不算什麼苦差事。

夏季空氣乾燥，入夜後十分乾爽。即使是無月之夜，仍有一股清澄的氣息，也容易行動。然而，夏季結束，秋意漸濃，夜晚的空氣從乾燥轉爲陰涼，不僅皮膚能夠感受到變化，而且愈是待在這樣的涼氣裡，動作就愈遲緩。或許是這塊土地顯著而獨有的風土氣候。

第一次夜裡去上廁所，斧高才剛走出緣廊，便不敢再前進。他想盡快解決，於是直接在緣廊小便。然而，小便潑在地上的聲音意外響亮，他嚇了一跳，連忙止住，無奈地跑向廁所。萬一有人被吵醒，絕對會把他痛罵一頓，還會向兼婆婆告狀。如此一來，免不了一場皮肉之災。來到一守家以後，斧高親身體會到一句話：君子不立危牆之下。這是鈴江教他的，但他透過皮肉的疼痛悟出箇中含意。

塞翁失馬焉知非福，因爲滿腦子擔心有人醒來發現他、抓到他隨地小便而斥罵，根本沒空感到害怕，在緣廊和廁所之間來回了一趟。以結果來說，他算是得救了。

問題是下一個夜晚。幾天後，同樣因尿意醒來的斧高，陷入絕望。他實在不敢去廁所，只好設法憋住。爲了避免尿床而醒來，卻不敢夜裡去廁所，想要倒頭再睡，當然不可能行得通。在逐漸高漲的尿意逼迫下，他離開房間，從緣廊走下後院。

他不曉得花了多少日子，才習慣鼓足全副勇氣前往廁所。不，不管經過多久，他都無法習慣。他都是靠著去想別的事，或乾脆放空腦袋，才能勉強上完廁所。

後來，半夜感到尿意的情況減少，他漸漸能一覺到天亮。當然，也沒有尿床。

然而十三夜參禮後，過了幾天，斧高忽然在夜裡醒來。起初他不明白自己怎麼醒了，但很快地——

（我想尿尿。）

一發現這件事，他陷入久違的絕望。

（怎麼辦……）

儘管猶豫萬分，尿意卻愈來愈強，除了去廁所之外，別無選擇。

百般無奈地爬出舒適被窩，斧高披上外套，步出走廊，躡手躡腳來到面對後院的緣廊。他從脫鞋石上並排的草鞋裡，挑出合腳的一雙穿上，時隔數月走下深夜的後院。

這時，突然颳起一陣陰寒的夜風。斧高忍不住縮起脖子，攏起外套前襟。

這天晚上烏雲密布，幾乎沒有月光。廁所他去過好幾回了，閉著眼睛也能走到。只是想到要在漆黑的夜裡，獨自迎著讓人發寒的夜風穿過後院，他還是百般不願。往昔的恐懼在心底復甦，他一步慢似一步。

（呃，以前我是……）

怎麼在三更半夜走去廁所的？斧高回想，卻一陣驚愕。因爲他忘得一乾二淨。他應該都想著愉快的事，拚命轉移注意力，現在卻完全不曉得該怎麼做。千辛萬苦掌握了竅門，此刻竟毫無印象。他一籌莫展，不知該如何是好。

他提心吊膽地朝廁所一望，後方竹林嘩嘩作響，噪動聲乘風而來。聽起來就像有什麼神祕的鬼怪蠢動著，穿林而來。他深深感覺到那鬼怪穿出竹林後，便潛伏在廁所後方，靜靜等待斧高自投羅網。

小解用的廁所那邊沒有門。也就是說，在小解期間，背後門戶洞開。這時，那鬼怪便會趄到他的身後……想到接下來會發生什麼事，斧高一步都跨不出去。

（不、不要……）

很快地，斧高全身劇烈哆嗦。不光是夜間凍寒的緣故，身體也在抗拒前往廁所。他察覺其中摻雜了尿意，還逐漸高漲……

（要、要尿出來了……）

醒來是爲了避免尿床，要是尿灑當場，根本沒有意義。他理智上明白，腳卻一步都挪動不了。棘手的是，他愈是不願意去廁所，尿意愈強烈。他完全沒想到可以對著主屋牆壁解決。

到了這地步，斧高已搞不清他抖成這樣，是因爲寒冷、害怕，還是尿意。

（對、對了，如果我是少年偵探團的團員——）

情急之下，他的腦中靈光一閃。

他想起長壽郎一有機會就分次說給他聽的江戶川亂步的《怪人二十面相》、《少年偵探團》、《妖怪博士》、《大金塊》這些故事。當然，斧高當時不知道有原作，但少年偵探團的活躍還是讓他熱血澎湃，甚至夢想成爲其中一分子。

不過，故事本身也有些可怕的情節，絕不能在這時候想起來，否則完全是反效果。要想起的不是那些情節，而是告訴自己：我也是勇氣十足的少年偵探團成員，去廁所是奉小林芳雄團長的命令。

這樣想像的效果非凡。仔細想想，對斧高來說，小林少年就是長壽郎，難怪威力無窮。

去後院的廁所，向躲在竹林的團員打祕密信號。這就是斧高接到的任務。精神奕奕地和幻想中的長壽郎團長應答之後，斧高穿過庭院。不，這裡已不是一守家的後院，而是御屋敷町的一區。前方幽幽浮現的方形黑影不是廁所，而是和負責監視的團員進行聯絡的祕密小屋。

走到一半，斧高已完全化身爲幻想世界裡的成員。他把路上撿拾的許多小石子，當成少年偵探團成員都持有的ＢＤ（Boy Detective）徽章，沿途一個個丟在地上。現在他已是如假包換的少年偵探。

只要沒聽見**那古怪的聲音**，斧高一定已去廁所小解完畢，回到房間，再次進入香甜的夢鄉。

沙……

那聲音稍微將斧高拉回現實。

沙……啪……

斧高的腳步有些變得遲鈍。

嘩嘩……啪沙啪沙……嘩……

斧高停步，回頭望著怪聲傳來的方向。聲音來自他的右側斜後方，主屋最角落的位置。那裡是浴室。

（誰在洗澡嗎？）

念頭一起，一陣令人毛骨悚然的寒意便沿著背脊往下滑。三更半夜，燒洗澡水的柴火早就熄滅，不可能有哪個瘋子會跑去洗澡。

然而——

嘩嘩——他確實聽到從浴槽裡汲水、潑淋身體的聲音。

（是誰？）

斧高的全副注意力都被浴室吸引過去，別說是想像中的少年偵探團活躍的世界，連最惱人的尿意都拋到九霄雲外。

他忽然想去一探究竟，卻再次渾身哆嗦。因爲他發現一件事：不敢去廁所，或許是豐富的想像力作祟。但浴室裡的**人**——或是**某物**，搞不好是眞實的威脅。

然而注意到的時候，斧高已朝浴室走過去。是好奇心壓過恐懼、純粹想見識恐怖的東西，或者其實是**受到召喚**？連本人都不明究理，幾乎是一百八十度轉彎前進了。

這時，潑水聲已消失，但豎耳聆聽，感覺得到水面微微盪漾的聲響。

也許是在泡湯。被耳邊呼嘯的夜風妨礙，不管斧高如何細聽浴室裡的狀況，都不清不楚。他只能想像，在連燈都沒開的漆黑浴室裡，泡在浴槽裡的**那東西**的身影……

隨著靠近浴室，到底是**誰**在洗澡的疑問，逐漸轉變爲是不知**什麼**潛伏在那裡的恐懼。但斧高依舊沒有停下腳步。不，他不僅無法折返，甚至無法修正前進方向，遑論停步——

「啊！」

這時，他的右腳踩到東西，迸出一道清脆的聲響，他不小心輕呼一聲。低頭一看，似乎是踩到樹枝。

他忍不住抬頭窺望浴室。

斧高受到莫名的情感驅動，身不由己。然而，必須在不被對方發現的情況下偷看的念頭，勉強安撫了懼怕的心。可是，萬一浴室裡的**東西**早就發現他了呢？

嘩嘩……

新的聲音響起。聽起來像要走出浴槽。

再拖拖拉拉下去，人家都要洗完澡了。焦急的斧高不顧後果，小跑步靠近浴室，將板牆下方的換氣小格窗打開一條縫，蹲下來窺探裡面。

起初一片漆黑，什麼都看不見。很快地，他發現有東西由左向右緩緩經過眼前。

是人的腳。雖然朦朦朧朧，仍可看見兩條腿交互移動著。斧高的視線往上移，在大腿根部看見一叢濕淋淋的陰毛正微微反光，覆蓋著妖異的丘陵。

斧高的視線繼續往上移，小巧卻高聳的兩團乳房映入眼簾。毫無疑問，對方是個女人。

（是……女人？）

可是，那到底是誰？他怎麼想也不明白。一守家裡，不可能有人半夜跑來洗澡。為了滿足一口氣衝到最高點的好奇心，斧高想看看對方的廬山眞面目，豈料——

沒有頭……

雖然影影綽綽，但確實有一個無頭的裸女走過漆黑的浴室。

斧高似乎把慘叫聲吞下肚了，實際如何，他沒有把握。他維持蹲下的姿勢，慢慢後退，遠離小窗。拉開足夠的距離後，他悄悄站起。接著，他躡手躡腳，盡可能快速逃離現場。剛從脫鞋石走上緣廊，他便朝自己的房間拔腿狂奔。就算會吵醒別人，因此挨罵，甚至是挨打，他都無所謂了。

斧高衝進房間，鑽入被窩，像隻烏龜般蜷起身體，用力屏住呼吸。首無是不是隨時都會追上來？它是不是正在檢查每一個房間，要把斧高揪出來？它會不會進入這個房間，把斧高從被窩裡拖出來？他驚惶不安。

斧高不曉得渾身發抖了多久……

忽然間，他陷入一種奇妙的感覺。起初他完全不明白是怎麼回事。漸漸地，他覺得棉被重得古怪。意識到這件事的同時，整個房間的空氣登時變得悶重不已。只有被窩裡僅存的一點空氣是乾淨的，外頭的空氣全變得混濁不堪。結果——

滋、滋……

房間裡有一種無法形容的恐怖聲音——比起聲音，更像是氣息。

滋、滋、滋……

雖然不曉得是什麼，但那東西似乎在動。雖然不知道爲什麼，但斧高覺得它正慢慢移動。

滋、滋、滋、滋……

它就在被窩旁，緊貼著被窩，似乎在蠕動……

滋、滋……

不，它在被窩旁繞著圈……在墊被周圍的榻榻米上爬來爬去……

這時，斧高的腦中浮現令人驚駭的景象。

那就是首無的**頭**。將頭的斷面貼在榻榻米上，拖出一條血跡，如同蝸牛或蛞蝓爬行後的痕跡，緩慢地、一點一滴地繞著斧高的被窩。只有一顆頭，曳著長長的頭髮，在榻榻米上爬行。

就在他幻視到如此駭人的狀況時——

嚓、嚓……

外面有了微妙的變化，斧高的腦海再次浮現恐怖的情景。

那就是首無得知斧高察覺它的存在，將自己的臉從原本的行進方向旋轉九十度，目不轉睛地瞪著躲在被窩裡的斧高，繼續在榻榻米上爬行……幾乎讓人魂飛魄散。

嚓、嚓、嚓……

這讓人毛骨悚然的聲響持續了一整晚。從途中開始，加上「滋、滋」的聲音，化成一種無以名狀的可厭聲響，不斷衝擊著斧高的腦髓。

（嗚、嗚、嗚嗚……）

遭不屬於這個世界的聲音團團圍攻，漸漸地，斧高感覺自己的頭出現異狀。

（啊……我、我的頭……）

脖子莫名緊繃。接著，頭違背他的意志，微微左右彎曲，又前後任意活動起來。

「嗚、嗚嗚嗚……啊……」

動作愈來愈激烈，不知不覺間，斧高在被窩裡瘋狂地前後左右猛烈甩頭——

「啊……嘎……嗚嘎……」

頭蓋骨中爆出可怕的斷裂聲，他瞬間體驗到了身首異處、腦袋落地的感覺。

「啊啊啊……」

斧高的慘叫聲在被窩裡迴盪。這時，傳來紙門猛然打開的聲響。

「你要睡到什麼時候！」

被兼婆婆的吼聲轟起來，斧高才發現天早就亮了。

他連忙把手伸向脖子，連摸了好幾回，還把頭前後左右上下轉了轉。

（頭、頭還在……）

才剛鬆了一口氣，尿意便鋪天蓋地而來。他慌忙衝到廁所，在小便斗裡噴出尿液。尿量之大，讓人詫異居然沒尿在被子裡。

隔天晚上，斧高又因尿意醒來，毫不猶豫地跑去屋裡主子們使用的廁所。如果被抓到，免不了一頓罵，但比起遇到首無的恐怖，根本算不了什麼。斧高懷著這樣的心情。

可是，經過漆黑的走廊，一樣需要勇氣。尤其是拐彎的時候，他眞心害怕首無就站在前方，或是埋伏著等他。幸好，他非常小心避免被發現，後來也沒有被逮到，半夜得以繼續在主屋裡解手。

（不過，首無喜歡沐浴嗎？）

十三夜參禮時，首無出現在媛首山的水井。幾天後，又出現在一守家的浴室。共通之處，就是兩邊皆爲用水的地方。

可是，首無是什麼時候出現在浴室的？在水井附近目擊，爲因爲那天晚上舉行十三夜參禮。但在一守家的浴室看到的那一幕，解釋爲首無原本就會出現在那裡，只是斧高不知道而已，應該比較合理。以前是他夜裡去上廁所的時間，和首無出現的時間不同，不然就是其實首無出現了，只是他沒發現。

如果什麼事也沒發生，也許斧高會當首無是偶然出現，或根本是自己眼花。

然而，幾天後的傍晚，他看見兼婆婆捧著蓋上布巾的東西，鬼鬼祟祟地消失在主屋後面。那裡恰恰就通往一星期前鈴江和他說悄悄話的地點。那一處只有幾乎無人使用的倉庫，也無法再通往任何地方，十分冷清。

（兼婆婆去倉庫做什麼？）

斧高反射性地跟了上去，目擊到兼婆婆走進倉庫。一陣風掀起布巾，底下竟是完整的一餐。

（啊……）

兩件事在他的腦中串在一起。

那就是首無棲息在一守家的倉庫裡，會在半夜前往浴室沐浴……

當然，隨著年紀漸長，斧高修正了這個想法。占據他腦中的想像變得更為生動可怕——發了瘋的妃女子住在一守家的倉庫裡，每到夜裡，便前往浴室洗浴。他做出如此現實的解釋。雖然依舊無法說明為何她沒有頭……

不過，斧高並不打算查明關於妃女子的謎團。他甚至沒有確認兼婆婆是不是每天送飯過去。如果妃女子真的關在倉庫裡生活，對一守家來說，就是個天大的祕密，任意干預，意味著自取滅亡。

鈴江說過——

「有些事雖然當下不明究理，卻有可能在日後恍然大悟。如果覺得哪裡奇怪、不太對勁，要先記在心底。」

「事情不能只看表面，凡事都有另一面。」

但鈴江可沒有叫他多管閒事。儘管年幼，斧高或許已確實理解鈴江的弦外之音。

（難不成是妃女子小姐……）

殺害長壽郎的相親對象毬子，砍下她的頭？斧高一口氣從回憶當中重返現實，如此想道。

也就是說，十三夜參禮當晚，從井裡打撈出來的無頭屍，其實是鈴江。至少富堂老翁、兵堂、長壽郎、兼婆婆，都知道凶手是妃女子，這十年來一直藏匿著她。斧高修正推測。

當然，這一切都只是想像。唯一確定的，只有兼婆婆送飯菜去倉庫的事實。假設妃女子還活著，並且殺害毬子，便能解釋長壽郎為何消失了。長壽郎約莫是為了協助妃女子逃亡，和她一起走了吧。

（倉庫的事，應該告訴警察先生嗎？）

斧高暗自煩惱，參道前方已能看見南鳥居。

然而，他根本無暇煩惱。光是把高屋敷交代的事確實轉達給佐伯，並回答對方的問題，他便竭盡全力，根本沒空提到妃女子的事。

完成通知佐伯以及暫時看守南鳥居口的任務後，斧高頭也不回地跑上媛神堂。是誰殺害毬子？為何她會被砍頭？斧高有太多想知道的事，最重要的是，他得盡快確認長壽郎是否安好。殘酷的是，等待著他的卻是個五雷轟頂的消息：找到一具疑似長壽郎的無頭男屍。

第十四章　密室山

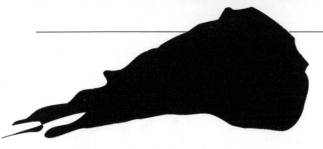

通往東鳥居口的參道上、馬頭觀音祠中，發現一具全裸的無頭男屍。接下來，高屋敷可說是忙得焦頭爛額。

這是他頭一遭在媛首村碰到命案——如果十年前的怪事不是命案的話——然而，看見被害者屍體還不到十分鐘，又發現第二名犧牲者，一眨眼就變成連續殺人案，難怪他會分身乏術。而且，兩具都是無頭屍，詭異至極，他的腦袋塞滿各種疑問。

起初，他以為有個全裸男子，頭部塞在衣物裡，仰躺倒地。但他立刻發現頭部所在處的衣物異樣塌陷，提心吊膽地拿警棍挑起衣物一看，發現底下沒有頭……

第二具無頭屍的出現，不知道讓斧高有多驚訝。

但斧高仍依照原定計畫，通知入間巡查發生命案的消息，請他派青年團在東鳥居口監視，然後和剛好出現的村醫伊勢橋，三個人一起趕回馬頭觀音祠。驗屍的時候，伊勢橋拜託入間先趕赴媛神堂保護蘭子等三人。把女人家留在那裡，他放心不下。他還叮囑入間，不能說出發現新的被害者的事。

驗屍後，伊勢橋認為死後頂多經過三十至四十分鐘。聽到這句話，高屋敷震驚極了。

（那不正是江川蘭子從這條參道前往媛神堂的時間嗎？那女人果然可疑。）

儘管這麼懷疑，高屋敷隨即想起蘭子不可能殺害毬子。

（不過，還是得先確認她的不在場證明，才能做出判斷。）

高屋敷要求自己必須按部就班進行調查，這時，伊勢橋突然發出低吟：

「唔……這具遺體……」

「怎麼了？」

「哦……好像是在活生生的情況下，遭到斷頭——」

「什麼！」

「肩部以上罩著……這是長袴嗎？大概是爲了避免血濺到自己身上吧。」

「當時被害者還活著？」

「應該是頭部遭到重毆，昏迷過去了……至少是動彈不得的狀態，但尚未斷氣。從脖子斷面噴出的血量來看，這一點不會錯。」

得知這個令人戰慄的事實，高屋敷忍不住顫抖，但也不能一直在這裡磨蹭下去。他決定正式驗屍就留給終下市警署的搜查班，催促伊勢橋趕往媛神堂。

一靠近境內，就看見三個女人包圍入間的景象。斧高也在她們當中。

瞬間，高屋敷有了非常不妙的預感。遺憾的是，預感似乎成眞，發現他的竹子率先吵鬧起來：

「長壽郎少爺也被殺了，這是眞的嗎？」

高屋敷瞪著入間。入間低頭的表情說明了一切，約莫是遭到三人——尤其是竹子——逼問，不小心說溜嘴了吧。平白無故，她們不可能會去問巡查這些事，想必是入間的態度不對勁，她們敏感地察覺。

「還不確定。」

「可是，那具無頭屍是男的吧？」

連這個都說了？高屋敷又瞪入間一眼，冷冷回應，但竹子堅持要得到明確的答案。

「而且是年輕男人，對吧？」

「沒錯，但不一定就是長壽郎——」

「除了長壽郎少爺以外，還會有誰？」

「接下來才要調查。聽著，請各位配合，現在就跟入間巡查一起去一守家。」

高屋敷宣布，同時指示入間轉告富堂老翁和兵堂，要一守家準備迎接搜查班。他再次囑咐，雖然有必要說明狀況，但目前只需交代最基本的事實就夠了。

「斧高，你幫忙入間巡查——」

——高屋敷說到一半，才發現少年一直不發一語，直瞅著自己。

高屋敷一驚，頓時結巴起來。斧高微微點頭，接著又微微搖頭，側頭露出詢問的神態。他以這簡單的動作，詢問全裸的無頭男屍究竟是不是長壽郎。

高屋敷原本想要裝傻，對上少年嚴肅的眼神，他細微且自然地點頭，隨即又把頭側向一邊，表示這一點尚未確認。

幸虧斧高似乎全部理解了。他深深地向高屋敷點頭，對入間說「我來帶路」，並對推辭的蘭子說「我來」，提起她的行李袋，引領眾人走向通往北鳥居口的參道。

竹子想抓住高屋敷追問，入間插手制止——雖然有點太慢了——加上蘭子的催促，竹子總算乖乖動身前往一守家了。

（哎，看樣子，訊問可不輕鬆。）

高屋敷目送著五人的背影，在心中嘆息，帶著伊勢橋進入媛神堂。

醫師雖然曾聽說，實際看到榮螺塔，仍十分驚奇，連珠炮般問了一大串問題，搞得高屋敷頭大不已。醫師看上去約五十開外，大概年長高屋敷十歲，但他是戰後才來到村子，對祕守家不太瞭解，高屋敷費了好一番勁才滿足他的好奇心。

不過，這也只持續到進入中婚舍後面的房間。一看到無頭屍，伊勢橋立刻住口。接下來，他認眞地檢查起遺體。

「醫生，怎麼樣？死後大概經過多久？」

「這個嘛，大概……一個半小時吧。」

「那就是四點四十分左右嗎？」

高屋敷看著手表低喃。

「這具女屍應該是剛死就被斷頭了。剛才的男屍也是，兩者都沒有外傷，大概是頭部遭到重毆，或是被勒住脖子吧。」

「那麼，凶手是男人嗎？」

「唔……作案手法還不明確，所以不好說。不過砍頭這事，女人也做得來吧？剛才祠堂裡有一把血淋淋的斧頭，那把斧頭女人也拿得動。而且，兩名被害者的頭並非一刀兩斷，是多次揮砍斧頭斬斷的。」

如同伊勢橋所說，馬頭觀音祠裡丟著一把斧頭，應該就是製造出兩具無頭屍的凶器。換句話說，凶手從第一起凶案的現場中婚舍拿走斧頭，帶到第二起凶案的現場馬頭觀音祠。

「也就是說，從一開始，凶手就打算犯下連續斬首案？」

「嗯。從斧頭隨手丟在第二現場的情況來看，可推測凶手早就預料到會在那座祠堂用上斧頭。當然也可能是帶去當凶器，但用斧頭殺人，弄個不好，會噴得自己滿身血。」

「這個房間和祠堂，除了砍頭的地方以外，沒有任何血跡，所以凶手並不是用斧頭攻擊頭部，對嗎？」

「看來是的。」

「然而，凶手卻特意把斧頭帶到祠堂。看來從一開始，凶手的目的就是砍下被害者的頭……」

「咦？意思是，殺人反倒是其次？」

可能是太吃驚，伊勢橋猛然抬頭看著高屋敷。

「當然，只要砍掉頭，人就會死——」

「原來如此。說得粗暴一點，就算砍頭後被害人**還活著**，凶手也無所謂。只要能砍下被害者的頭帶走，凶手就滿足了，目的就達成了——是這樣嗎？」

「對……不，這種想法太瘋狂了。」

「這倒不一定。至少男屍那邊，凶手等不及被害者斷氣，匆匆忙忙就把頭砍下來了。」

伊勢橋說著，第一次露出驚恐的表情。或許爲兩具無頭屍驗屍時都無動於衷的他，一想像凶手瘋狂的心理，頓時覺得可怕。

請伊勢橋處理完當下能做的事以後，高屋敷折回馬頭觀音祠，查看有無異狀。接著，他向在東鳥居口監視的青年團請求支援，希望他們派人看守祠堂前面，並加派人力去媛神堂。醫生那裡，高屋敷拜託他留在毬子身邊，直到接替的人過來。

（終下市警署的搜查班還要好一陣子才會抵達村子。這段期間，有必要先確認遺體的身分。此外，也必須整理相關人等的行蹤。）

大致安排好保存現場的工作後，高屋敷馬不停蹄地前往一守家。

雖說早有預期，但在一守家迎接高屋敷的富堂老翁、兵堂、兼婆婆，甚至連僉鳥郁子都激動地問個不停。高屋敷設法安撫他們，但在其他房間的竹子都聽到吵鬧聲，跑來添亂，搞得場面難以收拾。

「各位，請聽我說！」

他只好大喝一聲，讓眾人暫時閉嘴，搶在又有人開口之前說：

「聽清楚了，除非知道被害者是誰，否則警方無從調查。所以，必須先確定死者的身分。有誰可以爲長壽郎和毬子認屍？」

他拉大嗓門，一字一句懇切詢問。

「認得出赤裸的長壽郎少爺的，就只有我了吧。」

兼婆婆低聲答道，富堂老翁和兵堂默默點頭。

「藏田女士是長壽郎的奶媽，一定認得出來吧。」

高屋敷應著，但是否該讓一個年過八旬的老婦看到那樣一具無頭屍，他頗爲躊躇。可是，不管怎麼想，都沒有其他適合的人選，這時他的目光停留在斧高身上。

（對了，斧高也是最親近長壽郎的人啊。）

高屋敷正要詢問斧高，兼婆婆卻十分激動，幾乎是吶喊地說：

「我會好好替長壽郎少爺送終的！」

看來，她似乎從高屋敷的表情和視線，敏銳地看出他的憂慮和想法。

「警察先生，照兼婆婆說的，成全她的願望吧。」

意外的是，富堂老翁向高屋敷行禮拜託。約莫是想起當初請來兼婆婆的目的，希望讓她貫徹職責到最後。

「好的。那麼，長壽郎就請藏田女士確認——」

「毬子小姐由我來認屍。」

蘭子倏地舉起手，眾人的視線全集中在她的身上。

「唔，妳嗎……？」

江川蘭子目前嫌疑最重，可以把認屍這個重責大任交給她嗎？高屋敷煩惱不已。只見富堂老翁再次開口：

「就算從古里家找人過來，也不確定他們有沒有人認得離家出走的女兒。」

「話是沒錯，可是……」

「因爲警察先生在懷疑我。」

蘭子大剌剌的發言引發一陣譁然。

「呃，我並沒有——」

「沒關係，對任何事抱持懷疑是警察的職責所在。毬子小姐的左乳角落有三顆痣，呈等邊三角形。還有，她的右邊腰骨上方有四顆痣——啊，我畫在紙上。除了這些痣以外，另有幾個可以辨認她身分的特徵。」

不待高屋敷同意或打回票，蘭子已掏出記事本，撕下一頁，詳細寫下毬子的身體特徵。目睹她的言行，兼婆婆等人忍不住倒抽一口氣。就算同爲女性，蘭子對毬子的身體特徵未免過於瞭若指掌，或許他們是爲此驚訝。不，不光是兼婆婆，高屋敷也一樣驚訝，但他的訝異，有著截然不同的意義。

（她們兩個的關係果然不尋常。）

妻子妙子曾拿同人誌《怪誕》給他看，說文壇盛傳江川蘭子和古里毬子是一對同性愛侶。不過，妙子認爲兩人離群索居，同住在一起，加上又是那種文風，才會被人捏造出這類醜聞。妻子很支持《怪誕》的活動，因此強烈地希望如此解讀吧。

（不過，兩人一同去公共澡堂的機會想必也不少——但一般來說，會對別人的身體特徵掌握得這麼清楚嗎？）

高屋敷反射性地想起妙子的裸體，好一把年紀了，卻忍不住紅了臉。

（等等，假設眼前有一具全裸的無頭女屍，要我確認是不是妻子……我有十足的把握嗎？）

高屋敷認眞尋思起來。他或許認得出，但沒辦法百分之百斷定。

（還是，女人會特別在意同性的身材？所以，平常會無意識地觀察，知道對方身上痣的位置和形狀？）

他幾乎就要接受這樣的解釋，這時蘭子將紙頁遞了過來。

（不，這實在詳細過頭了。）

一看到內容，他當下確定兩人的關係非比尋常。其中是否隱藏著毬子遭到殺害的動機？莫非是得知毬子要參加婚舍集會，和長壽郎相親，蘭子因嫉妒而起了殺機？

高屋敷觀察江川蘭子，小心避免表現出懷疑。接著，他要求兵堂、兼婆婆、僉鳥郁子以及蘭子同行，和伊勢橋一同返回媛首山。

走過太陽早已西下、被夜幕籠罩的參道，前往無頭屍所在的媛神堂和馬頭觀音祠認屍，眞正是言語無法形容的恐怖。儘管有六個大人一起行動，現場還有青年團成員看守，高屋敷仍害怕置身於媛首山的黑暗中。當然，他沒有表現出來，但一想到如果只有他一個人……光是這個念頭，就讓他的手臂爬滿雞皮疙瘩。

（斧高居然六歲就敢一個人跑來這種地方，實在了不起。）

高屋敷不禁又對斧高感到敬佩，同時想到他對長壽郎用情之深，突然覺得認屍工作未免太煎熬。他只好告訴自己，這是職責所在。

抵達中婚舍後，高屋敷拿著蘭子寫下的特徵清單，和伊勢橋詳細檢查無頭屍，幾乎所有的特徵都吻合。愼重起見，請蘭子親眼認屍，她斬釘截鐵地說是古里毬子沒錯。

「哎……」

瞬間，兼婆婆大嘆一口氣，雙手搓弄著念珠，念起佛號。在場眾人都仿效她，對遺體合掌膜拜。

接著，一行人前往馬頭觀音祠，但確認無頭屍意外地費了一番周折。因爲兼婆婆沒有明確斷定。

「如何？請仔細查看。」

高屋敷引導兼婆婆到蓆子蓋住頭部的遺體旁，詢問哪些部位可供確認身分，請她告知。以男性而言，遺體的膚色頗爲白皙，身材纖細，實在不像二十三歲的成年男性。至少不是從事勞動工作的身體。因此，說到村子裡有誰符合這個條件，顯然只有長壽郎。首先，考慮到案發時媛首山的狀況，可能成爲被害者的男性就只有長壽郎一個。

兼婆婆將遺體從頭部到腳尖掃視了一遍，就說：

「是長壽郎少爺。」

高屋敷心想「果然」，便當成已確認身分。

「確定是長壽郎，對吧？」

他只是形式上問問，並不在意對方會如何回答。

沒想到，兼婆婆突然失去自信：

「應該……是吧。」

「咦，什麼意思？這具遺體就是長壽郎吧？」

「呃……應該是……」

「等、等一下，藏田女士，妳的意思是，這有可能不是長壽郎嗎？」

「不，不是這個意思……」

「可是，妳沒辦法百分之百確定是長壽郎？」

「唔……警察先生，畢竟沒有頭啊。」

「呃，所以我想請妳仔細檢查遺體，確定是不是長壽郎。」

「是，我仔細看過了。」

「結果呢？」

「應該是長壽郎少爺。」

「也就是說，這具遺體確定是祕守長壽郎沒錯，對吧？」

「嗯……我是這麼覺得啦……」

接下來就是不斷地重複相同的對話。高屋敷束手無策，向兵堂求助，但兵堂表示，若連兼婆婆都無法確定，他更不可能確定。高屋敷也問了僉鳥郁子，她只說看起來像長壽郎，一樣不敢斷定。

（這兩人無法確定也就罷了——）

爲何兼婆婆拒絕斷定？他實在無法理解。身爲長壽郎的奶媽，別說痣的數目和位置，所有身體特徵，她應該都一清二楚不是嗎？

（還是，她不願接受長壽郎已死的事實？）

高屋敷如此猜想，但看兼婆婆的態度，顯然也放棄掙扎。至少感覺她確實接受了長壽郎的死。

（那麼，到底是爲什麼……？）

高屋敷認爲繼續盤問兼婆婆，只會搞得像在表演相聲，於是決定先返回一守家。

「辛苦各位了。」

他一表現出要撤離的態度，兼婆婆便明顯地放下心來，一副迫不及待要走的樣子。

（這到底是怎麼回事？）

原本以爲祠堂的認屍工作，會比中婚舍那邊更容易，豈料事情的發展超乎預期，搞得高屋敷一籌莫展。他甚至覺得，兼婆婆倒不如否認那是長壽郎，還比較乾脆明白。

然而，他很快得知兼婆婆不肯完全承認無頭屍就是長壽郎的驚人理由。那個理由眞正令人震驚，詭異到難以置信……

不過，此時有太多事務要處理，他決定認屍工作先維持現狀。回到一守家後，他立刻著手詢問相關人士，想在搜查班抵達之前，釐清婚舍集會期間主要人士的行動和時間，整理記錄下來。

最後，完成以下的時間表。

【婚舍集會期間相關人士的行蹤】

兩點　　二守家的竹子與三守家的華子抵達一守家。

　　　　高屋敷、入間、佐伯分頭巡邏北鳥居口、東鳥居口及南鳥居口。

兩點半　古里家的毬子抵達一守家。

兩點四十五分　三名新娘候選人進入祭祀堂。

三點　十五分　穿戴藏青頭巾與和服的竹子從祭祀堂前往媛神堂。

三點　二十分　穿戴灰色頭巾與和服的華子從祭祀堂前往媛神堂。

三點二十五分　穿戴褐色頭巾與和服的毬子從祭祀堂前往媛神堂。

三點半　紘貳出現在東鳥居口，被入間趕回去。

三點四十五分　長壽郎從祭祀堂前往媛神堂。

三點　五十分　斧高進入媛首山。

四點　　長壽郎進入媛神堂。

　　　　江川蘭子在電車終點站滑萬尾站下車。

四點十分　長壽郎進入後婚舍，爲竹子點茶。

四點　二十分　長壽郎進入前婚舍，爲華子點茶。

四點　三十分　推測長壽郎進入中婚舍。

四點　四十分　推測毬子於這段時間前後遇害，被砍下頭顱。
江川蘭子在木炭公車的終點站喉佛口站下車。
江川蘭子從公車站走進媛首村的東大門，前往媛首山的東鳥居口。
五點前　斧高和高屋敷會合。
五點　入間在東鳥居口看到江川蘭子。
五點過後　竹子進入中婚舍，發現全裸的無頭女屍。她尋找長壽郎，從榮螺塔找到媛神堂，但沒有看見任何人。
五點十分　竹子去前婚舍找華子，兩人一起進入中婚舍。
五點　十五分　推測長壽郎於這段時間前後遇害，被砍下頭顱。
江川蘭子在馬頭觀音祠前面聽到前方有人的動靜。
五點　二十分　竹子和華子走出媛神堂。
五點二十五分　江川蘭子抵達媛神堂，遇到竹子和華子。
高屋敷和斧高在媛神堂與三人會合。
五點　四十分　高屋敷檢查媛神堂與榮螺塔後，在中婚舍發現全裸的無頭女屍。
五點　五十分　高屋敷在通往東鳥居口的參道上的馬頭觀音祠裡，發現全裸的無頭男屍。

接下來，等終下市警署的搜查班抵達後，高屋敷依大江田警部補的指示，請求青年團協助，監視媛首山的三處出入口直到隔天早上，並且一大清早便展開搜山行動，卻未發現可疑人物。同時查明三條參道上，兩側都沒有人通行的的痕跡。通往西邊的日陰嶺的路也一樣。

當然，凶手有可能從日陰嶺進入媛首山，循著西邊的路成功入侵媛神堂，殺害毬子，接著前往馬頭觀音祠殺害長壽郎，再沿著原路離開。

然而，仔細評估山嶺險峻的地形和來回的路線後，結論是這實在過於費力，而且回程不可能避開竹子、華子或江川蘭子的目光，因此暫時從調查範圍排除。山嶺附近沒有找到任何有人通行的痕跡，也鞏固了這個結論。

換句話說，案發當時，媛首山再度呈現巨大的密室狀態，如同十年前的十三夜參禮那時候……

第十五章　祕守家的人

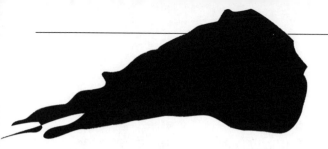

婚舍集會期間，媛首山發生無頭雙屍命案。隔天下午，在一守家的內廳，祕守一族齊聚一堂。

這個情景說有多詭異，就有多詭異。因爲提供給警方使用的另一個房間裡，擠滿終下市警署的搜查班人員，而且現場還在進行勘驗，並對整座媛首山進行搜索調查，兩具無頭屍已送至大學醫院進行解剖。然而，在這樣的情況下，聚集在一守家的人，目的卻是討論祕守家的繼承問題：誰能繼承兵堂的地位？

（長壽郎少爺才剛離世……）

被兼婆婆命令坐在末座的斧高，臉上掩不住怒氣。

在富堂老翁和兵堂的眼中，孫子和兒子只是繼承人，富貴則是把孩子丟給奶媽照顧，毫無母愛可言。姑且不論這些喪心病狂的人，感覺只有兼婆婆會由衷哀悼長壽郎的死。然而，從昨天開始，觀察她的模樣，卻幾乎看不到類似的情感流露。

（難不成是悲傷過度，反而顯得麻木？）

依兼婆婆難搞的個性，也可能是不願在他人面前哭泣。

（不肯斷定遺體就是長壽郎少爺，也是因爲要承認少爺已死，太教人難以接受吧。）

昨天，高屋敷把斧高找到暗處去，告知兼婆婆認屍時可疑的言行，於是斧高說出當下的想法，高屋敷似乎也接受了。但高屋敷實際看到兼婆婆的反應，並與她交談，基於巡查累積的經驗，察覺背後似乎另有隱情。高屋敷問斧高是否有頭緒，他不管怎麼想，都一頭霧水。

雖說是理所當然，但當時斧高不可能知道，他很快就會得知眞正的理由——一個驚人的理由。

「都到了吧？」

盤踞上座的富堂老翁環顧眾人，開口道。

「是的，祕守家的主要成員都到齊了。」

安坐在富堂老翁旁邊的兵堂立刻附和。

祕守家的人分成兩排，從兩人並坐的上座左右，一路坐到斧高所在的下座。爲了座位次序，起過一番爭執，最後由富堂老翁的一句話決定。

富堂老翁坐在從斧高的位置看過去的右邊，他的更右邊，由上而下依序坐著兵堂的妻子富貴、兼婆婆、富堂的大妹三守婆婆二枝、二枝戰死的兒子克棋之妻綾子、參加婚舍集會的次女華子、三女桃子，總共六人。身爲傭人的兼婆婆位置居然比三守家的人還要高，她在一守家的地位由此可見一斑。

對面一排也是六人，同樣從上座開始，是富堂的姊姊二守婆婆一枝老夫人、她的兒子紘達、紘達的妻子笛子、兩人的次男紘貳、參加婚舍集會的長女竹子，以及江川蘭子。

從這兩排結束的地方，再空出約兩個座位的距離，僉鳥郁子和斧高並坐在兩排中間。等於是斧高面對富堂老翁、郁子面對兵堂。

換句話說，眾人形成二對二短邊，以及六對六長邊的長方形。

「富堂先生，進行討論之前我有個問題，爲什麼這裡會有外人？」

從眾人進入內廳的時候就感到不滿的一枝老夫人，開口質問。用的雖然是敬語，話中卻滿是憤恨。富堂是她的弟弟，同時也是祕守家的族長，她平時常以「先生」相稱。

「哦，妳說江川蘭子小姐嗎？她和古里家的毬子很要好，所以請她用類似代理人的身分參加。」

「既然如此，應該把嫁去古里家的三枝，和毬子的父母找來才對——」

「光是請他們過來，又要耗掉不少時間。而且姊也知道，這種聚會，古里家的人不是非參加不可吧？」

「那根本不需要什麼代理人——」

「妳以爲我想特地找什麼代理人嗎？只是剛好江川蘭子小姐在這裡，如果能請她參加我們的討論，幫忙日後轉達給古里家，不是恰恰省事嗎？」

「可是富堂先生，這樣一個外人——」

「姊，妳有完沒完！從以前就是這樣，你麼都要跟我唱反調——」

「那是兩碼子事——」

「就是同一回事！」

富堂老翁一喝，決定江川蘭子有資格參加。當然，一枝老夫人很不服氣，但或許是認爲再繼續堅持也無濟於事，便悶聲不響地撇過頭，不看弟弟了。

（難怪二守婆婆會生氣。）

斧高對一枝老夫人難說有好感，此時卻想支持她的說法。

（不管和毬子小姐再怎麼親，蘭子老師都是不相干的外人。）

而且她和毬子之間的關係，應該岌岌可危。更何況，不能保證她一定會將討論結果轉告古里家。畢竟她根本沒有這個義務。

（蘭子老師已攏絡富堂老翁嗎？）

斧高如此懷疑，隨即看出似乎不是如此。因爲兵堂正以好色的眼神，頻頻偷看蘭子。

（原來如此，是老爺向老太爺說情啊。）

目睹男裝麗人這種從未從見過的女性，兵堂的淫心色膽恐怕又蠢蠢欲動。或許他是爲了盡量把她留在一守家，才把她扯進這件事裡。兵堂完全有可能做出這樣的行徑。

富貴惡狠狠地瞪著丈夫這副窩囊相。不，不光是她而已。鈴江提過，二守家的笛子和兵堂有染，她也對老相好送上冷冰冰的眼神。儘管遭到妻子和姘頭的冷眼夾攻，兵堂仍直盯著蘭子不放。

然而仔細觀察，對蘭子露出別具深意的目光的，不只有兵堂一人。從剛才開始，二守家的紘貳也用古怪的眼神注視著她。

（希望不會演變成麻煩的狀況。）

斧高一陣不安。

「我還是離開比較妥當……這裡就請祕守家的各位——」

「不不不，妳不用擔心。祕守家族長都同意了，請留下來吧。」

蘭子和兵堂在斧高面前上演了這番對話，形同證實了他的不安。

「這種情況，有時候也需要第三者冷靜的意見啊。」

從來不管他人意見的富堂老翁笑道。

他應該不知道自己被兒子利用來滿足色欲，但在場有幾個人似乎和斧高一樣，馬上看出玄機。不過，這件事無法證明，就算點破，也只會徒然招來富堂老翁的憤怒，因此沒有人吭聲，暗自在內心嘲笑……

（總有種不祥的預感……）

即使沒有江川蘭子要不要在場的爭執，內廳的氛圍本來就糟到極點。再加上她的事，氣氛益發詭譎。

「那麼，富堂先生，祕守家的繼承人這事——」

約莫是拿定主意不理蘭子，一枝老夫人突然單刀直入地開口。

「長壽郎少爺橫遭不幸，一守家失去繼承人，如今祕守三家的男子，只剩下族長富堂先生、一守家家主兵堂先生，以及二守家家主紘達，還有他的兒子紘貳總共四人。」

一枝老夫人對著富堂老翁說，但任誰都看得出，她是要向在場所有人宣告這四人——尤其是後面兩個人的名字。

「當然，我和兵堂先生年紀相近——」

紘達立刻順著一枝老夫人的話說下去。

「所以從未想過要繼承家族。而且富堂老翁老當益壯，祕守家也穩如泰山。話雖如此，遲早要換代，總得把棒子交給年輕人。這麼一想，小犬縱然不才，但說來說去，還是紘貳——」

「姊。」

富堂老翁原本安靜地聆聽紘達的話，忽然對著一枝老夫人開口，彷彿正在說話的是她。

「妳覺得紘貳是當祕守家族長的料嗎？」

「哪有什麼料不料的，考慮到繼承權，其他還有誰——」

「不，這個先擱一邊，我問的是，紘貳成爲一守家家主，日後成爲祕守家族長，眞的對我們一族的繁榮有所助益嗎？還是，會帶來災禍？這眞正關係到祕守家的存亡啊。」

「什麼……」

紘貳頓時氣急敗壞起來。用不著別人指出，他也清楚自己不是當族長的料吧。但當著族人的面被貶低，他怒氣衝天，看起來隨時都會跳過去揪住富堂老翁。

這時，一枝老夫人沉穩地說：

「很遺憾，這孩子確實靠不住。」

「呃，媽！妳、妳說這是什麼話——」

見母親乾脆地同意，紘達慌忙要插口。

「不許慌慌張張的，成何體統！」

一枝老夫人繃著臉喝斥兒子，接著表情一轉，面露微笑：

「可是富堂先生——祕守家代代都是由男子繼承，而且是由一守家的嫡男繼承，統領一族。這是歷來的規矩。」

「沒錯，姊姊。」

「但一守家沒有男丁的情況，這個職責就得由二守家和三守家扛起。三守家唯一的男子克棋已爲國捐軀，他和綾子之間，只有鈴子、華子和桃子這三個女兒，沒有兒子。相對地，二守家邀天之幸，家主紘達仍健在。雖說是爲了報效國家，我孫子紘壹戰死，依然令人萬分痛惜，幸好還有他弟弟紘貳。不必我多費唇舌，現在祕守家該由誰繼承，不是都明擺在眼前了嗎？」

「有道理。也就是說，一守家和二守家的地位即將翻轉過來，要我乖乖拱手交出一切——是這個意思吧？」

對於語帶諷刺的一枝老夫人，富堂老翁毫不客氣地回敬。但一枝老夫人沒有改變口吻，不服輸地說：

「不，紘達也說了，富堂先生仍身強力壯，若能在需要的時候指點一二，我們會倍感安心。」

嘴上這樣說，其實就是在逼迫退位。廳裡頓時吵嚷起來，各人不成聲的心思彷彿穿梭其中。

然而，富堂老翁卻刻意擺出一副悠哉的模樣：

「對了，兼婆婆，在媛首山的馬頭觀音祠找到的無頭屍，確定就是長壽郎了嗎？」

「不，老太爺。我對警察先生說『應該是』，並未肯定『絕對就是』——」

「沒錯。也就是說，長壽郎有可能還活著啊。」

吵鬧的廳裡頓時安靜下來。在斧高的眼裡，除了兵堂以外，每個人都露出「這是在說什麼」的表情，直盯著富堂老翁和兼婆婆。

「長壽郎少爺還活著……？」

一枝老夫人喃喃自語，接著提出質疑：

「那在山上找到的無頭屍究竟是誰？聽說三處鳥居口分別有三名警察監視。也就是說，當時山裡的男人，只有你們家的長壽郎。不管怎麼想，屍體都是長壽郎啊。而且兼婆婆——」

「所以，兼婆婆就說她沒辦法斷定無頭屍是長壽郎啦。」

「對，所以我是在問，那屍體到底是誰——」

「我哪知道！查出無頭屍的身分是警方的工作。警察問兼婆婆是不是長壽郎，兼婆婆說她覺得是。但警察再追問，確定絕不會錯嗎？兼婆婆表示沒有自信斷定。這不是理所當然嗎？」

富堂老翁只有一開始怒吼，漸漸地，話語中滲透出可厭的冷笑。

（原來如此。兼婆婆不正面斷定屍體的身分，就是預見了這場繼承風波。只要長壽郎少爺有萬分之一的機率還活著，祕守家的繼承問題就會懸而未決，直到確定他的生死。）

雖然是一般難以想像的動機，但長壽郎疑似遇害的隔天，族人就齊聚一堂，討論繼承問題，目睹這樣的現實，儘管不甘心，仍不得不佩服兼婆婆的深謀遠慮。

「簡而言之，就是這麼回事嗎？」

薑是老的辣，一枝老夫人似乎立即洞悉了箇中用意，窮追猛打地問：

「在完全確定屍體就是長壽郎少爺以前，都不處理繼承問題？擱置一旁，完全不討論？你是這個意思？」

「大概就是這樣吧。不過，姊，這也是沒辦法的事啊。」

「富堂先生，你不覺得歹戲拖棚，實在難看嗎？」

一枝老夫人終於發火了。

「依昨天山上的情況，任誰來看，屍體十之八九就是長壽郎吧？就算沒有頭，兼婆婆，妳不可能認不出長壽郎，難道不是嗎？雖然妳應該是爲了一守家才含糊其詞……不過，要是妳撒謊，會害警方永遠無法將殺死長壽郎少爺的可惡凶手繩之以法！」

「那是警察的工作。我們只希望長壽郎平安無事——」

「還敢繼續睜眼說瞎話……」

「那是怎樣？姊的意思，是長壽郎最好死了嗎？是啦，確實，這樣對二守家最有利嘛。」

「你、你、你胡說些什麼……什麼不好說，居然血口噴人……聽著，不要轉移問題。明明可以確定屍體就是長壽郎，你們卻故意裝糊塗，拖延解決祕守家的繼承問題。」

「這太冤枉了。哎，算了，在確定長壽郎已死之前，顯然都沒辦法討論這件事。」

富堂老翁與二守婆婆針鋒相對，廳內再次陷入寂靜。不過，只是寂靜無聲而已，斧高感受得到劍拔弩張的氣氛，一觸即發。

「我可以發言嗎？」

這時，蘭子客氣地開口。

「哦，什麼事？有什麼值得參考的意見嗎？」

富堂老翁抓緊機會，將視線從死對頭的姊姊身上移開，露出慈祥的笑容看著蘭子。然而，他的笑容卻因蘭子下一句話而崩解。

「無頭屍究竟是不是長壽郎先生，大概後天就會揭曉。」

「什、什麼？這是什麼意思？」

「其實，今天早上我請斧高帶我去看過長壽郎先生的房間，剛好那位警察先生來了——」

「就是北守駐在所的高屋敷巡查。」

斧高在有人問起前補充道。

「他想拿一些可能會有長壽郎先生指紋的物品回去，我便挑了幾樣應該可以採到指紋的物品，像是他在讀的書，還有以前我送給他、他愛不釋手的鋼筆等等。在我拜訪這裡之前，我和長壽郎先生都是藉由書信往來，沒想到派上了用場——」

蘭子愈說，富堂老翁和兼婆婆的表情愈陰沉。就連兵堂，看著她的眼神都從原先的好色變成責怪：誰要妳多事！

「啊，警方只要對照一下指紋，就能確定屍體是不是長壽郎了吧？」

一枝老夫人問。她沒有完全轉向蘭子，只有目光略往右瞄。

「是的。如果屍體的指紋，和長壽郎先生房間的書本、鋼筆上的指紋吻合，很遺憾，屍體就是長壽郎先生沒錯。聽說，最慢後天上午結果就會出來。」

「這樣啊。果然是作家，知道許多有意思的知識。」

一枝老夫人笑容滿面，探身望向坐在最角落的蘭子，彷彿不曾對她在場表示憤慨一樣。附帶一提，長壽郎最近在讀「雄雞社推理小說叢書」中的《小栗虫太郎》，和新樹社出版的范達因寫的《主教謀殺案》這兩本。

「既然如此——」

一枝老夫人將目光從蘭子轉回富堂老翁身上，得意洋洋地緩緩開口：

「後天下午再舉行一場跟今天一樣的會議，屆時請北守的警察先生參加——富堂先生，就這麼辦吧？」

她高高在上地對身為祕守家族長的弟弟說，擺出確認而非徵詢同意的態度。

富堂老翁的表情就像啞巴吃黃蓮，只應一聲：

「嗯……」

一枝老夫人一臉心滿意足，環顧眾人，宣布：

「那麼，各位，今天就此散會……後天再會吧。」

然而兩天後的會議上，揭露了一個讓祕守家的人甚至忘了無頭雙屍案的驚天祕密。當然，這亦是斧高始料未及的結果。

第十六章　搜查會議

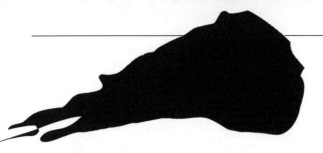

祕守家的人聚集到一守家的內廳時，高屋敷在提供給終下市警署搜查班的大房間裡，和負責人大江田警部補及岩槻刑警面對面。這個大房間，是將兩個客房中間的紙門撤除而成。

搜查人員從上午就在媛首山進行調查。他們三人留在這裡，是要根據昨天高屋敷整理的「婚舍集會相關人士行蹤」時間表，從頭釐清案情，決定往後的搜查方針。

三人正討論到三名新娘候選人進入婚舍，長壽郎拜訪各間婚舍的地方。

「最終判斷要等到解剖結果出來——」

大江田警部補以符合他魁梧身材的渾厚沙啞嗓音說道。

「依這張表和伊勢橋醫師的評估，第一起命案及斬首，發生在四點三十分到五點之間。」

「是的。不過，行凶花費的時間，大概是二十分鐘左右。」

岩槻立刻補充，又說：

「因此，結束第一次作案的凶手，完全有可能在竹子進入凶案現場的中婚舍之前，離開媛神堂。」

「確實如此。不過，在討論這一點之前，先聽一下高屋敷巡查說明他發現的頭巾的矛盾吧。」

「是！」

或許是對方擁有警部補的頭銜，以及分量十足的體格，高屋敷不時感受到壓迫而變得緊繃，但還是努力說明：

「如同剛才報告的，我一直躲藏在北鳥居口的石碑後方。不久後，三位小姐從祭祀堂出發，她們的頭巾和衣物的顏色，依序是藏青色、灰色、褐色。」

「因爲罩著頭巾，看不到臉是吧？」

「是的。但依三家的地位來推測，可知第一個身穿藏青色的是二守家的竹子，接下來的灰色是三守家的華子，最後的褐色是古里家的毬子。我向藏田兼確認過，三人就是這樣挑選顏色的。」

「說到兼婆婆，她這裡眞的可靠嗎？」

岩槻指著自己的腦袋，面帶冷笑。之前高屋敷向大江田報告過確認長壽郎屍體身分時的波折，岩槻約莫是從大江田那裡聽說了吧。他看起來比高屋敷年長十歲左右，毫不掩飾自己敷衍鄉下小警察的態度。當然，對方階級比較高，因此高屋敷謹守禮節，回答：

「兼婆婆畢竟年紀大了，也許會有弄錯或是記錯的時候。不過，竹子和華子證實她們挑了藏青色和灰色，毬子挑了褐色。」

「哦，你查證過了嗎？」

對於岩槻傲慢的輕蔑語氣，大江田似乎有話想說，最後他還是沒有吭聲，轉向高屋敷：

「好，就當這是已查證的事實。你繼續說下去。」

「是。這三人的順序，當然也適用於婚舍的順序。也就是竹子、華子和毬子，會依序進入前婚舍、中婚舍及後婚舍。由於繼承人是依這個次序拜訪婚舍，第一個候選人會最有利。」

「如果排在第二或第三，可能坐在那裡乾等就結束了。」

岩槻低喃，大江田用力點頭說：

「竹子這女人似乎不好應付，如果長壽郎進入她等待的婚舍，她不會千方百計留住他，不放他走嗎？」

「長壽郎想必已預料到這種情形，但竹子似乎技高一籌。」

「因爲第一個進入婚舍的竹子，刻意不理會門第高低，選了後婚舍是嗎？」

「是的，長壽郎應該會認爲前、中、後婚舍裡，依序是竹子、華子和毬子。當時，他打算選擇誰當新娘，如今已無從知曉，不過他想要第一個見面的約莫是毬子。」

「有什麼根據？」

「因爲他無視規矩，先進入後婚舍。」

「然而，在後婚舍等著他的，竟是竹子。」

岩槻確認似地插話。

「沒錯，長壽郎一定相當吃驚。依門戶高低來看，後婚舍裡的當然要是毬子才對。而且，門上的把手確實掛著毬子戴的褐色頭巾。」

「等一下。」

大江田舉起一手制止，接著問：

「在祭祀堂，長壽郎不是待在屏風後面，沒有看到三位小姐嗎？」

「是這樣安排沒錯。不過，從他如同竹子的猜測，按照後婚舍、前婚舍、中婚舍的順序拜訪的事實，可推測出其實他悄悄在屏風後方觀察三人。而且，由出發前往媛神堂的順序，輕易就能猜出哪個顏色代表誰。」

「那麼，他離開竹子所在的後婚舍，接著前往前婚舍，是因爲——」

「因爲他在前婚舍的門上，看到竹子的藏青色頭巾。長壽郎恐怕是這麼猜想：第一個抵達婚舍的竹子，看出長壽郎會先去找毬子，於是擅自進入後婚舍。第二個抵達的華子不知道竹子的心思，乖乖選擇被分派的中婚舍。最後抵達的毬子只剩下前婚舍可以進去。等三人都抵達，竹子便把自己的藏青色頭巾和毬子的褐色頭巾掉換。」

「那麼，竹子連長壽郎在屛風後面觀察她們的事都發現了？」

「她聲稱看起來長壽郎在偷偷觀察她們。但她說就算看錯了，掉換頭巾，也是一種保險。」

「實際上是這樣嗎？華子發現竹子進入後婚舍，於是抓住機會，不是進入中婚舍，而是選擇了前婚舍。只是，竹子看透華子的行動。於是，竹子把自己所在的後婚舍掛上褐色頭巾，華子所在的前婚舍掛上藏青色頭巾，毬子所在的中婚舍掛上灰色頭巾，**一開始**就布置成自己在前婚舍、華子在中婚舍、毬子在後婚舍的假象？」

「是的，就是這樣。」

「竹子設計讓長壽郎第一個來找她，並且即使讓他跑了，他也沒辦法立刻找到毬子。她把自己的藏青色頭巾掛在華子的前婚舍門上，僞裝成毬子在前婚舍。因爲每個人都會以爲，只是單純地掉換了兩條頭巾。這是**第二層僞裝**。」

「竹子大概是認爲，萬一自己無法成爲長壽郎的新娘，與其讓古里家的毬子平白撿便宜，倒不如讓給三守家的華子。她連華子的行動都設想到了。」

「好、好可怕的女人……」

岩槻再次低喃，高屋敷忍不住苦笑：

「發現自己遭到設計，長壽郎應該是點茶來敷衍過去吧。藉口依照慣例，首先要招待每個人喝茶之類的。」

「哦，所以他才能在短短十分鐘內就逃離竹子的魔爪。」

在岩槻的心目中，竹子似乎完全成了個魔女。

「長壽郎離開後婚舍，查看另兩間婚舍，發現前婚舍門上掛著藏青色頭巾。他單純地以爲，竹子把自己的藏青色頭巾和毬子的褐色頭巾交換了，不料，碰到了華子。」

「迫於無奈，長壽郎一樣點茶招待華子，待十分鐘就離開。」

大江田確認似地說，高屋敷附和：

「對。長壽郎離開前婚舍，進入中婚舍，應該是在四點三十分左右。毬子的死亡推定時間是四點四十分左右，可看出他也在前婚舍花了十分鐘。不過，中婚舍絲毫沒有點茶的痕跡。」

「因爲長壽郎想要立刻和毬子交談？」

「看來是的。」

「沒想到話不投機，長壽郎殺死毬子——有這種可能性。」

岩槻對大江田陳述自己的想法，警部補卻揚起一手打斷說：

「在討論嫌犯之前，得先釐清，難道竹子和華子都沒注意到中婚舍出事了嗎？」

「兩人都說，至少沒聽見隔壁婚舍有談話聲。不過華子說，長壽郎離開前婚舍約十分鐘後，中婚舍傳來沉重的『咚』一聲。我們向竹子確認，她說這麼一提，確實曾聽到奇怪的聲響。」

「只有一次嗎？」

「是的。這完全是我的推測——」

「任何想法、意見，什麼都好，全部說出來吧。因爲搜查班裡，你是對這個家和村子最熟悉的人。有你在，感覺安心許多。」

「是，謝謝警部補稱讚。我會不負期待，全力以赴。」

「高屋敷巡查，不必這麼拘謹——」

「是！很抱歉。」

「呃……好吧，你的推測是什麼？」

「是。從遺體在中婚舍的位置來看，被害者會不會是被推開，或是因某個閃失，後腦重擊壁龕與壁櫥間的柱子，導致死亡？」

「華子聽到的就是那時候的聲音嗎？」

「那就是意外死亡嘍？」

岩槻的語氣很詫異。

「也是有這個可能，但由於被害者遭到斬首，或許應該推測是意圖殺害，雙方扭打的過程中，造成這樣的結果。」

「如果被害者撞到柱子，柱上或許留下了痕跡。唔，等鑑識報告出來就知道了。」

大江田下了結論，接著問：

「說到被害者，不管怎麼想都是古里毬子嗎？」

「是啊。昨天進出媛首山的女人只有四個：二守家的竹子、三守家的華子、古里家的毬子，以及江川蘭子。除了毬子以外，其他三人都沒事，而且在被害者遇害的時間，蘭子才剛在木炭公車終點站的喉佛口站下車。」

「這有證人。」

因爲岩槻如此補充，大江田要求他先說明江川蘭子的行蹤。由於毬子和蘭子是外地來的，岩槻特意仔細調查兩人昨天抵達村子前的行程。

「江川蘭子是昨天下午四點，在終點站的滑萬尾站下車。有多名站員證實這一點。」

岩槻掏出記事本，隨手翻頁說：

「我看看，目擊到蘭子的站員，幾乎每個都很驚訝，說『起初以爲來了個這一帶看不到的風流男子，戴頂瀟灑的軟呢帽、一襲時髦西裝，但怎麼看怎麼怪。以男人來說，頭髮有些太長。定睛細看，居然還化了淡妝，眞是嚇死人，難不成是人妖？若是人妖，那張臉蛋未免太清秀。我一直感到納悶，怎麼也沒想到竟會是女扮男裝……哎呀，實在太出人意表了。』」

「當然會驚訝了。」

「木炭公車的司機和車掌也一樣。因爲實在不可能有其他相同裝扮的女人，江川蘭子的行蹤是可以確定的。而且，除了她和古里毬子以外，昨天沒有外地女人進入媛首村。」

「沒有第五個女人進入媛首山的痕跡是嗎……？」

「村中年紀相仿的女人當中，也沒有人下落不明。」

這次是高屋敷出聲補充道。

「在這樣的狀況下，要進出媛首山本身就很困難，而且和毬子要好的蘭子也確認了遺體身分。」

「說到確認身分，蘭子表示回東京後，會立刻送來附有毬子指紋的物品，供警方比對。」

「很好。雖然還要比對指紋，但把無頭女屍視爲古里毬子應該不會錯。如此一來，令人不解的，就是爲何凶手要砍掉被害者的頭這一點了。」

「案發當時媛首山的狀況，想必凶手十分清楚。也就是說，就算把頭砍下藏起來，幾乎所有人都還是能猜出被害者是毬子。」

「提到凶手——」

岩槻收起記事本，轉向大江田說：

「犯案時間內，媛首山等於是一種密室狀態，因此嫌犯只有在山上的竹子、華子、長壽郎這三人，加上從外面來的蘭子，以及在周圍閒晃的二守家的紘貳，總共五人，我是這麼認爲。」

「是啊。這些人當中，從動機來看，嫌疑最大的是紘貳，但他無法進入媛首山，所以擁有不在場證明。」

「和十年前完全一樣。」

高屋敷不是對大江田說，像是自言自語。

「是你提過的十三夜參禮的事件嗎？這樣的吻合，確實相當可疑。但不管是過去還是現在，都難以推翻紘貳的不在場證明吧？」

「嗯，感覺不可能。」

「先把紘貳從嫌犯名單上剔除——」

「問題是蘭子啊，警部補。」

岩槻興沖沖地湊上來說，大江田露出苦笑：

「看來該聽聽你的說法了。」

「毬子命案這邊，蘭子確實有不在場證明。然而長壽郎命案，蘭子是勉強可能下手的。」

或許是受大江田的話鼓勵，岩槻意氣風發地說道。

「雖然竹子和華子爭奪新娘寶座，但我實在不認爲她們有殺害毬子的動機。那麼，剩下的就只有長壽郎了。雖然不清楚原因，長壽郎和毬子之間恐怕發生了口角。結果長壽郎推了毬子一把，毬子頭部撞到柱子死掉了。驚嚇之餘，長壽郎逃出媛神堂，卻遇上正要前往媛神堂的蘭子。激動之下，他說出殺害毬子的事，遭到蘭子復仇，換他惹上殺身之禍——我認爲這就是眞相。看似連續殺人案，其實是各別案件。」

「原來如此。可是，岩槻，你這番解釋，聽起來像是無論如何都要把江川蘭子塑造成凶手，牽強地拼湊出這套情節。」

大江田如此質疑，比起岩槻，也許高屋敷更感到吃驚。

（不知不覺間，我也把蘭子當成凶手。）

而且連像岩槻那樣的一套推測都沒有，是更模糊的疑心，在這層意義上，甚至比刑警還要惡質。

（果然因爲她是外地人……而且是男裝麗人這樣的異類，我從一開始就用有色眼光看待她。）

實際上，蘭子非常配合搜查。反倒是竹子不曉得把警方搞得有多頭痛。

（不過，蘭子給人一種說不出來的不安感。她來到村子以後，被捲入殺人命案，卻似乎相當歡迎這種狀況，在伺機等待展開偵探遊戲的機會。）

高屋敷想像著新的江川蘭子形象，一旁的岩槻還在固執己見：

「可是，警部補，若不這麼想，實在沒辦法解釋這起案子啊。」

「喂喂喂，你從前提就錯了。我不是再三提醒你，辦案的時候預設立場是最要不得的嗎？」

「呃，不……那是……」

「其實我也認爲以嫌犯來說，竹子和華子在動機方面太弱。但在瞭解到一守家、二守家、三守家以及古里家，這些祕守家族各家的關係、一守家的繼承問題、三三夜參禮、十年前的十三夜參禮事件，以及婚舍集會這項儀式的意義之後，我開始認爲三名新娘候選人前往婚舍時心中的感受，恐怕與我們想像的相親截然不同。」

「警部補的意思是，竹子和華子有殺害毬子的嫌疑嗎？」

「沒錯。然而，她們就算有辦法殺害毬子，也沒辦法殺害長壽郎。從竹子和華子會合的五點十分，到蘭子看到兩人的五點二十五分之間，她們等於是證實了彼此的不在場。」

「在長壽郎的死亡推定時間的五點十五分左右，她們還在婚舍。」

高屋敷指著時間表回應，於是岩槻再次興沖沖地說：

「那麼，假設兩人是共犯呢？其中一人將長壽郎從媛神堂帶出來，另一人趁機殺害毬子，砍下她的頭。接下來帶著斧頭追上先離開的兩人，然後在馬頭觀音祠和等待的共犯及長壽郎會合，兩人合力殺害長壽郎——」

「目的是什麼？」

大江田淩厲地問。

「呃？」

「兩人共謀殺害毬子，到這裡還好，但爲何連長壽郎也殺了？好不容易減少競爭對手，卻殺了最重要的新郎，太莫名其妙了吧？」

「因爲犯行被長壽郎發現，殺了他滅口——」

「那麼，爲何要特地砍下兩人的頭？」

「那是……可是，警部補，不是竹子和華子共謀，就是長壽郎和蘭子各別犯案，得是其中一邊，才能解釋這起案子。啊，您先前說我這樣的想法是錯的，我完全理解。不過，對於如此撲朔迷離的命案，也需要這樣的思考方式吧？」

大江田聆聽著岩槻的說法，望向時間表：

「長壽郎遲遲沒有回來，竹子等不下去，離開後婚舍，在中婚舍發現毬子的遺體，和華子會合，遇到蘭子，這段過程確實間隔有點長。」

「沒、沒錯！」

岩槻激動地說，大江田沒理他，望向高屋敷，似乎在要求說明。

「竹子本人聲稱驚嚇過度，在現場呆站了一會。而且竹子和華子會合後，因爲華子嚇壞了，安撫她也費了好一番勁。」

「嗯，畢竟目睹全裸的無頭屍，這也難怪。」

「可、可是，警部補——」

「至於蘭子，從鳥居口到媛神堂的路程約十五分鐘……她卻花了二十五分鐘？」

「就、就是啊，警部補！這不正是她行凶的確切證據嗎？」

「這一點她怎麼解釋？」

或許是爲了安撫益發激動的部下，大江田以平淡的口吻詢問高屋敷。

「她說是逐一查看參道沿途，引起她好奇的石碑——」

「那一定是騙人的，年輕女人才不可能對那種石碑感興趣。」

「但她確實將石碑上的文字抄寫在記事本當中。」

「咦！」

「而且她是個作家，會對那類事物感興趣也不奇怪。」

「這只要預先準備——」

「但這是她第一次來到媛首村——啊，當然無法否定，她有可能變裝之類，或幾個月前就先潛入村子，預先抄下石碑的文字……」

「不，沒必要懷疑到這種地步吧。」

大江田打斷兩人的對話。

「那樣一來，就成了預謀殺人，岩槻的各別案件解釋本身就不成立了。」

「不，那就是蘭子從一開始就計畫好，要讓長壽郎殺害毬子，趁這段期間準備好自己的不在場證明，和長壽郎會合後，再殺了他——」

「動機是什麼？我的意思是，蘭子殺害毬子和長壽郎的理由也一樣，有什麼必要在婚舍集會這項儀式期間，想出這麼複雜的計畫來殺害兩人？是動機的問題。如果蘭子想殺掉這兩人，把長壽郎邀到東京去，在東京動各種手腳，豈不是更輕鬆？當然，這也包括砍斷被害者頭部的動機之謎。」

「…………」

岩槻陷入沉默。

「再說，關於脖子的斷面，伊勢橋醫生的分析當中，有值得注意的地方吧？」

大江田沒理會岩槻，翻開桌上的資料，高屋敷見狀立刻說明：

「是。據伊勢橋醫生研判，砍下毬子和長壽郎頭部的，應該是同一個人。醫生說從斷面的特徵來看，幾乎不會錯。」

「也就是說，凶手在中婚舍殺害毬子後，砍下她的頭，接著在馬頭觀音祠殺害長壽郎，同樣砍下他的頭，是嗎？」

大江田重新整理案發經過，這時，高屋敷說出一直在胸口悶燒的疑問：

「關於長壽郎進入中婚舍以後的行動，警部補有何推論？」

「唔，問題就在這裡。我思考他究竟遇到什麼事，總覺得岩槻的解釋一開始的部分或許是對的。」

「警部補，哪、哪個部分？」

岩槻頓時顯得神采飛揚，露出充滿期待的眼神，看著大江田。

「就是長壽郎和毬子發生口角，不慎失手殺害她的部分。」

「毬子的死因是頭部撞到柱子的推測嗎？」

「因爲這是從現場狀況也可推測出來的解釋。不過，這是否爲毬子眞正的死因，有待釐清。」

「警部補是說，也可能只是撞昏而已？」

「總之，長壽郎以爲自己不小心害死對方，驚慌失措，衝動之下，逃出媛神堂。由於心理作用，他沒有朝一守家所在的北邊走，而是進入東參道。他爲何選擇東邊，理由不明。不過，這時他發現前方有人走來，情急之下躲進馬頭觀音祠。」

「出現的人是蘭子嗎？確實，到這裡都合情合理。」

「嗯，到這裡是沒問題……問題是，接下來就有異常的凶手登場了。這名凶手砍斷死在中婚舍的毬子的頭——如果一息尚存，就是給了致命的一擊再砍頭——然後帶著凶器的斧頭趕往馬頭觀音祠，殺害長壽郎，同樣砍斷頭，提著兩人的首級，不知消失到何方。」

「這種情況，凶手詭異的行動固然神祕，更重要的是，爲何凶手知道毬子倒在中婚舍、長壽郎躲在馬頭觀音祠，實在令人不解。」

「簡直就像凶手碰巧目擊了一樣。」

大江田以「異常的凶手」形容時，高屋敷的腦海浮現妃女子的身影。

（太荒唐了……她早就在十三夜參禮那天晚上死去。）

高屋敷立即否定，但除了妃女子以外，媛首村沒有稱得上「異常」的人了。這個事實讓他深深感到不安。

（不，還有妃女子的母親富貴啊……家教僉鳥郁子也是……從斧高的描述聽來，這兩人也相當不對勁。）

高屋敷轉念這麼想，卻又覺得不是什麼值得特地向大江田報告的事。執拗地虐待小僕人，或異常信仰淡首大人，只因這種理由，實在不可能列入媛神堂的連續斬首殺人案的嫌犯。

（而且，殺害毬子也就罷了，她們兩個不可能殺害長壽郎。確實，富貴對長壽郎或許沒有絲毫母愛，但爲了確保一守家的安泰，她需要長壽郎。郁子則完全相反，對長壽郎充滿慈愛。要把她們當成凶手，實在不可能，遑論砍下長壽郎的頭……）

高屋敷陷入沉思，大江田興味盎然地問：

「你想到什麼嗎？」

「呃，不……也不是——」

高屋敷連忙否認，但大江田看起來並不相信，於是他說：

「雖然輪不到我來說，但我忽然想到，要破解這起案子，比起查出凶手是誰、如何行凶、殺人動機爲何，或許更應該鑽研爲何凶手要砍斷被害者的頭顱帶走這個謎。」

「你的意思是，找出砍頭的必然性，是破案的捷徑？」

「是的。如果只有一個人被砍頭，可解釋爲是受到某些瘋狂的情感驅使，但本案有兩個人同樣都被砍頭，當中是否有某種牢不可破的動機？」

「難不成你想說，是淡首大人這個作祟神搞的鬼？」

岩槻的口氣極盡嘲諷。

「呃，不，我絕不是這個意思……」

「那只是村子的古老傳說吧？那些石碑也是，雖然算是顯眼，但繞到背後一看，不過就是塊生了苔的骯髒石頭。」

「咦！你、你進去祭壇裡面，踏進塚、塚的後面……？」

「廢話。為了查案，哪裡都得進去。」

「穿、穿著鞋子……進去嗎？」

「那種地方要脫鞋？」

「喂，岩槻。」

大江田介入兩人之間。

「迷信本身沒有必要深入探究，但這也可能是與特殊信仰有關的狂熱信仰犯罪，不可以那樣打從心底瞧不起。」

「呃，是……」

「挑選一守家繼承人的新娘候選人時發生的風波，也必須列入考慮，但婚舍集會這項儀式本身，就是這樣的信仰的一部分啊。」

「是，很抱歉。」

「姑且不論相不相信作祟的傳說，面對信仰對象時，即使是為了查案，仍得心存敬意，謹守禮節。」

「是……以後我會小心。」

「對了，大江田警部補，上午的媛首山搜山行動，還是沒有找到兩人的頭顱嗎？」

高屋敷認為，如果找到應該早就通知他了，卻仍提出這個牽掛不已的問題。當然，一方面也是想盡快拂去警部補和岩槻之間的尷尬氣氛。繼續研究案情應當是最好的方法。

「啊，我都忘了，還沒告訴你今早的搜山結果。唉，遺憾的是，目前依舊沒有發現。儘管沒有人從參道進入森林的痕跡，但頭顱要往哪裡拋都行。最棘手的是從日陰嶺拋向底下大片森林地區的情況。」

「萬一眞是那樣，搜索會非常困難。」

「不過，雖然沒有找到頭，卻發現有幾本書扔在山上，很奇怪。」

「書……？」

「而且是同一家出版社的偵探小說。岩槻，給高屋敷巡查看看——」

聽到大江田指示，岩槻百般不願地打開記事本遞過去：

「那個叫斧高的男孩說，可能是長壽郎的藏書。」

筆記本中，「雄雞社推理小說叢書」底下，列有七位作家的名字，分別是：江戸川亂步、大下宇陀兒、芥川龍之介、森鷗外、木木高太郎、小島政二郎、海野十三。「Ondri MYSTERIES」（註一）底下，則有三位作家的三部作品：愛德蒙・克萊里休・班特萊的《褚蘭特最後一案》、艾登・菲爾波茲的《紅髮的雷德梅因家族》、福里曼・威利斯・克勞夫茲的《桶子》。

「這套雄雞社推理小說叢書，每位作家各收錄一部作品。連芥川龍之介和森鷗外等文豪的名字也在其中，讓人有些驚訝。江川蘭子說，原本預定推出七位外國作家的長篇小說，最終卻沒有出版，其中幾冊歸入『Ondri MYSTERIES』叢書，在後來出版。」

「問過蘭子了嗎？」

聽到岩槻的報告，得知蘭子果然想要干預案子，高屋敷再次陷入那種不祥的不安感。但岩槻似乎把這個問題當成指責：

「當然，我先問了斧高，他說應該是長壽郎的書，不過好像也有他沒見過的書，語帶保留。你似乎很重視那男孩的證詞——」

「喂，岩槻，別扯開話題，繼續說完。」

大江田立刻斥責。

「唔，是……所以我們去了長壽郎的書房，看見蘭子在寫稿。這種時候還工作？我覺得很傻眼，但亮出筆記給她看，她便說雄雞社推理小說叢書共有八部作品，是她以前送給長壽郎的。再加上小栗虫太郎這位作家，整套共是九冊（註二）。」

「就是拿來比對指紋的兩本書的其中一本，對嗎？」

「對。長壽郎應該只留下自己正在讀的那本——」

「再從自己的藏書當中，加入原本應該會在同一叢書出版的外國作品，準備拿給同好的毬子看嗎？」

高屋敷忍不住搶先岩槻接著說，岩槻明顯地擺出臭臉。在他發作之前，大江田開口：

「我們認爲蓋住毬子遺體下腹部的紫色包袱巾，約莫是長壽郎原本用來包書的。雖然不

註一：Ondori即日文「雄雞」的發音。

註二：雄雞社推理小說叢書中，小島政二郎的《滴春》（春滴る）分爲上下兩冊，故整套叢書爲八部作品、九冊書籍。現場遺留的書爲日本作家八冊，外國作家三冊，共十一冊。

明顯，但包袱巾驗出四方形的痕跡。」

「關於那包袱巾——抱歉稍微偏題一下，我問過竹子，她說看到遺體時，已蓋在下腹部。」

「是凶手蓋的嗎……？但這樣的體貼，與砍頭的殘暴實在格格不入。」

大江田提高語調說著。

「殺害毬子，脫光她的衣物，砍下她的頭，卻又刻意用包袱巾爲屍身遮蓋下腹部，不覺得凶手的行動在心理上十分衝突嗎？」

「確實如此。」

岩槻本來在瞪高屋敷，但他附和大江田之後又說：

「砍頭還不滿足，凶手把毬子和長壽郎都剝個精光。這一般是爲了羞辱被害者，卻又用包袱巾爲毬子遮住下半身，相當矛盾。然而，長壽郎就那樣全身赤裸著。到底爲什麼要這麼做？目的究竟是什麼？簡直莫名其妙。」

「森林裡沒有找到兩人的衣物嗎？」

高屋敷問，大江田回答：

「從境內前往東守的參道——這也是去馬頭觀音祠的路——左邊的森林裡找到應該是毬子和長壽郎的貼身衣物、布襪和草鞋等等，丟了一地。剛才提到的書，也是丟在附近。」

「也就是說，凶手把長壽郎帶到中婚舍給毬子看的書拿出來，從參道丟進森林裡？」

「既然長壽郎不可能這麼做，那就是這樣吧。」

「眞的莫名其妙啊。」

岩槻的話裡透著舉手投降的意思。

「最後，凶手帶著毬子的褐色和服與長壽郎的外套跑掉了嗎？」

「只有這兩樣東西找不到。」

見大江田點頭，高屋敷想像著那幕情景說：

「是用這兩件衣物，包裹各別的首級嗎？」

「就算要丟進森林裡，也不能直接拎著。不過我們找到一些痕跡，讓人不禁懷疑頭顱眞的被丟棄了嗎？」

「什麼意思？」

「其實，凶手可能在通往東守的參道的手水舍，清洗過毬子的頭顱。」

「咦！眞、眞的嗎？」

「盈滿了水的石台邊緣，殘留著微量痕跡和疑似融化的化妝品污垢。雖然必須等待分析結果，但鑑識人員認爲應該就是化妝品。如果只有這樣，也可能是來參拜的女人留下的，但——」

「但村子裡沒有哪個女人會在媛首山的手水舍化妝。」

「我想也是。對了，竹子和華子說毫無頭緒。如此一來，因爲旁邊就有血跡，很可能是在這裡清洗了毬子的頭顱。」

斧高等相關人士證實，毬子的妝非常濃。若要卸掉那些妝，在山裡只有井邊或手水舍才辦得到。

「凶手到底爲什麼要做這麼麻煩的事？」

「不知道。雖然可能是不希望化妝和血跡弄髒某些東西，但既然都用本人的衣物包著頭顱了，應該沒有弄髒的問題才對。」

「會不會……只是想要洗乾淨？」

岩槻提出當下的看法，高屋敷以爲大江田會否定，沒想到他說：

「唔……難不成凶手的目的，就是**兩人的頭**嗎？因爲到手了，先洗一洗？」

「砍頭的行爲很殘忍，把書本和貼身衣物亂丟的舉動也很不尋常。另一方面，卻又有用包袱巾遮住毬子下半身的體貼。」

「你是說，這一切都是想要兩人的頭顱的結果嗎？」

「是……當然，我們不明白把東西亂丟的理由，目前也不清楚凶手爲什麼想要兩人的頭……」

岩槻連忙加上一句，像是要搶在警部補點出問題前補充。大江田細思半晌，喃喃道：

「假設這就是凶手眞正的動機，那麼，這起案子的根本之處，潛藏著相當棘手的**東西**。」

接著，他下了結論：

「無論如何，關鍵在於，能不能在媛首山找到兩人的頭。如果算是容易找到，表示凶手並不是特別執著於被害者的頭。相反地，如果找不到，就可以視爲凶手無論如何都必須把頭帶走。」

大江田這番解釋極爲明確。儘管如此，案發三天後，由於高屋敷某個驚人的**發現**，他的解釋脆弱地從根底崩塌了。

幕間（二）

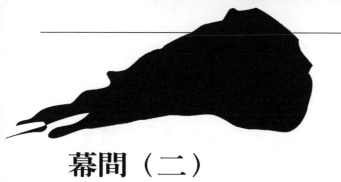

這樣寫或許會招致誤會，但媛首山發生斬首雙屍命案，讓高屋敷狂喜不已。雖然我也不願相信他開心到手舞足蹈，不過肯定是感受到接近於此的興奮。用不著說，因爲他認爲這下就可以一舉洗刷過去無法充分調查那椿十三夜參禮事件的悔恨。

不過，雖然外子向搜查負責人大江田警部補說明了十三夜參禮的事件，卻沒有勉強和媛首山連續命案連結在一起。他只當成參考情報之一，報告上去，交給警部補定奪。眼前發生如假包換的殺人命案，而且是雙屍命案，他應該會想傾全力去破案。

至於案情內容，如同截至前章所述。在繼續交代後文以前，我想先向各位讀者揭示後來查明的幾項事實，以及警方的觀點。

當然，照理來說，應當配合實際搜查進展，隨時傳達當下查到的新事實。但若是採用這樣的手法，可能會讓高屋敷元的章節徒然變得冗長。如同最初的聲明，僅有先夫的視點，無法讓此稿圓滿。假如因爲發生命案，便只描述警方動向，我認爲要解決這起可怕的慘劇，將難如登天。

警方透過搜查所查明的事實，仍極有可能成爲重要線索，整理如下。

一、關於中婚舍發現的無頭女屍身分

截至前章，雖已查出無頭女屍就是古里毬子，但後來利用返回東京的江川蘭子提供給終下市警署的物品——毬子的日用品——比對指紋，再次確認女屍就是古里毬子沒錯。此外，雖然請來古里毬子的父母認屍，但如同富堂老翁指出的，父母只說「應該是小女」，無法完全斷定。另外，古里毬子的血型是A型，這一點也和遺體一樣。

二、關於古里毬子的死因

中婚舍的內廳柱子上沾有少量血跡——血型爲A型——由此可確定死者頭部曾撞到柱子。當然，這是否爲死因，無法判斷。但脖子以下的身體找不到任何傷痕，因此頭部撞擊致死的可能性極高。

三、關於被害者是古里毬子這個事實

由於原本應該是華子進去中婚舍，而且中婚舍門上掛的頭巾是華子的灰色頭巾，根據這兩點，警方討論到凶手眞正的目標是華子、毬子是遭到誤殺的可能性。討論時的重點，放在凶手能否得知三名新娘候選人的頭巾顏色。若是如此，表示凶手不認得華子的長相。關係疏遠到不認得長相，卻想殺害華子，實在難以想像。換句話說，毬子絕非誤殺之下的犧牲者。這是警方的結論。

四、關於馬頭觀音祠發現的無頭男屍身分

直到前章，幾乎都將此一男屍視爲祕守長壽郎，但由於藏田兼的說法模稜兩可，留下了不確定感。不過，後來發現兼婆婆的眞意，並且預定在後面章節交代的一守家驚人的風波之後，她改口證實「那具遺體就是長壽郎少爺沒錯」，總算確認死者的身分。另外，長壽郎的血型是A型，當然也和遺體吻合。

五、關於祕守長壽郎的死因

僅能推測可能是頭部遭到重擊，或是被勒昏。另外，和毬子一樣，脖子以下的身體找不到任何傷痕。不過，長壽郎的死因在後續章節會衍生出神祕難解的謎團。

六、關於砍頭

經驗屍後再度確認，毬子是在死後、長壽郎是在生前遭到砍頭。司法解剖後，根據砍頭的手法，幾乎斷定是同一人所爲，亦即查明是同一名凶手犯下的連續殺人案。

七、關於砍頭使用的斧頭

向村人打聽後，確認斧頭原本供奉在媛神堂。斧頭上的血跡是A型，無法驗出指紋。

八、關於東守手水舍找到的痕跡

疑似血跡的痕跡驗出是A型血。但兩名被害者都是A型，無法確定是哪一方的血液。但另一處痕跡驗出幾種化妝品成分，因此如同一開始的推測，凶手在這裡清洗過毬子的頭顱的解釋獲得支持。

九、關於疑似凶手帶走的物品

凶手疑似帶走兩名被害者的頭顱、毬子的褐色和服、長壽郎的和服外褂。警方推測應是用死者各自的衣物包裹頭顱帶走。警方考慮到兩人的頭顱可能被藏在、或遺棄在媛首山某處，連續多日進行搜山，終究一無所獲。當然，要徹底搜遍遼闊森林地區的每一個角落，是不可能的事，因此無法斷定兩人的頭顱不在山上。

十、關於在媛首山發現的物品

從境內通往東守的參道，前往馬頭觀音祠路上的森林裡，找到男女各別的襦袢、襯褲、布襪等貼身衣物及草鞋，還有數本偵探小說。衣物已證實是毬子及長壽郎之物。偵探小說則如同前章所述。

十一、關於作案時段媛首山的密室性質

從婚舍集會舉行當天的下午兩點，三處駐在所的三名巡查在三個出入口巡邏，至隔天上午搜查班及村中青年團進行搜山爲止，人員進出完全受到監視，這一點確認與高屋敷整理的「婚舍集會相關人士行蹤時間表」相符。但警方似乎懷疑，可能存在只有凶手知道的出入口——比如獸徑等等。

十二、關於嫌犯

如同前章進行的深入討論，蒙上嫌疑的人逐一證實清白，因此大江田警部補和高屋敷似乎都十分困惑。向相關人員問案之後，眾人皆同意二守家的紘貳嫌疑最重。這表示他應答的態度就是如此可疑嗎？但是當天他有未踏進媛首山的明確不在場證明，警方無法對他做更進一步的調查。不過，警部補依然指示徹底調查媛首山周邊，致力找出祕密出入口。村人說這只是白費工夫，最終也眞的毫無所獲。

十三、關於動機

警方最後的見解是，這是一起由於爭奪一守家繼承人新娘寶座的私利私欲，以及由此引發的男女感情糾葛所導致的情殺。但警方似乎同時也將盲目信仰淡首大人的宗教狂熱犯罪納入考慮。

十四、關於江川蘭子

這或許應該放在第十二項「關於嫌犯」，但警方似乎徹底調查過江川蘭子的身分背景。由於對方是相當於前侯爵家的名門出身，因此調查是透過代代爲其家族服務的顧問律師進行，格外鄭重其事。當然，本稿亦會避免提到江川蘭子的眞名。意外的是，我們得知「蘭子」是她的眞名。據說她死於戰爭的父親雅好蘭花，她的長兄被命名爲「蘭堂」。蘭堂似乎溺愛妹妹，怪奇小說及偵探小說原本是蘭堂的興趣。蘭子離群索居，似乎是從哥哥過世之後開始的。她會成爲作家，契機似乎就是哥哥的死，她在日後的隨筆散文集裡明確提到，筆名只有名字的部分使用本名，是因爲有兩人共同的「蘭」字。

以上便是媛首山雙屍命案的搜查狀況整理。

像這樣重新列出來一看，讓人清楚地認識到，這實在是一起光怪陸離、不可思議的事件。雖說是職責所在，但高屋敷會益發耽溺其中。還有，雖然被捲入其中，江川蘭子卻湊熱鬧似地——不，應該說是發揮偵探本性嗎？——想要參與，也不難理解。

因爲儘管這是一起駭人聽聞的可怕案子，我卻不知不覺被那種稱得上獨特的神祕所吸引，宛如走火入魔一般……

一切並非就這樣落幕了。如同前面的章節提到的，驚人的事實揭露、新的命案，以及新的謎團，將接踵而至。

第十七章　指名儀式

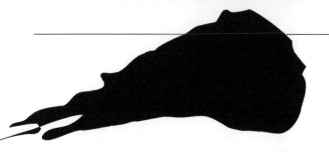

在一守家的內廳召開祕守家親族會議的隔天，亦即發生媛首山的雙屍命案的第二天早上，斧高起床以後，無所事事。這樣形容或許誇張，但他眞的一籌莫展。來到一守家以後，他還是第一次遇到這種狀況。

主人長壽郎過世，他的工作也沒了。但他一直以爲，兼婆婆會立刻派給他別的差事。因爲長年來她耳提面命的那句「聽好，阿斧，不工作就沒飯吃」，早已滲透到他骨子裡。

然而，今早斧高問兼婆婆現在應該做什麼，兼婆婆卻給出他難以置信的答案：

「哦，沒有。」

「那麼，我該去幫忙誰——」

斧高理所當然地回應，兼婆婆又說出更讓人無法相信的話：

「沒必要。長壽郎少爺的遺體明天才會送回來，你暫時好好休息吧。」

斧高驚訝到忍不住結巴起來，兼婆婆快步離開，彷彿在表示她忙得很。

實際上，昨天的親族會議以後，兼婆婆陪著兵堂，多次前往富堂老翁居住的別屋，應該眞的很忙。斧高也猜得出來，他們是爲了明天的第二次家族會議——說得更白一點，是爲了如何懷柔二守婆婆，擬定對策。

但因爲這樣就不派給他任何差事，實在教人不知如何是好。斧高不知所措極了。

（就算叫我好好休息……）

從五歲被一守家收養直到今天，斧高從未有過實質上的「假日」。並不是說兼婆婆只會使喚他，從不讓他好好休息。在這方面，與其他傭人比較起來，斧高認爲自己受到相當公平的對待。尤其在成爲長壽郎專屬的小廝以後，工作內容可說變得相當輕鬆。

然而，其他傭人在盂蘭盆節、年底休假返鄉的時候，唯獨斧高一個人照樣幹活。因爲他無家可歸，但與他身世相近的人都有休假，看來還是只有他一個人是特別的吧。所以就算突然告訴他今天什麼事都不用做，好好休息，他也只是茫然無措。

（怎麼辦……）

斧高煩惱著，覺得自己彷彿身處完全陌生的人家。當然，對他來說，一守家是供應食宿的職場，原本與他半點關係都沒有。但畢竟他在這裡住了十一年，再怎麼說，都應該融入這裡了。然而，一聽到今天可以自由行動，斧高竟發現這裡根本沒有屬於他的地方。

斧高呆呆地佇立半晌，赫然想到：

（對了，有個我喜歡的地方……）

他前往的地點，是長壽郎的書房。這十一年之間，那裡可能是他消磨最多時光的地方。最重要的是，那裡充滿他和長壽郎的回憶。

想到這裡，胸口便一陣難受。接著，他醒悟到就算去書房也不可能再見到長壽郎，胸口的難受頓時變成絞痛。想像失去主人的書房充斥的寂寥，他陷入一種無以名狀的心境。來到書房前，卻無法打開那扇門。

就在這時——

（咦？長壽郎少爺……）

書房裡傳出一些動靜。那是長壽郎對著書桌專心寫稿時會散發出來的特殊氛圍，即使站在走廊，也感受得到。這種時候，除非是長壽郎叫他來，否則他都會無聲無息地離開。

眼前的門內，散發出那種令人懷念的氣息。

（難、難道……）

一股近似畏懼的情感湧上心頭，但斧高還是慢慢地打開門。

（啊！）

他差點驚叫出聲。那一瞬間，他眞的看見長壽郎坐在桌前寫稿。然而，坐在那裡的其實是江川蘭子。

（這麼說來，老師從昨天就一直窩在這裡。）

昨天用完早飯，蘭子請斧高帶她來這裡，此後便把長壽郎的房間當成自己的書房使用。奇妙的是，斧高並未感到不愉快。一般來說，他應該會覺得這個人實在厚臉皮，對那種強勢且傲慢的舉止感到生氣，但也許是受蘭子奇妙的性格影響，他甚至希望蘭子能積極使用這間書房。

（長壽郎少爺一定會爲此感到欣慰。）

這個念頭不經意地浮現，斧高發現自己不知不覺間把長壽郎和蘭子同等看待，錯愕不已，一陣驚慌失措。江川蘭子是個男裝麗人，恐怕是這樣的特殊性質，與長壽郎具備的中性魅力有某些相似之處。斧高盡力冷靜地分析自己的心態。

確實，蘭子魅力過人，但她不可能取代長壽郎。長壽郎屍骨未寒，自己居然被江川蘭子這個人——而且是同性戀者——吸引了嗎？光是這麼一想，斧高便心亂如麻。

他悄悄關上書房的門，離開一守家。雖然沒有目的地，但他自然地朝媛首山的北鳥居口走了過去。在媛神堂參拜之後，再到馬頭觀音祠祭拜長壽郎吧。他基於如此模糊的心思行動。

沿著參道前進，各處都可以看到警察和村中的青年團成員。這些人都朝著森林進行搜索，沒有人注意斧高，斧高當然也沒有特地出聲招呼。他盡力不打擾別人，躡手躡腳，盡可能快步經過。

很快地，看到境內的時候，一名佇立在媛神堂前的女子背影映入眼簾。女子對面有個男子，兩人似乎正在爭論。

（是誰？他們在做什麼？）

斧高納悶地走近，認出前方的女子是僉鳥郁子，和她爭論的是來自終下市署的刑警。郁子似乎是想要進入媛神堂，被刑警擋了下來。

斧高繼續走近，貌似刑警的男子眼尖地發現了他，喝道：

「喂，誰准你擅自進來的！」

同時，他催促郁子離開媛神堂。雖然遭到刑警驅趕，郁子仍不放棄：

「我只是來參拜，爲什麼不可以？」

「這裡是凶案現場，搜查結束前都禁止進入。」

「毬子小姐是在中婚舍遇害的，和媛神堂的祭壇又沒有關係。」

「砍頭使用的斧頭是從祭壇拿走的。再說，這座堂、那座古怪的塔，還有裡面的建築物，等於是同一建築物。」

「我從以前就會固定來這裡——」

「不行就是不行。不，妳根本不許上山——」

「那就應該派人在鳥居口站崗。」

「哪來那麼多人手？現在警方正在對這一帶進行地毯式搜索。每個人力都很寶貴，你們不要在這裡妨礙辦案！」

最後等於是遭到刑警怒斥驅逐，斧高和郁子離開媛神堂。

「老師也是來祈求長壽郎少爺安息的嗎？」

情勢使然，和郁子一同踏上歸途的斧高隨口問道。以爲會得到肯定的答案，沒想到郁子沉默不語。

（難道不是嗎？她只是來進行每天例行的參拜嗎？）

就算是這樣，順帶祈禱長壽郎安息，不也是很自然的事嗎？畢竟那般溺愛的學生死於非命。

然而郁子的回答，卻教人驚愕萬分：

「不，我是來向淡首大人道謝的。」

「道、道謝？謝、謝什麼？」

聽到意料之外的回答，斧高大吃一驚，好不容易才反問。

「當然是感謝淡首大人實現我的願望。」

「老師的願望……老師向淡首大人祈求什麼呢？」

「這個嘛……你想知道？」

「想……呃，不，如果老師願意告訴我的話——」

「沒問題。」

郁子突然停步，一如既往面無表情地注視著斧高，繼續道：

「我最新的願望，就是希望長壽郎少爺死掉。」

這個告白太驚人了。

實際上，斧高無法意會郁子說了什麼。他以爲「死掉」是同音的其他詞彙，但也只有一下子而已。看著把他留在原地，兀自從參道走回去的郁子背影，他理解到「死掉」就是「死掉」。

（可、可是，爲什麼……？爲什麼老師希望長壽郎少爺死掉，還是向淡首大人祈禱？）

愈想頭就愈痛。

不知不覺間，斧高走到北鳥居口的石階上方。沒看見郁子的人影，大概是回去一守家了。一想到這裡，他實在不想回去。

（去神社看看好了……）

斧高差點就要一屁股癱坐在石階上，他模糊地想起媛守神社。雖然只有屈指可數的經驗，但小時候他在神社境內和村裡的孩童玩耍過幾次。雖然不記得怎會有那樣的機會，那是他爲數不多，像普通小孩一樣玩耍的回憶。

（嗯，去神社吧。）

媛守神社位在從媛首山望過去的東北方，就建在北守與東守交界處的一座小山丘上。小山丘並不怎麼高，但石階陡急，上下神社都得費一番工夫。

（當時我那麼小，居然有辦法爬這道石階。）

樹林間除了鳥鳴外，一片寂靜。斧高走在筆直穿過樹林、通往山頂的石階上，對兒時的自己欽佩不已。想必是能和同齡孩童玩耍，陡急的石階就根本算不上阻礙吧。

（不過，好安靜啊。）

他以爲境內會傳來孩子們的歡鬧聲，卻是一片死寂。

（現在這時代，沒有孩童願意爬上石階去神社玩了嗎？）

斧高發現，就算是同一座村子的孩童玩遊戲，不同的年代，遊戲地點也會稍有不同。因爲自己被排除在外，更能看清這樣的變化。然而有些地方，是任何時代的孩童都絕對不會當成遊戲場所的。沒錯，譬如媛首山……

（媛守神社也變得沒人愛了呢。）

這麼一想，總覺得好笑，但他隨即轉念，覺得現在安靜一點的地方或許比較好。他認爲或許應該趁此機會，好好思考一下自己往後將何去何從。

用不著說，他很想知道是誰殺害長壽郎、爲何長壽郎非死不可。十年前十三夜參禮的怪事、這次的毬子命案，還有其他圍繞著一守家發生的種種異事，他一樣想弄個清楚。不過，他覺得只要能解開長壽郎的死亡謎團，自己就心滿意足了。因此，在解開謎團之前，他不打算離開媛首村。只是，他服侍的主人長壽郎已不在，他在一守家也失去了存在價值。

（萬一被趕出去怎麼辦……）

事實上，今早兼婆婆也沒有分派工作給他。主人猝然離世，阿斧悲痛不已，要他工作太可憐了——兼婆婆絕不可能是基於這種慈悲的理由，豁免他的工作。

（我沒有一技之長，也沒有做買賣的經驗。對體力活沒自信，學校又沒上過幾天，所以沒知識……）

學習方面，由於長壽郎費心安排，其實斧高具備中學二年級左右的學力。因爲長壽郎拜託富堂老翁，請郁子在爲雙胞胎上課的期間，也讓斧高學習符合年齡的內容。當然，斧高很少能和兩人上一樣久的課，但他確實和郁子一對一上過課。意外的是，郁子並不排斥這項工作。只是她性情反覆無常，教法時好時壞，不過斧高已夠開心了。

（這點程度的學識，在社會上派不上用場吧。）

斧高思考著現實問題，爬上石階的腳步變得猶如千斤重。他沒有停步，純粹是因暫時決定去媛守神社看看罷了。就算去到神社，也不是就會有什麼收穫，但又無處可去、無事可做，別無選擇。

然而，斧高錯了。

石階就快到頂，看見通往境內的參道時，斧高發現有人站在右邊的灌木叢裡。

（咦？竹子小姐……）

那確實是二守家的竹子，但模樣顯然很不對勁。她躲在灌木叢後方，頻頻窺看境內。

（她在看什麼？有人在那裡嗎？）

斧高納悶，沒有走完石階，伸頭望向參道前方，發現小巧的本殿右邊有個男人的背影。

（不，還有一個人。）

他看見靠近自己這邊的男人，另一邊還有一個男人，兩人互相對峙。

（那是……二守家的紘貳少爺？）

他認出背對自己的男子，是正在偷看的竹子的哥哥。

（他們兄妹倆在做什麼？裡面那個是——）

斧高想要一探究竟，繼續爬上石階。這時，那個人從紘貳的後方現身。

（啊，是蘭子老師！）

是斧高去媛首山的時候，她出門散步了嗎？就算是這樣，二守家的兄妹出現在同一地點，實在令人不解。要當成三個人都在散步，還剛好都散步到媛守神社這裡，未免太牽強。

（難道蘭子老師是被紘貳少爺找過來的……）

昨天一枝老夫人唐突結束家族會議後，斧高看見紘貳顧忌著旁人眼光，仍跑去找蘭子。斧高也知道，如同好色的兵堂盯上蘭子，紘貳亦不時在偷看她。所以紘貳跑去找蘭子，他並不覺得有多意外。但如果他昨天的行動，是爲了約好今天在這裡碰面——

（幽會？）

腦中浮現這個詞彙，斧高連忙搖頭。就算紘貳癡心妄想，蘭子也不可能理他。何況，蘭子是同性戀者……

不過，紘貳並不知道這件事。斧高正想著這些，本殿前面的蘭子邁出腳步。她的臉也轉向這裡，斧高連忙蹲身，但他突然的動作似乎引起竹子的注意。

（啊……）

驚覺不妙時，回頭看石階的竹子已發現他。

（怎麼辦……）

斧高不知所措，但長年來的習慣實在可怕，雖然彎腰駝背，他還是站起來，向竹子行了個禮。

瞬間，竹子表情猙獰地瞪了斧高一眼。接著，就完全不理他，直接跑下石階，彷彿根本沒看見他。因爲她衝得太猛，在石階上閃避她的斧高差點滾了下去。

心高氣傲的竹子被發現偷窺，而且是被一守家的傭人逮到，這樣的反應可說非常自然。

斧高也是，事到如今，無論受到任何對待，他都不在意了。比起竹子，現在更重要的是蘭子和紘貳。

斧高躲進竹子離開的灌木叢後方，觀察兩人。

（他們在說什麼？）

說話的似乎只有紘貳一個人。蘭子一派悠閒，在本殿前面踱來踱去，也不曉得有沒有在聽紘貳說話。她的態度讓紘貳忍無可忍，語氣愈來愈激動，最後逼近走來走去的她。

「啊哈哈哈哈！」

沒想到，蘭子痛快無比的笑聲響徹整個境內。

紘貳怔了一下，頓時全身緊繃。蘭子對紘貳說了些什麼，紘貳的表情轉爲驚愕。這時紘貳正好被蘭子擋住，看不到他接下來的反應。

下一秒，斧高嚇破了膽。只見紘貳一直線朝這裡衝了過來。

（糟、糟糕！被抓到了……）

情急之下，斧高縮頭要逃，但參道並不長，紘貳已逼近。

（要被揍了！）

斧高做好挨打的心理準備，沒想到紘貳直接穿過灌木旁邊，轉眼便跑下石階消失了。

（咦……怎麼回事？）

斧高一頭霧水，隨即好奇蘭子怎麼了，再次望向本殿。

只見蘭子踩著依舊悠閒的步伐，朝石階走了過來。她望著左右樹木，彷彿十分享受散步，悠然漫步而來，像是早就把二守家的紘貳剛才還在這裡的事忘得一乾二淨。

（這樣絕對會被蘭子老師發現。）

斧高焦急萬分，但現在下去石階太遲了。斧高迫不得已，只得背對參道，一心祈禱蘭子不會發現他，直接離開。

「咦，斧高？」

然而願望落空，身後傳來呼喚聲。斧高尷尬地回頭，只見蘭子臉上帶著一抹賊笑，站在那裡。

「嘿，你從什麼時候就在這裡了？」

「呃，大概五分鐘……不，更早一點。」

「那麼，你看見我們幽會嘍？」

「沒、沒、沒有！我並沒有要偷看……」

斧高拚命否定，但蘭子說的「幽會」二字，攪得他心慌意亂。因此，他忍不住大著膽子問：

「呃，老師和紘貳少爺，約、約在這裡見面——」

蘭子倏然收起笑容，隨即又破顏一笑：

「討厭啦，斧高，你這麼以爲？啊，都怪我說什麼幽會。不過，你是在爲我擔心嗎？若是這樣，我很開心。」

斧高爲自己問了蠢問題而感到羞恥，沒臉正眼看蘭子，不禁低下頭。蘭子探頭看著他的臉說：

「謝謝，你是在爲我擔心吧。」

「不會，哪、哪裡——」

「雖然對方以爲這是幽會啦。」

蘭子說出令人介意的話，引得斧高反射性地抬頭：

「果然是紘、紘貳少爺把老師……」

「沒錯，是他把我找來的。可是，他繞著圈子遲遲不肯進入正題，我聽膩了，左耳進右耳出，沒想到——」

「沒想到？」

「他居然向我求婚。」

「咦……」

「他的意思是，將來他會成爲一守家的家主，並成爲祕守一族的族長。可是，想到要依據婚舍集會這種過時的規矩，和原本的一守家、三守家以及古里家那些各懷鬼胎的新娘候選人相親，從中挑選媳婦，他就覺得毛骨悚然，厭惡到極點。」

蘭子說到這裡，抿唇一笑，指著自己說：

「『不過，如果是妳，當我的新娘完全夠格。只要和我結婚，妳也可以過上奢侈的好日子。比起一個女人家還得寫小說過活的現況，眞正是飛上枝頭做鳳凰』——他好像是這個意思。」

就算是斧高，也想像不到紘貳昨天注視蘭子的眼神裡，竟包含這麼深的打算。

「那老師怎麼回答？」

「還沒回話，我就忍不住先笑出來——」

蘭子當時的笑聲實在豪爽到家，斧高完全理解為何紘貳會落荒而逃似地離開。紘貳的性情與竹子相似，目空一切，現在又是一守家的頭號繼承人，對他來說，蘭子的反應太侮辱人了。

（太好了……）

儘管原本就認爲蘭子不可能答應，得知蘭子拒絕，斧高仍鬆了一大口氣。

「那麼，你怎會在這裡？」

蘭子一問，斧高便將前往媛首山的途中遇到郁子，以及爲將來感到迷惘等等，和盤托出。

「哎呀，僉鳥老師這話眞是大膽。」

蘭子似乎也嚇了一跳。她聚精會神地思考著，似乎在揣摩話中的眞意。

「確實，從長壽郎先生的信，隱約看得出他和家教老師的關係不太好……」

「呃，什麼時候開始的？」

「應該是他成人以後吧。這一年尤其糟糕……喏，再怎麼說，二十三夜參禮就快到了。」

「怎會這樣呢？」

「隨著學生長大，老師也該卸下職責了。而且二十三夜參禮結束後，馬上就是婚舍集會，長壽郎先生會結婚。僉鳥老師盡心盡力把長壽郎先生栽培長大，但說穿了，畢竟是無關的外人。這樣說雖然失禮，不過僉鳥郁子只是個雇來的教師。往昔付去的感情有多深，即將被拋棄的憎恨就有多深——」

「光是這樣就希望長壽郎少爺死掉，未免……」

「就是啊，怎麼想都太離譜了。」

附和之後，蘭子喃喃自語，突然目不轉睛地盯著斧高。

「而且，她爲什麼突然跟你說這麼恐怖的話？」

「老、老師，知道爲什麼嗎？」

「啊，叫我蘭子小姐就好。我也直接叫你名字啊。」

蘭子以落落大方的笑容，回應拘謹地尊稱她「老師」的斧高。這時，無量寺宣告正午的鐘聲乘風而來。

「中午啦。東守有什麼吃的嗎？」

蘭子問，斧高點點頭，於是蘭子邀他共進午餐。

「咦！可是我……」

「當然是我請客。」

「可、可是……」

「兼婆婆也叫你今天好好休息吧？既然如此，這是個好機會，不如在外面吃個飯。西餐還是什麼都行，挑你想吃的，我來作陪。」

最後，斧高接受了蘭子的好意。遺憾的是，在媛首村，外食的選項實在太少。來到東守村裡可說是唯一一條鬧街的馬路時，蘭子似乎也看出來了，於是說：

「好像沒有西餐廳。」

「我、我吃什麼都可以。」

「又說這種話。唉，這樣一來，就算想請客——」

蘭子再次環顧四周，拉著斧高進入最大的一家飯館。

猶豫之後，斧高點了咖哩飯，蘭子也點了一樣的。用完飯，斧高當然推辭，但蘭子不只點了麻糬紅豆湯，還點了果汁。對斧高來說，簡直像是同時過盂蘭盆節和新年般奢侈的一天。

斧高吃完紅豆湯，喝起果汁時，蘭子突然開口：

「你想不想當作家的祕書？」

斧高差點沒把口中的果汁噴出來。

「其實，好多事情我眞的都一直依賴毬子處理，比如和編輯洽談、必要的採訪活動、參考文獻資料的蒐集與整理、騰寫稿子等等。我不喜歡外出見人，但毬子完全相反，所以我們合作無間。」

「呃，蘭子老師看起來一點都不內向……」

「哦，我是說在東京。尤其是碰上出版業界和文壇，我的孤僻症就會發作。」

「可、可是……作家祕書這份工作，我實在做不來……」

「工作可以慢慢學。如果是有經驗的人，我當然會比較輕鬆，不過對我來說，最重要的還是要合得來。」

「…………」

「我和你才剛認識，但我從長壽郎先生那裡聽說過你的爲人，總覺得跟你已是老相識。」

「咦……」

「他常在信上提到你。」

斧高的心臟突然猛烈跳動起來。

「這不是客套話，他對你讚不絕口，說你體貼入微。不光是這樣，他覺得你可能有寫小說的才華。」

「我、我嗎？」

「對。從這層意義來說，你來我這邊工作，對你應該也有幫助。我們可以各取所需。當然，就算是這樣，我也不會叫你無償工作。我會支付薪水。」

蘭子唐突的邀請固然令人驚訝，但得知長壽郎竟如此賞識自己，更讓他感到驚奇與感動。

「啊，不必勉強現在就回答我。」

看到斧高想起長壽郎，恍惚出神的模樣，蘭子似乎以爲他在煩惱，有些慌張地說道。

「幸好，一守家願意讓我多住幾天。明天是長壽郎先生的守靈，後天是葬禮。接下來，我打算在村子裡多留幾天，你可以慢慢考慮。就算等我回東京以後再回覆，也沒關係。」

「謝謝老師，我會好好考慮。」

依現在的處境，還有什麼好考慮的？儘管這麼想，斧高卻感到一股極爲強烈的不安。

（前往大都市……）

自己眞的能勝任作家祕書的工作嗎？比起這件事，其實他一想到要離開一守家，整個人便被一股難以言喻的失落籠罩。明明今天早上才剛體認到這裡沒有自己的容身之處……

這天下午，斧高以北守爲中心，帶蘭子參觀村子。蘭子似乎對石碑上的文字很感興趣，因此，除了媛首山以外，他還帶蘭子前往其他可看到各種石碑的地點，不過蘭子更喜歡參觀養蠶和燒炭等村人的日常生活。雖說早有預期，但他們不管去到哪裡，都引來人們奇異的眼光。對村人來說，就算是斧高，說到底仍是個外人，而且蘭子實在太引人注目了。

兩人並未退縮，隔天也一早就出門。他們計畫先去南守，經過東守，再回去一守家。

「欸，聽說十年前的十三夜參禮當晚，長壽郎先生的雙胞胎妹妹妃女子神祕死亡——你方便告訴我詳情嗎？」

前往南守的路上，蘭子單刀直入地要求，斧高嚇了一跳。

「咦！這……說是沒關係——」

「還有，包括淡首大人在內，你在一守家的種種見聞，以及你覺得奇妙、古怪、不對勁的事，可以全部仔細告訴我嗎？」

在蘭子催促下，斧高不知不覺間把他來到媛首村以後體驗到的種種怪事，毫不保留地全都告訴了她。

「唔……原來如此……」

聽完他漫長的敘述，蘭子深深地嘆了一口氣，接著說：

「感覺這回極度獵奇的斬首連續命案背後，隱藏著某些深不可測的因由。」

中午時分，他們在媛首川的河邊享用斧高一早準備的便當——不過也只是飯糰而已。爲了報答昨天的款待，這是斧高能夠做到的最大回報。

「眞好吃。這飯糰是你捏的？看來，如果你願意當我的祕書，我們每天都能一起烹煮美味的大餐。」

飯糰就罷了，這稱讚未免誇張，但斧高眞的很開心。回想起來，除了長壽郎以外，蘭子或許是第一個誇獎他的人。

兩人在河邊閒聊片刻，蘭子說：

「差不多該回去了。得在祕守家的家族會議召開前趕到會場才行。我跟你都是外人，更不能遲到。萬一有人說人沒到齊，不肯討論就糟了，我可不想被拿來當藉口。」

蘭子似乎早已摸透富堂老翁的個性，催促著斧高，離開媛首川，直接前往一守家。路上，乘坐私家車的二守婆婆超過兩人。只見車子在稍前方停下，一枝老夫人要蘭子上車，斧高吃了一驚。八成是前天蘭子提到指紋，不期然地爲二守家說話，贏得了一枝老夫人的好感。

然而，蘭子恭敬地婉拒。

「老師爲什麼不坐車？」

待車子離去，斧高問道。

「因爲她沒有叫你一起上車。」

兩人來到一守家內廳的時候，除了富堂老翁和兵堂，所有人都到了。

「你去通知，說各位都到齊了——」

兼婆婆還沒交代完，斧高已起身去請兩人。

吩咐的時候，兼婆婆面帶責怪，彷彿在說：「這麼重要的時刻，你跑去哪裡？」要是平日，她早已嘀咕起來，今天卻沒多說什麼，十分奇怪。斧高以爲可能是兼婆婆自己允許他自由行動，不好斥責，但兼婆婆才不會在乎這些，想必是有其他掛心的事吧。

通知富堂老翁和兵堂後，斧高匆匆趕回內廳，這時高屋敷剛好被女傭領了過來。很快地，祕守家族長和一守家家主也進來，參加第二次家族會議的成員總算到齊。

座位次序和前天一樣。從斧高的位置看過去，上座中間的右邊是富堂老翁，左邊是兵堂。富堂老翁右邊開始是兵堂之妻富貴、兼婆婆、富堂的大妹三守婆婆二枝、戰死的二枝兒子克棋的妻子綾子、兩人的次女華子、三女桃子，這六人朝下座一字排開。

對面一排，兵堂左邊是富堂的姊姊二守婆婆一枝老夫人、她的兒子紘達、紘達的妻子笛子、兩人的次男紘貳、長女竹子，以及江川蘭子，一樣是六人。

兩排結束的地方，空出約兩個座位的距離後，僉鳥郁子和斧高並坐在一起，這也和前天一樣。唯一的不同，是今天斧高的旁邊坐著高屋敷。

換句話說，六對六的長邊一樣，短邊卻成了二對三，因此長方形稍微變成梯形。

「嗯，看來都到齊了。」

富堂老翁掃視眾人後，目光停留在高屋敷的身上。

「那麼，警察先生，遺體的指紋調查結果出來了嗎？」

「是，今早收到報告了。」

約莫是察覺屋裡異常的氛圍，高屋敷看起來也很緊張。

「那麼，請說出結果。」

「好的。」

眾人都探出身體，但一守家的富堂老翁、兵堂及兼婆婆這三人，以及二守家的一枝老夫人、紘達、笛子和紘貳這四人，反應比其他人更大。

「我就省略專業說明，只說結果。從長壽郎的房間借來的書籍和鋼筆上的指紋，跟馬頭觀音祠找到的無頭男屍的指紋完全吻合。因此，那具屍體就是祕守長壽郎沒錯。」

「啊……」

兼婆婆重重地嘆了一口氣，彷彿呼應似地，兵堂垮下雙肩，富堂老翁發出不成聲的低吼。這些反應，從不同的角度來看，既像是終於死心認命，也像是總算卸下肩上的重擔。

相對地，二守家的成員難掩喜色，竊笑不已。

「警察先生，辛苦了。」

一枝老夫人迫不及待地替富堂老翁慰勞高屋敷。

「方便的話，請警察先生留下來，見證一守家下任繼承人的指名儀式吧。」

「呃，好……」

對高屋敷來說，這是令人爲難的好意。他徵詢建議似地望向斧高，斧高無奈地微微點頭，表示留下來才是聰明的選擇。因爲對他來說，有高屋敷在身邊，會比較安心。

「那麼，富堂老翁，請您以祕守家族長的身分，向我們一族宣布下一任一守家的繼承人。」

就斧高所知，這是他第一次聽到一枝老夫人稱呼弟弟爲「富堂老翁」。而且，她現在正深深向弟弟垂首行禮。

被點到名的富堂老翁再次環顧眾人，接著望向半空中，開口：

「現在我以祕守家族長的身分，在此指名繼兵堂之後、繼承一守家的人選，並宣布他出身的家門，是往後的一守家。被指名者及其家門，須嚴肅看待此一職務，以壯大祕守家、光宗耀祖爲己任。」

二守婆婆做出叩拜般的動作，紘達和笛子夫妻也仿效她立刻行禮。不僅如此，連紘貳都老老實實地低頭表達遵從之意，斧高不禁看得瞠目結舌。

（想到自己即將成爲一守家的繼承人，原本的二守家要升格爲一守家，連紘貳少爺也會變得嚴肅啊。）

只是，一想到這原本會是長壽郎的職責，比起難過，他更感到不甘心。

「諸位聽好，一守家的下一任繼承人是——」

不知爲何，富堂老翁突然噤聲不語。以爲他是故意賣關子，但那副表情有些古怪。

「富堂老翁，繼承人到底是誰啊？」

一枝老夫人以令人發毛的溫柔嗓音問，彷彿拚命壓著抑催促的衝動。瞬間，原本面無表情的富堂老翁，浮現賊兮兮的笑容：

「是斧高。」

眾人不約而同地轉頭看過來，斧高甚至覺得屋內激起了一陣從上座朝下座颳來的風。

「富、富堂先生，這到底是在開什麼玩笑？」

第一個振作起來的是一枝老夫人。

「再怎麼不願意把一守家的地位交給我們二守家，也不能指名這樣一個下人當繼承人。富堂先生，恕我冒昧，你的腦袋是不是不行了？兵堂！這到底是在搞什——」

「斧高……」

就在一枝老夫人把矛頭轉向兵堂時，富堂老翁筆直地指著斧高開口：

「坐在那裡的斧高，是我兒子兵堂和——喏，那個家教生下的孩子。」

不光是二守婆婆，所有人都張口結舌。在這當中，斧高眼前一片空白，什麼聲音都聽不見。

這時，他忽然感到腦袋一陣悶痛，接著深深墜入一片漆黑。

第十八章　第三起命案

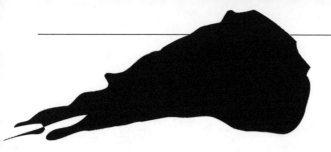

「噫……………！」

富堂老翁一揭露斧高身世的祕密，一道完全不像人類的尖叫聲頓時響徹內廳。

那非比尋常的叫聲，與其說教人驚嚇，更教人戰慄。高屋敷忍不住一陣哆嗦，朝怪聲傳來的方向望去，原來聲音來自齜牙咧嘴的富貴口中。富貴原本就氣質冷傲，但相貌秀麗，因此那扭曲的表情更顯得駭人無比。

高屋敷畏縮了一下，立刻防備起來。因爲他從富貴的尖叫聲中，聽出極度異常的成分。

然而，驚覺的時候已太遲。富貴一把抄起前面的茶杯，朝斧高扔了過去。高屋敷還來不及伸手阻擋，茶杯已命中男孩的額頭。

「呃，喂！妳……」

兵堂作勢要起身，但似乎被妻子凶神惡煞的模樣嚇到，又坐了回去。

「斧高！你還好嗎？」

高屋敷扶住向後倒去的斧高，出聲呼喚。然而，斧高沒有任何反應。高屋敷察覺有人靠近，抬頭一看，和目不轉睛地探頭看自己兒子的僉鳥郁子對上眼。

「叫、叫醫生……去去伊勢橋醫生過來。」

「不用擔心。」

「咦？不、不用擔心什麼？」

「淡首大人好好地守護著這個孩子。」

抱著斧高的高屋敷，上臂頓時爬滿雞皮疙瘩。

（這個女人竟是斧高的親生母親……）

高屋敷忍不住細細打量起對方，但現在不是做這種事的時候。他想請人去找伊勢橋，隨即發現這是不可能的事。因爲祕守一族已七嘴八舌、面紅耳赤地吵了起來。

「富堂先生，就算你再怎麼不願意把現在的地位拱手讓給二守家，虧你扯得出這麼離譜的謊。」

「哪裡是撒謊？斧高就是兵堂和那女人的兒子。」

「不，你信口開河！」

「喂，這小子有多好色，姊也不是不知道。」

儘管被父親在一族面前指出惡習，兵堂卻絲毫不引以爲恥，反而不停怪笑著。不過，一發現富貴正以怨毒的眼神瞪著他，便連忙收拾笑容，掩飾過去。

「就算兵堂好色，也無法證明**那東西**就是他兒子！」

一枝老夫人當下反駁富堂老翁。

「斧高這名字，就是來自於兵堂啊。兵堂的『兵』有『雙手持斧』之意，『堂』則是『土高之處』，所以才會從中分別取出『斧』和『高』二字，命名爲斧高。」

「那是……那是事後想出來的，是牽強附會！」

「兼婆婆，把那東西拿過來——」

富堂老翁氣定神閒，對氣急敗壞的一枝老夫人點了點頭，朝藏田兼伸出一手。接到指示，兼婆婆從懷裡取出像是香包的小束口袋，恭恭敬敬地雙手奉給富堂老翁。

「這裡面裝著臍帶——」

富堂老翁打開袋口，伸指進去。

「還有證明書，寫著這孩子的父母是誰，幾年幾月幾日在哪裡、由哪個接生婆接生。」

「只、只要有這幾天的工夫，還怕變不出這些玩意？一守家剛好撿了個不曉得哪來的野種，就說他其實是一守家的孩子——這是你們一手策畫的！」

一枝老夫人死活不承認斧高的身分，不只是二守家其他人，連三守家的人都紛紛表示贊同。

「確實，」然而，富堂老翁絲毫沒有困窘的樣子。「姊會這麼懷疑，是天經地義。不過，我的話還沒說完。這份證明書捺上了父母和嬰兒三個人的手印。指紋從出生開始，一輩子都不會改變——姊，沒錯吧？」

「…………」

二守婆婆無法反駁，意外地是富貴突然開口：

「一枝婆婆……雖然我不願意承認，但那個傭人，是我那口子和那女人生的孩子，這是事實。」

聽到這句話，似乎連一枝老夫人也大受震動。因為她非常清楚，富貴嫁進一守家，婚姻難說美滿，絕不會替兵堂說話。

「自從長壽郎死後，不管是一守家還是繼承人問題，對我來說都已無所謂，也沒有意義。或許各位會指責我根本沒有照顧過孩子，但即使我想，家裡也不讓我碰孩子。不過，再怎麼說我都為人母親，想要親眼看到長壽郎健康長大，繼承家業。」

「富貴，妳的意思我明白，可是——」

「我那口子讓那個女人懷孕了三次。」

聽到富貴這番告白，連一枝老夫人也不禁啞然失聲。

「第一次生下那孩子，第二次和第三次流掉了。這是當然的，因爲我向淡首大人祈求讓他們的孩子流掉！啊哈哈哈哈！」

起初她的語調還充滿感傷，漸漸轉爲帶著瘋狂的怒吼，最後變成震耳欲聾的大笑。

看著那淒絕的模樣，高屋敷背後竄過一陣無法言喻的厲寒。當然，不只是因爲富貴瘋狂的大笑，也是因爲她所說的內容。實際上，自從她開口，屋內的空氣就變得更加沉悶。原本便劍拔弩張的緊張氣氛益發高漲，彷彿灌進一股詭異的氣息。

這時，像要攪亂這不祥的氛圍，一枝老夫人吐出不可置信的話：

「這麼說來，長壽郎少爺的頭還沒有找到呢。雖然有指紋這種鑑定方法，但身爲二守家之長，我沒辦法接受。因此，在確實找到長壽郎少爺的頭、確定他眞的已死之前，就算有能繼承一守家的人出現，我也無法同意。」

「姊，妳根本是亂來！」

「哪裡亂來了？」

「認屍的時候，妳明明就知道指紋是什麼，所以一聽到證明書上連嬰兒的手印都有，才會覺得只能接受了。於是，妳提出那種亂來的要求——」

「亂來的是你！因爲你從一開始就不承認長壽郎死了——」

「不！這當然要好好地——」

「警察先生……」

完全被富堂老翁和一枝老夫人的對罵震懾的高屋敷，聽到呼喚，赫然回神。叫他的是江川蘭子，她不知何時來到斧高身後。

「先把斧高抱去我的客房吧。然後，聯絡醫生。」

「啊，說的是……」

高屋敷連忙抱起男孩，跟在走出內廳的蘭子身後。臨走前回頭瞥了一眼，除了激烈爭執的富堂老翁和一枝老夫人之外，所有人都定定地看著斧高。

明明看的不是自己，高屋敷卻一陣頭皮發麻。過去他也曾對斧高的境遇感到同情，但一想到從這一刻起斧高的命運變化，總覺得絕望不已。

（當一個舉目無親的小傭人，對他來說是不是比較好？）

高屋敷原本想著「至少長壽郎還在就好了」，隨即爲自己的糊塗感到羞恥。如果長壽郎還在，斧高的身世祕密根本不會被揭露。

「請等一下，我立刻鋪床。」

抵達客房後，蘭子先把書桌挪到旁邊，再從壁櫥搬出墊被，在榻榻米上攤開。

「阿斧怎麼樣了？」

這時，兼婆婆出現。她似乎是跟著兩人過來。

「啊，藏田女士——」

「我已叫人聯絡伊勢橋醫生。我看看……」

兼婆婆察覺高屋敷要問什麼，搶先應道。她伸手按住躺在床上的斧高額頭，接著撫摸腦袋。

「嗯，看來是沒事。突然聽到那種話，一定嚇壞了。這時又被太太扔的茶杯擊中，更是嚇破膽，結果就昏過去了。」

「畢竟他遭到精神和肉體上的雙重打擊……對了，藏田女士，富堂老翁說的——」

「沒錯，是眞的。」

相較於激動的高屋敷，兼婆婆的語氣十分平淡。

「難、難不成收養斧高，是預見會有今天的繼承權之爭……」

「警察先生，再怎麼說這也太離譜了。要不是幾多家發生那種事，斧高現下應該在八王子過得好好的。」

「那麼，是因爲他的父親戰死，母親、兄姊也都過世，一守家才不得不收養他嗎？」

「是的。就算要送給別人家，年紀也太大了。不過如今看來，那孩子會來到這個家，也許是冥冥中有什麼力量在作用——」

「妳的意思是，這是注定的命運？」

「對，是淡首大人的安排……」

伊勢橋過來之前，幸好斧高已清醒。醫師看診之後，看法和兼婆婆相同。不過醫師交代，雖然沒有大礙，還是要休息到明天早上。

伊勢橋看診期間，斧高非常安靜。但醫師一離開，斧高便吵著要兼婆婆說出他的詳細身世，並央求蘭子說明他昏倒後內廳發生哪些事。

當然，兩人和高屋敷都說他現在應該安靜休養，沒有答應。可是斧高很固執，怎麼也不聽勸。斧高如此強硬地反抗大人，高屋敷是第一次看到。不，連兼婆婆都被嚇到。無奈之下，三人討論過後，認爲這樣下去他只會激動難平，不如先透露一些，讓他能滿意地入睡。

不過他們要求斧高必須躺著安靜聆聽。

高屋敷想陪著斧高，但他是大江田特別准許參加家族會議的，因此差不多得回去崗位了。他把斧高交給兩人，前往持續進行大規模搜山的媛首山。

第三天的搜山沒有新進展便告結束，當天夜晚，一守家舉行長壽郎的守靈儀式。高屋敷、大江田和岩槻一同參加，深刻感受到聚集在棺前的祕守一族之間，瀰漫著無以名狀詭譎氣氛。

警部補似乎也有相同的感受，剛離開一守家便說：

「那種氛圍眞教人受不了。屋裡充滿隨時都會爆發第三起命案的恐怖氣氛……」

遺憾的是，大江田不幸說中了。

隔天早上，高屋敷前往終下市警署主要搜查人員過夜的百姫莊，參加第四天搜山行動的討論。大江田鼓勵全員，除了努力尋找凶手的遺留物及逃走路線外，尤其要全力找到被害者的頭。

今天高屋敷負責的區域，是從媛神堂通往日陰嶺的道路南側一帶。警方請求青年團協助，這三天也分成上下午兩班，盡可能滴水不漏地搜索。今天已是第四天，所有人都希望至少能找到其中一人的頭。

高屋敷從北鳥居口進入媛首山，即使是在前往負責區域的路上，他也沒有疏於留意四周。他不認爲如今還能在從參道看得到的範圍內找到什麼，但難保有什麼萬一。既然都踏進媛首山了，他片刻都不打算放鬆。

然而，高屋敷的用心，在這天負責的區域搜索中沒有得到任何回報。

不過，暮色籠罩媛首山，收到撤退指令、返回境內的時候，多虧有這份警覺，高屋敷不經意地看了一下媛神堂。

（咦……）

起初，他沒有注意到任何異狀，但很快地，他覺得掛在媛神堂格子門上的鎖似乎有些傾斜。

（是昨天重新調查裡面，後來沒有確實鎖好嗎？）

高屋敷這麼猜想，可是媛神堂裡已花了兩天徹底調查，昨天應該所有人員都去搜山了。況且，搜查人員離開媛神堂時，絕不可能沒有確實扣好掛鎖，不加檢查就離開。

（不太對勁。）

瞬間，他的心臟怦怦劇烈跳動起來。

（冷靜……或許是我多心。）

高屋敷如此安撫自己，朝媛神堂走去。隨著距離拉近，他察覺狀況確實不對。來到媛神堂的格子門前，他的手一碰到掛鎖，鎖便鬆開了。

（被人撬開了！）

高屋敷緩緩地、安靜地打開格子門，探頭窺看昏暗的堂內。祭壇前方的地面，一具無頭男屍赫然映入眼簾。

（啊，可惡！果然……）

只有一個地方和中婚舍及馬頭觀音祠發現的兩具無頭屍不同。那就是被砍斷的頭顱，**不知為何擺在祭壇上**。

（爲、爲什麼……這、這顆頭沒有被帶走……？）

比起爲出現新的犧牲者感到震驚，凶手刻意留下砍斷的頭顱這件事，帶給高屋敷更大的衝擊。

（不，重點是被害者是誰——）

高屋敷這才想到要確認死者的身分，踏進堂內。

（這、這、這……怎、怎麼可能……）

看到**無法置信的面容**，高屋敷差點發出慘叫。

「警、警、警部補！大江田警部補！你、你在哪裡？快、快點到媛神堂來！」

高屋敷連滾帶爬地衝出媛神堂，在周圍亂跑，朝三條參道大喊，想要通知參加搜山的大江田。此事由警察傳給青年團，再傳給警察，沒多久大江田便在南守的參道出現。

「第三個被害者嗎……？」

目睹陳屍於堂內祭壇前、姿勢異樣扭曲的無頭屍，大江田喃喃低語。他流露出眼睜睜看著又一人慘遭毒手的慚愧之情。

「這姿勢顯然是硬脫下衣物，棄屍在此。」

如同岩槻指出的，無頭屍的身體手腳都不自然地扭曲著。

「毬子的遺體是仰躺，擺放得很整齊。長壽郎的遺體沒擺得那麼整齊，但一樣是仰躺。相較之下，這具遺體感覺處理得有些草率。好，包括這具遺體的狀況在內，現場發現的特異之處，暫時保密不公開。」

「警部補，被砍斷的頭留在現場一事，也要保密嗎？」

「混帳！仔細想想，這麼嚴重的事瞞得下來嗎？我是指更細節的地方——不，重點是，這個人到底是**誰**？」

大江田回頭問，高屋敷勉強擠出聲音：

「是……一守家的**長壽郎**。」

「什、什麼？這、這顆頭是長壽郎的？」

大江田的驚呼轉為困惑的聲音，在堂內迴響。

「那、那在馬頭觀音祠找到的無頭屍，又、又是誰？」

岩槻走投無路般的聲音接著響起，但大江田不愧是警部補，馬上振作起來，而且他似乎觀察力過人：

「仔細看，那顆頭被砍下來之後，至少過了幾十個小時。」

「咦！意思是……」

「這具無頭屍，果然是繼古里毬子和祕守長壽郎之後的第三個被害者。」

「怎會這樣……呃，那麼，這具屍體的頭呢？」

說時遲那時快，岩槻張望四周，接著探頭看祭壇後面，高屋敷還來不及制止，他已踏進祭祀媛首塚和御淡供養碑的區域。

「可惡！石碑後面也沒有。」

「喂，從旁邊也可以看到，用不著踩進去吧？」

大江田提醒，但發生第三起命案，岩槻似乎激動萬分：

「砍下被害者頭顱的兇手，該不會是打算把罪行賴到這什麼大人身上，說是惡靈作祟吧？以爲警方會吃這一套嗎？」

後半段似乎是對兇手說的，然而，他居然抬腳去踹媛首塚發洩怒意。

「岩槻，你去調查榮螺塔和三間婚舍。除了尋找第三個被害者的頭以外，也要確認有沒有可疑之處。」

見岩槻聽命前往榮螺塔後，高屋敷悄悄嘆氣。他認爲身爲警察，不應該迷信，但排斥到岩槻那種地步，也是個問題。

（看他這副樣子，不曉得在沒人瞧見的地方，會做出什麼遭天譴的舉動。）

萬一岩槻的行徑被祕守家的人或村人目擊，後果不堪設想。

沒多久，岩槻回來了。

「沒找到頭，也沒發現任何奇怪的地方。」

岩槻仍難掩激動地報告。相對地，大江田平靜地說：

「這樣啊。也就是說，兇手砍斷第三名被害者的頭並帶走，卻不知爲何留下原本藏起來的長壽郎的頭。」

第十九章　淡首大人的意思

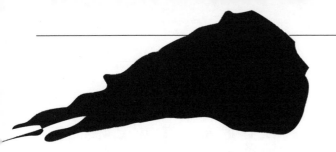

斧高在祕守家的第二場家族會議中，得知自己驚人的身世祕密，隔天就是長壽郎的葬禮。

這是爲一守家繼承人送行——即使他已不再是繼承人——然而，這場葬禮實在過於簡陋。雖然不到妃女子那樣，感覺就像偷偷下葬，但一守家籠罩著一股不歡迎弔唁的氛圍，可說是一場只有祕守一族自己人的葬禮。不過，由於新的繼承人出現，一守家、二守家及三守家之間出現新的齟齬，連同族的人之間，都散發出疏遠的氣息。像紘貳也沒來參加。這一家子原本就不親，如今甚至影響到葬禮，可見狀況有多嚴重。

斧高完全沒有餘裕去關心周圍的狀況。在蘭子的客房休息，讓伊勢橋看診，並且從蘭子和兼婆婆那裡聽到他當前想知道的事，再好好睡到天亮，大大地緩和了他昨天在家族會議中遭受的衝擊。由於房間被斧高占據，蘭子搬到現在唯一空著的面向後院的別屋客房。半寐半寤之間，斧高依稀記得蘭子夜裡多次擔心地過來看他。她的悉心關懷，更進一步加速了他的復原。

然而到了今天，斧高出席長壽郎的葬禮，眾人的視線全扎在他的身上，幾乎讓人發痛。他覺得一口氣被逼到絕境。而且注視著斧高的不全是祕守家的人，連直到昨天都還平起平坐的傭人們，都對他投以複雜難解的眼神。不過，與其說和傭人平起平坐，倒不如說在一守家，他的地位原本就是最低的一個吧。

（畢竟原本在一守家中最低賤的人，突然爬到最頂端，可能變成自己的主子……）

他們的眼神中隱含著什麼心思，斧高實在不願意去想像。

（如果鈴江姊還在，會對現在的我說什麼？）

唯有忽然想到這裡時，他的心頭稍微暖和了些。

由於葬禮進行得極爲匆促，棺木上午便送進火葬場，傍晚已納骨在無量寺的墓地，以前所未見的速度結束。不只是對比歷代祕守家的葬禮，綜觀媛首村的喪葬儀式歷史，亦是異常、扭曲到難以想像。其中包括在仍保有土葬習俗的此地，卻刻意選擇火葬這一點。

（和妃女子小姐那時候完全一樣……）

這個事實讓斧高莫名一陣戰慄。

不過，對他來說，這異常簡短的葬禮或許是個救贖。因爲富堂老翁和兵堂上完香後，兼婆婆便撇開二守家和三守家的人，催促他接著上香。午餐的席次安排，也完全彰顯了他身爲一守家繼承人的地位，同時亦是在向外人宣示。用不著說，斧高如坐針氈。

「我們出去走走吧。」

午飯後蘭子開口邀約時，斧高二話不說地點頭。

兼婆婆問他們要去哪裡，他們只說傍晚前會回來，便再次前往媛守神社。那裡不會有人來，不會受到打擾。

「可是，爲什麼要趕成這樣——」

「你說葬禮嗎？」

一離開一守家，斧高便說出疑問，蘭子似乎也在想同一個同題，於是應道：

「一守家想要盡快結束服喪，解決懸而未決的繼承問題啊。」

「因爲服喪期間不能有任何動作嗎？」

「嚴格地說，還有初七和七七——」

「但守靈、葬禮和納骨還是最重要的。」

「不處理完這些，二守婆婆一定會從中作梗，說什麼比起繼承問題，現在更應該先爲長壽郎祈禱安息。然後二守家抓緊這段時間，努力捲土重來。如果是一枝老夫人，絕對會這麼做吧。」

「原、原來如此……我想也是……」

「當然，富堂老翁對親姊姊的個性瞭若指掌，所以想要盡快解決繼承問題吧。就我個人認爲，只要有那張證明書就沒問題了，但不給一枝老夫人轉圜的時間，自然是最好的。」

斧高覺得再次窺見江川蘭子的過人之處。她來到村子，今天才第五天而已，卻如此精確地掌握祕守家成員的個性，觀察力非同小可。作家看人的眼光，果然與眾不同嗎？

「關於擔任蘭子小姐祕書的事——」

來到看得見神社石階的地方時，斧高開口道。

對現在的他來說，前往大都市，更意味著逃離一守家。他覺得這樣對蘭子過於失禮，但突然面對截然相反的兩個選項，他的心已大大傾向其中一邊。

然而，蘭子似乎有所誤會：

「啊，那件事就算了。那是昨天中午前說的事，現在狀況不同了。」

「咦！可是……」

「你不用放在心上。現在你應該想想自己的前途。畢竟你已知道自己是一守家的孩子。你原本是傭人，現在卻突然說你其實是主家的人，一定會不知所措，但凡事都看怎麼想。考慮到你也有可能從其他地方的別人家，突然被帶來媛首村的一守家繼承家業，如今你已在這個村子、在一守家生活十一年之久，往後只要能好好運用這段經驗就行了，對吧？」

「嗯……」

「當然，要繼承傳承了這麼多代的世家，一定非常辛苦。不過在現代，能生在如此不凡的家族，是難能可貴的際遇。雖然包括親戚在內，這一家子的人都相當難搞——啊，抱歉。我是說，他們似乎不好相處，但你過去也以傭人的身分應付得很好，不是嗎？」

「唔，嗯……」

「那就沒問題啦。因爲你已是祕守家的成員。不管怎樣，家人都應該在一起——啊，這不是我該說的話。」

這時，斧高想起蘭子舉目無親的境遇。站在她的角度，會對剛有了家人的他說「家人應該在一起」或許是理所當然的事。只是，他有個十分在意的問題。

「怎麼了？你不願意嗎？」

可能是注意到斧高爬上石階的速度緩慢，蘭子停下腳步問。

「難道是在氣他們以前對待你的方式？」

「不，那些……都不重要了。我一點都不怨他們……我不知道該怎麼說才好……呃，我說這種話或許很怪，顯得冷漠……」

「咦，眞令人意外。不，這樣比較好。你不會受到太大的傷害當然比較好。只是，或許是我一廂情願的印象，總覺得你會大受打擊，好一陣子都振作不起來——」

「大概是我在一守家，在連自己都沒發現的情況下受到了各種磨練吧。」

斧高面露苦笑，蘭子轉爲放心，催促他繼續爬上石階。

不久後來到階梯頂端，她低頭看自己的腳說：

「哎……再怎麼小，畢竟是男鞋，怎麼也穿不慣。其實，當個男裝麗人也很辛苦的。啊！我就愛從這裡望出去的景色。」

雖然介意鞋子的舒適度，但蘭子似乎立刻就被眼前的風景吸引。然而，悠閒的感想也只到這裡，她轉向斧高說：

「那麼，你到底是對什麼事耿耿於懷？」

「蘭子老師相信淡首大人會作祟嗎？」

面對出人意表的問題，蘭子一時語塞。

「唔……這個問題很難。」

看來她是先應一聲，趁機思考該如何回答。

「小說和現實應該是不同的，但蘭子老師的作品裡，妖魔鬼怪都會直接登場。」

「嗯。不過就像你說的，我寫的是虛構的故事。創作怪奇小說的作家當中，也有許多人對鬼怪一笑置之。可是，你怎會問起這個……啊，你是在這座村子長大的，會相信那些，我可以理解，但怎會這時候又在意起來？」

於是，斧高將他五歲時，在八王子的幾多家發生的母攜子自殺事件告訴蘭子。

「這樣啊……原來發生過這種事。這麼私人的事，長壽郎先生也沒有告訴我。」

「今天早上醒來的時候，我忽然想到了。」

「想到什麼？」

「那天傍晚來我家的人，會不會就是淡首大人？」

「…………」

「那天一整天都很晴朗，到了傍晚，卻突然下起雨來。水井也好、浴室也好，淡首大人很喜歡水。」

「等、等一下，就算那天下雨，這麼聯想也太跳躍了——」

「我最在意的是，我被一守家收養後，一年後舉行了十三夜參禮，妃女子小姐死在儀式當中。爲何落井的是妃女子小姐？高屋敷叔叔想必到現在都無法釋懷。也就是說，如果死的是長壽郎少爺，就順理成章了……」

「簡而言之，會是這樣嗎？長壽郎先生原本注定要在十三夜參禮死去，所以淡首大人的意志發揮作用，讓你在前一年被一守家收養。然而，由於某些差錯，或是某些意外，死去的卻是妃女子小姐。但十年後，長壽郎先生仍無法逃脫死亡的宿命，甚至殃及毬子小姐，害她一起被殺了……」

斧高默默點頭，蘭子注視他片刻，說：

「你認爲，淡首大人下一個作祟的目標可能就是你？」

「我、我不知道。我不是要說我害怕作祟……但怎麼說，像是受到操弄、人生被任意擺布。從今早開始，我就一直有種毛骨悚然的感覺……」

「原來如此。你會有這種感受，倒也難怪。」

「蘭子老師這麼認爲嗎？」

「嗯。不過換成是我，一定會離家出走——不，我不能說這種不負責任的話。明明剛才還說家人應該在一起。」

「唔……」

「你聽我說，假設眞的有淡首大人作祟，我認爲你一定不會有事。」

「咦！爲、爲什麼？」

「這不是我忽然想到，隨口說說的。我從長壽郎先生那裡聽到祕守家的歷史，昨天又聽你描述各起命案和怪事，發現一件事。」

「什麼事？」

「在一守家，確實代代男孩都體弱多病，難以順利長大成人，幾乎都在兒時就夭折。就算是這樣，曾發生沒有繼承人長大成人的情況嗎？一守家的血脈斷絕過嗎？一守家和二守家眞的掉換過地位嗎？都沒有吧？**一次也沒有**。」

聽蘭子這麼一說，確實如此。儘管多次面臨危機，認爲「完蛋了，一守家就到這一代爲止」，祕守的一守家卻總能在最後保住地位，延續至今。

「喏，很奇怪吧？如果淡首大人眞心要作祟，爲何不直接滅絕一守家？別說男孩了，不分男女，把生下來的孩子全部弄死就好了啊。」

「呃，那麼，果然只是迷信……」

「也可以這麼解釋，不過，現在我是以淡首大人眞的會作祟爲前提在說明。」

「咦？那……」

「我剛才說，如果眞心要作祟，趕快滅絕一守家就好了。可是，若假設作祟的威力極爲強大，淡首大人是不是會反過來，設法讓那個家族順利延續下去？」

「爲、爲什麼？」

斧高覺得他已知道答案，卻還是不由自主地問。

「當然是爲了永遠繼續作祟下去……」

聽到這個答案，明明早已猜到，斧高卻瞬間感受到一股冰水流過背脊般的惡寒。

「現在的一守家，如果你有個三長兩短……就完蛋了。當然，還是可以從別處收養兒子，重振旗鼓，但這段期間，一守家的地位會被二守家奪走。」

「…………」

「我也認爲，妖魔鬼怪是不可理喻的，但淡首大人並非不分對象地作祟，只要安分守己，便只會禍及祕守家，而且僅限於其中的一守家，對吧？說起來，算是相當有原則，不是嗎？」

斧高從未這樣想過，蘭子的看法讓他驚愕極了。

「好了，先不提這件事——」

說到這裡，蘭子嚴肅地注視著斧高。

「我昨天也說過，你可以慢慢考慮。只要你有意願當我的祕書，我隨時歡迎。但如果你是爲了逃避一守家繼承人的重擔，這樣的理由我難以接受。」

斧高覺得自己的想法被看透了，心頭一驚，忍不住低下頭。

「萬一一守家繼承人的生活實在過於異常，你再也無法忍受下去的時候，當然可以投靠我，到我這裡避難。」

斧高猛地抬頭，只見蘭子正對著他微笑。

「可是，我有辦法代替毬子小姐嗎？」

「咦，你說祕書工作嗎？嗯，沒問題的。毬子確實完美無缺，但江川蘭子這名作家對她過度依賴了。你懂嗎？也就是說，對我而言過於安逸的環境，對毬子反而是不好的。她應該擁有成爲作家的才能，只是苦無機會。不，是江川蘭子剝奪了她的機會，摘除了她的可能性。如果我們就那樣相處下去，也許關係會變得更爲險惡……」

不知不覺間，蘭子遙望起遠方。

「毬子小姐是爲了這件事向長壽郎少爺求助，對嗎？」

「是啊……如果他爲我們居中調解，即使無法恢復過往，或許我們的關係也會不一樣，各自踏上自己的道路。」

這時，蘭子再次望向斧高：

「因爲有她帶來的教訓，我覺得一定可以和你處得不錯。不過，你必須先仔細考慮在一守家生活這個選項。畢竟那裡不管怎麼說，都是你的家。」

接下來兩人前往媛守神社的本殿，坐在木階梯上，聊起《怪誕》往後的活動等等，與命案完全無關的事。

不久後，兩人感到些許涼意，在暮色將臨時返回一守家。

然而，等待著兩人的，卻是二守家的紘貳變成無頭屍，陳屍在媛神堂的驚人消息。而且現場還留下長壽郎的頭顱……

第二十章　四顆首級

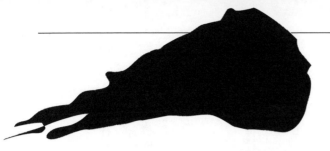

在媛神堂發現的第三具無頭屍，疑似是二守家的紘貳。

昨晚紘貳和一枝老夫人及父母一起參加長壽郎的守靈後返家，眾人就寢之前，都還在家裡看到他。今天早上，由於遲遲不見他起床，母親笛子派女傭去找人，女傭慌張地回來報告：「少爺不在房間裡，床鋪也沒有躺過的樣子。」此後就沒有人看到他，他也沒去參加長壽郎的葬禮。眾人開始擔心的時候，警方來詢問家中有沒有人不見，二守家立刻鬧了起來。

伊勢橋推測，無頭屍大致的死亡推定時間是淩晨一點到三點。也就是說，假設被害者是紘貳，那麼他就是在家人和傭人都睡著之後，溜出家門，前往媛神堂。

「是那個女的殺的！」

竹子大聲嚷嚷，指控江川蘭子是凶手。高屋敷問她理由，她說前天上午看見兩人在媛守神社偷偷見面。竹子主張，昨晚兩人一定又去私會，不料發生爭吵，蘭子殺害了紘貳。

高屋敷馬上趕往一守家，想要詢問蘭子，但家裡的人說她和斧高出門，還沒有回來。

「目前只能請二守家的人去認屍，看看那具無頭屍是否眞的是紘貳。」

大江田正要下決定，以媛神堂爲中心進行搜索的搜查班卻傳來消息，說發現應是紘貳的人頭。

高屋敷隨警部補趕往發現人頭的現場，原來那就是找到長壽郎和毬子的貼身衣物、草鞋、長壽郎的偵探小說的地點。也就是從境內通往東守的參道左邊，前往那座馬頭觀音祠途中的森林裡。人頭以衣物包裹，隨意丟在地上。而且，那件衣物似乎是長壽郎的和服外掛。不僅如此，周圍到處棄置著應是紘貳的外套及貼身衣物，一片狼藉——

「是這麼回事嗎？」

岩槻俯視著在暮色急遽擴散的昏暗森林中，側躺在皺巴巴的外褂上、後腦如石榴般破裂的頭顱說道。

「凶手帶著以外褂包裹的長壽郎的頭，前往媛神堂。在媛神堂殺害紘貳後，砍下他的頭。接著把長壽郎的頭留在現場，用外褂包起紘貳的頭。然後，再把紘貳剝個精光，將衣服和他的頭一起丟在附近。」

「從媛神堂和這座森林的狀況來看，就是這樣吧。」

大江田回應，岩槻又說：

「既然把長壽郎的頭從現場帶走，凶手爲何又放回來？還有，爲什麼刻意砍下紘貳的頭，又隨意丟棄？」

「說到長壽郎的頭——」

高屋敷客氣地插話，大江田輕輕點頭，催促他說下去。於是，他簡單扼要地報告昨天一守家的家族會議上發生的騷動。

「二守家的一枝說，除非找到長壽郎的頭，否則絕不承認他已死嗎？」

「所以凶手才把長壽郎的頭……」

岩槻順著大江田的話說下去，隨即納悶地歪起頭：

「那一開始爲什麼要砍下頭帶走？還有，不同於前兩次，紘貳的頭爲何處理得這麼草率？」

「彷彿在說爲了讓長壽郎重返這個世界，需要一具無頭屍。」

高屋敷脫口而出，大江田和岩槻當場僵住。

「你是說，只要是男的，被害者是誰都可以？」

「呃、不是……只是看到媛神堂和這個現場，忽然冒出這種想法……太、太荒謬了，抱歉。」

「唔……」

大江田眼神複雜地望著低頭道歉的高屋敷。看上去並不是在指責他隨意發言，而是在玩味他的發言內容。

「好，這部分晚點再研究。雖然高屋敷巡查已確認在媛神堂的頭是長壽郎的，這邊的頭是紘貳的，還是得請家屬來認屍。無頭屍的部分，爲了愼重起見，必須借二守家裡紘貳使用的物品，比對一下指紋。接下來，繼續以媛神堂爲中心搜索周邊。」

大江田下達指令，收到任務的搜查班立刻行動。

「我和岩槻去找江川蘭子問話。雖然不是相信竹子的說法，但蘭子私下和紘貳碰面，這件事令人介意。高屋敷巡查，你去斧高那裡打聽看看。」

「是！問……斧高嗎？」

「因爲他成了新的一守家繼承人，是當事人，而且他熟知祕守家的各種內情吧？如果是你，他也許會願意說出不好對警方透露的事。」

「遵命。」

然而，不管是蘭子還是斧高那裡，都得不到任何有助於搜查紘貳命案的線索。紘貳和蘭子在媛守神社的可疑密會，只是竹子毫無根據的胡扯，由於斧高當時冷靜觀察，警方得知此事與案情完全無關。

在百姬莊的客房裡，大江田、岩槻和高屋敷又抱頭苦思。

「考慮到動機，斧高會是頭號嫌犯吧？」

岩槻說出高屋敷私下擔心、最想要避免被提出的解釋。

「只要有捺了手印的證明書，就可以證明他是一守家的繼承人。但從高屋敷巡查的話聽來，二守家的一枝不會輕易接受。她有可能堅持紘貳才是正統繼承人，無論如何都不退讓。事實上，她就故意刁難，要求先找到長壽郎的頭。換句話說，長壽郎的頭出現、紘貳死去，最大的受益人就是斧高。」

「這麼一來，就變成殺死毬子和長壽郎的人也是斧高。可是，他沒有動機殺害那兩人啊。」

聽到大江田的質疑，岩槻想了一下：

「會不會其實他從以前就知道自己是兵堂和家教老師之間的孩子？僉鳥郁子再怎麼說都是他的生母，日常生活與他相處，情不自禁地流露出母愛，於是男孩從她的態度察覺眞相。如此一來，當然會對一守家的苛待萌生忿恨。於是他動念侵占一守家，首先殺死了長壽郎。可能是爲了掩飾他弒主的動機，毬子才會慘遭牽連。」

「似乎有理。可是，這麼一來，砍下長壽郎的頭，刻意帶走藏起來的行爲，就和犯案動機互相矛盾了。最重要的是，得讓所有人都知道長壽郎已死，否則殺他就沒意義了吧？」

「那是……」

岩槻支吾起來，高屋敷表情嚴峻地說：

「說到僉鳥郁子……她似乎不是一般說的那種小老婆。」

「什麼意思？」

「這是我從本人和藏田兼那裡問出來的，一開始似乎是兵堂霸王硬上弓……」

「是被強暴嗎？」

大江田嘆息，岩槻一副無法接受的樣子說：

「一開始或許是如此，但聽說後來她又兩度懷上兵堂的孩子不是嗎？那就跟小老婆沒兩樣了吧。因爲她沒有逃離一守家，一直待到今天。」

「其中似乎有隱情。僉鳥郁子在原本任教的私立女校鬧出醜事，遭到革職，但這件事鬧得其他學校都知道，她難以謀職，說起來算是一守家收留了她。除了教書以外沒有其他謀生技能的她，萬一被趕出一守家，眞的就走投無路了吧。」

「這根本是藉口吧——」

「她在一守家和斧高的關係如何？」

大江田打斷岩槻的話，提出實際的問題。

「聽說她對斧高的態度反覆無常，上一秒溫柔，下一秒又冷冰冰地不理人，捉摸不定。藏田兼斬釘截鐵地說，僉鳥郁子絕不可能向斧高表明身分，斧高也不可能在那之前就察覺僉鳥郁子是他的生母。」

「那個老婆婆是站在男孩那邊的吧？」

「不，她心心念念的只有長壽郎一個人，也就是一守家的安泰。她完全把斧高當傭人對待。況且——」

由於遲遲無法說服岩槻，高屋敷試著從其他角度證明斧高的清白。

「紘貳遇害的那段時間，斧高在睡覺，看似沒有不在場證明，但他在家族會議中昏倒，蘭子擔心他，多次跑去探望，所以可確定他一直待在屋裡。」

「這個報告我聽說了，但蘭子並不是整晚都守在斧高身邊，只是每隔一段時間過去看看。」

「沒錯，可是斧高不知道蘭子何時會過來。萬一他跑去媛神堂殺害紘貳、砍下他的頭並剝光衣物、把東西丟到森林裡再回來的這段期間，蘭子前去看望他，就功虧一簣了。我問蘭子，斧高有沒有去廁所而不見人影的時候？她作證每次查看，斧高都在被窩裡。」

「他們會不會是共犯？今天下午，他們不是也一起出門？譬如，兩人約定斧高成功繼承一守家，就支付蘭子相應的一筆錢之類的。」

高屋敷搖頭，說出在斧高的身世揭曉之前，蘭子邀請他當祕書這件事，並補充蘭子自己就坐擁大筆資產，不可能爲金錢殺人。接著高屋敷又強調：

「岩槻刑警提到證明書萬無一失，我也同意這一點。二守婆婆確實很棘手，不過只要有那份證明書，或許需要花點時間，但二守婆婆終究還是非承認不可。何況，斧高才十六歲，並沒有急迫到現在就得殺掉紘貳的地步。」

「唔……」

岩槻發出一陣不是滋味的低吟，看向大江田，像在要求他定奪：

「還有其他嫌犯嗎？」

「現階段只能說，相關人士每一個都是嫌犯。而且行凶時間是深夜，沒有人有不在場證明。」

「就是啊。」

岩槻同意大江田，高屋敷也點頭說：

「凶手就是預見這種狀況，才會在深夜把紘貳找出去嗎？當然，媛神堂這個地點，也不是三更半夜會有人去的地方。」

「就是這樣吧。凶手使用的理由，八成是知道一守家繼承人非常重要的祕密之類的內容。」

「那麼，最容易把被害者找出去的，會是——」

「一守家的人。」

高屋敷接過岩槻的話，在對方貿然下結論之前，又緊接著說：

「可是，兩家現在關係緊張，在這樣的深夜，哪裡不好去，偏偏把人找到媛神堂去，紘貳應該會有所警戒才對。」

「有道理。」

大江田似乎同意這個可能性，沉默不語，像是在思考。岩槻也仿效上司閉口不語。

「對了……其實，我從斧高那裡問到其他古怪的事。」

兩人沉默的期間，高屋敷決定把原本猶豫該不該報告的事說出來。他認爲這是無法證實的不確定情報，還是該交由大江田判斷。

那就是十三夜參禮前一天，鈴江把斧高叫到倉庫，告訴他的古怪內容。

「當時斧高對她的話理解多少？畢竟這些話是出自即將離開一守家的小女僕之口，不該過於嚴肅看待——雖然我這麼想，但就是耿耿於懷。」

高屋敷把從斧高那裡聽來的內容告訴兩人後，補充道：

「萬一鈴江的話屬實，為了爭奪一守家繼承人之位而殺人的推測，就是大錯特錯。」

意外的是，岩槻嚷嚷起來，彷彿這是個大問題。大江田似乎也有某些想法，對高屋敷說：

「假設一守家只有女孩，或是長壽郎死了，只剩下妃女子活著，會是誰繼承祕守家？」

「應該會由二守家的紘貳繼承。同時，現在的一守家和二守家的地位會互換。」

「到時候，妃女子會和紘貳結婚嗎？」

「這我就不清楚了。富堂老翁一定如此希望，但不知二守婆婆和紘貳自己願不願意？還有，如果鈴江說的是眞的，搞不好兵堂屬意讓紘壹繼承，而不是紘貳，那麼把妃女子塞給剩下的紘貳就行了——」

這時，岩槻插話：

「可、可是……兵堂和二守家的笛子有一腿，倘若紘貳是兩人的孩子，他和妃女子就是異母兄妹吧？這未免……」

「沒錯。我會猶豫要不要把鈴江說的這件事呈報上來，主要的原因就在這裡——」

「因為可信度不高？」大江田傾身向前，「或許她不是撒謊，而是一廂情願地這麼相信。」

「是的。在家中對富貴抬不起頭，以及實權掌握在富堂老翁的手上，兵堂心裡很不是滋味，這些都是事實。兵堂和笛子的關係恐怕也是眞的……但紘貳是兩人的孩子，這件事就難以確定了。因為鈴江嫌惡兵堂的好色，總覺得這是她心存惡意的解讀。」

「確實。可是看看兵堂的言行，他也像是希望一守家栽跟頭，也就是讓二守家升格，不是嗎？」

「或許這是他對傲慢的父親和冰冷的妻子的報復方式。」

岩槻這麼指出，高屋敷點點頭說：

「不過，兵堂也期望祕守一族永保興盛，所以有可能原本是希望由紘壹來繼承一守家。」

「那麼，紘壹也有可能才是兵堂和笛子的兒子啊。」

岩槻尖銳地指出，高屋敷忍不住沉吟。說來丟臉，他完全沒發現可以用其他觀點去分析鈴江的疑心。一旦如此重新審視，高屋敷便清楚地看出她當時的想法；

「鈴江會猜測兵堂的兒子是紘貳而不是紘壹，應該是把紘貳素行不良的部分，和兵堂重疊在一起吧。」

「紘貳也性好漁色嗎？啊，已有江川蘭子的例子。」大江田說。

「是的。相對地，紘壹是個優秀的青年，即使對待下人也一樣和善。外表更是比弟弟英俊許多。」

「或許鈴江心儀紘壹。但要這樣說，長壽郎也是兵堂的孩子啊。」大江田說。

高屋敷還沒回答，岩槻便搶著開口：

「這是年輕女孩容易產生的誤會。冷靜想想，既然兵堂這種歹竹都能生下長壽郎那樣的好筍，那麼，在紘壹和紘貳之中，紘壹更有可能是兵堂的孩子，這麼一想就知道了。然而，鈴江完全拒絕去思考，心儀的對象和好色的一守家老爺有血緣關係。她約莫是無意識地否定這個可能性。」

「那麼，如果妃女子沒有落井而死、紘壹也沒有戰死，只有長壽郎死掉呢？」

大江田看著高屋敷問。

「那就是由紘壹繼承祕守家，現在的二守家變成一守家。這種情況，我認爲妃女子和紘貳將來有可能成親。」

「爲什麼？」

「最主要的理由是，這兩人對兩家來說都是個麻煩。不管是妃女子要出嫁，或是紘貳娶妻，恐怕都很困難。」

「一守家和二守家之間，不是有著沒辦法輕易化解的對立關係嗎？」大江田提出疑問。

「是的。但也因如此，妃女子和紘貳的婚事，橫豎對兩家的局勢都不會有什麼影響，感覺富堂老翁和一枝老夫人會想，那就乾脆湊成對好了。就算妃女子和紘貳任何一方鬧出問題，反正是破蓋配爛蓋，不會說哪一邊責任比較大。富堂老翁和一枝老夫人，應該都能預料到這一點。」

「哎，多可怕的一族啊。」

岩槻語帶感慨，相對地，大江田嚴峻地說：

「家族的繼承權之爭，或許還是重要的動機。」

說著，大江田露出嚴肅的表情。但他像是要暫時打住這個話題，問道：

「對了，關於紘貳的死因，現場調查的結果如何？」

「啊，我都忘了。我看看……」

岩槻連忙取出記事本，邊翻邊說：

「據判是遭到祭壇供奉的鐵槌重擊，造成致命傷。砍頭使用的工具，一樣是祭壇上的柴刀，是在死後砍下的。從遺體的狀態來看，比起毬子和長壽郎，手法確實草率許多——」

「沒錯。毬子那時候，是好好讓人仰躺擺正再砍頭。雖然沒有那麼謹慎，但長壽郎的遺體也經過整理。紘貳的遺體卻是強硬剝下衣物後，也沒擺好，就馬上砍頭。」

「多次犯案之後，凶手開始偷工減料了嗎？」

「也可能是對被害者的殺意深淺不同……」

「從被害者的死亡推定時間來看，至少在紘貳命案中，時間緊迫這個理由不成立。」

「是啊。那麼，砍頭的手法呢？」大江田又問。

「伊勢橋醫生驗屍後，認爲和先前兩人一樣。不同的只有凶器。也就是說，紘貳命案可視爲同一名凶手犯下的第三起命案。」

「這代表凶手殺了兩個人仍不滿足嗎？」

「該不會還有第四起命案……」

岩槻說出內心的想法，兀自愕然，大江田見狀搖了搖頭。他像是在否定部下的擔憂，也像是在說現在不必考慮那些。

「那麼，關於長壽郎的頭有什麼發現？」

「啊，是……長壽郎的頭顱，斷面按在一種叫蠶箔的機具上固定住，使其直立。蠶箔是用竹子編成，似乎是飼育稚蠶專用的籮筐總稱，通常放在蠶架上使用。凶手以小型蠶箔爲底座，將長壽郎的頭顱立在祭壇上。伊勢橋醫生認爲，這可能是爲了讓打開媛神堂的格子門入內的人，剛好和長壽郎打照面……」

「眞是低級的趣味。」

「檢查頭顱之後，發現後腦有撞擊的痕跡，似乎是生前受的傷。應該就是這一擊奪走長壽郎的肢體自由。」

「醫生認爲是被什麼打的？」

「醫生說就外觀來看，大概是某種棒狀物體。」

「這就怪了……」

「哪裡奇怪？」

「凶手明明有砍下長壽郎頭顱的斧頭這把絕佳的凶器，有必要特地拿別的東西把他打昏嗎？」

「這……會不會是不願意在砍頭之前，被噴出來的血濺到？」

「嗯。可是，這樣的話，不要用斧刃，用斧背毆打就行了。與其另外找凶器使用，這麼做不僅省事又輕鬆。」

「確實……如果凶手擔心用斧背一樣會見血，用斧柄也可以打人。」

「但斧柄太細是吧？」

「是的，從傷口來看，應該是更粗的棒棍。」

「這表示動手當時，凶手身邊沒有斧頭嗎？」

高屋敷說出當下想到的可能性。

「因爲現場——馬頭觀音祠裡，還沒有那把斧頭……」

可是，高屋敷不明白這究竟意味著什麼，只好又含糊帶過。大江田聽著他的想法，接下去整理道：

「凶手在中婚舍殺死毬子後，砍下她的頭，帶出媛神堂。接著和待在馬頭觀音祠，或是正前往祠堂的長壽郎會合，用某種棒狀物重擊他的後腦勺，也許是掉落在參道旁邊的粗樹枝。凶手料定就算沾到一點血跡，只要扔進森林裡，不會那麼容易被人發現。」

「那麼，凶手是把斧頭留在中婚舍，或者說，就那樣丟在現場嗎？」

岩槻問道，大江田點點頭：

「這麼一來，有可能凶手眞正想要砍頭的，其實只有毬子一個人。也就是長壽郎這邊的砍頭是障眼法，是在打昏長壽郎後，凶手臨時想到的，所以才連忙回去取斧頭。因此，凶手毫不留戀地把長壽郎的頭還了回來。凶手把頭還回來，有可能不是因爲二守家的一枝那番話，而是巧妙地利用這一點。畢竟根本就不想要的頭，沒必要一直留在身邊。當初是爲了僞裝而砍下長壽郎的頭，於是對紘貳的頭如法炮製。一樣是不需要的頭，凶手也馬上就丟棄了。」

「合情合理。」

岩槻恍然大悟般附和，隨即神色一沉：

「可是，這下更不懂爲何凶手要砍下毬子的頭了。」

「總覺得和妃女子那時候很相似……」

高屋敷忽然有這種感覺。

「當時，眾人都知道被害者就是妃女子，卻傳出遺體似乎沒有頭的流言……」

大江田聽著兩人的話，說：

「過去的事件先擱下吧，還有砍頭的動機——」

他指著高屋敷製作的「婚舍集會相關人士行蹤」時間表，接著道。

「聽好，問題在於，先前我們一直認爲凶手帶著斧頭，從媛神堂前往祠堂。但從時間表來看，沒有人能夠做到這件事。如果是岩槻提出的各別命案說法，或許做得到，可是根據驗屍結果，兩人的頭顱顯然是被同一個人砍斷的。也就是說，這是不折不扣的連續殺人案。」

岩槻和高屋敷深深點頭，大江田卻搖頭：

「然而，這下又出現凶手在媛神堂和祠堂之間往返的可能性。明明是絕對不可能的事，到底該怎麼解釋才好？」

第二十一章　無頭屍的分類

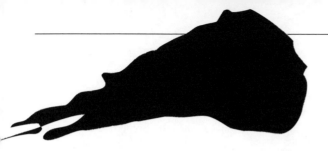

在媛神堂發現二守家的紘貳的無頭屍的隔天，斧高一早就關在長壽郎的書房裡。

「查到有關凶手的線索以前，暫時不要在外頭走動比較好。」

一方面也是因爲兼婆婆這樣警告他。她一定是擔心斧高成了一守家繼承人後，有人會想要他的性命。

由於完全不明白那三人——若加上妃女子，就是四人——爲何慘遭毒手，斧高害怕自己會遭遇不測。但他後知後覺地發現，他會乖乖聽從兼婆婆的囑咐，是因爲只要出門，村人的視線便猶如芒刺在背，此外，他也想靜靜思考往後的出路。

然而，在腦中盤旋的淨是過去的種種……而且是富貴、兼婆婆和僉鳥郁子，這三個知道他身世祕密的人對他的種種言行。

（原來太太一直恨著我。）

如此一想，斧高瞬間遍體生寒，但他沒有以前那麼害怕富貴了。現在終於明白爲何富貴要那樣苛待他。完全不明白動機、毫無道理的虐待令人無比恐懼，如今釐清對方憎恨自己的理由，威脅反而沒那麼大了。

（兼婆婆的態度……嗯，很兼婆婆。）

雖然不到偏袒，但比起其他傭人，兼婆婆確實對斧高寬容一些，這是考慮到如果長壽郎有任何閃失，斧高有可能成爲一守家的繼承人。然而，她對自己向長壽郎施下的各種禁厭咒法有絕對的自信，認定長壽郎一定會繼承一守家。聽說長壽郎雖然身形羸弱，自小卻幾乎不曾生病。用不著搬出富堂老翁或兵堂當例子，在一守家的男孩當中，這是値得一書的特例，所以兼婆婆並未特別看重斧高。

（不過，她還是有些在乎我。）

這種微妙的心理，想必反映在對斧高的微妙言行上了。由於可以清楚地看透，斧高覺得滑稽極了。

（可是老師就……）

郁子那反覆無常的態度變化，到底隱藏著怎樣的情感？仔細想想，著實令人恐懼。起初，斧高揣測或許是出於無法相認的焦慮，隨即又否定。這時，他忽然想到，郁子冷若冰霜的態度，和富貴感覺非常相似……

（和太太一樣，那是憎恨。）

瞬間，斧高恍悟郁子根本不希望生下自己。他察覺郁子恐怕是遭到好色的兵堂玷污，才不甘願地懷了身孕。

（所以老師恨我，但多少還是會意識到我是她的孩子。）

若不這麼解讀，實在無法理解她偶爾展現的溫柔態度。

（老師向淡首大人祈禱長壽郎少爺死掉，也是出於爲人母的感情……希望我繼承一守家……）

想到這裡，一個驚人的想法油然而生：

（那個時候，老師說「最新的願望」。也就是說，在那之前，她曾許下許多願望。她的第一個願望，會不會就是把我從八王子帶回一守家？所以，那天傍晚淡首大人才會來訪……）

斧高慌忙搖頭，彷彿要把可怕的昔日回憶驅逐出去。

（都是過去的事了，想也沒用。我應該要考慮的是未來。）

斧高拚命這麼告訴自己，腦中浮現的卻全是過去，完全無法想像未來的自己。最重要的是，長壽郎巨大的死亡之謎，矗立在眼前，阻擋著他。而且高屋敷說，應該被凶手帶走的長壽郎的頭顱，居然擺放在紘貳命案現場的媛神堂祭壇上……

斧高抱頭苦思，忽然響起敲門聲，接著門開了一條縫。

「方便打擾嗎？」

江川蘭子探頭問。

「啊！老師要用書房嗎？」

斧高立刻從桌前的椅子站起來。他以爲蘭子是要工作，但蘭子走進書房後，打手勢要他坐下來，說：

「在這裡，可以正常交談的對象只有你，所以我想請你陪我一下。」

然後，她在斧高平日坐的另一張椅子坐了下來。

「還是我打擾你想事情了？要是這樣，你直說無妨——」

「沒這回事。」

斧高當下否定，接著自然地說出他對三個女人的想法。

「這樣啊。這不是我該說三道四的事，但設身處地想想，她們的反應是理所當然的。不過站在你的立場，在那三人的圍繞下，你肯定吃了許多苦頭，實在讓人同情。以前還要再加上妃女子小姐……如果那位叫鈴江的小姐還在，或許狀況又會有些不同。」

「要是一守家有像蘭子老師這樣的人——」

就好了——斧高說到一半，慌了起來。因為他覺得這句話形同背叛長壽郎。

「咦，你是說希望我來一守家當女傭嗎？」

「不，抱歉，我不是這個意思——」

「這樣啊，如果我在這裡，就可以支持你了嗎？這可說不定。換成我是妃女子小姐，真的有辦法像長壽郎先生那樣對待你嗎？更別提若是像鈴江小姐那樣，和你同是傭人，我一定會選擇明哲保身。」

「不、不會的……」

「你覺得不會？可是，我會希望你當我的祕書，並不是同情你的身世。當然也不是完全沒有同情……但最主要的理由，是我認為你有能力，而且對我有所助益。回顧過往，分析當時身邊的人是何感受，當然很好，不過現在你應該思考自己的未來。盡量不帶情感，客觀地評估。」

「說的是呢。只是，我有多擔心自己的未來，就有多在乎長壽郎少爺的死亡真相……」

「嗯，這也難怪。說到我現在最在意什麼，一樣是媛首山的連續命案嘛。我甚至想在這裡住下來，直到破案。」

「老、老師就這麼做吧。」

「唔……要是幾天內能解決還好，但我覺得搜查可能會觸礁……這樣的話，我也不好永遠賴在這裡。」

「老師認為警方沒辦法破案嗎？」

「用不著說，現實中的警察遠比偵探小說中的警察優秀，可是這起事件相當特殊。」

「什麼意思？」

「爲何凶手要砍下被害者的頭——除非破解這個謎團，否則一定會變成懸案。遺憾的是，警方以一般的搜查手法，可能應付不了這個謎團。」

「光是調查犯罪現場、詢問相關人士，對破案幾乎沒有幫助嗎？」

「這些調查當然是必要的，絕非白費工夫。不過，從媛首村開始，媛首山、媛神堂、祕守一族，還有一守家，除非持續深入挖掘這些案件的背景，否則依舊沒辦法釐清眞相。若不這麼做，我覺得永遠無法解開砍頭之謎。」

「具體來說，是要挖掘哪些事……？」

「要是知道就不必苦惱了。」

蘭子苦笑，見斧高露出慚愧的表情，她立刻正色道：

「所以，就算要挖掘，一定也很困難。打個比方，深入挖掘過去因一守家的繼承問題而發生的事件，能否揭露那些往事的全貌，也很難說……在這種鄉下世家長大的你，應該能明白有多困難吧？」

「確實如此。即使沒什麼不可告人之處，也習慣先掩蓋起來再說，或許是有這樣的傾向。」

「就是說吧？而且，除了爭奪繼承權的醜陋爭執與陰謀之外，祕守一族還加上大有來歷的怪談。」

「這樣一來，豈不是幾乎破案無望……」

「這可不一定。」

「蘭子老師有什麼想法嗎？」

從她的語氣，斧高覺得本人似乎有某些看法。也許是誤會，但斧高仍大著膽子問出口。

只見蘭子微微側著頭說：

「是啊，如果是我，在確定這些案子的背景難以掌握的時候，就會先列出所有能想到的砍頭的必然性——也可說是無頭屍的分類。接下來，將每一種必然性套在這次的案件上，逐一評估。」

「無頭屍的分類……」

「要來試試嗎？」

口吻雖然調皮，但蘭子的表情很嚴肅。

「啊，好的，麻煩老師了。」

「你還是老樣子，這麼拘謹。以前長壽郎先生也這麼說過你吧？」

蘭子再次苦笑，搶在斧高回應前說：

「這次的案子，基本上和偵探小說中的『無臉屍』應該是一樣的。」

「被害者和加害者掉換的詭計嗎？」

「沒錯，『無臉屍』的眞相當中，這是最常見的一種吧。」

蘭子應道，又說：

「A和B互爲仇家，A以無頭或臉部損毀的狀態被發現，而B銷聲匿跡。眾人以爲一定是B殺死A逃走了，其實凶手是A。A讓被砍頭或是損毀面容的B穿上自己的衣物，僞裝成凶手A是被害者、眞正的被害者B是凶手。就是這種角色掉包的詭計。」

「可是，這次的案子……」

「是啊，不符合那種狀況，而且如果從一開始就以偵探小說式的思維去想，就會受到侷限。所以，我認爲應該先從更開闊的視野去看。懂嗎？」

「呃，懂……」

雖然斧高完全不知道要怎麼做，但爲了避免打斷蘭子的話，他點點頭。

「首先，從人類的歷史來看，有所謂的獵頭族，他們有獵頭的習俗——」

「咦！要從這裡開始嗎？」

聽到具體的例子，斧高太過詫異，忍不住驚呼。

「雖然我不認爲媛首村有獵頭族，但在進行這類探討時，有必要把所有的可能性都列出來。」

「是……」

「況且，也不能斷定完全無關。」

「什、什麼意思？」

「砍頭的第一個理由，是基於咒術上的動機。我不是民族學者，不敢大放厥詞，但獵頭族會想要對方的人頭——這種情況是敵方戰士的頭，是爲了把親手打倒的戰士的靈魂據爲己有。雖然是敵人，還是想把對方身爲戰士的勇猛力量攝取到自己的體內。人們認爲想達到這個目的，需要對方的頭顱。砍下親手打倒的敵方戰士頭顱，在他們的世界裡，是天經地義的習俗。若是打倒敵人，卻沒有砍下對方的頭，反倒會是個問題。」

「哦，原來如此。」

聽到有個砍頭才是自然行爲的世界存在，斧高驚駭之餘，想起以前長壽郎給他看的《國家地理》雜誌中的報導。

「這麼說來，我在雜誌上看過把曬乾縮小後的人頭串成一串的照片。」

「嗯，這些砍頭行爲可說是出於咒術方面的目的。而且，我剛才是舉敵人的首級爲例，有一些部族，會在族長過世的時候，砍下族長的頭，讓留下來的人繼承指導者的力量。也就是說，難保信仰淡首大人的這座村子，沒人擁有類似的思維。」

雖然理解蘭子舉的例子，但斧高認爲村子裡沒有如此瘋狂的信徒——他正要如此否定，腦中忽然浮現富貴和僉鳥郁子的臉。

看來，蘭子想到一樣的事：

「就算在我們不知道的地方，有人爲了祈願，參拜媛神堂上百次也不奇怪。不，實際上，一守家的富貴女士和僉鳥郁子小姐就主動承認她們這麼做。」

「是的。」

「只是，妃女子小姐和長壽郎先生的頭……他們是一守家的人，尤其長壽郎先生是繼承人，在咒術方面應該價値不凡，但考慮到爲何連毬子的頭都想要，就不符合第一個理由了。因爲凶手在砍下長壽郎先生的頭之前，先砍了毬子小姐的頭。」

「而且，長壽郎少爺的頭——長壽郎少爺輕易就被還回來了。」

斧高不願使用「長壽郎少爺的頭」這種說法，所以說到一半就改口。蘭子用力點頭，同意他的看法：

「所以咒術這方面的解釋不成立。懂了嗎？就像這樣逐一推論。」

看到斧高開始參與這場「無頭屍的分類」討論，蘭子看起來很開心。

「第二種情況，是需要人頭作爲殺死對方的證據。從日本戰國時代的例子就不難明白。尤其是擊倒敵方大將時，砍下的首級是最好的證明。」

「砍頭是爲了帶回去當證明。」

「因爲需要以首級示眾。當時砍回來的敵方首級，會把牙齒塗黑，進行所謂的『首級化妝』，並附上名牌，一字排開，放在城堡瞭望樓上。」

「目的雖然不同，但處理——或者說對待敵人首級的方式，感覺和獵頭族很類似。」

「沒錯，兩邊都會對敵人的首級表達敬意。」

「可是，感覺和這次的案子似乎無關……」

「是啊，我同意。第三種情況，是爲了處刑而砍頭，爲了殺雞儆猴而梟示的情況。」

「處刑是指日本的斬刑或歐洲的斷頭台那樣？」

「據說，斷頭台是追求人道處刑方式的成果，這邊先不討論。從結果來看，以斷頭台砍頭的方法最迅速確實，所以才被採納。在斷頭台發明以前，日本也是一樣，負責砍頭的劊子手需要具備一定水準的技術。但有了斷頭台以後，就不需要這樣的專業人士了，或許這也是它會被採用的重要理由。」

「若只是處刑，絞刑或槍殺也可達成目的，但斬首的情況，有示眾的意圖在裡面。」

「眞正是一石二鳥。在歐洲歷史上，重罪犯不用說，尤其是政治犯，爲了示眾，首級會放在廣場柱子或橋梁欄杆等人多的地方，也就是容易被民眾看到的地點來展示。」

「說到處刑，帶有懲罰罪行的意義。可是在這次的案子中，我感覺不到有這樣的含意。」

「如果凶手是想要對被害者處刑，應該會把現場布置得更有處刑的味道吧。而且這些案子裡，沒有人的頭被示眾。」

「但長壽郎少爺……要怎麼說？」

「啊，也對……不過，我覺得那應該是凶手的玩心。」

「咦？」

「抱歉，我不該用這種說法。我的意思是，雖然不知道凶手爲何要歸還長壽郎先生的頭，總之有必要這麼做。只是，凶手認爲普通地留下他的頭，太平凡無奇。村子裡因凶手的犯行而惶惶不安，警方也被搞得雞飛狗跳。會刻意動那種手腳，應該反映了凶手心理上的餘裕，或者說得難聽點，就類似一種遊戲吧。」

「怎麼這樣……」

「不過，至少可以說，凶手並沒有將長壽郎先生的頭示眾的意思。如果凶手想這麼做，應該會選擇更多人能看到的地方，而不是沒什麼人會去的媛神堂。」

「我也這麼認爲。」

「這下第三種情況也排除了。對了，到此爲止，砍頭的必然性，都是基於特定民族的習俗，或特定國家及時代的社會制度，接下來就是以個人動機爲主。」

「接下來會出現符合這次事件的砍頭動機嗎？」

「可能性很大。好了，第四種情況，是出於愛恨情仇。」

「咦！因憎恨而砍掉對方的頭，我還能理解，但怎會因愛而砍頭呢？」

「你知道昭和十一年發生的阿部定事件吧？凶手和有婦之夫多次私下幽會，漸漸想要獨占對方，終於把對方殺死，割下他的生殖器官，就是那起案子。」

「呃，是……我知道。可是……呃，割下來的部位很特殊……」

「是啊。那麼，昭和七年發生在名古屋的無頭女屍案呢？」

「頭被砍掉了嗎？」

「在田地裡的倉庫發現的被害者是個十九歲的女孩，不光是頭，連兩邊乳房、肚臍和私處都被割下。凶手四十三歲，是被害者上裁縫課的人家的男主人。雖然年紀相差這麼多，兩人卻發展成男女關係。不過一開始是男方性侵女孩，女孩對男主人只有憎恨。然而在被迫發生關係的過程中，女方對男方萌生情愫。」

瞬間，斧高腦中浮現兵堂和郁子的臉。他們的關係，不就類似這樣嗎？

（可是，老師對老爺的態度總是冷冰冰的。）

想到這裡，斧高放棄深思，這些複雜幽微的男女情感，不是現在的他所能理解的。再怎麼說，那兩人都是他的父母，他根本不願意去想這些。

「斧高，你還好嗎？」

不知不覺間，斧高一臉凝重地低下頭。抬頭一看，他迎上了蘭子擔憂的眼神。

「啊，是……我沒事。對了，把這些分類寫在筆記本上吧。」

雖然是為了掩飾剛才沉浸在自己的世界裡，但確實記錄下來比較好。

「題目就訂為『無頭屍的分類』，第一項是——」

寫完第四項後，斧高催促蘭子述說名古屋的無頭女屍案的下文。

「那個女孩被砍頭，凶手的動機和阿部定一樣嗎？」

「嗯。不過，這起案子的駭人之處，在於遺體慘不忍睹的狀態。女孩的頭很快就找到，但頭皮連著頭髮被剝下來，雙眼被挖出，左耳被割下，上唇和下巴也都不見了。」

「是、是凶手……」

「沒錯，是凶手幹的。沒多久，凶手就被人發現在冬季期間關閉的茶屋裡上吊自殺。他的頭上罩著女人帶著頭髮的頭皮——還連著右耳，一邊的口袋裡，護身符袋裡裝著兩顆眼珠子，另一邊口袋收著用包袱巾包起來的左耳和肚臍。茶屋的冰箱裡，冰著兩邊乳房和私處。男子留下的疑似遺書的字條上，寫著他原本想要和女孩共結連理。」

「雖然不是完全無法理解，但還是太脫離常軌了。」

「是啊。不過，第四項分類中，不管是出於愛或是恨，被害者只有一人的可能性比較大。至少很難發展成連續殺人，而且考慮到三人的身分，我覺得不可能是這類動機。」

「好的，這一項也刪除。」

「第五種情況，是爲了方便搬運、存放或隱藏屍體。」

「是指分屍嗎？」

「一般都會想到分屍。這種情況，幾乎沒有只砍下頭的例子。分屍的目的，大部分是爲了將屍體搬離殺人現場，並遺棄到其他地點。雖然可以想到因用來埋屍而準備的箱子或洞穴太小，不得不只砍下頭的情況，但這次的命案，除了頭部以外的屍身很完整，所以也不符合。」

「第六種情況是什麼呢？」

「第六種是非常偵探小說式的動機，也就是凶手爲了使用某些機關而利用首級的情況。」

「什麼意思？」

「只有頭的話，方便搬運，可讓人瞥見那顆頭，營造出被害者還活著的假象，製造自己的不在場證明之類。」

「啊，不讓人看到頭部以下的部分……」

「嗯，就是這樣。其他還有利用人頭當秤砣、鎮石或凶器，雖然可以想到許多用途，但都不符合此案。這也包括利用屍身而不是頭顱的情況。然後第七種情況，是爲了隱藏被害者的身分。」

「一聽到無頭屍，通常都會先想到這個動機。」

「這次凶手砍下被害者的頭，還脫掉衣物，乍看之下是這個目的。」

「可是，參加婚舍集會的三名新娘候選人當中，只有毬子小姐不見，而且我們知道凶案現場的中婚舍是她進入的房間。長壽郎少爺幾乎是一樣的情況。再加上，他們大部分的衣物都被丟棄在森林裡。」

「還有指紋的問題。如果目的是隱藏身分，不光是頭，還必須砍下手掌才行。不過，也有可能凶手並不具備指紋的知識。」

「…………」

「重要的是，從現場的狀況來看，稍一細想，任何人都看得出只把頭帶走，絕對無法隱瞞被害者的身分。在這個基礎上，我要進入第八種情況嘍？第八種情況是，爲了誤導被害者的身分。」

斧高在腦中反芻蘭子的話，像要細細體會，接著說：

「也就是說，只要在那種狀況下發現屍體，即使沒有頭，人們也會認為被害者就是毬子小姐——是這樣嗎？」

「對。當然，凶手布置好一切，讓人們誤認。在這種情況下，如果下落不明的不是長壽郎先生，而是竹子小姐，那麼眞凶有可能是毬子，她把竹子小姐的屍體僞裝成自己。也就是我一開始提到的，偵探小說中耳熟能詳的被害者與加害者交換的無臉屍詭計。」

「可是，消失的是長壽郎少爺……」

「但他自己也成了無頭屍，而且最重要的頭在後來出現，所以這也不可能。」

「紘貳少爺的頭也很快找到，可說是同樣的情況。」

「接下來是第九種情況，目的是爲了隱藏頭部留下的某些痕跡。」

或許是看到斧高疑惑地歪頭，蘭子舉了具體的例子：

「比方，凶手使用極爲特殊的工具毆打被害者的頭部，一經調查，就能辨別使用的凶器是什麼，可由此循線查出凶手的身分。」

「原來是這個意思。可是，如果凶手是從供奉在媛神堂的工具當中，隨便挑一樣當凶器——」

「這只是個例子。簡而言之，就是被害者的頭部留下致命的證據，卻又無法輕易抹除，迫不得已，凶手只好將整顆頭帶走。」

「可以查出凶手的證據……」

其他還有什麼例子？斧高開始動腦，蘭子再次聲明接下來的例子是建立在第九種情況的基礎上：

「第十種聽起來或許一樣，不過是凶手不能讓人調查被害者頭部的情況。」

「咦，不是一樣嗎？」

「第九種是凶手留下的痕跡，第十種是被害者自身的特徵。比方，沒有任何家人知道，其實被害者的腦、眼睛、鼻子、牙齒等，也就是頭部的某處患有疾病，一旦被發現，就能聯想到犯案動機，追查到凶手，有這樣的風險。」

「這、這應該非常特殊……」

「那麼，這個例子如何？毬子的妝非常濃，把村子裡的人都嚇到了，對吧？」

「是的，那果然是——」

「沒錯，可以解讀爲她是在挑釁，也可視爲武裝自己的鎧甲。不管怎樣，她都是抱持莫大的覺悟來到這裡。」

「過去和家裡發生過那麼多磨擦，現在又以古里家女兒的身分參加婚舍集會，倒也難怪。」

「是啊。可是，這些不是現在討論的重點。警方調查後，發現東守的手水舍有凶手清洗毬子首級的痕跡，對吧？」

「是的，我聽高屋敷先生提過。」

「如果那是毬子生前自己清洗的呢？雖然不清楚理由是什麼。然後，如果這件事曝光，對凶手來說，會變成致命性證據呢？」

「這樣啊……凶手沒辦法爲她施上相同的妝容，只好把頭砍下來帶走。」

「因爲沒有其他辦法，只能把頭砍下。」

「毬子小姐自己卸妝——這當然也是舉例吧？」

「嗯，實際上毬子沒必要卸妝，應該也沒那種時間。從死亡推定時刻來看，她沒有時間離開中婚舍。而且，手水舍還發現血跡。」

「這些分類就是全部了嗎？」

「不，最後還有一種，就是凶手需要被害者頭部的某個部位。不過，這實在太特殊，而且不符合這次的案子。」

「譬如需要哪個部位？又是爲了什麼……？」

斧高一臉訝異，蘭子揮了揮手，像在表示沒有例子，但又說：

「一九三〇年，蘇聯的大學有個學者證明遺體的角膜可移植到人體身上，此後世界各國都開始進行角膜移植。所以，單純以可能性來說，這種動機也是有可能的。」

斧高將第十一個分類項目寫到筆記本上，說：

「截至目前討論的結果，最有可能的應該是第九種，爲了隱藏被害者頭部留下的某種痕跡，以及第十種，檢查被害者頭部會讓凶手的身分曝光——」

「換句話說，全案的關鍵就在毬子的頭。」

「長壽郎少爺被砍頭，是爲了混淆視聽？」

「長壽郎先生的頭輕易就還回來了，這麼想或許才合理。」

「紘貳少爺也是一樣。」

「嗯。因爲他的頭被砍下之後，似乎立刻就丟在森林裡。」

「毬子小姐的頭在哪裡呢？」

對於斧高這個問題，蘭子像外國人那樣聳了聳肩回應：

「媛首山的森林，警方和青年團一定滴水不漏地搜遍每一個角落，但要徹底查遍那片廣大的森林地區，實在是強人所難。」

「就是說呢……」

「如果凶手熟悉此地，可以預期搜索會更加困難。」

「咦！」

「你也不認爲這起連續殺人案，是外來者隨機犯案吧？」

斧高忍不住結巴起來，蘭子注視著他片刻，說：

「好了，偵探活動暫時打住——」

約莫是爲了轉換氣氛，她刻意換了副玩笑的口吻。

「啊，那份筆記拿給高屋敷巡查看沒關係。如果是我去說，他會生氣，叫一般民眾不要亂插手，但換成是你，那位警察先生就會願意聆聽吧。如果剛才整理出來的分類有助於破案，我也與有榮焉。」

蘭子說完，準備離開書房，卻突然回頭說：

「可是，你不能只顧著研究案子喔。得認眞思考自己的事……好嗎？」

「好的，兩邊我都會全力以赴。」

斧高保證，蘭子總算露出微笑，離開書房。

斧高準備把和蘭子一起整理的「無頭屍的分類」先拿給高屋敷看。他知道巡查將十三夜參禮事件中各相關人士的行動整理成表格。高屋敷看到筆記的內容，絕不會一笑置之。

斧高想得沒錯。然而，在領軍的大江田警部補等搜查人員正式開始研究之前，他們轄下的終下市發生了驚天慘案。

第二十二章　懸案

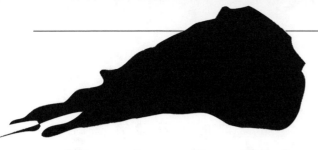

媛首村的媛首山上，發生古里毬子和祕守長壽郎的雙屍命案後，第五天的夜晚，終下市的鬧區發生獵奇式的連環殺人案。

這天晚上十點過後，直到隔天凌晨兩點半左右，一夜之間，竟多達四人慘遭屠殺。被害者皆爲男性，陳屍於不會有人看到的店家後方或巷弄裡，都是遭到割喉慘死。在初步調查階段，不論是年齡、出生地、職業、住址、家族成員、病歷、前科、嗜好等等，四名死者之間找不出任何關聯，很快就被認爲可能是路煞隨機犯案。

由於這起重大刑案，派往媛首村的終下市警署的搜查人員大半都被召回。當然，媛首山的連續斬首命案並未被丟下。只是隔天夜晚，鬧區再次出現兩名犧牲者，導致終下市警署的全部人力都投入「深夜割喉魔」的緝捕行動。第三天晚上雖然沒有犧牲者，但第四天死了一人，第五天又死了一人。這起獵奇連環殺人案的犧牲者不斷增加，連嫌犯的身分都毫無頭緒，搜查人員忙得連睡覺的時間都沒有。

報紙連日以「嗜血惡鬼再度現身鬧區」、「割喉魔再度逞凶」、「割喉狂猖獗跋扈」、「深夜割喉魔嫌犯不明」、「路煞割喉殺手，犧牲者已達九人」等標題大書特書，如今終下市已成爲全國矚目的焦點。

媛首山等於是橫遭波及。尤其是割喉魔案情延宕，使得媛首山連續殺人案的偵辦進度大受影響，搜查總部等於是名存實亡。或許應該說，實質上幾乎形同虛設。

因此，整起案件沉重地壓在高屋敷的雙肩上。當然，對本人來說，這是他求之不得的狀況。他可不打算再次嘗到十三夜參禮事件當時的苦澀滋味。

連日以來，高屋敷向相關人士詢問案情，並前往媛首山現場。他也頻繁聯絡終下市警署，多次親自前往。大江田警部補忙得焦頭爛額，仍盡量抽空和高屋敷見面。但署內的火力集中在割喉魔命案上，所有的調查和分析，都以割喉魔連續命案爲優先。

不久後，年關過去。割喉魔不再像一開始那樣囂張跋扈，卻仍抓住警方巡邏及市民自警隊監視的空檔，不斷犯下可怕的罪行。

由於殺人手法過於俐落，而且竟能在強化警戒的大街上輕易作案，加上雖然有人目擊可疑人影，凶手卻總是消失無蹤，坊間開始流傳割喉魔**其實不是人**的說法，隨即引發恐慌。陸續有市民搬離街上，鬧區早已門可羅雀，燈火全無。各家報紙都說，日落之後的終下市，景象宛如戒嚴時期。

終於，素有「昭和名偵探」美譽的冬城牙城出面協助警方。當時他才剛破解那起可怕的火鵲邸殺人事件，便馬不停蹄地趕赴這個獵奇的大量殺人案現場。

冬城抵達終下市兩天後，高屋敷接獲消息，感覺有如五雷轟頂。因爲警方已逮捕連續割喉案的嫌犯，而這名嫌犯居然是**岩槻刑警**。聽說本人全面否認犯案，並行使緘默權。目前殺人動機不明。不過，警方在岩槻的租屋處找到沾有血跡的小型鎌刀，幾乎可說是罪證確鑿。

更讓高屋敷震驚的是，凶器鎌刀似乎是供奉在媛神堂祭壇的供品之一。這表示岩槻瞞著大江田警部補等所有搜查人員，偷偷從媛神堂摸走了鎌刀。

岩槻落網三天後，一早便陰雨連綿的這天午後，岩槻在偵訊中取出藏在身上的剃刀，割斷自己的喉嚨自殺了。然而，作爲凶器的剃刀是從哪裡來的，完全不明。岩槻被拘留時已徹底檢查過身體，拘留後也絕無機會取得剃刀，這一點負責偵訊的刑警最爲清楚。

不過，據說當天上午發生過一樁有點神祕的事。

這天早上，一名女子要求和岩槻會面。負責應對的職員正欲確認女子的身分，忽然有人呼喚他的名字，回過頭去，卻沒看見是誰。他納悶地轉回頭去時，女子已消失無蹤。

該名女子沒有入侵署內的跡象，更不可能靠近被拘留中的岩槻，因此，岩槻自殺與會面申請人的關聯立刻被否定了。愼重起見，警方調查過岩槻的親屬和朋友，但沒有符合的女性。當時負責應對的職員除了對方是女性以外，不記得任何特徵，而且曾看見該名女子的其他職員聲稱那不是女性，而是長相清秀的男性，搞得根本無從查起。

來訪者究竟是什麼人？訪客的身分成了令人毛骨悚然的謎團。

就這樣，割喉魔命案在嫌犯否認罪行及死亡的情況下落幕。由於岩槻落網後，再也沒有發生新的命案，警方和民眾勉強接受他就是眞凶，案子就此塵埃落定。雖然留下諸多謎團，姑且也算是破案了。

然而，另一邊的媛首山連續殺人案毫無進展，漸漸從世人的記憶中淡去……最後成爲懸案。

幕間（三）

截至上一章爲止，關於戰時及戰後的媛首山命案，應該已全面交代完畢。

此外，關於終下市的割喉魔命案，由於並非本稿該處理的內容，僅限於前章的記述，點到爲止。雖然有許多尚未解決的問題，但凶嫌已落網，凶案也落幕了。

但我個人強烈地感覺到，這兩起案子的結果之所以大不相同，全繫於是否有關鍵人物進入現場。割喉魔命案不用說，關鍵人物就是冬城牙城，而媛首山命案則是刀城言耶。也就是案發前一天，高屋敷在火車上巧遇，正準備拜訪媛首村，卻因外子提到的怪談而在半途下車的那位人士。他們兩位其實是父子，我不禁覺得是一種因緣巧合。

冬城牙城的本名是刀城牙升。刀城家是受封公爵的名門之後，但牙升年輕時便厭惡這樣的特權階級。很快地，他抗拒身爲長子的自己必須成爲家主、繼承爵位的現實，形同離家出走，拜入私家偵探大江田鐸眞門下，遭到刀城家斷絕關係。顧慮到家族的聲譽，他開始使用冬城牙城這個名字。而牙升的兒子就是言耶。

刀城言耶是個作家，以東城雅哉這個筆名創作怪奇小說和變格偵探小說。他經常往前各地採訪，總是在全國到處旅行——但不知爲何，言耶所到之處，幾乎都免不了被捲入光怪陸離的事件，有時甚至面臨生命危險。

不過，果然是血統使然吧。本人似乎沒那個意思，卻經常在不知不覺間扮演起偵探的角色，無形中破解了謎案。

倘若刀城言耶依照當初的預定，前來媛首村——想到這裡，我頓時心亂如麻。憑著言耶的火眼金睛，必定能破解媛首山連續殺人事件，而高屋敷往後的人生，一定也會大不相同……不，抱怨還是就此打住吧。

更重要的是，原本我應該將高屋敷元是如何孤軍奮戰的情況，傳達給諸位讀者。我理當要描述他是多麼鍥而不捨、腳踏實地、孜孜不倦地研究案情，直到最後都沒有放棄。

然而實在抱歉，我提不起心力來書寫這部分。即使心裡明白這是一部小說，但要描寫高屋敷——寫先夫日漸憔悴、精神磨耗的模樣，對我是一種莫大的痛苦。我實在無法一路書寫到他在案發後第十年的仲秋，由於心臟衰竭，突然撒手人寰的那一天。

當然，這也是因爲我有一絲自信，認爲已把手中所有的資料都放進前面的章節，算是成功重現一起神祕死亡，以及三起連續殺人案實際發生的狀況。換句話說，即使交代高屋敷後續的辦案過程，也無法再提供各位讀者任何新的情報及線索了。請把這當成最主要的理由。

不過，關於第三起命案，雖然只是形式上的確認，我還有一些想補充的地方。

一、關於媛神堂發現的無頭男屍的身分

從森林裡發現的頭顱、血型以及指紋，都可確定無頭男屍即爲祕守紘貳。

二、關於紘貳的死因

如同伊勢橋醫生的判斷，致命傷爲後腦遭到鐵槌重擊。砍頭也是在死後進行。

三、關於砍頭

經司法解剖確認，紘貳被砍頭的手法，和先前兩人完全相同。換句話說，警方斷定是同一人所爲，是不折不扣的連續殺人案。

一路走筆至此，令人羞愧的是，我似乎無法自力破解這起謎案。起初，我認爲在轉化爲一部小說的過程中，一定能發現原本沒有注意到的線索、被掩蓋的背景、意想不到的解釋等等。不，我如此期待，也如此冀望。

諷刺的是，現在我覺得比動手撰寫本稿之前更懵懂了。另一方面，我卻也覺得眞相似乎就在眼前若隱若現。這並不是我輸不起的說詞。如果用「眞相」一詞太誇張，那麼可以說，我一直深陷一種感覺，彷彿解開本案謎團的重要關鍵，其實就近在身邊。但我依然不得不承認，僅憑我一個人，實在是力有未逮。

各位讀者讀到這裡，是否已洞悉在這座媛首村、媛首山、祕守的一守家，究竟發生什麼事？先前在〈前言〉稍微預告過，在此我乞求各位讀者提供協助。

對於十三夜參禮事件以及媛首山命案，只要有任何想法，或任何意見都好，懇請聯絡迷宮社，本誌版權頁上附有地址，不勝感激。

或許四個月前刊登的〈幕間（二）〉末尾中，我該提出第一次的請求，不過下一期連載將休息一回，時間相當充裕。

我衷心期盼各位讀者能提供協助。

第二十三章　讀者投書的推理

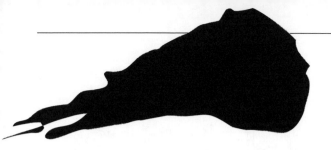

收到各位讀者踴躍的來信，我實在感激不盡。

此外，本章原本應該是〈幕間〉以外的〈本文〉，但由於已不再採取小說形式，我想維持「幕間」的文體。

昨天，我收到雜誌社轉寄的讀者來信及明信片，數量之多，令我驚異，接著湧上心頭的是無比的歡喜。如此笨拙且不完整的作品，竟能得到如此熱烈的迴響，我喜出望外。請容我再次表達感謝。

然而，歡暢的情緒沒有持續太久。不僅如此，閱讀來信的過程中，竟有一股陰寒之感從脖子沿著背脊滑下，我感到渾身不自在。

來信當中，占據壓倒性多數的內容，都是在傾訴閱讀本作品的過程中，其實自己也遭遇神祕不可解的體驗，譬如脖子、喉嚨，或是手腕腳踝受傷、扭傷、不適、不順、不舒服。

我完全沒想到會獲得到這樣的反應。由於實在太意外了，雖然只有短暫的片刻，但我眞的迷失了寫下本稿的初衷。

當然，絕大部分的讀者都聲明應該是心理作用，只是自已想太多。可是，數量實在太多，而且其中有幾個例子，無法以心理作用或錯覺來解釋，我深感不安。原本我想在這裡介紹幾個例子，最後還是作罷。因爲我忽然覺得這是愚不可及的行爲，只會讓傳染病更進一步擴散出去。況且……

不，其實在撰寫上一篇〈幕間（三）〉的時候，我的喉嚨便感到不適……我沒當回事，認爲只是感冒，**脖子**卻在不知不覺間痛了起來……

而且一開始感覺像落枕，漸漸地——該如何形容才好？沒錯，就像有人拉扯我的脖子……是這種討厭的感覺。我就是覺得，有看不見的什麼東西，神不知鬼不覺地站在我正後方，悄悄伸出雙手，緩緩夾住我的頭，慢慢左右扭轉，試圖把頭拔起來……

原本我並不是要寫這些。如同章回標題，本章想要借助讀者的智慧，設法破解謎案——

好像有人來了……

似乎是錯覺。

眞糟糕。從昨晚閱讀讀者的來信開始，我就有些神經過敏。可是，我總覺得有某些神祕之物逐漸逼近，令人毛骨悚然……不，停在這裡好了。

那麼，本章將從讀者來信中，挑選出提到案件眞相的信件，依序介紹。

首先，最多人抱持的觀點是「眞凶是妃女子」。這類觀點的解釋是，十三夜參禮中被殺的不是妃女子，而是女傭鈴江，屍體沒有頭，是爲了讓人誤認被害者的身分，凶手妃女子就住在倉庫裡生活——或是遭到囚禁。

不過，讀者僅指出凶手的名字，沒有人提到具體的作案手法。換句話說，諸多謎團——很抱歉。由於繼續寫稿實在讓我痛苦不已，爲了轉換心情，我到後院繼續整理菜園，原本想去買蕃薯苗來種……

結果，這回是右手。沒錯，我弄傷了右手腕。雖然不至於妨礙寫作，但這下安然無恙的只剩下左腳踝。不，這不是玩笑。總覺得一切的禍端，始於我在媛神堂境內扭傷右腳踝。當時有什麼東西抓住我的右腳踝，附在上頭。它竄過我的體內，漸漸抵達左手腕，又回來在脖子周圍繞了繞，剛才終於爬到我的右手腕。不久後，它一定會去到左腳踝吧。大幅奪走四肢的自由之後，它將再次爬上脖子，這回眞的……

我是否不該回到媛首村？

我不該挖掘十三夜參禮事件，再次聚焦在媛首山命案，像這樣公諸於世嗎？

或許我已觸怒淡首大人，引來災禍，遭到作祟……

好像有人來了……

是錯覺嗎？

啊，好像開始下雨了。今天一早就烏雲密布，似乎終於撐不住了。我原本就感到鬱悶不已，這下更覺陰森……

不，不光是雨聲。

眞的有人在叫門……

「不好意思。」

我嚇到整個人跳了起來，因爲這個家幾乎不會有訪客。不過，確實有一名男士站在門口。

「啊，來了……請問是哪位？」

我猶豫是不是要假裝不在，但這幢屋子很小，訪客很有可能窺知屋內的動靜，因此我老實應了聲。

結果——

「抱歉突然來訪。其實我拜讀了老師在《迷宮草子》上連載的小說，於是冒昧前來打擾。」

我瞬間害怕起來，懷疑是否有哪個不正經的讀者，忽視我希望讀者安靜守望的懇求，找上門來。但訪客從容中帶著客氣的嗓音，立刻讓我有了截然不同的印象。

一回神，我已衝動地開了門。

「啊，午安。突然上門打擾，眞是抱歉。」

門外的男子年約三十五歲，穿著藍色牛仔外套，下半身是顏色更淡一些的牛仔褲，臉上帶著有些靦腆的笑容。

「您是……刀城言耶先生嗎？」

對方尚未報上名字，我已喊了出來。

「咦……您、您認識我嗎？」

「那身行頭……不，那身打扮，就是流浪的怪奇小說家的正字標記啊！」

「哎呀，過獎了……」

從某個角度來看，我這番話絕對算不上稱讚——其實是不小心脫口而出，幸好刀城言耶似乎往好的方向解釋，頻頻露出害臊的模樣。

「可是，您怎會——」

「抱歉。我突然上門，老師想必嚇了一跳。其實我是《迷宮草子》的忠實讀者，讀完上一回的連載後，雖然連自己都覺得魯莽，也覺得會造成麻煩，還是忍不住跑來了。」

跑來了——就算他這麼說，我也完全不知道該如何應對這場意外的拜訪，頓時手足無措。

「那個……或許是多管閒事，但我把謎團整理了一番。」

然而，刀城不僅沒有發現我的不知所措，居然準備直接在玄關披露他的推理。

「那個……其實……」

「咦？啊！難、難道老師正在寫那部作品的結尾嗎？哎呀，那我根本是多此一舉。眞是太打擾老師了……讓、讓您見笑了……」

「不，我不是那個意思。」

「咦，莫非老師還沒吃午飯？」

這樣說或許很失禮，但多虧刀城有些少根筋，我的心頭輕鬆了一些。然後，我做好招來冷笑的心理準備，說出剛才切身的感受：是否不應該繼續和這起案子攪和下去？

「原來是這樣啊。」

然而，刀城沒有笑我，反倒露出沉思的表情。

「啊，雖然我這麼說，但我並沒有遇到任何刀城先生在全國各地蒐集到的那類驚人靈異現象。」

我連忙提醒。要是害他過於期待，我會良心不安。

刀城言耶的興趣是蒐集日本各地流傳的怪異傳說，有時也以此爲題材寫作。他總是闖蕩各地，尋找詭奇的故事，因此編輯之間都稱他爲「流浪作家」或「流浪的怪奇小說家」，但最適合他的稱呼，或許是「怪異蒐集家」。

刀城抿唇微笑，應道：

「如果是那類異事，也許就該輪到原本的刀城言耶登場了。」

見我一臉詫異，他解釋：

「這樣說或許是自誇，但我也不是傻傻到處蒐集怪異傳說。所以，若是**那類**怪事，一定能盡綿薄之力。」

「咦，可是……」

「當然，不光是滿足我自己的蒐集癖，對於老師感覺到的異狀，我會一起研究該如何處理。」

刀城說著，深深行了一禮：

「那麼，恕我打擾了。」

他極為自然地進入我狹小的屋子。

「請、請進……雖然是個寒酸的小地方，請、請慢坐吧。」

對於刀城那種稱得上強勢的態度，原本我應該要表達憤怒才對，但他那天眞無邪的言行，讓人完全氣不起來。

「不過刀城老師好年輕，看上去比實際年齡小了十歲吧。」

不僅如此，我甚至說出這種奉承般的話——不，事實上，他看起來眞的很年輕。

「哦，謝謝誇獎。可能是整天追逐怪談，就是擺脫不了孩子氣的部分吧。可是老師才年輕吧，看起來比實際年齡至少小了十五歲。」

「討厭啦，刀城先生——怎麼這麼會說話。」

實際上，我眞的心臟怦怦亂跳。

「女人看上去再怎麼年輕都不是問題，但換成是男人，像我去鄉間打聽怪談之類的事，由於看起來就是個嘴上無毛的小子，經常被人瞧不起——」

「是啊，太年輕容易會引來輕視。對了，說到怪談，最近我剛好聽聞，孩子們之間在傳，村子裡的馬呑池一帶有可怕的怪物出沒。」

「噢！馬呑池是嗎？記得是舉行十三夜參禮時，二守家的紘貳聲稱去散步的地方？」

「咦！是啊……先不管這個，我還沒向您問候。幸會，我是媛之森妙元。老師的大作，我經常拜讀。」

「您太、太客氣了，謝謝。呃，今天我眞的是突然不請自來，眞是失禮——」

「不會，哪裡的話。我這裡很少有客人上門，尤其是同行。我眞是太開心了。」

「聽到老師這麼說，我就放心了。可是，我們並不是初次見面。」

刀城露出惡作劇般的笑容，直盯著我。

「咦？眞的嗎……那我眞是太失禮了。我完全就是個鄉下作家，很少有機會去都市。刀城老師感覺總是在四處旅行，我以爲您幾乎不會參加文壇活動……」

「不，實際上就是這樣。而且我們初次見面，已是很久以前的事，請不必那樣惶恐。」

我驚出一身冷汗。我一直以爲這是我們第一次見面。刀城這樣說，我寬心了一些，同時也恍然大悟。原來他認爲我們相識，才會逕自登門拜訪。

「啊，怎麼站著說話？請坐、請坐。」

我請刀城在客廳——同時也兼廚房——餐桌旁的椅子坐下，動手泡茶。

「怎麼樣？和小說中描述的那時候相比，感覺村子變得蕭條不少嗎？」刀城問。

「是啊，沒錯。過去村子主要的產業是養蠶和燒炭，但昭和三〇年代，蠶繭的產量減少到戰前的一半，木炭也漸漸被石油取代，村子逐漸失去往年的活力。」

「後來祕守家怎麼了呢？」

在壺裡注水，放上爐子後，我在碗櫥裡四處翻找茶葉。聽到這句話，不禁停下了手。

「不管是延續數十代的舊家望族，或是反覆上演繼承權之爭、關關難過關關過的大族，也只要一代就滅亡了……就一眨眼的工夫。」

我說著，慢慢轉向刀城。

「斧高沒有繼承一守家嗎？」

「哦，他找過江川蘭子小姐、外子和我討論，最後選擇留在一守家，正式以一守家嫡子的身分，在事件後展開新生活。只是──」

「發生什麼問題嗎？」

「他成年的那年秋天，忽然消失……」

「消失？是指失蹤嗎？或是如同字面，人消失不見？」

「不清楚。藏田兼婆婆似乎是最後一個看到他的人，她說斧高從北鳥居口登上媛首山。」

「這又是……」

「不過，當時斧高正在談親事。其實，那是一樁政治聯姻。大概是富堂老翁和兵堂先生爲了重振出現頹敗跡象的一守家而安排的婚事。」

「那麼，可能是斧高不願任人擺布，所以離家出走？」

「是的，很有可能。」

「就算是淡首大人，也想不到一守家的繼承人竟會拋棄祕守家族長的寶座，離開村子吧。」

不只是淡首大人，祕守一族所有的人想必都對斧高的行爲震驚萬分。我這麼對刀城說，他喃喃自語：

「只要拋棄一守家繼承人的身分，就能逃離淡首大人的作祟嗎？」

瞬間，我一陣驚悸。因爲我忽然想到：斧高是否沒能成功逃離？

「他有可能去投靠江川蘭子小姐嗎？」

「不可能。案發後，斧高偶爾會與她書信來往，但江川蘭子小姐似乎沒有收到任何消息。」

「斧高也沒有來找妳或高屋敷先生嗎？」

「沒、沒有……」

「他決定一個人活下去嗎？還是——」

「不過……」

我想說出一直耿耿於懷的事，卻忍不住猶豫。因爲這實在是毫無根據。但刀城催促我說下去，於是我開口：

「大概從十幾年前開始，我便多次在《寶石》等小說雜誌的新人獎最後入圍名單上，看到疑似是斧高的筆名。」

「是怎樣的筆名？」

「幾守壽多郎。」

我說明是哪幾個字，並表示我認爲這是來自「幾多」、「祕守」及「長壽郎」的組合，詢問刀城的看法。

「這五個漢字裡，『幾多』兩個字都用上了，『長壽郎』裡取了兩個字，而『祕守』只取了一個字，感覺像是反映斧高複雜的心境。」刀城說。

「那麼，這個人果然就是——」

「如此吻合，實在很難說是巧合吧。問過出版社了嗎？」

「沒有。」

「這位幾守壽多郎得過什麼新人獎嗎？」

「還……沒有。」

「眞是棘手。如果要聯絡，或許等到他得獎再——」

「刀城先生也覺得這麼做比較好嗎？」

「抱歉，坦白說，我不清楚該怎麼做比較妥當。我覺得和有沒有得獎無關，只是，想像他是懷著怎樣的心情持續投稿，我就……」

「是啊，得知刀城先生的想法和我一樣，我寬心許多。雖然這樣說很一廂情願。」

「哪、哪裡。那麼，祕守家後來……？」

「是的。斧高消失以後，一守家的運勢便一落千丈，接下來不管做什麼都不順利，一路衰敗下去。二守家和三守家也是，不過我不清楚詳情……只有古里家仍健在，日漸興旺，實在諷刺……」

「原來是這樣啊——」

我再次轉身背對唏噓不已的刀城，暫時專心泡茶。

「抱歉，只有粗茶招待，請用。家裡剛好沒有茶點，眞不好意思——」

「啊，哪裡，請不用費心。我才是，上門也沒帶個禮物，實在有失禮數，還請見諒。」

彼此惶恐行禮了一陣，我和刀城重新面對面坐下來。

「那麼，我就進入正題了——」

我害怕任何一點沉默，匆匆開口。

「對於讀者來信陳述的可怕內容，以及我莫名的異樣感受，刀城先生有何看法？當、當然，許多讀者和我都認爲，那只是心理作用……」

「不光是脖子，連手腕和腳踝都出現問題，眞是匪夷所思。」

「嗯，是啊……」

「不過，若想解釋這件事，實在相當困難。所以我認爲應該先擱下這類異象，從破解案件之謎著手比較好。」

「可、可是，不就是和那起案件扯上關係……」

「沒錯，我認爲就是這樣。」

「咦？那麼——」

「也就是說，只要解開謎案，揭曉眞相，這類不適的現象也會隨之消失。而且幸好——說幸好或許不大對——與案件相關的人，幾乎都不在村子了。」

「確、確實如此……」

「很多時候，造成異象的事物，一旦被點破名字——也就是揭開眞面目，就會立刻消失無蹤。這次的情況，破解謎案就相當於這種行爲。」

「我明白了。那麼，刀城先生打算怎麼進行呢？」

我做好覺悟，提心吊膽地問。只見刀城正準備從長方形箱子般的皮包裡取出某物，卻忽然露出「啊，忘記了！」的表情，說：

「不、不好意思，我想要可以寫的東西……啊，不，我是說紙。」

因此，我翻找書房各處，拿了一本全新的筆記本給他。

「依我的個性，最後總是得把全部的謎團和問題寫出來，否則難以繼續思考。」

刀城言耶解釋之後，在筆記本列出以下的項目：

〈關於十三夜參禮事件〉

一、斧高一開始以爲是妃女子的第一個女人（首無）是誰？

二、那名女子（首無）爲何出現在十三夜參禮中？

三、前往媛神堂的妃女子，左手拎的像人頭的東西是什麼？

四、妃女子從密室狀態的媛神堂消失了。她是如何消失？理由是什麼？

五、井中找到的全裸女屍，眞的是妃女子嗎？

六、若女屍是妃女子，凶案現場是媛神堂、井邊，還是其他地方？

七、井中的屍體沒有頭的傳聞是眞的嗎？若爲眞，爲何凶手要砍頭？

八、井中和周圍找到的大量頭髮，是屬於屍體的嗎？

九、凶手是誰？動機是什麼？如果被害者是妃女子，凶手有什麼必要殺她？

十、兵堂爲何不讓傭人看井裡的屍體？

十一、一守家爲何匆匆辦完井中屍體的葬禮？爲何選擇火葬？

十二、知道富貴生下女孩，爲何兵堂會那麼開心？

十三、兵堂和二守家的笛子有染，生下來的是紘壹還是紘貳？這與一守家的繼承問題有何關係？

十四、斧高在浴室看到的首無，就是在十三夜參禮中目擊的首無嗎？如果是，爲何首無再度現身？

十五、十三夜參禮事件後，爲何兼婆婆要送飯去倉庫？

十六、十三夜參禮事件後，爲何二守家的紘貳開始親近長壽郎？

〈關於媛首山連續殺人事件〉

一、古里毬子爲何被殺？

二、爲何她被砍頭、脫光衣物、衣物被丟在森林？

三、儘管被砍頭、脫光衣物，爲何只有私處以包袱巾遮掩？

四、爲何必須清洗她的頭顱？

五、她遇害被砍頭的期間，長壽郎在哪裡？

六、長壽郎原本對婚舍集會意興闌珊，爲何只歡迎古里毬子參加？

七、一守家的長壽郎爲何被殺？

八、爲何他被砍頭、脫光衣物、衣物被丟在森林？

九、爲何選擇馬頭觀音祠犯案？

十、爲何不使用斧頭行凶？殺人使用的凶器又是什麼？

十一、如果殺人時現場沒有斧頭，凶手是如何在祠堂與中婚舍之間往返？

十二、爲何偵探小說被帶走，刻意丟在森林裡？
十三、毬子和長壽郎的頭被藏在哪裡？
十四、二守家的紘貳爲何被殺？
十五、爲何紘貳被砍頭、脫光衣物、衣物被丟在森林？
十六、爲何只有紘貳的屍體凌亂不整？
十七、爲何長壽郎的頭留在現場？
十八、斧高是一守家繼承人一事曝光，對事件有什麼影響嗎？
十九、媛首山連續斬首殺人案的凶手是誰？
二十、江川蘭子製作的「無頭屍的分類」當中，包括本案砍頭行爲的眞相嗎？
二十一、當初淡媛爲何會被砍頭？

「我省略了敬稱。」

大致瀏覽筆記之後，我在桌上攤開，說道：

「有些項目似乎能推測出眞相，但只憑這些問題，無法逼近案件的核心，或者說，看不見整體。」

「我認爲蘭子小姐根據『無頭屍的分類』進行分析，是非常管用的方法。可是，這起案子就算想直接套進分類裡，應該也沒辦法。蘭子小姐眞的很厲害，她建立了一個完整的框架。只是，最重要的內容物——也就是案件本身——實在過於混沌，所有的資訊都未經整理，所以不管再怎麼從外側把框架套上去，還是會溢出框外。這種時候，必須先找出內側的中心在哪裡、內部的核心是什麼，研究其中是否有矛盾之處。只要能找到矛盾——」

「請、請等一下，內側的中心？內部的核心？找到矛盾……這是指什麼？」

「啊，這樣說太抽象了。也就是說，只要發現筆記中列出來的謎，其實全是**同一個事實**，一切便能迎刃而解。」

「就一個事實！」

我忍不住驚呼，目不轉睛地看著刀城。

「是的。而且，只要發現這個問題，也就是某人在某個場合，原本應該一定要做什麼，卻**不知為何什麼都沒做**，並瞭解箇中含意，自然就會浮現出某個事實。」

「難道是藏田兼女士在二十三夜參禮和婚舍集會的時候，忘記對從祭祀堂出發前往媛神堂的長壽郎先生念咒……」

「不是的。不過這樣的思路沒有錯。有人沒有做某事——」

「不是忘了念咒送行這種小事，而是更重要的事嗎？」

「是的，那件事非常重要。」

「只要知道是什麼事，就能知道凶手是誰嗎？」

「雖然無法直接連結，但根據這個事實重新審視整個案件，自然就——」

「凶、凶手到底是誰？」

我問得實在太直接了，刀城似乎一時語塞，不過他很快揭曉答案：

「十三夜參禮事件的凶手，是二守家的紘貳。而媛首山連續斬首殺人案的凶手，則是——」

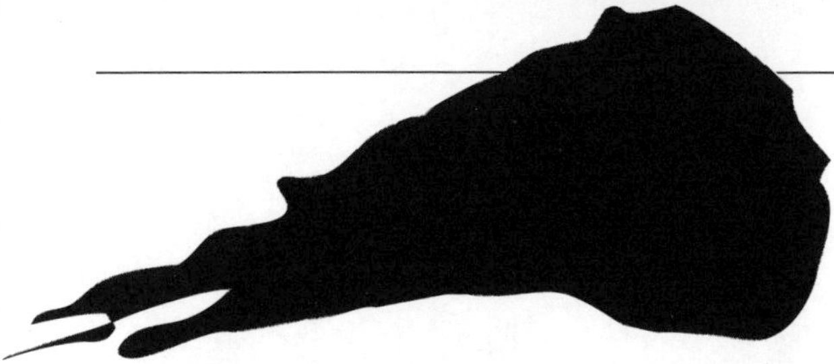

第二十四章　刀城言耶的推理

在前一章的最後只點出凶手的名字——而且只說了一半，沒有任何解釋，似乎讓出版社收到許多抗議信件。

眞是抱歉，但這也是情非得已。因爲緊接著刀城言耶就回去了。

他說出前一章最後那句話後，笑道：

「這是雜誌連載，在這裡告一段落比較好吧。」

接著說他會在《迷宮草子》的下一期——刊登〈第二十三章　讀者投書的推理〉的那一期——出刊後，再來拜訪，便留下張口結舌的我離去。

接下來，我每天都過得苦悶不已。刀城到底是經過怎樣的推理，才得到那樣的解釋？這件事讓我想破了頭。

「某人」到底是誰？「某個場合」又是哪裡？「原本一定要做」的重要行爲又是什麼？我反覆重讀稿子，卻依舊一頭霧水。而且我還想到，在那個重要關頭「什麼也沒做」，意味著「某人」可能與眾人以爲的形象截然不同，於是我又一陣心驚。因爲這可以解釋爲「某人」是個雙面人，表裡不一……

說來丟人，後來我暫時離開村子。我實在沒有勇氣留在這裡，直到刀城言耶下一次來訪。一想到在等待他的期間，左腳踝也可能受傷，我便立刻動身離開村子。等《迷宮草子》出刊後，我才再次回到媛首村。

隔天，彷彿算準了時間，刀城言耶和上次一樣，在兩點半左右翩然而至。天空不巧也下著雨，一早便陰雨綿綿。從這層意義來說，或許蘊釀出最適合解開神祕離奇的媛首山事件的氣氛。

草草寒暄之後，我便把刀城請進客廳，俐落地泡好茶，迫不及待地繼續上回的話題：

「十三夜參禮的凶手是二守家的紘貳，這是眞的嗎？」

「沒錯。」

對比我焦急的態度，刀城從容不迫。

「可是，妃女子遇害的時段，紘貳不是在媛首山外面嗎？也就是對他而言，媛首山是密室狀態，所以他有不在場證明——」

「沒錯，但只要明白我上次提到的某個事實，媛首山就不再是密室，紘貳的不在場證明也會消失。」

「那個事實到底是什麼？」

「這一連串事件的中心，它的核心，妳認爲是什麼？」

「咦……不、不就是一守家的繼承問題嗎？」

「是啊。不過，鄉下地方的舊家望族通常都有這種問題，不算多罕見的爭端。」

「可是，祕守家有淡首大人作崇……是指這個嗎？」

「沒、沒錯！」

刀城有些激動地探出上身，隨即恢復冷靜的口吻說：

「不過，異象本身或許並非問題。」

「什麼意思？」

「有些時候，處理這些異象的**人**，才是禍害的源頭。」

「難道您說的『某人』，是藏田兼女士？」

「為了讓一守家繼承人長壽郎平安長大，從長壽郎生下來，第一次沐浴的那一刻，她就不斷在各種場合施行不同禁厭來保護他。」

「對，應該在長壽郎身上施下了她知道的一切咒術防禦。」

「儘管她如此費盡心機，在長壽郎最重要的場合上，卻**什麼都沒有做**……」

「最重要的場合……是十三夜參禮嗎？」

刀城搖搖頭。

「啊，是二十三夜參禮。」

刀城再次搖頭。

「剩下的就只有婚舍集會——」

然而，他第三次做出否定的動作。

「可、可是，接下來就……難不成是三夜參禮嗎？那時候兼婆婆好好地——」

不待我說完，刀城第四次搖頭：

「比三夜參禮還要**早**。」

「還要早……嬰兒的時候……？」

「不，是**呱呱落地的瞬間**。」

「……………」

「連載的〈第十章　兩名旅人〉當中，刀城言耶對高屋敷巡查說，自古以來孩童的死亡率就居高不下，生產也非常危險，因此人們會對著剛出生的嬰兒咒罵『居然生出這樣一團屎』、『真是個狗崽子』、『怎麼生出這麼可惡的爛東西』，昭告生下來的孩子不是可愛的人類嬰兒，以保護嬰兒免受魔物侵犯。因爲嬰兒**出生在世上的瞬間**，最容易被這類邪惡之物盯上。」

「稿子上確實是這麼寫的。」

「然而，在長壽郎出生最關鍵的一刻，藏田兼女士卻**什麼都沒有做**。難道她不知道與嬰兒誕生有關的禁厭嗎？」

「這……不可能。」

「我也這麼認爲。相反地，她理應知道才對。」

「也就是說，兼婆婆壓根就不打算保護長壽郎……」

「但看看長壽郎出生以後，她對長壽郎盡心奉獻的模樣，這種解釋實在教人無法接受。」

「是啊……而且她會被找回一守家，就是爲了讓富貴女士順利生產。如果生下來的是男孩，一定也會請她擔任奶媽。」

「然而，在繼承人誕生這個重要的場面，藏田兼女士卻極爲平淡地帶過，宛如隨處可見的接生婆。」

「這是爲什麼？」

「不管怎麼想都很矛盾，不是嗎？」

「是啊，簡直莫名其妙。」

「不過，如果這麼想呢？其實她做了**某事**。只是這個行爲**看起來太自然**，導致我們無法注意到其中的深意。」

「是、是什麼**事**？」

刀城停頓片刻，說：

「她施下咒術，把出生的孩子的性別**反過來**宣布。其實第一個出生的是長壽郎，而不是妃女子，她卻大喊：『是女孩！』接著妃女子出生時，又說：『第二個是男孩。』」

「…………」

「這種宣布的方式，其實稍微留意一下，就會察覺不對勁。明明眾人期盼生下的是男孩，她卻用**喊**的宣布：『是女孩！』而眾所期盼的男孩出生時，她竟『不慌不忙、鎮定自如』地報告。不管怎麼看都反了吧？」

「那麼，兵堂先生會笑，也是……」

「當然是因爲生下殷殷期盼的男孩。富堂老翁和兵堂先生應該事前便從藏田兼女士那裡聽說這項禁厭。不過，除了他們以外，當然會告知富貴女士，其他就只告訴家庭教師僉鳥郁子小姐，沒有向任何外人洩漏。這是爲了確保咒術的效力吧。」

「那麼，兵堂先生要讓二守家的同父異母兒子繼承一守家的計畫——」

「根本沒有那種計畫。兵堂先生似乎說過要把妃女子嫁給紘貳，由此可知，如果他真的和二守家的笛子女士之間生下私生子，應該是紘壹。就算是親生兒子，假設紘壹成爲祕守家族長，一守家和二守家的地位就會逆轉。而且，二守家笛子女士的丈夫紘達先生還健在。不管兵堂先生再怎麼想反抗富堂老翁，他會希望這種狀況發生嗎？」

「就、就是說呢……」

「他純粹是爲後繼有人歡喜。」

「可是，怎麼這樣……也就是說，從出生的那一刻兩人就交換性別，直到長大嗎？這未免太——」

「可以這麼說吧：**淡首大人的作祟就是如此強大**。」

「咦……」

「不，至少富堂老翁和兵堂先生，尤其是被請回來的藏田兼女士，是如此看待的。而且，問題或許不只有淡首大人。以前富堂老翁有過三個兒子，其中兩個幼時就夭折了。」

「傳聞這是一枝老夫人虔誠參拜媛神堂的怨念所致……」

「富堂老翁得知姊姊威脅性十足的舉動，嚴命藏田女士無論如何一定要保全兵堂先生的性命。藏田女士也賭上自己的性命，發誓會把嬰兒養大成人。知道當時狀況的耆老說，雙方幾乎上演了一場大鬥法，對吧？」

「兼婆婆再次被交付相同的任務。而且，這次從嬰兒出生前就開始……」

「沒錯。然後，基於過去的經驗，藏田女士認爲，尋常的咒術對抗不了淡首大人的作祟和一枝老夫人的怨念。因此，在孩子出生的那一刻，她便施下極大規模的禁厭。」

「那麼，其實妃女子是男孩，她才是一守家眞正的繼承人嘍？」

「是的。因爲兩人的性別從一開始就掉換了。假設第二個出生的是男孩，一定也會被當成女孩養育吧。」

「不，如果兩個都是男孩，都當成女孩平等養育，應該就不會有任何問題。但兼婆婆不僅把一守家的繼承人命名爲妃女子，還施下重重咒法，將長壽郎應該要承受的各種災禍轉移到妃女子的身上。這樣一來，豈不是會讓刻意顚倒性別的咒法失去意義……？」

「欺敵先欺己、以毒攻毒——約莫基於這樣的想法。藏田女士應該是認爲半吊子的方法絕對無法戰勝，於是狠下心來做個徹底。而且，她一定是預料到，只要最初顛倒性別的禁厭成功，就是最強大的防禦。」

「以一守家的女人而言，妃女子體弱多病，原來並不是因爲承受了長壽郎應該要面臨的災禍，而是**她本身才是真正的嫡子**。」

「同樣地，長壽郎身材纖細，並不是因爲他是一守家的男人，而是因爲**他是個如假包換的女孩**。如果長壽郎眞的是男孩，即使有妃女子這個替身，從小到大卻幾乎不曾生病，以一守家的繼承人來說，不是過於不自然了嗎？」

「確實……」

「這樣掉包，小時候還好，長大之後，便會出現種種扭曲的影響。」

「是指妃女子不知不覺間變得粗魯凶暴，各種怪誕行徑引人側目嗎？」

「進入青春期以後，勉強顚倒性別的影響便浮現出來。但這個時候，一守家偶爾會出現瘋女人的事實，又成爲絕佳的僞裝。」

「當然會被逼瘋吧。」

「因此，藏田女士決定在十三夜參禮時，**將兩人的性別恢復過來**。據我猜想，其實她原本想要等到二十三夜參禮，但從妃女子的狀況，判斷撐不到那時候。而且就過去的例子來看，男孩多半都是死在出生到十三夜參禮這段期間。」

「那麼，十三夜參禮那天晚上……」

這時，刀城喝了口涼掉的茶，說：

「把斧高打發回去以後，在祭祀堂裡，長壽郎和妃女子恢復原本的性別。爲了方便說明，這裡以長壽郎（女）及妃女子（男），變回長壽郎（男）和妃女子（女）來表達。」

「名字和性別總算相符了。」

「不過，這並非第一次。三夜參禮的時候，藏田女士也將他們恢復成原本的性別。考慮到這是參拜淡首大人的特別日子，這麼做豈不是相當大膽嗎？這證明了藏田女士平日就對禁厭的效力極有自信。因此，考慮到在特別之日的三夜參禮，沒有施行大型咒術會顯得不自然，藏田女士布置成宛如交換性別，實則恢復了原本的性別。淡首大人完全被這招給……」

「啊，不，最好別口無遮攔。」

雖然不清楚是否出於眞心，但刀城露出有些害怕的神情，因此我用力點頭鼓勵，接著問：

「也就是說，十三夜參禮的時候，第一個離開祭祀堂的，其實是長壽郎（男）嘍？」

「斧高說，長壽郎不管是登上石階或是經過參道的時候，都異於平日的穩重，走得很快。而且他看到長壽郎（男）的裸體，覺得意外地魁梧，大爲震驚。此外，他差點被發現的時候，長壽郎（男）呼喝『是誰』，並走到附近查看。那強而有力的喝斥與腳步聲，感覺都不是他熟悉的長壽郎。」

「原本的長壽郎（女）變成長壽郎（男），兩者之間的差異一口氣顯現出來。」

「再加上，當晚是個無月之夜。提著燈籠的狀態，光線只會照亮腰部以下，幾乎看不見最重要的臉。」

「那麼，長壽郎（男）在井邊祓禊的時候……」

「是的，這時先前就躲在附近的紘貳現身，可能是先毆打長壽郎（男）的後腦，再把他推落井底。當然，是爲了布置成過去的意外事故再次上演。」

「那個時候，高屋敷尙未抵達東鳥居口。」

「媛首山還不是密室，紘貳沒有不在場證明。高屋敷巡查在東鳥居口看到紘貳，正是他行凶結束、下山離開的時候。」

要是丈夫在生前就知道這件事……一思及此，我不禁慶幸，他沒能查出眞相便離世，或許反倒是好的。

「紘貳的動機，應該是要讓哥哥紘壹坐上一守家繼承人之位，如此一來，身爲弟弟，日後他就能坐享其成。他不想當必須扛起重責大任的領袖，只想在哥哥底下當個副座，輕鬆坐擁財富權力，這個計畫確實很符合他的個性。」

「動機我可以理解，但他動手的時候，躲在附近的斧高完全沒發現長壽郎（男）遇襲，被推落井裡嗎？」

「因爲看到長壽郎（男）的裸體，他備受打擊，蹲在樹木後面摀住雙耳，緊閉雙眼，完全是不聽不看的狀態。」

「啊！我都忘了……」

「待斧高平靜下來，聽見走過境內鵝卵石的腳步聲，便認定是長壽郎（男）祓禊結束，走向媛神堂。然而，其實這是紘貳逃離犯罪現場的腳步聲。」

「那麼，接著過來的是誰？」

「當然是妃女子（女）。不，再接著過來的，也一樣是妃女子（女）。」

「什、什麼意思？」

「妃女子（女）跟在長壽郎（男）後面前往媛神堂，正要到井邊進行祓禊。她應該是在這時發現哥哥被推落井中，還有人躲起來觀察她。」

「因爲斧高驚叫出聲。可、可是，他會出聲是……」

「沒錯，因爲妃女子（女）沒有頭。我猜她應該是戴著黑色頭巾吧。就是婚舍集會那時候，三名新娘候選人戴的那種頭巾。」

「爲什麼要戴頭巾呢？」

「大概是藏田女士的指示。我要強調一點，在這之前，長達十三年之久，妃女子（女）都扮演著長壽郎（女）的角色，不停欺騙著淡首大人。現在兩人恢復原本的身分，參加十三夜參禮，藏田女士一定是交代她在儀式順利結束前，或是在進入婚舍前，都要戴好頭巾。畢竟如果只看臉，她就是長壽郎。」

「黑色頭巾隱沒在黑夜之中，看起來就像沒有頭……」

「沒錯。妃女子（女）發現躲在樹後的斧高。雖然不知道他看到多少，但從他驚懼的模樣，妃女子（女）察覺狀況不太尋常。再看看自己的模樣，以及周邊的狀況，她不難猜到斧高誤以爲目擊到首無。即使不是，如果在這時候吵鬧，不僅一守家的祕密會曝光，繼承人已死的事實也會被眾人得知，長年來的辛苦全都會化爲烏有。情急之下，妃女子（女）決定演一齣戲。在如此倉促，而且是走投無路的情況下，她居然當場想到這個計畫，眞是了不起。」

「她返回參道，再次以妃女子（女）的身分登場？」

「對。這次她取下頭巾，但妃女子（男）有著一頭長髮，而妃女子（女）沒有，因此用手巾包住頭來掩飾。藉由這麼做，讓斧高相信第一個女人不是她，而是首無。畢竟對方只是個六歲孩童。」

「結束祓禊，她前往媛神堂。」

「這是斧高第二次聽到的，踩過鵝卵石的腳步聲。」

「這時妃女子（女）提在左手，像人頭的東西是什麼？」

「是長壽郎（男）放在井邊的燈籠。」

「啊……」

「八成是紘貳進行攻擊的時候，燈籠火光熄滅了。如果燈籠留在原地，被斧高看到，他可能會起疑，所以只能帶走。約莫是用長壽郎（男）留下的衣物，把整個燈籠包起來。」

「那麼妃女子（女）——」

「她進入媛神堂，執行儀式之後，登上榮螺塔，熄掉燈籠火光，布置成妃女子（女）似乎發生了某些事的狀況。接著，她連忙前往前婚舍，穿上帶來的長壽郎（男）的衣物，變回長壽郎（女）。」

「所以在斧高眼中，宛如妃女子（女）在榮螺塔中消失。」

「當然，長壽郎（女）無意營造出有人在密室狀況中消失的樣子。但她必須**在斧高看不見的地方**，從妃女子（女）變回長壽郎（女）。要達到這個目的，只能以妃女子（女）的身分進入媛神堂。」

「因爲斧高一直看著媛神堂，竟促成一齣光怪陸離的消失劇碼。」

「不過，這時斧高看到有意思的東西。」

「是什麼？」

「燈籠的火光在榮螺塔的塔頂熄滅之後，前婚舍的前室亮了起來。這不是很奇怪嗎？如果長壽郎（男）早就進入前婚舍，前室的燈不是應該一直都亮著嗎？」

「可以解釋為長壽郎在內室，所以把前室的燈熄了……那麼，內室的燈光呢？」

「從斧高所在的北邊望去，內室被大樹擋住看不見。即使一片漆黑，他也不知道。」

「確實如此。」

「變回長壽郎（女）後，她走出媛神堂。這時她發現可疑人物——也就是斧高，卻沒有問是誰，很奇怪吧？明明長壽郎在井邊的時候大聲問過。」

「因為兩個長壽郎是不同人嗎？」

「沒錯。而且她還細細端詳斧高的臉，斧高沒有應話，她便表情憂愁地問：『你還好嗎？認得出我是誰吧？』她是在拚命試探，想確認自己的戲碼有沒有被拆穿。」

「原來如此。」

「斧高提到長壽郎（男）在井邊祓禊，說『那個時候，少爺果然沒有發現我』，長壽郎（女）大為驚慌。斧高誤會她的反應，解釋『我沒有看到裸體』，於是她辯解『我實在沒想到會有人躲在這裡，所以嚇了一跳』。這說法很古怪吧？當時長壽郎明明出聲問『是誰』，還四處找了一下。」

「這也是因為兩個長壽郎是不同人。」

「長壽郎（女）一定很慌張。她不知道長壽郎（男）落井之前做了什麼、斧高又看到多少。所以她才會叫斧高把他離開祭祀堂後做了哪些事，原原本本交代一遍。」

「聽到斧高的敘述，她認爲這下沒問題了。但考慮到斧高那麼敬愛長壽郎（女），告訴他眞相，要他配合，不是更省事嗎？」

「對方是個才六歲的孩子。她實在沒辦法憑自己一個人的意思，就把一守家的將來託付在這樣一個孩子身上。證據就是，她派斧高帶著奇妙的字條回去。」

「咦，是通知妃女子落井的那張字條嗎？」

「是的，內容是：『妃女子落井了。我交代小斧回去傳話。這不是在開玩笑，千眞萬確。長壽郎。』」

「哪裡奇妙？」

「爲什麼要刻意強調『我交代小斧回去傳話』呢？明明一看就知道，去傳話的是斧高本人啊。」

「這是爲什麼？」

「因爲『小斧』這個稱呼，只有長壽郎（女）才會使用。透過寫下這個稱呼，她告訴兵堂等人，字條署名的『長壽郎』不是換回身分的長壽郎（男），而是原本的長壽郎（女），也就是落井的是長壽郎（男）。」

「所以，兵堂先生和兼婆婆的反應才會有些奇怪。」

「兩人震驚不已，僉鳥郁子小姐提醒他們長壽郎——當然是長壽郎（女）——還在境內時，藏田女士不小心說溜嘴：『老爺，還、還有長壽郎少爺在啊』。長壽郎才是最重要的人，藏田女士卻不小心用了『還有』這種說法。如果要這樣說，應該是『還有妃女子小姐在』才自然。」」

「難怪從井裡打撈屍體時，不能讓傭人們看見。」

「打撈之前，藏田女士用準備好的線香等道具簡單祭弔過。拿著念珠很自然，但爲何需要拂塵？」

「這麼說也是……」

「其實，那並不是拂塵，而是妃女子（男）在變回長壽郎（男）的時候，藏田女士在祭祀堂剪下來的他的一頭長髮。」

「原來如此。斧高會把長壽郎（男）認成長壽郎，是因爲他的頭髮和長壽郎（女）一樣短。」

「是的。即使夜色太黑看不到臉，還是分辨得出頭髮長短。」

「兼婆婆在打撈遺體前，把剪下來的頭髮撒進井裡。」

「爲了強調死掉的就是妃女子。」

「妃女子（男）的葬禮迅速結束，以及選擇火葬，都是爲了避免身分曝光？」

「沒錯。長壽郎（女）照原先那樣生活就行了，應該不必太擔心，但身爲當事人，還是想要做到萬無一失吧。」

「那麼，遺體沒有頭的傳聞呢？」

「負責從井中打撈遺體的溜吉和宅造，面對高屋敷巡查的偵訊，沒有透露任何事。關於頭髮的事，巡查是從斧高那裡聽說的。也就是說，兩名傭人徹底遵守兵堂先生的吩咐，打撈期間閉著眼睛，後來也沒有對外人多嘴。」

「是呢。」

「另一方面，堅持拒絕驗屍的富堂老翁一待葬禮結束，不僅同意高屋敷巡查進行調查，甚至表現出配合的態度。就在這時，傳出其實那是一具無頭屍的傳聞。而且還有傳聞說，這似乎是從一守家傳出來的。」

「啊！難不成是富堂老翁自己……」

「實際上，散播謠言的應該是藏田女士，當然是奉富堂老翁的指示，混淆村人的視聽。沒必要讓人們相信眞的是淡首大人作祟。最主要的目的，是透過流言，讓眾人認爲十三夜參禮當晚發生怪事，然後**妃女子過世了**。」

「然而，屍體沒有頭的傳聞，卻讓我和外子懷疑，死者眞的是妃女子嗎？」

「諷刺的是，沒錯。可是，富堂老翁和藏田女士，根本不可能想到什麼無頭屍掉包詭計。」

「也是。咦！那兼婆婆送飯菜去倉庫，是給誰……？」

「應該是給鈴江吧。」

「鈴、鈴江！可是，爲什麼……」

「鈴江即將離開一守家那天，向斧高透露許多事。藏田女士想必聽到她說的話了。」

「這麼一提，斧高說似乎看見人影……」

「鈴江自己沒有發現，但她談及的內容當中，隱藏著關於雙胞胎祕密的重大線索。藏田女士一定是想，如果任憑她離開村子，回去八王子的老家，到處亂說，那就麻煩了。」

「所以把她關起來？」

「是的。不過，時間應該不長。確定鈴江不會回去老家，並且確實恐嚇一番後，就會悄悄放她離開村子。」

「我以爲鈴江一直被……」

「嗯，不無可能，只是監禁的時間愈長，愈有可能被其他傭人發現。與其如此，乾脆把她收拾了……」

「怎、怎麼會！」

「實際上是怎樣我也不清楚，但狀況並沒有那麼急迫，所以我猜想應該是下了封口令，恐嚇她絕不能再回到村子，就放她離開。」

「就、就當成是這樣好了。」

「十三夜參禮後，紘貳聽到妃女子落井身亡的消息，並親眼看到長壽郎（女）現身，一定嚇壞了。」

「我想也是。即使當時天色昏暗，看不清楚，但他應該是確定看到男人的裸體才下手，然而死掉的卻變成妃女子。」

「先不論他是不是立刻悟出箇中玄機，總之，後來他參透一守家雙胞胎的祕密。」

「那是戰後的事嗎？所以，紘貳才會開始親近長壽郎（女）？」

「不，紘貳在戰後親近長壽郎，是因爲紘壹戰死。」

「什麼意思？」

「他原本應該是打算等哥哥復員回來，生活穩定下來後，找個適當的機會向他揭發雙胞胎的祕密，執行一開始的計畫。所以戰時只是若有似無地親近長壽郎。沒想到，哥哥戰死了。」

「原來如此，自己當副座，不必負責，坐享好處的計畫破滅，於是他想到可以勒索長壽郎（女）。」

「如果做得太明顯，難保不會自曝殺人的犯行。他想要利用長壽郎（女），舒舒服服過上好日子，這樣的心思表現出來，就成了對一守家繼承人若即若離的古怪行動。」

「一守家為什麼不早些公開斧高的真實身分？」

「當然是**害怕淡首大人作祟**啊。」

「怎麼會……」

「他們一定是打算隱瞞到斧高迎接二十三夜參禮的年紀，所以刻意忽略斧高的十三夜參禮。因為已沒有後路，富堂老翁和藏田女士應該也是拚了老命。妃女子（男）死後，斧高成為長壽郎（女）的專屬小廝，工作變得非常輕鬆，也是基於這樣的背景。」

「那出現在浴室的首無也是……」

「是長壽郎（女）。十歲以前，只要遮住下半身就瞞得過去，但胸部漸漸豐滿，愈來愈難隱瞞性別。日常生活中，最必須小心謹慎的地方就是浴室。長壽郎（女）恐怕再也沒辦法悠閒地泡澡。」

「所以才趁著所有人都睡著的半夜——」

「為防萬一，她還是帶著黑色頭巾去泡澡。不料，她聽見後院傳來聲響，是斧高踩到枯枝的聲音。她連忙戴上頭巾，匆匆離開浴室，就是這時候被斧高看見了。」

「接下來斧高遇到的異象呢……？」

「不管怎麼想，那都是斧高的妄想，是作惡夢了。雖然可解釋為長壽郎（女）為了往後著想，趁機嚇唬他，但她確實很疼愛斧高，不會做出這麼殘忍的行為。考慮到一個六歲孩子飽受驚嚇，以致作了惡夢，這樣解釋會自然許多。」

「不過，長壽郎（女）居然沒有被斧高識破性別。妃女子（男）過世以後，斧高就成為長壽郎（女）的專屬小廝，不是嗎？」

「但長壽郎的貼身瑣事，是由藏田兼女士照料。換句話說，他們不會讓斧高靠近可能會發現長壽郎是女人的場面。」

「原來如此，哎……」

我重重嘆了一口氣。

「那麼，以結果來說，斧高並沒有特殊的性傾向嗎？」

「實際上究竟如何，我不是很清楚。但斧高受到江川蘭子小姐的吸引，所以也可解讀為他並非同性戀者。長大後的長壽郎，在斧高的心中是散發中性魅力的美青年，因此斧高會受到男裝麗人的蘭子小姐吸引，也是可以理解的。然而，斧高知道對方是女性，卻仍被她吸引，和同性戀還是有些不同吧。」

說到這裡，刀城突然露出意味深長的表情：

「對了——」

「什麼？」

「斧高來到媛首村的一守家以後，最初的一年多，記憶模糊，唯獨十三夜參禮當晚的事，化成鮮明的影像烙印在腦海裡。會不會是因為**就在那天晚上，他正式成為一守家的繼承**

人？這樣的解釋，會過於異常嗎？」

「但、但是他不可能知道……」

「他當然不可能知道。所以，我才會在當中感覺到某種非常詭異的**作用**。」

我們陷入沉默，注視著對方。

「啊！我來泡新的茶——」

「請別張羅了，我自己來就好。」

刀城揚起一手制止我起身，打開他身後擱著水壺的瓦斯爐。水滾之後，他再次制止我的動作，迅速沏了兩人份的茶。都怪我笨手笨腳……

「謝謝，我就不客氣了。」我說。

「請別那麼客氣。我總是一個人旅行，習慣凡事自己來。」

「不，您是客人……」

「啊，我常被人這麼說。說把我當客人，怎麼不知不覺變成像家裡人一樣。」

刀城面露親暱的笑，開玩笑地說道。這一定是從初識的人口中打聽出怪異傳說的訣竅，也是遭遇事件時能發揮偵探才華的根基。

「好了，以上就是十三夜參禮事件的解釋。」

「刀城先生，您不累嗎？」

發現他準備繼續要談媛首山連續命案，我忍不住擔心地問。不，老實說吧。光是聽到他截至目前的解釋，接下來他將會揭開什麼真相，光是想像，我就害怕不已。

「而且，像上次那樣先告一段落，把媛首山事件留到下一回，連載效果會更好吧？」

「哈哈哈……眞是輸給老師了。不過說句任性的話，既然已著手破解謎案，除非一鼓作氣，來個水落石出，否則我難以罷休。如果稿子的分量過多，也可在這裡打住換章——」

「不會，沒關係。破案篇讓讀者一口氣讀完，應該比較痛快。」

我也有所覺悟。事已至此，只能奉陪到底。

「那麼，接下來，我想談談媛首山命案。」

「麻煩老師了。」

「關於一守家繼承人的新娘，自古以來，慣例上都是從二守家、三守家以及祕守家的遠親之一，從這三家推出候選人。聽說有些情況，一守家也會推出候選人，但這有可能引發祕守一族的不滿，相當危險，因此鮮少發生。」

「沒錯。」

「然而，對於長壽郎的新娘人選，一守家很早就展開行動。啊，接下來妃女子（男）和妃女子（女）很少登場，所以我就照先前那樣，直接稱呼爲長壽郎——當然是女的長壽郎。」

「好的，這樣我也比較方便敘述。那麼，長壽郎的新娘，是一守家想要準備一個明知**他是女人**，仍願意與他假結婚的人嗎？」

「這樣推測應該不會錯。然而，此事遭到一枝老夫人的強力反對。這時，長壽郎說服富堂老翁和兵堂，讓古里毬子參加。」

「也就是說，長壽郎把自己的祕密告訴毬子小姐？」

「應該不可能。雙方或許書信往來頻繁，但不至於在書信上揭露如此重大的祕密……」

有十足的把握。」

「那麼，長壽郎是打算當場說服毬子小姐？可是，這樣不是更危險嗎？」

「確實，長壽郎打算在婚舍集會的時候，在第一次見面的情況下說服對方。這是因爲她

「咦……什麼把握？」

「古里毬子**和自己一樣是同性戀者**的把握。」

「………」

「因此，關於假結婚，長壽郎認爲只要說出內情，毬子應該會同意。當然，她會開出優渥的交換條件，支援毬子的創作活動。」

「請等一下。雖然只是傳聞，但當時的文壇，盛傳毬子小姐和蘭子小姐是那種關係。長壽郎也是這樣，這……」

「爲她啓蒙的，就是僉鳥郁子。」

「什麼……」

「正確地說，應該是她把長壽郎拐上了那條路吧。僉鳥小姐過去在任職的女校鬧出的醜事，八成就是和女學生有不正當的關係，所以她才無法再次以教師身分執教。」

「富堂老翁知道這件事……」

「富堂老翁反過來利用她這個把柄——萬萬沒想到她居然會勾引長壽郎。不過，一守家需要的是妃女子（男），即使兩人的關係曝光，一守家的人或許也不在乎。」

「可是，郁子小姐眞的……」

「婚舍集會當天，她對三名新娘候選人露骨地表現出嫉妒。」

「可是，她又向淡首大人祈禱長壽郎少爺死去。」

「想必是愛恨交加的狀態吧。因爲從婚舍集會的一年前開始，長壽郎和僉鳥郁子的關係便出現齟齬。剛好就是那時候吧？有個名叫糸波小陸的作家加入《怪誕》的同人行列，發表一些全是赤裸描寫女性**師生關係**的同性戀小說，像是女校老師和學生、在避暑勝地度假的千金小姐和女家教、鋼琴或小提琴女老師和女學生等等。」

「咦！那麼，這個糸波小陸……」

「就是僉鳥郁子。她約莫是把以前在職場上的經驗，以及和長壽郎的關係都寫進小說。當然，是爲了讓**她的學生**讀到。這或許是她表達愛情的方式，卻惹怒了長壽郎。」

「雖然不是完全無法理解，但這種愛情的表達方式相當扭曲。不過，只因這樣，就說那名作家是郁子小姐……」

「只要把僉鳥郁子（MINATORI IKUKO）的發音掉換位置，就會變成糸波小陸（ITONAMI KORIKU）。」

「我居然都沒發現，眞是太大意了。」

「哪裡。只是，僉鳥郁子對長壽郎的愛恨變化，或許是受到斧高的影響。」

「因爲斧高是她的親生兒子嗎？」

「老實說，這部分的心理變化我也不是很明白。但僉鳥會希望長壽郎死掉，原因似乎不只有兩人的感情問題。最重要的是，她把向淡首大人祈願這件事告訴了斧高。」

「假設郁子小姐是同性戀者，她和兵堂先生之間的關係……」

「肯定讓她痛苦不堪吧。那恐怕是威逼之下的結果。」

「難道，她是爲了報復兵堂先生，而把長壽郎……」

「若是恨到那種地步，就眞的沒辦法了。不過，她應該就是個同性戀者，即使兵堂先生沒有性侵她，遲早也會出事。」

「婚舍集會時發生什麼事？」

我再次做好心理準備，催促刀城進入關鍵部分。

「長壽郎誤會江川蘭子和古里毬子，是她和僉鳥郁子那樣的關係。在信件往來的過程中，她漸漸瞭解毬子小姐的爲人。就在這時，她得知毬子小姐想要從蘭子小姐的身邊獨立，於是想到可以請她來參加婚舍集會，提議和自己假結婚。站在長壽郎的角度，她怎麼也沒想到毬子小姐會激烈拒絕。」

「然而，發生了意想不到的事？」

「是的。實際上發生什麼事，如今已成謎，但面對長壽郎的逼迫，毬子小姐應該是表現出激烈的抗拒。兩人發生扭打，長壽郎被一把推開，後腦撞在**內室柱子**上，不幸身亡。」

「那……」

「沒錯。在中婚舍發現的全裸無頭女屍是長壽郎，凶手是古里毬子。換句話說，這裡發生無頭屍詭計中最基本的一種，**加害者與被害者掉換**。」

「毬子小姐爲什麼……」

「她別無選擇。雖說是失手，但她確實殺死了長壽郎。即使要逃，北鳥居口有高屋敷巡查守著——連竹子小姐都發現了，毬子小姐應該也注意到了——東邊和南邊可能也有人監視。再說，即使逃走，凶手就是她——這件事昭然若揭。這個時候，她的腦中約莫有兩道靈光乍現。」

「她想到什麼？」

「首先，知道長壽郎是女人的，恐怕只有一守家當中極少數的人，他們絕不願意聲張。其次，江川蘭子正在前來媛神堂的路上。」

「所以，毬子小姐爲了讓人將長壽郎的屍體誤認爲自己，砍下她的頭，並脫下她的衣服。」

「是的。只是身爲同性，她實在不忍心。殘忍地砍下被害者的頭，卻又用包袱巾遮掩下體，這種矛盾的行動，就是她這種心態的寫照。」

「到這裡我可以理解，不過，蘭子小姐和這件事又是如何牽扯在一起？」

「當然，就是在馬頭觀音祠發現的**全裸無頭男屍**。」

「…………」

「長壽郎是女的，但江川蘭子是男的，所以江川蘭子和古里毬子不可能是同性戀關係。換句話說，毬子小姐在信上預告長壽郎一定會感到驚奇，其實並不是指江川蘭子是個男裝麗人，而是他是個使用女性筆名的男性作家。在這起命案中，被帶走的不是毬子的頭，而是**正牌蘭子的頭**。」

「那麼，出現在媛首村的蘭子小姐是……」

「是古里毬子小姐。」

「…………」

「先做個整理吧。光是把長壽郎的遺體僞裝成自己，無法從根本解決問題。如果毬子小姐熟悉村子，應該會盡快逃離村子，讓人們以爲凶手就是長壽郎，但她做不到。因此，毬子小姐想到和長壽郎掉換身分後，接下來**再和蘭子先生掉換**的法子。如此一來，長壽郎就會被當成古里毬子，而江川蘭子會被誤認爲長壽郎，自己還能取代江川蘭子。這雙重掉包的詭計，不僅可以讓自己度過難關，對一直**想要成為作家**的毬子小姐來說，更是一石二鳥的方法。」

「居然想得這麼深……」

「她都能在情急之下想到如此精妙的計畫了，絕對已盤算好將來的事。」

「但蘭子是男性這件事，有什麼證據嗎？作家江川蘭子確實性情孤僻，隱瞞性別或許很容易……」

「長壽郎曾說，若是生逢其時，江川蘭子就是候爵大人了。想必這是從毬子小姐的信上得知，不過老師這部作品的〈幕間（三）〉，剛好有個例證。提到刀城牙升的地方，有一段寫著『他抗拒身爲長子的自己必須成爲家主，繼承爵位的現實』。爵位是該戶的嫡長子才能夠繼承，但長壽郎並不知道華族制度的這項規定。」

「那麼，蘭子這個人……」

「他其實是世人以爲已過世的哥哥蘭堂。不過，哥哥溺愛妹妹這件事應該是眞的，才會以亡妹的名字當自己的筆名。仔細想想，就會發現『江川蘭子』這個筆名也很怪。」

「哪裡奇怪？」

「蘭子先生——啊，接下來我就如此稱呼男性的正牌江川蘭子，至於古里毬子假冒的，就稱爲蘭子小姐吧——他在隨筆散文集中提到，爲了保留兩人名字裡共同的『蘭』字，只有底下的名字使用本名。假設蘭子先生是妹妹而不是哥哥，這說法是可以理解的。既然如此，爲何要選擇『江川』當姓氏？」

「咦……這不是從亂步老師的連作——」

「長壽郎也曾指出，亂步作品《恐怖王》和連作《惡靈物語》中，都有名叫『大江蘭堂』的偵探作家登場。如果是爲了緬懷哥哥，不是應該以『大江蘭子』爲筆名嗎？或者，使用男性的名字『大江蘭堂』。」

「之所以取名『江川蘭子』，是因爲過世的不是哥哥，而是妹妹……」

「沒錯。若是這麼想，用『江川蘭子』當筆名也就可以理解。」

「但警方應該調查過江川蘭子的身分。」

「老師在稿子裡提到，調查是透過代代爲其家族服務的顧問律師進行，格外鄭重其事。那麼，即使是面對警方，律師應該也不會揭露作家『江川蘭子』的祕密。」

「和律師聯絡的事務，過去應該都是由祕書毬子小姐處理，所以不怕露出馬腳？」

「應該是——」

「對了，砍頭的動機我明白了，可是爲什麼要剝光衣物……啊，也對，如果遺體穿著長壽郎的衣服就麻煩了。」

「這是最重要的理由，但還有一個非常重大的動機。」

「還有別的動機？」

「毬子小姐必須記住長壽郎的身體特徵，**當成毬子小姐的特徵**來作證。」

「…………」

「蘭子小姐向高屋敷巡查詳細說明毬子小姐的身體特徵時，稿子上寫著，藏田女士『忍不住倒抽一口氣』。**因為那些特徵是長壽郎的**。可以說，就在這一刻，蘭子小姐和一守家的富堂老翁等三人達成默契，成為共犯。**凶手與被害者家屬暗中聯手了**——連一句交談都不需要。」

「脫光衣服，原來有雙重的意義啊。可是，就算把換下來的衣物留在現場也沒關係吧？」

「異樣的行為？」

「是沒關係，但為了掩飾某種異樣的行為，還是必須帶走。」

「也就是把偵探小說丟在森林這件事。只丟書太顯眼，必須和別的東西一起丟。」

「呃，話說回來，為什麼要把長壽郎的偵探小說丟到森林？」

「那些幾乎都不是長壽郎的藏書。長壽郎的書，應該只有其中三本。」

「咦！那麼，剩下的書是誰的？」

「江川蘭子先生的。正確地說，是這天他帶來要送給長壽郎的書。」

「原來不是事先寄過來？可是，為什麼要把書丟在森林裡？」

「為了在旅行包裡騰出收納兩顆人頭的空間。」

「……………」

「斧高等於是在不知情的情況下，把裝著長壽郎和蘭子先生人頭的旅行袋，從媛神堂提回一守家。」

「天哪……」

「據說是長壽郎最近在讀、交給高屋敷巡查的兩本書，『雄雞社推理小說叢書』的《小栗虫太郎》，和新樹社的范達因寫的《主教謀殺案》這兩本，沒有被丟在森林裡。因爲毬子小姐無論如何都需要這兩本書，用上面蘭子先生的指紋，當成長壽郎的指紋。鋼筆也一樣。那本來就是蘭子先生隨身攜帶的鋼筆——八成收在西裝口袋裡——毬子小姐卻裝成那是送給長壽郎的東西。況且，妳不覺得奇怪嗎？長壽郎第一次寫信給江川蘭子時，回信是古里毬子寫的。接下來也是長壽郎和古里毬子書信往來，蘭子小姐卻說得彷彿是她和長壽郎頻繁通信。」

「確實如此。」

「我剛才說蘭子小姐和一守家的三人締結共犯關係，但他們不可能進行討論。所以，聽到蘭子小姐把長壽郎的書和鋼筆交給高屋敷巡查時，一守家三人的表情都變得陰沉，露出恨她多管閒事的眼神，頓時對她換了副態度。因此，當指紋鑑定結束，確定遺體就是長壽郎的時候，三人才會露出終於卸下心頭重擔般的反應。」

「光是想像這兩個場面，就幾乎教人喘不過氣來。」

「其實，『雄雞社推理小說叢書』當中也有線索。日本作家雖然一人出版一冊，共推出九冊，但接下來預定的七位外國作家沒有出版。後來在『Ondri MYSTERIES』叢書，只出版了愛德蒙．克萊里休．班特萊的《褚蘭特最後一案》、艾登．菲爾波茲的《紅髮的雷德梅因家族》、福里曼．威利斯．克勞夫茲的《桶子》這三本。其實剩下的四人當中，包括范達因的《主教謀殺案》。也就是說，如果蘭子先生眞的把日本作家的九冊書寄給了長壽郎，然後長壽郎想要把沒有出版的外國作家作品拿給毬子小姐看，當然應該也要把《主教謀殺案》帶去才對。」

「實際上是怎樣呢？」

「蘭子先生把日本作家的九冊書以及《主教謀殺案》放在旅行袋裡，而長壽郎把《褚蘭特最後一案》、《紅髮的雷德梅因家族》、《桶子》這三本書用包袱巾包起來帶去。斧高看到長壽郎從祭祀堂出發前，**懷裡抱著**淡紫色包袱。可是丟在森林裡的偵探小說，總共有十一本。如果這麼多本書眞的原本都在長壽郎的包袱裡，他不可能抱得動。」

「那蘭子小姐回去東京以後，當成毬子小姐的物品寄過來的那些東西呢？」

「應該是在長壽郎的書房挑了幾樣可能有她的指紋的物品，偷偷帶回去的。所以案發後的隔天早上，蘭子小姐有必要關在長壽郎的書房裡。」

「可是，她居然沒有被認出來。古里毬子的臉，至少被竹子小姐、華子小姐、兼婆婆，還有斧高看過，不是嗎？」

「多虧她化了個大濃妝。東手水舍有清洗毬子人頭的痕跡，事實上也眞的是在那裡卸了妝。唯一不同的是，卸妝的是**活著的本人**。」

「卸下濃妝，穿上男裝，確實印象會大不相同。」

「這妝也是個線索。看到蘭子先生的站員，作證說明明是個男人，卻化了**淡妝**。從這層意義來說，蘭子先生或許是在冒充男裝麗人。然而，高屋敷巡查在媛神堂前面遇到蘭子小姐時，她卻是脂粉未施的**素顏**。」

「因爲根本是不同的兩個人嗎？」

「還有，毬子小姐是『以女人來說，頭髮很短』，蘭子先生則是『以男人來說，頭髮有些長』。換句話說，就算毬子小姐變身成蘭子先生，也絲毫沒有奇怪之處。」

「卸掉濃妝，摘掉雙耳的大耳環，再戴上軟呢帽，就完全看不出毬子小姐的影子了吧。」

「而且，竹子小姐和華子小姐根本不把古里家的女兒放在眼裡，藏田女士則是在長壽郎的新娘正式決定前，對三人一視同仁。如果說蘭子小姐必須特別留意誰，就只有斧高而已。」

「但斧高也不曾和毬子小姐交談……」

「不過，蘭子小姐還是會感到不安吧。斧高和高屋敷巡查出現在媛神堂時，她非常仔細地觀察斧高的反應。如同長壽郎以前在十三夜參禮所做的那樣。另外，手水舍的血跡，應該是她在那裡清洗殺害蘭子先生時弄髒的手。」

「這不會太大膽了嗎？毬子小姐和兼婆婆交談過啊。」

「毬子小姐是怎麼和蘭子先生認識的？」

「是……啊！是戲劇……」

「或許只是業餘戲劇，但毬子小姐的演技應該比一般人更好。畢竟她有演戲的經驗。」

「凶案現場是馬頭觀音祠，是因爲毬子小姐在那裡埋伏蘭子先生。」

「是的。即使蘭子先生已經過祠堂，也可藉口有東西要給他看，把他引回祠堂。蘭子先生對石碑上的文字很感興趣，只要說祠堂裡有罕見的東西，他應該會毫不猶豫地伸頭進去看。」

「這時再從後方靠近，重擊他的後腦？」

「對。不過在動手之前，她應該謹愼詢問過蘭子先生，從車站到媛首山的這段路程，他見到了誰、說了些什麼？如果蘭子先生和誰碰過面，她當然必須掌握才行。蘭子先生性情孤癖，應該不用擔心，但還是得預防萬一。」

「所以，毬子小姐才會知道東守有入間巡查看顧，而且入間巡查是個『年輕警察』。」

「巡查躲在北守鳥居口這件事，她和竹子小姐及華子小姐一樣，早就發現了。她一定在提防東守也有人看著，所以特別確認過這件事。」

「用來毆打蘭子先生的物品是什麼？」

「應該是斧頭，但力道並不大。」

「為什麼？」

「如果下手太重，打出血來，**會弄髒衣服**。」

「所以才……」

「蘭子先生遭到斬首時尚未斷氣，就是這個緣故。首要之務，是奪走對方的自由，脫掉衣物。殺害蘭子先生最主要的動機，除了要讓人把他的屍體當成長壽郎以外，更重要的是**得到他的衣物**。蘭子先生『膚色頗為白皙，身材纖細，實在不像二十三歲的成年男性』，由於是這樣的體型，他的衣物身為女人的毬子小姐一定也撐得起來。只是鞋子似乎不太合腳。走上媛守神社的石階時，她忍不住吐露真心話：『再怎麼小，畢竟是男鞋，怎麼也穿不慣』。」

「確實，鞋子和衣服不一樣，很難蒙混過去。」

「伊勢橋醫生指出凶手『甚至等不及被害者斷氣，匆匆忙忙就把頭砍下來』，只要脫下她要的衣物，狀況可說完全就像醫生推斷的那樣。」

「那麼，刀城先生認爲，毬子小姐只是爲了穿上蘭子先生的衣服，冒充江川蘭子，就對他下毒手嗎？」

「除了這麼做以外，她別無生路。當然，兩人之間當時剛好發生各種磨擦，可以推測其中有某些讓她萌生殺機的因子。所以對於殺害蘭子先生，毬子小姐並沒有太多猶豫。」

「就是說呢。我認爲他們兩人之間，一定有某些外人無法窺知的恩怨。」

「蘭子小姐邀請斧高擔任祕書時，斧高擔心自己無法取代毬子小姐，蘭子小姐說江川蘭子這名作家對毬子小姐過於依賴，所以對江川蘭子來說，那是個過度安逸的環境，但對毬子小姐反而是不好的。甚至還斬釘截鐵地說毬子小姐擁有成爲作家的才能，然而，不光是沒有機會，還被江川蘭子剝奪機會，摘除她的可能性。最後她說，如果維持現狀兩人的關係可能會變得更爲險惡。或許可說，當中隱藏著毬子小姐毫不猶豫地殺害蘭子先生的動機。」

「啊……這下我總算有些釋懷。抱歉，我插嘴了。」

「不會，這一點很重要……還有，高屋敷巡查在凶案現場要求驗屍的時候，藏田女士在中婚舍誦了經，在馬頭觀音祠卻什麼也沒做。這也反了呢。因爲她只祭弔毬子小姐的遺體，卻對長壽郎的遺體不聞不問。」

「確實……」

「還有，藏田女士對長壽郎的死沒有太悲傷的樣子，斧高解讀爲過度悲傷，反而顯得麻木，其實是因爲長壽郎早在十年前就死了。這一點從富貴女士的言行也看得出來。在家族會議上揭露斧高是兵堂先生和僉鳥小姐的孩子時，富貴女士說『自從長壽郎死後，不管是一守家還是繼承人問題，對我來說都已無所謂，也沒有意義』，但案發後才過了三天，『自從長壽郎死後』這說法是不是有些奇怪？」

「因爲富貴女士和兼婆婆一樣，在她的心裡，那已是十年前的往事……那麼，火速辦完葬禮，是出於和妃女子（男）那時候相同的理由嗎？」

「是的。但葬禮從簡，是因爲遺體並非一守家的人吧。」

「連這種時候都有差別待遇……」

「這些悲劇發生的主因，就是祕守家根深柢固的差別待遇舊習啊。」

我差點陷入憂鬱，於是故作開朗地說：

「不過，古里毬子小姐眞的完美地扮演了江川蘭子。」

「是啊。不過其他還有許多證據，可證明毬子小姐是冒牌的江川蘭子。」

刀城的反應一派冷靜。

「比方，蘭子小姐說要請斧高上村子的飯館吃飯，去到了街上，才發現沒有西餐廳。但蘭子先生是從喉佛口的公車站沿著村子的主街一路走到媛首山，不管願不願意，都會看到沿路的商家才對。而毬子小姐爲了避免暴露在村人好奇的眼光下，是從滑萬尾車站搭乘一守家拉上窗簾的私家車過來的。也就是說，她沒有機會看到村子裡的狀況。」

「我應該要注意到這一點的。」

「除了祕書和《怪誕》的編輯工作以外，毬子小姐也負責煮飯、洗衣、打掃等工作，以及照料蘭子先生的生活起居。這完全就是在照顧單身男子，即使不論這一點，當斧高準備了飯糰的時候，她不小心說溜嘴，如果斧高成爲她的祕書，『每天都能一起烹煮美味的大餐』。還有，長壽郎在信上經常提到斧高，不只誇他『體貼入微』，甚至說他『可能有寫小說的才華』，這應該是眞的，但就像我先前指出的，長壽郎的通信對象是毬子小姐。然而，蘭子小姐和斧高的對話中，經常出現這類從長壽郎的信上得知的說法。」

「由於面對的是個孩子，她輕忽大意了吧。」

「斧高煩惱是否該留在一守家，蘭子小姐規勸『家人應該在一起』，接著表示這不是她該說的話。與其說這是舉目無親的江川蘭子先生的感慨，更接近離家出走的古里毬子小姐會有的反應吧？同樣的失言，也出現在斧高說他害怕淡首大人作祟、覺得自己受到命運擺布的時候。蘭子小姐對斧高說『換成是我，一定會離家出走』，又連忙打住。這也很像有離家出走經驗的毬子小姐會說的話。」

「即使想要冒充別人，也不是這麼容易的事……」

「是啊。更細節的地方，還有她應該對石碑上的文字感興趣，但斧高帶她去看的時候，她卻提出別的要求，或是在只去過兩回的媛守神社的石階上，說『我就愛從這裡望出去的景色』——她應該是小時候去過吧。還有，她明明剛來到村子不久，卻對一守家成員的個性瞭若指掌。最不自然的是，即使是只對出版業界、尤其是對文壇才會鬧孤僻，但蘭子小姐在村子裡的表現過於長袖善舞了。」

「因爲她還是忍不住好奇搜查狀況嗎？」

「這是原因之一。像毬子小姐這種個性的人，斯斯文文待在一處想必讓她感到痛苦。所以，她甚至做出偵探般的行動，沒意識到這根本不是蘭子先生的作風。」

「咦？」

「就是『無頭屍的分類』啊。」

「可是，這怎會是……」

「江川蘭子和古里毬子都在《怪誕》雜誌上發表耽美類的作品，但蘭子追求的是怪奇幻想小說，毬子則是追求本格偵探小說——前面的章節中明確地提到這一點。會想到『無頭屍的分類』，並輕而易舉完成的，會是哪一個？」

「等於是自掘墳墓了。」

「她會像那樣進行分類，應該是不厭其煩地想加強警方的印象：在本案中，加害者和被害者掉包是絕不可能的事。」

「沒想到卻適得其反。那麼，紘貳被殺，是因爲他恐嚇——蘭子小姐嗎？」

「應該是。不過，他向蘭子小姐求婚的事或許是眞的。不過，可以肯定的是，那絕不是求婚的態度，而是更卑鄙的手段，而斧高撞見這個場面。斧高說當時蘭子小姐面對石階，她一定發現斧高了。所以，她對紘貳說有人在看，和他約好半夜在媛神堂相會，演了一場瞞過斧高的戲。」

「砍下紘貳的頭，把他的衣服丟在森林，確實只是障眼法，只有他的屍身遭到簡慢地對待，這也可以理解，但爲何要把長壽郎的頭放在現場？」

「大概是聽到一枝老夫人的話，擔心這樣下去，斧高的繼承問題會變得複雜吧。我認爲至少對於斧高，蘭子小姐是眞心誠意的。不管是邀他當祕書，還是建議他留在一守家都一樣。」

「就是呢。」

「儘管如此，當斧高得知眞相後，是否會原諒她就……」

「這……」

「哎，我們在這裡擔心也沒用。」

「…………」

「第三次殺人時，蘭子小姐也有疏失。」

「什麼疏失？」

「正確地說，是在後來犯下疏失——和斧高討論案子的時候，她不小心說溜嘴，指出長壽郎的頭被動手腳，是凶手的玩心。紘貳命案中，大江田警部補嚴格命令不能把現場特殊的細節公布出去。因此，就算高屋敷巡查對斧高說出長壽郎的頭擺在祭壇上，也不可能告訴他更進一步的細節。既然如此，蘭子小姐怎會知道長壽郎的頭被動了某些手腳？」

「當時斧高不覺得奇怪嗎？」

「他應該是解讀爲，蘭子小姐指的是長壽郎的頭擺在祭壇上的狀態。可是，只是放著頭而已，卻用『動手腳』來形容，有些奇怪。」

「多此一舉，反倒露出馬腳。」

「不。把人頭的斷面按在蠶箔上，讓人頭站直，絕不是多此一舉。」

「其中有什麼意義嗎？」

「蘭子小姐把長壽郎的頭還回來，是爲了解決斧高的繼承問題。若非葬禮已結束，她不會歸還頭顱。因爲只要調查中婚舍發現的無頭屍和長壽郎的頭部，就會發現**兩邊的斷面並不吻合**。」

「所以才……」

「為了預防萬一，她把人頭的斷面按在蠶箔的網眼上，加以破壞。」

「她的言行有些部分深思熟慮，有些部分卻又毫無防備。」

「如同妳剛才說的，在斧高面前，她會疏於防備，或者說，面對別人時的緊繃神經會自然地鬆懈下來。」

見刀城的話似乎告一段落，我起身繞過桌子，在刀城推辭之前，走向瓦斯爐說：

「我來泡新的茶，請休息一下。」

「好的，謝謝。對了，這裡是書房嗎？」

刀城走到開著門的房間前，有些客氣地探頭看裡面。

「啊，裡面不好見人……」

「哪裡，整理得非常整齊啊。小說家的書房往往是亂七八糟，不愧是老師，真教人尊敬。」

「刀城先生經常在旅途中寫作嗎？」

「是啊。因此，只要有紙筆，不管在哪裡都有辦法寫——」

「眞的嗎？好厲害。」

「哪裡，只是習慣罷了。」

很快地，我們再次對桌而坐，啜飲著蒸氣氤氳的新茶。片刻沉默之後，刀城彷彿未曾有任何中斷，開口道：

「當時就有傳聞說，一枝老夫人身體狀況欠佳，或許會比體弱多病的富堂老翁先走一步……」

「嗯，是啊。」

「我想一守家的三人，應該是打算至少要把雙胞胎的祕密守到一枝老夫人過世爲止吧。他們一定也對長壽郎說，只要忍耐到那時候就行了。」

「二守婆婆……不，富堂老翁也是如此，這樣說或許有些過分，總覺得如果這兩個人早點離世，就不會發生如此淒慘的事件。」

「是的……我也有同感。」

「對了——」

我欲言又止，刀城投來詢問的眼神。我一陣心慌意亂，但還是勉強說下去：

「這麼一來，等於是事件過後，古里毬子小姐頂替江川蘭子的身分，在文壇活躍……」

「沒錯，會是這樣。我們熟知的『出版許多本格推理名作』的本格推理作家江川蘭子，已是古里毬子小姐。不過，單論命案本身，已是二十年前的事了，早就超過追訴期了。」

「可是，畢竟……不是這種問題……怎麼說，蘭子小姐應該要受到社會制裁……」

「是啊，**如果她就是真凶的話**。」

「…………」

我懷疑自己聽錯了。但刀城這句話，確實像在說古里毬子並非凶手。

「什、什、什麼意思？」

「無論是直接或間接，這一年左右，江川蘭子小姐聯絡過老師嗎？」

然而，刀城卻這樣反問我。

「呃，沒有……我完全沒有接到她的聯絡。若是她聯絡出版社，出版社一定會通知我。」

「這樣的話，老師不覺得奇怪嗎？去年出版的江川蘭子小姐的隨筆集《昔日幻想逍遙》中，提到《迷宮草子》。這代表她知道這本雜誌。即使沒有在書中提到，對於《迷宮草子》這樣的雜誌，她也不可能漠不關心。」

「您的意思是，她讀過這篇連載……」

「可能性非常高。儘管如此，她卻不曾聯絡妳。如果她眞的是兇手，豈不是有些奇妙嗎？」

「因爲最糟糕的情況，眞相有可能在雜誌上揭曉……對吧？」

「沒錯。考慮到兇手的心理，沒有聯絡妳，實在太不自然。」

「也、也就是說……眞、眞兇另有其人……？」

見刀城緩緩點頭，我大吃一驚。

「眞、眞兇到底是誰？」

「是斧高。」

幕間（四）

「斧、斧、斧高……？」

這實在太出人意表，我眞的是聽得張口結舌。

「再怎麼樣……這實、實在不可能吧？」

「關於十三夜參禮，二見巡查部長曾做出解釋——」

刀城言耶以始終平靜的語氣，對方寸大亂的我說：

「如果妃女子小姐落井的那段時間，沒有任何人進入媛首山，那就是一起意外，什麼無頭女、人在榮螺塔消失之類的超常現象，都是斧高在撒謊。」

「呃，對……這很像二見巡查部長會有的解釋……」

「他把難以解釋的部分視爲長壽郎和斧高的幻聽、作夢和幻覺，不當一回事。」

「對……」

「乍看之下確實武斷，但這也可說是極爲符合邏輯的解釋。」

「請等一下，難道刀城先生要把先前長篇大論的推理全數推翻嗎？」

「不，絕非如此。藏田兼女士施行交換雙胞胎性別的禁厭，引發了十三夜參禮的事件。此時兩人的性別恢復，卻又很快交換，這一點應該不會錯。十年後媛首山連續命案中的雙重交換戲碼，我也相信是眞實上演的情節。只是——」

「只是連續命案的凶手並非古里毬子小姐，而是斧高……？」

「十三夜參禮的事件也是。換句話說，殺害眞正的長壽郎的**也**是他。」

「連、連十三夜參禮都是……？」

「如果毬子小姐並非凶手，那麼，究竟誰有辦法犯下那些凶案？思考這個問題，斧高無可避免會成爲嫌犯。如此一來，過去的事件也必須重新探討。」

「咦！斧高反而應該是第一個排除的嫌犯吧？」

「爲什麼？」

「還爲什麼……如同刀城先生也看出來的那樣，從斧高的言行判斷，不管哪一樁案子，都絕不可能是他犯下的啊。」

「是啊。若只看本作，確實就像老師說的。可是，**這不是小說嗎？**」

「…………」

「本作確實是依據負責案件的高屋敷巡查留下的資料，以及巡查之妻高屋敷妙子女士從丈夫那裡聽來的內容，加上案件當事人斧高的敘述內容所構成，但這依然是一部小說，沒錯吧？」

「刀城先生的意思是，我在文中撒了謊……？」

「不是的。我不認爲作者刻意寫下虛假的陳述。」

「那……」

「那麼，我換個說法吧。這部小說參考的基礎資料，**尤其是證詞，如何能夠擔保完全真實無虛**呢？」

「…………」

「當然，並非從頭到尾都是假的。畢竟顯眼的言行不是那麼容易瞞得過去的。就算在這些部分撒謊，也可能輕易被拆穿。」

「可是，哪些是眞的、哪些是假的，又要怎麼——」

「沒錯，不可能區分出來。但高屋敷元巡查的部分，全都可以相信。」

「這……對我來說是理所當然，只是，要我證明先夫沒有撒謊，我也——」

「沒錯，沒辦法。不過，考慮到作者寫下這部作品的**動機**，應該可以判斷高屋敷巡查的資料沒有問題。從犯罪動機方面來看，他不可能涉案，而且如果他涉案，也沒有理由特地留下假資料。同時，我看不出作者在根據這些資料轉化而成的小說中，做出虛假陳述的必要性。」

「聽到您這麼說，我就放心了……可是，就算先夫的資料可以相信，從這件事又看得出什麼？」

「案發當時媛首山的狀況描述，是可以相信的。」

「就是媛首山呈現密室狀態的部分嗎？」

「是的。倘若只根據這一點來思考，斧高有充足的犯案機會。」

「等、等一下。如果殺害眞正的長壽郎的凶手是斧高，表示他早就發現雙胞胎的祕密……」

「是的。不過，就算他早就知道雙胞胎的祕密，也不會有任何問題吧？斧高心儀的是**女性**的長壽郎。想想他後來受到蘭子小姐——也就是毬子小姐吸引，他絕不可能愛上男人。原本他爲了愛慕的對象是男人而苦惱，發現對方其實是女的，應該鬆了一大口氣吧。」

「那他殺害眞正的長壽郎的動機是什麼？」

「獨占欲。長壽郎（女）時刻關照著妃女子（男），他嫉妒不已。因此斧高心想，『如果沒有妃女子小姐，長壽郎少爺是不是會多關心我一些？』也許妳會覺得我是任意取用稿中的敘述補強自己的說法，但這類心理層面的活動，與凶手作案時物理層面的實際行動，並無任何關聯。」

「可是，斧高當時才六歲，他不可能把十三歲的眞正的長壽郎推下井。」

「不，就是因爲他那麼小，才有辦法做到。」

「怎麼做？」

「只要趁眞正的長壽郎在打水時，抱住他的雙腳抬起來，同時用自己的頭去頂他的腰就行了。因爲他個子矮，更有效果。」

「然後……」

「發現哥哥屍體的眞正的妃女子，再次恢復長壽郎的身分，但她作夢都想不到斧高會是凶手。這就是眞相。」

聽到這裡，我陷入沉思。確實，如果斧高是眞凶，首無和消失的妃女子這些神祕現象便可撤底排除，一切都能得到合理的解釋。

「刀城先生認爲，媛首山命案時，斧高也有殺人的機會？」

「他聲稱當時在北鳥居口和境內之間的參道來回往返，但沒有人看到他。高屋敷巡查和斧高會合，是在斧高上山約一個小時以後的事。這段期間，斧高從外面偷窺婚舍，確定古里毬子小姐在中婚舍裡，闖了進去。文中提到白天和夜晚不同，境內有各種聲響，所以只要躡手躡腳，踩過鵝卵石的聲音便不至於太響亮，婚舍裡的三人也沒有發現。」

「動機是嫉妒嗎……？」

「這表示雖然不知是何時，但斧高發現長壽郎是個同性戀者。他從婚舍集會前雙方的通信內容，察覺長壽郎打算娶毬子小姐爲妻。這等於是闖入相親現場，動機就如同妳說的，是受到嫉妒——而且是不計代價、喪心病狂的情感所驅動。」

「當時毬子小姐也在場。既然如此，爲什麼毬子小姐沒有阻止……」

「——她一定是阻止了。不料被斧高猛力一推，**腦袋撞在柱子上**，暫時昏了過去。」

「咦，柱子的痕跡是毬子小姐留下的？」

「就算後腦撞出個大包，只要冒充蘭子小姐，戴上軟呢帽，就能遮掩過去。」

「那長壽郎呢？」

「長壽郎被斧高**用特殊警棍打倒**。那根警棍本來是二見巡查部長的，收在北守駐在所的架子上，斧高偷拿出來。」

「斧高確實對那根警棍很感興趣，而且他可以自由進出駐在所……」

「接下來的計畫，約莫是毬子小姐醒來後，察覺發生什麼事，情急之下想到的。她在電光石火之間，完成了爲斧高解圍，同時自己也可成爲作家的一石二鳥劇本。」

「那殺害江川蘭子是……」

「一樣是由斧高動手。毬子小姐並未親手殺人。所以，毬子小姐——蘭子小姐才會選擇對這部作品靜觀其變，也難怪她完全沒有聯繫老師了。」

「斧高在紘貳命案的不在場證明，也是蘭子小姐做了僞證嗎？」

「而且是順理成章、極爲自然的證詞。」

「爲什麼把帶走的長壽郎的頭又還回去？」

「砍頭是爲了混淆身分，但頭顱本身，**對斧高來說或許非常珍貴**，如同昭和七年發生在名古屋的無頭女屍命案。我想應該是蘭子小姐說服斧高歸還人頭，好解決一守家的繼承問題。她理解斧高眞心愛著長壽郎，並考慮到斧高的身世祕密，認爲他還是留下來繼承一守家比較好吧。」

「然而，斧高卻離開了一守家……啊，刀城先生認爲斧高也在讀這篇連載嗎？」

「這我就不清楚了。雖然沒有蘭子小姐那麼確定，但斧高沒有任何聯絡，也許應該解讀爲他完全不知情吧。」

「……………」

這時，我將視線從刀城身上移開，略低著頭，再次陷入沉思。

見我這副模樣，刀城似乎也有所察覺。他默不作聲，耐性十足地靜待我開口。

「您覺得哪個結局比較好？」

半晌後我開口，刀城聞言面露不解。

「以作者生病爲由，結束連載；以眞相不明，未解決的狀態結束連載；編造出完全推理小說式的結局，讓讀者滿意；刻意公開刀城言耶的推理，揭露凶手就是斧高，等他聯絡——如果是刀城先生，會選擇哪一種？」

「這個嘛……」

刀城露出有些爲難的表情，隨即正色回答：

「我全都不採用。」

「爲什麼？」

「當然是因爲——妳才是眞凶。」

尾聲

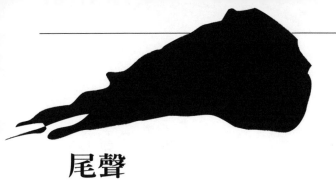

「您、您在說笑嗎……？我、我才是眞凶？這未免太荒謬了……聽著，十三夜參禮和婚舍集會那時候，媛首山都呈現密室狀態。不管怎麼想，我都絕對不可能犯案。況且，我哪有動機呢？這到底是在說什麼？再說，我在這篇連載的〈前言〉末尾，還特地聲明這類懷疑『是徒勞且錯誤的』。啊……還是刀城先生要說，這一切都是小說，所以我愛怎麼撒謊都行嗎？但作者究竟爲何不惜做出那種虛假的陳述，也非寫下這部作品不可？這不是太不合情理了嗎？」

我連珠炮似地說了一大串。刀城言耶微微搖頭，應道：

「〈前言〉中的記述，沒有絲毫謊言。」

「咦……」

「也就是說，作者並未做出任何虛假的陳述。不，整篇稿子都是如此。作者絕未刻意撒謊。」

「那、那我怎麼可能是眞凶……？」

「——的確是不可能。**如果妳是真正的高屋敷妙子的話**。」

「…………」

「出自媛之森妙元，也就是高屋敷妙子筆下的文字，應該是從〈前言〉的『面對空白的稿紙』到〈第二十三章　讀者投書的推理〉的『不過讀者僅指出凶手的名字，沒有人提到具體的作案手法。換句話說，諸多謎團——』爲止。緊接著『很抱歉，由於繼續寫稿實在讓我痛苦不已』以後的文章，**是妳代替真正的作者寫下的**。沒錯，是江川蘭子小姐——不，還是我應該稱妳爲古里毬子小姐？——所寫的。」

「這、這……開、開玩笑也該有個限度……」

「高屋敷女士的腳踝及手腕不適，讀者來信也提到相同的症狀，妳利用這一點，裝出右手腕扭傷的樣子，想要藉此**掩飾手稿的筆跡變化**。當然，是爲了取代高屋敷女士，續寫後文，**把這篇連載的結局寫成懸案**。」

「這太荒唐了……在後院耕種是眞的，如果您認爲我在撒謊，可以自己去看看。若只是爲了向出版社謊稱右手腕受傷，根本沒必要實際耕種。」

「那麼，爲什麼要耕種呢？」

「就像稿子裡提到的，爲了轉換心情，我想要買蕃薯苗來種──」

「種蕃薯嗎？那篇稿子是在二月或三月寫的，但適合栽種蕃薯的季節，是五月到七月吧？」

「…………」

「就算手上沒有刊登〈第二十三章　讀者投書的推理〉的那期《迷宮草子》，我也知道那篇稿子是在二月或三月寫的。因爲〈前言〉是十一月寫的，一開始就聲明接下來會每期刊登兩章──並插入只有〈幕間〉的期數──會在稿件完成兩個月後刊登在雜誌上。依此計算，自然可查出各篇稿件撰寫的時期。」

「這……」

「妳不小心信手胡寫了呢。」

「那是……我只是一時搞錯，但這不能證明我沒有耕種後院。你去看看就知道，一目瞭然，實際上後院眞的耕種過。否則，我有什麼理由那樣大費周章？」

「當然有。」

「…………」

「爲了徹底抹殺正牌高屋敷妙子女士，妳有必要挖掘後院。不，妳必須挖出夠大的**坑洞**才行。」

「…………」

「高屋敷妙子女士回到媛首村以後，將過去在夜晚寫作的模式，徹底改爲在白天寫作。她日出寫作、日落擱筆，過著這樣的生活。」

「對、對啊。」

「我上門打擾的那天，也一如平常嗎？」

「那當然了。我沒做什麼特別的事。」

「但妳爲了轉換心情，又因爲搞錯季節，開始耕種後院，卻一下子就扭傷右手腕，放棄耕種——對嗎？」

「對啊，這有什麼好奇怪的？」

「對了，上次我來的時候，話說到一半就回去了，妳覺得是爲什麼？」

「呃……到底是爲、爲什麼？刀城先生自己不是說過？『這是雜誌連載，在這裡告一段落比較好吧。』」

「對，可是我一旦開始解謎，就會一鼓作氣，貫徹到底，否則不會善罷甘休——最起碼我很少停在半吊子的地方，還賣關子。」

「……那是爲什麼？」

「**為了在《迷宮草子》上讀到**妳應該會繼續寫下去的〈第二十三章　讀者投稿的推理〉內容，我只能暫且打住。」

「……………」

「我上門打擾的時間是下午兩點半左右。只要讀到那一章，便可知道在那個時間點，〈第二十三章〉僅僅寫了不到六張四百字的稿紙。內容是作者以第一人稱描述關於脖子、手腕和腳踝不適等令人毛骨悚然的異象，這樣的分量，一個職業作家若是日出開始寫作，完全可以在上午寫完。然而，從妳當時的回答來看，妳是在兩點半撰寫那些內容。文中說，妳在後院從事農活扭傷了手腕，很快就罷手不做。那麼，沒有寫稿的那些時間，妳到底做了什麼？」

「…………」

「古里毬子小姐？不，還是該稱妳爲江川蘭子小姐？妳打算繼續扮演高屋敷妙子女士嗎？妳很執著於**最後一次掉包**嗎？」

「刀城言耶，你設計我！」

我咬牙切齒地說，可恨的他卻裝傻：

「這種指控也太難聽了。我從頭到尾都很公平的。」

「睜眼說瞎話！你之前明明一直把我當成高屋敷妙子。」

「可是，我一次都沒有稱呼妳『高屋敷女士』或『媛之森老師』。」

「……你是什麼時候發現的？」

「第一次萌生疑心，是在玄關。」

「胡、胡扯！難道你一看到我，就發現不對勁？」

到了這種地步，刀城還想裝模作樣，我的心底湧出強烈的嫌惡。

「不，我絕不是隨口瞎說。只要讀過前面的稿子，便能體會到高屋敷女士眞的對身體的不適感到害怕。所以劈頭就向我傾訴這些不安，我覺得是非常自然的反應。」

「那就沒問題了吧？」

「可是，在妳提到身體的不適前，我已明確地說『或許多管閒事，但我把謎團整理了一番』。站在高屋敷女士的立場，不抱希望地姑且聽之，才是自然的反應吧？」

「你認爲我訴說身體不適，暗下逐客令，顯得很不自然？」

「是的，我覺得有些不對勁。不過，我的懷疑轉爲確信，是在妳泡茶的時候。」

「咦……」

「妳在拿茶葉的時候，在碗櫥裡東翻西找了老半天，簡直像在陌生人的家裡。」

「原來如此……」

「而且，請妳給我寫字的用具時，妳一樣翻遍了整個書房，好不容易才挖出一冊筆記本。」

「原來那也是……？」

「愼重起見，我剛才看了一下書房，裡面井井有條。客廳也是。不管怎麼想，在這個家生活的人都不可能不知道茶葉和筆記本在哪裡。」

「你一個大男人，卻淨是注意這種小地方……」

「附帶一提，寫在那筆記本上的項目，我皮包裡的筆記本上也寫著完全一樣的內容。」

「什麼……」

「我不是說過了嗎？我已整理過謎團，而且我必須把全部的謎團和問題都寫下來，才能夠推進思考。喏，我很公平吧？」

眞是個惹人厭的傢伙。嘴上說著這種話，本人卻沒有半點得意洋洋的神情，教人惱恨到家。

「爲了更進一步觀察，並掌握確實的證據，你打算等讀過〈第二十三章〉的內容再說，才會在那時候打住話題回去，是吧？」

「沒錯。妳會如何在稿子裡粉飾太平，我非常感興趣。因爲我認爲如果順利，妳可能會在稿子裡露出馬腳。」

「可惡！」

「接下來都是一些小細節。對於祕守家的沒落，妳說不太清楚，卻又說只有古里家現在依然存續，而且更加興旺，因爲妳還是會關心老家的情形。還有，當我指出江川蘭子是男性的時候，妳尙未接受這個解釋，就使用過去式來描述蘭子，問蘭子是男性這件事有何證據。此外，妳主張毬子小姐殺害蘭子先生，動機絕不只是要他的衣服、冒充他而已，妳對此似乎有種莫名的執著，我覺得有些奇妙。」

「雖然都是些小細節，但積沙成塔是嗎？」

「而且如果妳是高屋敷妙子女士，未免太年輕了。」

「呵……如果我眞的是她本人，聽到這句話一定會很開心。嗯，實際上，我們相差十五歲左右，你的眼光實在精準。」

「哪裡，妳的演技也不遑多讓。我說的幾乎都是妳已知的事，或早已察覺的事，妳卻能表現得彷彿初次耳聞——不愧是年輕時候演過戲的人。」

「然而，我的演技騙不倒你，是吧？」

「我也是直到前一刻，才做出最後的判斷。」

「咦……什麼意思？」

「因爲如果妳是正牌高屋敷妙子女士，當我故意指稱斧高才是眞凶的時候，**妳絕對會袒護他**。然而，妳卻接受了這個推測，甚至暗示要當成這部作品的結局。聽到這裡，我才完全篤定。」

「你眞是緊迫盯人，直到最後一刻，我甘拜下風。明明比起本格推理，東城雅哉的作品更多的是應該稱爲變格偵探小說的內容。」

「我怎麼可能寫得出那種邏輯分明的劇情呢？」

「那麼，最後留下的謎團，不如順帶解一解？」

「咦……還有什麼謎團嗎？」

「最後一個項目，爲何淡媛被斬首的謎啊。」

「啊，差點忘了。傳說，淡媛從媛首山——當時還叫媛鞍山——往日陰嶺逃難，因頭部中箭而倒下。給她致命一擊還能理解，何必刻意砍下她的頭？」

「是啊。就算她是絕世美女，若非有特殊癖好，否則不會有人想要屍體的頭。」

「儘管如此，她還是被砍頭了。」

「爲什麼？」

「因爲淡媛當時是武士打扮。」

「啊……是要她當替身？」

「是的。媛神城被豐臣氏攻陷時，城主氏秀自刎，兒子氏定經過媛鞍山，勉強從日陰嶺逃亡至鄰國。淡媛是跟在氏定後面逃走的，這個時候，她是否被打扮成氏定的模樣？」

「是被逼的？」

「所以敵人才以爲是擊斃兒子氏定，砍下人頭。然而，他們發現這只是替身，而且是個女人，有可能爲了洩憤而辱屍。」

「難怪她要作祟……」

「燒炭人在窯場遇到的靈異體驗，一開始看起來是個落難武士，接著卻變成無頭女。如果解釋爲淡媛死時打扮得像武士，雖說是怪談，也合情合理了。」

「這樣解釋怪談很沒意思，不過確實挺有說服力。」

「這樣想或許過於穿鑿附會，但如果當時淡媛打扮得像武士，而氏定打扮成女人，才能順利逃生……」

「咦……」

「總覺得男女、**兄妹的掉換**，就像是一切的禍根。」

「…………」

沉默籠罩了我倆片刻。刀城以有些悠哉的態度重新環顧客廳。我大大地伸了個懶腰說：

「你也累了吧？來喝個茶——」

「不用麻煩了。我不想自己泡茶，但也懶得起身讓妳來泡茶。」

原來如此——刀城早就發現，我已兩度伺機不著痕跡地繞到他的身後……當然是爲了讓他步上高屋敷妙子的**後塵**。

「那麼，你打算怎麼做？」

「這個嘛，還是把稿子完成比較好——」

「什、什麼？」

——因此，我現在關在書房裡，一路走筆至此。

不過，在客廳等待的刀城言耶，實在是個怪人。他主張連載有頭無尾，會嚴重剝奪讀者的樂趣，必須有始有終。他還說，就算不提到他的名字也無所謂，總之必須給出一個任何人讀了都能接受的解釋。眞是個怪胎。

但這麼說的我，直到完全露出馬腳的那一刻，都努力模仿著媛之森妙元——也就是高屋敷妙子的文體寫稿，實在可笑……也許我骨子裡就是個推理作家吧。

然而，我還是輸給刀城言耶。沒想到半路殺出這個棘手的傢伙。何不安安分分地專注於他兼顧愛好與實益的怪談蒐集工作就好？居然對懸而未決的殺人命案產生興趣，還多管閒事跑來解謎——

蒐集怪談……

沒錯，對於自己不知道的**那類**怪談，他毫無招架之力。比方村裡的孩童之間流傳的，媛首村的馬呑池一帶有可怕的怪物出沒的傳聞……

那麼，爲何這個怪談**沒有讓他上勾**？

我告訴他馬呑池怪物的事，就是想轉移他的注意力。不料，他反而因此提到二守家的紘貳，害我焦急起來，以爲弄巧成拙。如今回想，刀城言耶對那則怪談毫無反應，豈不是很怪？

刀城言耶……

這麼說來，他完全沒有自我介紹……他說和高屋敷妙子不是初次見面。可是，高屋敷妙子就是個鄉下作家，而刀城總是在旅行，兩人不太可能有機會見面。案發當時，刀城並未進入村子裡。難不成，他說不是初次見面的對象，指的是**我**……？

僅有一門之隔的客廳裡的人，**真的是刀城言耶嗎**……？

一思及此，一股厲寒頓時竄過我的背脊，我忍不住哆嗦起來。

那傢伙到底是誰……？

不，必須冷靜分析——

說到多年不見，看起來比刀城言耶年輕十歲，對一連串事件具備知識與興趣，符合這些條件的人……

斧高……

怎麼可能……太荒唐了……怎麼會……爲了什麼……？

對了，是爲了復仇嗎……？我不僅殺了長壽郎，還把他耍得團團轉，他會想要對我復仇也是理所當然……

可是，如果是斧高，我應該認得出他的模樣……

模樣？

我想不起坐在隔壁房間的男人……不，那個人的**臉**……連他是否真的是個男人，都**弄不清楚**了……

他兩次來訪之前，都下了雨。

雨……水……

在這扇門外等著我的，到底是**什麼**……？

民宅發現無頭女屍

十三日下午五點二十分左右，前往東京都西多摩郡媛首村北守出租房屋派送信件的郵局職員，發現屋中有一具全裸的無頭女屍。據判死後已經過約兩星期。

該址由推理作家媛之森妙元（本名高屋敷妙子）承租，由於本人行蹤不明，終下市警署正盡速查明女屍身分。

女屍的年齡約四十五至五十五歲……

又一具無頭女屍

十三日發現全裸無頭女屍的東京都西多摩郡媛首村的北守出租房屋處，於後院又挖出了一具全裸的無頭女屍。

由於租客推理作家媛之森妙元（本名高屋敷妙子）行蹤不明，終下市警署目前正全力追查兩具無頭屍的身分。

第一具發現的女屍……

蒙面作家下落不明？

本月四日，多家出版社聯合向警方報案，聲稱以怪奇幻想文風著稱的推理作家江川蘭子下落不明，請求協尋。

江川是一名身分徹底保密的蒙面作家，連責任編輯都不曾見過作家的廬山眞面目。工作上的接洽，全部透過電話和信件。然而，自上個月初，江川便音訊全無，沒有任何一家出版社聯絡得上，因此才會史無前例地聯合報案。

作家江川蘭子……

《書房的屍體》

四月號　目次

連載

土屋隆夫〈鬼子大人之歌〉

西東登〈蜂巢裡〉

天藤眞〈可怕的死者們〉

單篇小說

梶龍雄〈黑線〉

藤本泉〈翁血脈記〉

遠藤桂子〈漩渦〉

瀨下耽〈無花果病〉

飛鳥高〈殺人空間〉

第三屆新人獎發表

幾守壽多郎

〈堂裡有人頭〉

專欄

中島河太郎／權田萬治／伊藤秀雄／瀨戶川猛資／二上洋一

主要參考文獻

《檜原村紀聞　風土與人》瓜生卓造／東京書籍
《照片的故事　昭和的生活2　山村》須藤功／農山漁村文化協會
《生命與物怪》齋藤TAMA／新宿書房
《日本民俗講座4　衣・食・住》宮本馨太郎編／有精堂出版
《童謠背後隱藏的民俗》門美山犹稔／知層舍
《婚姻備忘錄》瀨川清子／講談社學術文庫
《神聖空間緣起》橫尾忠則・畫、毛綱毅曠・文、藤塚光政・攝影／SUMAI Library出版局
《復刻　偵探小說四十年》江戶川亂步／沖積舍
《日本推理小說事典》權田萬治、新保博久・編著／新潮選書

解說

當理性被證明以後，恐懼則迎來新生——將推理與恐怖全都推演到底的《如無頭作祟之物》

※本文涉及故事關鍵情節，未讀正文者請愼入

文／出前一廷

二〇〇一年時，三津田信三以恐怖小說《忌館：恐怖小說家的棲息之處》正式出道，之後延續相同創作路線，推出數部具有推理元素的恐怖小說。到了二〇〇六年，他正式踏入推理小說領域，並將先前的作法逆轉過來，爲本格推理融入鮮明的恐怖色彩，他最知名的「刀城言耶」系列就此誕生。

就三津田自己表示，本系列的前兩部作品《如厭魅附身之物》與《如凶鳥忌諱之物》剛開始並未引起太大迴響，於是他接著寫《如無頭作祟之物》時，其實處於一種缺乏自信的狀態。

然而，《如無頭作祟之物》出版後，在讀者間引發熱烈的討論，透過優秀的口碑，本書順利打入那一年的各大推理小說排行榜，同時也讓不少讀者紛紛回頭去找《如厭魅附身之

物》與《如凶鳥忌諱之物》一讀，不僅扭轉了「刀城言耶」系列的命運，對於三津田的創作之路來說，自然也是一部極具代表性的作品。

不過，雖然「刀城言耶」系列被外界歸類爲本格推理，但至少在前期階段，三津田並未如此看待這個系列。他曾表示，自己過去非常喜歡本格推理，只是由於讀到後來，覺得書中的一些理論與邏輯，若是從故事以外的角度來看，其實根本與詭辯相差無幾，因此也使他的喜好，開始轉移到了恐怖文類上頭。

他認爲，恐怖小說是無需遵循條理的，所以許多奇怪的謎團到了最後仍欠缺解釋，反倒能夠強化出恐怖效果。至於本格推理則正好相反，只要有謎團就必需被解開不可，其中有一定的邏輯性得要遵守。

也因如此，雖然「刀城言耶」系列在表面上比較接近橫構正史的風格，但對他影響最大的作家，其實還是當屬作品不斷嘗試將恐怖與推理加以融合的江戶川亂步，最終也使他想要像亂步一樣，努力把這兩種就像是油與水般難以混合的文類結合起來，這才創造出「刀城言耶」系列。

正因這樣的創作意圖，使「刀城言耶」系列在處理超自然元素時，始終保持在一個灰色地帶。而三津田在創作這些作品時，希望自己既能讓那些不相信有鬼的讀者感到害怕，同時也提供給那些對鬼魂之說深信不疑的讀者們一個合理解釋，最後他的作品往往在推理與恐怖間來回拉扯，連他自己也不知道會如何收尾。

是的，雖然就大眾的理解而言，要求嚴謹邏輯的本格推理，理應在寫作之前便擬定好全書情節，才能在故事裡適當安排各種伏筆，並於最後帶來層層機關被逐一拆解的驚奇效果。

但對三津田來說，這種事前安排好所有細節的作法，反倒會使他難以下筆，同時也不覺得會比較有趣。

因此，就算是在《如無頭作祟之物》這種錯綜複雜，許多地方均環環相扣的作品裡，三津田也只是在下筆前先想好「爲何死者的頭會被砍掉」這種中心詭計概念，至於情節方面，則採取順其自然的方式邊寫邊想，完全不作任何預設，認爲若是連作者在寫作的過程裡也不確定故事會如何發展，那麼讀者在閱讀時，也勢必會感受到更多出乎意料的樂趣。

像是這種在恐怖與推理間來回穿梭，就連作者也不知道結局會偏向哪邊的魅力，在整個「刀城言耶」系列裡表現最爲突出的，至少就我個人而言，也確實當推《如無頭作祟之物》莫屬。

就營造恐怖氣息的角度來看，三津田運用他擅長的民俗學元素，透過各種鄉野傳聞與山村望族中代代相傳的古老儀式，爲這個主要時間點發生於一九四三年與一九五三年的故事，創造出一種遺世獨立般的魔境背景。像是「淡首大人」或「首無」這些令人聞之喪膽的魔物，均藉由傳統怪談式的恐怖氣息，交織爲一個個看似彼此獨立，卻又息息相關的複雜繩結，透過三津田對恐怖氣氛的精準掌握，以及那些彷彿經過實際田野調查而成的大量細節，帶來一種明明離我們生活的世界如此之遠，卻依舊具有強烈的眞實感，因此得以成功喚醒我們內心恐懼的獨特效果。

對於十分推崇岡本綺堂與M．R．詹姆斯的三津田來說，他在《如無頭作祟之物》採用的方式，其實正有點像是這兩位作家筆下的老式怪談。比起直接而明確的驚嚇，他更重視爲讀者帶來一種不安的感受，因此也讓本書的許多推理謎團，跟陰森詭異的氣氛結合得十分完美，讀者就算知道許多橋段勢必會在後面得到一個合理解釋，還是會由於故事當下的角色觀點，心生一股毛骨悚然的寒意。

至於推理方面，《如無頭作祟之物》相當程度地延續了前兩作的風格。三津田透過列出凶手爲何割下死者頭顱的各種動機，塑造出一種推理遊戲般的效果，使那些段落就像是在與推理迷交流一樣，分享他對於「無頭詭計」的整理及想法。至於對不是推理迷的讀者來說，這類段落也會由於內容本身與案件息息相關，同樣覺得有趣。

到了故事末尾，除了案件的相關謎團外，三津田甚至還試著讓角色爲自古相傳的鄉野怪談提出解釋。就算傳說本身依舊具有鬼魂等超自然元素，但也確實提出了一個符合內在邏輯的答案，如同民俗學者會針對相同傳說的不同版本試圖歸納出演變的脈絡一樣，最後使這類環節同樣爲本書帶來一些屬於推理性質的閱讀樂趣。

此外，三津田還是個熱愛後設手法的作家，甚至曾在自己的作品清單裡，放進一本由迷宮社出版，名爲《九つ岩石塔殺人事件》的絕版小說。只是，這本時常在「刀城言耶」系列裡被提及的作品，其實至今都仍未被實際寫出，連迷宮社也只不過是三津田虛構的一間出版社罷了。

而在《如無頭作祟之物》中，他依舊安排不少虛實交錯的細節。像是在提及日本戰後偵探小說雜誌發展狀況的同時，他便融入了一些自己筆下的人物及作品。連本書最後以「附錄」之名附上的虛構雜誌《書房的屍體》的某期目錄，其中置入的人名，也幾乎全是眞實存在的作家，頂多是作品名稱全經過微調，是以就感覺來說，彷彿是三津田藉此建立起另一個不同於現實，只屬於他自己的變異推理小說史。

至於故事在解謎階段的屢次翻轉，其實與他過去對於本格推理的想法類似，也就是其中的部分邏輯，根本可被視爲一種作者自說自話的詭辯。也因爲這樣，《如無頭作祟之物》在最後階段的那些翻轉，其實只要凶手沒有對其做出定論，以讀者的角度來看，也就變得各有道理，甚至還透過敘述者知道的事情不一定就是眞相，因此也無法被視爲鐵證這點，使恐怖小說的氣息在最後關頭，再度滲入原本所有謎團都將被徹底掃除的理性結尾。

這回，推理小說的結局並非是迷霧消散的一片清朗，而是瞬間湧上，甚至比起先前更爲瀰漫，彷彿透不進光的一片混沌。

當理性被證明以後，恐懼則迎來新生。能將看似水火不容的推理與恐怖在同一本書裡推演到底，或許就是《如無頭作祟之物》之所以如此迷人的原因吧。

本文作者介紹

出前一廷，本名劉韋廷，曾獲某文學獎，譯有某些小說，曾爲某流行媒體總編輯，過去也曾以「Waiting」之名發表一些文章。個人FB粉絲頁：史蒂芬金銀銅鐵席格。

日本推理名家傑作選 60

如無頭作祟之物

原著書名／首無の如き祟るもの
作者／三津田信三
原出版社／原書房
翻譯／王華懋
責任編輯／陳盈竹
行銷業務部／徐慧芬、陳紫晴
編輯總監／劉麗真
總經理／陳逸瑛
榮譽社長／詹宏志
發行人／凃玉雲
出版／獨步文化
城邦文化事業股份有限公司
台北市中山區 104 民生東路二段 141 號 5 樓
電話：(02) 2500-7696
傳真：(02) 2500-1967
發行／英屬蓋曼群島商家庭傳媒股份有限公司
城邦分公司
台北市中山區 104 民生東路二段 141 號 2 樓
讀者服務專線／(02)2500-7718; 2500-7719
24 小時傳真服務／(02)2500-1990; 2500-1991
服務時間／週一至週五：09:30～12:00
13:30～17:00
讀者服務信箱／service@readingclub.com.tw
劃撥帳號／19863813　戶名／書虫股份有限公司
香港發行所／城邦（香港）出版集團有限公司
香港灣仔駱克道 193 號東超商業中心 1 樓
電話／(852) 2508-6231　傳真／(852) 2578-9337
E-mail／hkcite@biznetvigator.com
馬新發行所／城邦（馬新）出版集團
Cite (M) Sdn Bhd
41, Jalan Radin Anum, Bandar Baru Sri Petaling,
57000 Kuala Lumpur, Malaysia
電話：(603) 90578822　傳真：(603) 90576622

封面插畫／安品 anpin
封面設計／高偉哲
排版／游淑萍
印刷／中原造像股份有限公司
□2022 年（民 111）7 月初版
定價／499 元

國家圖書館出版品預行編目資料

如無頭作祟之物／三津田信三著；王華懋譯. --
初版.--.臺北市：獨步文化, 城邦文化出版：家
庭傳媒城邦分公司發行,　民111.07
面　；　公分. --（日本推理名家傑作選：
60）

譯自：首無の如き祟るもの

ISBN　978-626-7073-64-3（平裝）
ISBN　9786267073650（EPUB）

861.57　　111007133

ISBN　978-626-7073-64-3（平裝）
ISBN　9786267073650（EPUB）

Printed in Taiwan

獨步文化
APEX PRESS

廣告回函
北區郵政管理登記證
台北廣字第000791號
郵資已付，免貼郵票

104台北市民生東路二段 141 號 2 樓

英屬蓋曼群島商家庭傳媒股份有限公司

城邦分公司

請沿虛線對摺，謝謝！

獨步文化
APEX PRESS

書號：1UC060　**書名：**如無頭作祟之物　**編碼：**

請於此處用膠水黏貼

獨步文化 APEX PRESS

讀者回函卡

謝謝您購買我們出版的書籍！

請費心填寫此回函卡，我們將不定期寄上城邦集團最新的出版訊息。

姓名：________________ 性別：□男 □女

生日：西元______年______月______日

地址：________________

聯絡電話：________________ 傳真：________________

E-mail：________________

學歷：□1.小學 □2.國中 □3.高中 □4.大專 □5.研究所以上

職業：□1.學生 □2.軍公教 □3.服務 □4.金融 □5.製造 □6.資訊

□7.傳播 □8.自由業 □9.農漁牧 □10.家管 □11.退休

□12.其他________________

您從何種方式得知本書消息？

□1.書店 □2.網路 □3.報紙 □4.雜誌 □5.廣播 □6.電視

□7.親友推薦 □8.其他________________

您通常以何種方式購書？

□1.書店 □2.網路 □3.傳真訂購 □4.郵局劃撥 □5.其他

您喜歡閱讀哪些類別的書籍？

□1.財經商業 □2.自然科學 □3.歷史 □4.法律 □5.文學

□6.休閒旅遊 □7.小說 □8.人物傳記 □9.生活、勵志 □10.其他

對我們的建議：________________

____

____

為提供訂購、行銷、客戶管理或其他合於營業登記項目或章程所定業務需要之目的，家庭傳媒集團（即英屬蓋曼群島商家庭傳媒股份有限公司城邦分公司、城邦文化事業股份有限公司、書虫股份有限公司、墨刻出版股份有限公司、城邦原創股份有限公司），於本集團之營運期間及地區內，將以mail、傳真、電話、簡訊、郵寄或其他公告方式利用您提供之資料（資料類別：C001、C002、C003、C011等）。利用對象除本集團外，亦可能包括相關服務的協力機構。如您有依個資法第三條或其他需服務之處，得洽詢本公司服務信箱cite_apexpress@cite.com.tw請求協助。相關資料不提供亦不影響您的權益。

□我已詳讀權利義務之相關條款，並同意遵守。

請於此處用膠水黏貼